민족문화 학술총서 72

전후 서정문학 연구

민족문화 학술총서 72

전후 서정문학 연구

조춘희 지음

21세기의 새로운 미래를 향해 나아가는 현 시점에서 한국학 연구는 새로운 전기를 맞이하고 있다. 한국은 물론이고, 아시아·구미 지역에서도 한국학에 대한 관심은 고조되고 있으며 여러 분야에서 다각도로 심층적인 분석이 이루어지고 있다. 이러한 추세에 발맞추어 우리나라의 한국학 연구자들도 지금까지의 연구를 기반으로 하여 방법론뿐 아니라, 연구 영역에서도 보다 심도 있는 연구가 요청되고 있는 형편이다. 따라서 우리는 동아시아 속의 한국, 더 나아가 세계 속의 한국이라는 관점에서 민족문화의 주체적 발전과 세계 문화와의 상호 관련성을 중시하는 방향에서 연구를 진행하여야 할 것이다.

본 한국민족문화연구소는 한국문화연구소와 민족문화연구소를 하나로 합치면서 새롭게 도약의 발판을 마련한 이래 지금까지 민족문화의 산실로서 중요한 역할을 수행해 왔다. 그런 중에 기초 자료의 보존과 보급을 위한 자료총서, 기층문화에 대한 보고서, 민족문화총서 및 정기학술지 등을 간행함으로써 연구소의 본래 기능을 확충시켜 왔다. 이제 이러한 성과를 바탕으로 한국학 연구자의 연구 성과를 보다 집약적으로 발전시켜 나아가기 위해서 민족문화학술총서를 간행하고자 한다.

민족문화학술총서는 한국 민족문화 전반에 관한 각각의 연구를 체계적으로 정리함으로써 본 연구소의 연구 기능을 극대화하는 역할을 할 것으로 기대한다. 또한 본 학술총서의 간행을 계기로 부산대학교 한국학 연구자들의 연구 분위기를 활성화하고 학술 활동의 새로운 장이 되기를 바란다.

아울러 본 학술총서는 한국학 연구의 외연적 범위를 확대하는 의미에서 한국학 관련 학문과의 상호 교류의 장이자, 학제간 연구의 중심 기능을 수행함으로써 명실상부한 한국학 학술총서로서 자리잡을 수 있도록 해야 할 것이다.

부산대학교 한국민족문화연구소

　한국의 현대사는 식민지 경험과 한국전쟁에서 추동되었다. 주지하다시피 식민지 근대와 분단의 정치사는 세계정세의 소용돌이, 즉 제국주의와 냉전 이데올로기의 산물이다. 한국전쟁은 우리 현대사에서 그 정점이자 극단 내지는 일시적 휴지기를 야기했으며, 찬란한 성장에도 불구하고 이념대립과 분단상황은 오늘의 역사를 당대로 되돌리고 만다.

　전쟁을 겪지 않은 세대에게 전쟁은 어렴풋한 위협의 기표에 불과하다. 그럼에도 역사를 학습함으로써 전쟁은 얼마큼은 경험되며, 문학 텍스트를 통해 재현된 전쟁과 조우함으로써 비교적 구체적 형상으로 정위하게 된다. 이때 전후 문학은 전쟁과 그것이 남긴 일상의 핍진성을 토대로 구성된다. 그러니 전후적 감수성이라고 할 때, 이는 전쟁 상황과 더불어 전쟁의 종결 이후에도 지속되는 심리적 고통까지를 포함한다고 볼 수 있다. 특히 식민과 한국전쟁으로 이어지는 근·현대사는 무력한 한반도의 좌표를 각인시키기에 충분했다. 때문에 붕괴되고 분열된 민족을 어떻게 재구성할지, 패배주의를 극복하고 이를 봉합해 나갈 방책을 모색해야 했다. 아울러 세계질서에 부응하는 민주국가이자, 부강한 국민국가를 건설하기에 주력했다. 그런 점에서 전후 문학은 한국전쟁을 어떻게 기억하고 이를 어떤 방식으로 증언할 것인지, 그리고 전후를 어떠한 시선으로 탐색할지 등에 대한 고심으로 구성되었다고 할 수 있겠다.

그렇기에 전후의 전통 담론은 국가주의의 토대에 좌정한다. 서정 문학에서의 전통 역시 이에 복무하기에, 전후의 좌절을 극복하고 새로운 국가 건설과 민족 정체성을 재규정하는 데 기여해야 했다. 식민지와 한국전쟁을 경유한 근·현대사에서 전후적 감각은 거대서사와 미시서사의 교점에서 구성된다. 전후에 구성된 전통은 원형이 아니라 만들어진 것임에 착목해야 한다. 전후라는 시대적·정치적 좌표에서 분단상황이 긴박하게 요청한 국가 만들기는 새로운 국민의 문화적 정체성을 조형하는 과제를 부여하였다. 이에 일단의 문화를 전통으로 구성하는 데 당시의 문화인들이 적극적으로 참여했으며, 문학 역시 반쪽 민족으로도 충족할 수 있는 국민국가의 전통을 새롭게 구성하는 데 열중했던 것이다.

이때 서정은 고고한 정신세계의 표출이나 자연에 투영된 섭리와 인생의 원리를 탐색하는 데 국한되지 않는다. 서정만으로도 하나의 이데올로기적 지향성을 독해할 수 있기 때문이다. 그간 서정을 현실인식 및 시대감각으로부터 탈각한 양식으로 폄하했던 것이 사실이며, 그러한 오해를 불식시키기 위해서는 시대—작가—작품이 구성하는 세계를 예리하게 고찰해야 한다. 전후 맥락에서 서정이 점유한 좌표는, 전통을 구성하기 위한 정치적 요청에 닿아 있으며 더불어 전후적 감수성을 극복하기 위한 시적 응전이라 할 수 있다. 그러니 서정은, 특히 전후 구성된 서정은 현실로부터 괴리·이탈한 산물이 아니라 가장 국가적이고 정치적인 토대에서 배태되었다고 볼 수 있다. 서정은 그것 자체로 이미 태도이며 지향성이다. 그렇기에 서정에는 이미 현실에 대응하는 일방식이 발화되어 있는 것이다.

오늘의 우리는 여전히 '전후'를 산다. 미완인 한국전쟁은 정치적 쇼맨십에 이용되고 있으며, 이는 각국의 이해에 따른 표피적 '종전' 선언의 무용성과 진보/보수에 따른 대북정책 노선의 편향 등으로 확인할 수 있다. 한국전쟁을 어떻게 기억할 것인가는 오늘을 살아가는 우리에게 주어진 무거운 과제이다. 어제를 딛고 오늘이 있다. 그러니 오늘은 어제이기도 하다. 이러한 과거와 현재를 경유하고 횡단하는 서정문학의 감수성은 내일로 나아가는, 즉 미래가 딛고 서야할 역사적 토대를 구성하는 데 일정한 역할을 담당해야 한다.

국경의 위기는 비단 국경을 횡단하는 난민/이방인들에 의해서만은 아니다. 국가주의는 국경을 경계로 인권을 부여하고 내부자와 외부자를 분리한다. '안전'한 주권을 획득하지 못한 국가의 국민은 결국 세계−난민으로 유령화되고 만다. 이들 존재는 국가와 민족에 대한 비판적 성찰을 추동한다. 더불어 한국의 분단상황에 대한 '다른' 인식과 이해의 가능성을 제시하기도 한다. 즉 통일에의 강박이나 레드 콤플렉스에서 벗어나서 독자적인 국가 구성을 통한 구성원의 교류가 필요하다. '두 나라 한 민족'의 성립을 인정할 때(혹은 민족 자체를 횡단할 때) 비로소 전후적 상황을 타개할 수 있을 것이라 믿는다. 국경을 횡단하는 '지구인'으로서의 세계−시민−되기의 요청은 갈수록 강화될 것이다. 한국전쟁이 야기한 전후적 감수성은 이러한 토대에서 새롭게 이해되고 인식되어야 할 것이며, 그리할 때 비로소 현재적 좌표에서 살아갈 수 있을 것이다.

이 책은 박사학위논문과 후속 연구물을 수정·보완하여 구성하였다. 재독하는 과정에서 헐거운 틈새들을 여럿 발견했지만, 모두 수정하지는 못했다. 이 또한 먼 길을 오래 걷기 위한 나름의 방만한 방책이라고 자위(自慰)해 본다. 더불어 서툰 글들이 모여 보다 엄정한 내일의 연구를 이어가리라 믿어 본다. 이 자리를 빌어 지난한 박사논문을 독해하고 이를 논평해 주신 심사위원 선생님들께 감사드린다. 또한 책을 발간할 수 있는 기회를 준 부산대학교 한국민족문화연구소와 출판을 맡아주신 경진출판에도 진심으로 감사드린다.

2019년, 시간이 깊어지고 있다

연구자 조춘희

이 책은 **제1부**(제1장, 제2장), **제2부**(제3장, 제4장, 제5장), **제3부**(제6장, 제7장), **제4부**(제8장)로 구성되어 있다. 이에 따라 각주번호의 시작도 각 부별로 새로 시작되었다.

목차

민족문화 학술총서를 내면서 —— 4

프롤로그 —— 6

제1부 전후 서정문학의 시대응전 방식 탐색

제1장 서정으로 읽는 전후—— 15
    1. 전후, 전통, 서정문학 ·· 15
    2. 전후 서정 연구사 ·· 23
    3. 전통담론의 가능성 ·· 33

제2장 전후 서정문학의 시대응전 방식 탐색—— 43
    1. 전후 서정의 전통 문제 ·· 43
    2. 전통계승과 단절의 논리 ·· 60

제2부 전후 서정시의 전통 담론 구성 방식

제3장 조지훈 시론과 전통 기획—— 101
    1. 직언을 통한 적극적 현실 개입 ·· 101
    2. 지조론과 민족정서의 강화 ·· 121
    3. 우주적 질서와 시의 원리로서의 자연 ······························ 136

제4장 서정주 시의 탐미적 상상력과 신라정신—— 160
    1. 시인의 자의식과 국가주의 ·· 160
    2. 신라정신을 통한 상상적 전통 ·· 187
    3. 서정시의 감각과 설화적 상상력 ······································ 207

제5장 박재삼 시의 전통 인식 __ 222
  1. 현실 순응과 내면으로의 침잠 ·· 222
  2. 한의 시학과 민중성 ·· 235
  3. 기억의 재구성과 시조 장르 ·· 258

제3부 전후 현대시조의 현실인식

제6장 이호우 시조의 정신과 저항적 시대인식 __ 297
  1. 전통서정 시편과 시정신 ·· 300
  2. 저항의 언어와 현실인식 ·· 306

제7장 이영도 시조의 정서와 비판적 역사의식 __ 315
  1. 가족주의와 그리움의 정서 ·· 317
  2. 비판적 역사의식과 현실감각 ·· 323
  3. 갈무리: 현대시조의 전후의식 ··· 330

제4부 전후 서정문학의 책무

제8장 전후적 감각과 서정문학의 책무 __ 335
  1. 국민국가 건설과 반공의 정치학 ·· 335
  2. 문학적 자율성과 시적 책무 ··· 344
  3. 에필로그: 전후 감수성과 태도로서의 서정 ································ 355

참고문헌 __ 363

제1부 전후 서정문학의 시대응전 방식 탐색

제1장 서정으로 읽는 전후

제2장 전후 서정문학의 시대응전 방식 탐색

제1장 서정으로 읽는 전후

1. 전후, 전통, 서정문학

이 책은 전후[1] 서정문학 장에서 전통이 구성되는 시적 담론의

---

1) 전후는 '한국전쟁 후'를 의미한다. 이 책에서 규정하는 전후는 표상적인 의미로서의 1950
~60년대를 뜻한다. 이는 기계적·분절적 시간 개념이 아니라 중첩과 연속의 층위에서
시대를 이해해야 하는 유동적 의미의 규정이다. 특히 전후는 분단으로 인한 상처를 봉합
하고, 반공담론을 토대로 강한 국가를 건설하고자 했던 시대사적 과제를 함의하는 표상
이며, 더불어 보편적 특수를 구성함으로써 문학적 전통을 발견하고자 했던 문단사적
시도들까지도 포함한다. 주체성의 확립과 새로운 감각의 겸비라는 모순을 동시에 충족하
기 위한 시적 노력들이 그러하다. 때문에 '전후'는 단순히 전쟁 이후를 의미하는 것이
아니라 전쟁상황, 즉 전쟁 현장에서의 경험과 그 이후의 상처 그리고 이를 극복해나가는
시기를 모두 통괄한다. 이러한 맥락에서 본다면 여전히 분단현실인 현재 역시 전쟁상황
으로 이해해야 할 것이다. 박훈하 역시 분단이 계속되고 있는 상황에서 특정 시대를
'전후'라 규정하는 것 자체가 전쟁의 결과에 집착한 나머지 분단 현실에 대한 인식을
약화시키는 것이라고 비판하면서, '전후 문학'이라는 명명의 적절성을 검토해야 한다고
주장한 바 있다. (박훈하, 「1950년대 소설담론의 주체형식 연구」, 부산대 박사논문, 1997,
3쪽 주석 5 참조.) 이러한 문제의식에 충분히 공감함에도 당대의 불안을 타개하기 위한
적극적인 움직임에 집중해서 논의를 진행하기 위하여 1950~60년대의 텍스트를 중심으

층위를 검토하고, 그 특이성을 도출하는 데에 목적을 둔다. 전후 문단에서 전통은 모더니티에 대항하는 순수문학의 정당성이자, 반공을 구현하는 문학적 시도였다. 그래서 우리 문학사에서 전통은 순수와 서정의 다른 명명으로 치환되기도 한다. 전후적 상황에서 전통의 호출은 정체성·주체성 확립이라는 시대적 과제에서 비롯되었다. 전통서정시로 분류되는 일단의 분파는 큰 맥락에서는 동일한 노선을 지향하지만, 나름의 가치관이나 지향성에 따라 상이한 면모를 보여준다.

전후 서정문학은 전쟁이 야기한 불안과 분단 상황을 극복하기 위한 시적 응전이며, 외래 사조로부터 우리 문학의 근간을 지키고자 했던 보수성의 산물이기도 하다. 전통 단절을 주장하며 모더니즘에 침잠했던 문단 내부적 상황의 타개와 민족 간의 분단을 인식하고 이념적 대립을 보다 선명히 함으로써 국가의 경계를 강화하고자 했던 반공담론의 체화라는 시대적 요청에 부응하기 위하여 구성된 것이 전후 전통서정시다. 즉 전후의 상실을 극복함으로써 독자적인 문화적 정체성을 확립하는 것이 전통 구성의 근거였던 것이다.

이때 서정문학에 있어서 구성의 산물로서의 전통은 여러 시인들의 작업에서 드러난다. 특히 조지훈과 서정주, 그리고 박재삼의 경우 큰 맥락에서는 전통서정시를 지향했던 동일한 자장에 위치해 있다. 그러나 이들은 각자가 획득한 문화자본에 따라 일정 부분 위계화된 문화권력 구조를 보여준다. 조지훈의 경우 보수적 민족주의자의 입장에서 선비적이고 지사적인 면모를 지향한다. 반면 청년문학가협

로 전후 감각 및 감수성을 검토하고자 한다. 1950~60년대 생산된 텍스트는 전후의 문제의식을 내면화해 가는 시기의 반영이라는 점에서 논의의 편의상 '전후'라는 수식으로 묶기로 한다.

회(이하 청문협) 및 한국문학가협회(이하 문협파)에서 함께 활동했던 서정주는 신라를 상상함으로써 민족 공동체의 결집을 시도한다. 끝으로 박재삼은 이들 선배 시인들의 작업을 계승하여 발전시킨 인물로 서민으로서의 태생을 고스란히 살린 '한(恨)'의 감각으로 민중적 서정을 형상화한다. 이들 세 시인의 작업은 전통을 구성함으로써 주체성을 확립하겠다는 동일한 목적을 지향한다. 하지만 시대에 대한 응전방식은 조금씩 다른 양상을 보이며, 이에 따라 시적 담론 역시 차이를 드러낸다.

이들의 작업이 자유시 분야의 성과라면, 당대 현대시조가 조망하는 전후적 감각 역시 고찰할 필요가 있다. 알다시피 현대시조는 장르적 특수성과 폐쇄성으로 인해 현실과 괴리된 측면에서 문학적 고고함을 지향했다고 평가되어 왔다. 그러나 이호우와 이영도 등의 시적 성취에서 당대 현대시조의 현실인식 양상을 추적할 수 있다. 즉 이호우는 강렬한 시대 저항정신을 작품 전반에 형상하고 있으며, 이영도 역시 비판적 역사의식과 현실감각이 주조를 이룬다. 이들 작품을 통해서 시조 양식에 대한 오해, 즉 시조작품은 고루할 것이라는 편견을 불식시킬 수 있을 것이다. 시조 장르에 내포된 재래의 전통적 시가 양식이라는 함의가 곧 텍스트의 폐쇄성 및 보수성을 담보로 한다는 강박 너머의 혁명을 발견할 수 있을 것이다. 당대 전통적인 장르 계승은 일종의 사명감 내지는 시대적 책무에서 추동되었으며, 이러한 장르 계승에 속박되지 않고 시대에 대한 저항성과 비판적 목소리를 발화했다는 사실 역시 착목해야 할 것이다.

문학 장에서 전통 개념을 규정하는 일은 '서정'과 연계되어야 한다. 서정은 자연을 소재로 화자의 심사를 표출하는 것이며, 이를 순수 서정시로 이해했다. 특히 시문학에서 전통이 구성되는 과정에서 그 대타항에 경향문학이나 모더니즘 문학이 놓이면서 전통과 순수, 자연, 그리고 서정은 같은 맥락으로 이해되었다. 전통서정시로 명명되는 일단의 계보는 본질적으로 시문학은 서정 없이 존립할 수 없음을 전제한다. 실제로 전통 개념은 문학연구뿐 아니라 문화연구에도 다양하게 차용되어 왔지만, 체계적이고 과학적인 이론으로서의 역할을 담당하지는 못했다. 문학연구 장(場)2)에서 추상적인 범주로 사용되어 온 전통이라는 용어를 보다 체계화할 필요가 있으며, 객관적인 학문의 영역 위에 정립시켜야 한다. 즉 '전통의 학문'은 추상성을 벗고 구체적 실체를 형성해야 한다. 이러한 작업은 다양한 각도에서 이루어질 수 있겠으나, 이 책에서는 서정문학에서의 시적 담론을 통해서 전통의 특질에 대해 궁구하도록 하겠다.

전후를 이해하는 키워드는 한국전쟁에서 추동할 수 있다. 한국전쟁은 해방기3)의 희망을 일시에 무화시키고 반쪽 민족, 민족 내부적

---

2) "부르디외는 사회문화의 공간을 위계화된 구조로 본다." 특히 장(Champ)은 권력과 투쟁의 구조물로, 위계화된 구조로서의 문화적 공간을 의미한다. "그에 의하면 아름다운 문학작품 또는 고전이란 작가와 비평가들 간에 벌이는 싸움에 의하여 만들어진 사회적 산물이다." 그렇기에 장은, "특수한 사회적 관계의 공간"을 의미하는 것으로 예술을 생산해내는 전체로서의 공간이라고 할 수 있다. 현택수, 「문학예술의 사회적 생산」, 『문화와 권력』, 나남출판, 1998, 7~47쪽 참조.

3) 김윤식은 1945년 8월 15일에서 48년 8월 15일에 이르는 기간을 '해방공간'이라 호명한다. 이때 은유적 표현인 '공간'은 나라만들기가 본격적으로 문제시되는 역사적 공백기를 일컫는다. 그는 이러한 폐허의 공간 속에서 돋아나는 의식을 화전민의식, 토착어의식, 그리고 죽음의식으로 그 양상을 파악하고 있다. 김윤식, 『한국현대문학비평사론』, 서울대학교 출판부, 2000, 103~117쪽.

그리고 박연희는 "한국에서 1945년 이후의 역사적 시간은 (세계대전) '전후'보다 '해방공간'이나 '해방기'로 표현"된다고 진단한다. "한국전쟁 이후를 가리키는 '전후'는 민족주의적 효용이 보존된 전쟁 경험으로부터 국가, 민족, 전통 등의 관념을 재생산하지만, 세계대전 이후를 지시하는 '전후'는 제국의 식민지적 입장에서 탈식민적 또는 코스모폴리탄적 관념과 결합된다. 전쟁을 통해 형성되는 주체성 역시 전자의 경우 민족적 정체성을 구성하며 그것을 중심으로 국민됨을 일관되게 추구하지만, 후자의 경우 바로 그 신념이나 사상의 유연성 덕분에 다양한 주체화의 가능성을 얻는다"고 평가한다. (박연희,

분열을 가속했다. 우리는 여전히 휴전상태인 전쟁상황에 처해 있으나, 전쟁 기억에 대한 망각은 심각한 수준이다. 전후 전통담론은 부강한 국가를 건설하기 위한 다양한 시도 중 문화적 기획의 일환이다. 필연적으로 전쟁 역사를 기록하는 방식이 선택과 배제, 그리고 기억과 망각의 작용이라면, 그 어떤 담론적 작업도 그것이 긍정 혹은 부정을 통해 출발한 역사적 사실로부터 자유로울 수 없을 것이다. 오랜 식민지 통치와 신탁 그리고 폭력적인 세계사적 질서가 점철된 한국전쟁은 이성적 사유를 마비시키기에 충분했다. 이러한 상황에서 전통담론은 국가의 '재건'을 희망하는 역사적인 과제를 담당하게 되었던 것이다. 전쟁 상황으로 인해 기존의 가치가 붕괴되고 전통이 와해되면서 소위 표본이 될 질서체계가 부재하게 된다. 이 때문에 전쟁의 불안과 공포는 가중되는데 실존은, 이러한 생존의 위기를 극복할 수 있는 하나의 방편을 마련해 준다.[4] 이때 문학은 고차원적인 실존적 모색의 일종이라 할 수 있겠다.

한국의 실질적인 근대화 의지가 1950년대 중반 이후에 마련되었다는 점에서 문학적 전통을 구성하는 일과정 역시 이러한 맥락과 무관할 수 없다. 1910년 이후 기획된 근대화가 다분히 타의에 의한 것이었다면, 전후 진행된 현대화는 한계는 있지만 자발적 움직임이었다는 점에 의미가 있다. 특히 해방 이전의 근대는 조선인 대다수가 향유할 수 없었던 이질적인 공간이었다고 한다면, 해방 이후 1940년

「한국 현대시의 형성과 자유주의 시학」, 동국대 박사논문, 2011, 11~12쪽.) 이러한 진단에도 불구하고 이 책에서는 '한국전쟁 후'를 의미하는 '전후'로 규정하고자 한다. 이는 식민지 기억을 상기하는 일이기도 하며, 무엇보다 한국전쟁을 기억해야 한다는 민족사적 맥락에서 그렇다. 또한 해방기 공간이 온전한 해방의 수사로 표현되기에는 한계가 있었다는 점에서 전쟁의 의미가 분명한 '전후'로 쓰도록 하겠다.

4) 한수영, 「1950년대 문학의 재인식」, 『문학과 현실의 변증법』, 새미, 1997, 360쪽.

대 후반의 격동기는 시행착오의 도정에 있었지만 온전히 '우리'라는 민족 공동체를 위한 공간이었다고 할 수 있다. 물론 세계사적 냉전체제의 위협으로부터 자유롭지 못했지만, 불완전하게나마 해방된 민족적 단일성을 욕망할 수 있었다.

전후 전통의 정전화 작업은 주체적 정체성 확립을 통해 한국의 주변부성을 극복하려는 움직임과 더불어 성장 욕망의 반영이다. 전후는 '한국전쟁 이후'라는 특수성과 '세계대전 후'라는 보편성의 맥락을 두루 포괄하는 개념이다. 해방기의 혼란과 한국전쟁으로 인한 문단 주체의 상실은 '전후' 문학판의 재편을 불가피하게 만들었다. 이를 기회로 인식한 작가들은 문단 헤게모니를 장악하기 위해 나름 분투하였는데, 그 대표적인 인물이 서정주, 김동리 등이다. '신라' 표상을 상상하고 이를 재전유함으로써 불멸의 민족정신을 구성하고, 국가적 차원의 문학적 정치성을 구축하는 '국'문학을 정립하게 되었다. 전후 문학적 성과는 그 어느 시기보다 역사적 경험에 밀착되어 있기에 객관적 거리를 유지하는 것이 쉽지 않다. 이는 이 시기에 창작과 비평이 크게 분리되지 않고 진행되었다는 점에서도 엿볼 수 있다. 창작주체와 비평주체가 크게 상이하지 않았던 까닭에 이들의 창작 텍스트가 비평적 토대 위에 수렴되거나, 일정한 담론적 지향성을 담지하였다. 주지하듯이 문학은 개성의 산물이다. 그러나 1950~60년대 문학을 이해함에 있어서는 더 넓은 문학적 스펙트럼이 요구된다. 문학은 시대를 살아내는 작가 개인의 응전물인 동시에 개인과 사회의 상호작용으로 구성된 미학적 산물이라는 다층적 각도에서 이해되어야 한다.

1950~60년대 문학을 전후 문학으로 기록하는 것에서 세계적 동시성을 욕망하는 한국문학의 특수성을 발견할 수 있다. 해방문학이라

거나 전쟁문학 혹은 단순히 1950년대를 내세운 문학사적 기준보다 전후 문학이라는 명명으로 이 시기의 성과를 지칭하는 것은, 한국문학사의 1950년대를 세계사적 경험을 통해 독해하고자 하는 욕망의 산물이라 볼 수 있다. 전후 문학은 한국전쟁을 어떻게 이해하느냐에 따라 다른 양상을 보이게 된다. 한국전쟁을 세계사적인 냉전체제의 산물, 즉 이데올로기적 대립의 산물로 규정하는 것에서 오류를 발견하기는 어렵다. 역사적 사건과 이것이 개인적 삶의 영역에 미친 영향력의 정도는 각 개인에 따라 상이하다. 그렇기 때문에 문학작품을 이해함에 있어서는 대문자 역사(기록된 보편사)와 소문자 개인(역사적 주체 혹은 기록 외부의 민중)의 경험을 두루 살핌으로써 문학작품에 대한 해석의 여지를 보다 다각화해야 한다. 그래야만 문학사가 놓친 삶의 실천적 정신을 복원할 수 있을 것이다. 물론 식민지 경험이나 한국전쟁 등과 같은 역사적 사건은 그 지속된 시간도 길었을 뿐만 아니라 폭력상황 등에 내재한 치유 불가능성 또한 상당히 크기 때문에 역사적 담론 장에 대한 충분한 이해가 수반되어야 한다.

이 책의 한계점이자 앞으로의 가능성 역시 이 지점에서 발생한다. 전통서정시의 계보에서 전후 서정문학을 진단하는 일은, 전후 모더니즘이나 실존주의 등의 관점에서 이 시기를 검토하는 일을 논의의 외부로 둘 수밖에 없다. 때문에 일정한 비평적 관점에 한정해 전후를 검토함으로써 성취할 수 있는 부분도 있겠으나, 이는 앞으로 해결해야 할 수많은 영역을 확정짓는 작업이기도 하다. 무엇보다 구체적인 서정 텍스트를 토대로 당대 대표 시인들의 성과를 비판적으로 진단하는 일은 이전 시기와 이후 시기를 연동하는 중간자적 위치를 마련하는 일이어야 한다. 예컨대 전후 서정시를 특수화하는 작업은 동시에 이를 보편화하는 작업이어야 하는 것이다. 특히 1950~60년대는 전후라는 문맥에서 국가와 개인이 각자의 역할을 탐색하는 격동기라는 점에서, 담론구성체의 일원이라는 관점과 더불어 독자적인 주체로서의 개인을 서정을 통해 발견해야 한다.

조지훈, 서정주, 박재삼 그리고 이호우, 이영도 등의 공통점은 이러한 역사적 상황에 놓여 있다는 데 있다. 그리고 이 시기에 전통을 표상으로 인식하고 현실대응을 욕망했던 이들의 작업에는 역사에 대한 시대인식이 그 기저에 깔려 있있다고 평가할 수 있다. 이와 같은 공통의 토대에서 각 주체들은 자신들이 처했던 현실층위에 따라 유사하면서도 상이한 시작관(詩作觀)을 구축하게 된다. 무엇보다 전후 시문학은 세계문학사적 보편성을 획득하기 위한 분투의 결과이며, 동시에 한국적 현실을 토대로 정체성·주체성을 확립하기 위한 투쟁의 성과다. 그러니 세대갈등이나 이념적 지형에 따른 이들의 응전은 나름대로 독자적인 문학을 구성하기 위해 거쳐야 했던 관문이었다고 할 수 있겠다. 대문자 역사를 통과하고 난 이후에야 역사적 주체로서의 개인의 경험을 구성할 수 있다고 했을 때, 전후 문학을 이해하는 데 있어서도 이러한 쌍방향적 관점에서의 논의가 요청된다.

이처럼 시문학 연구에 있어서 전통이라는 키워드를 하나의 이론으로 정립하는 일이 필요하며, 그 기본적인 요건을 제시할 수 있어야 한다. 즉 '전통서정'이라고 불리는 일단의 시군(詩群)에 붙는 수식어를 해명하는 일이 선행되어야 한다. 다소 추상적인 의미로 두루뭉술하게 통용되고 있는 '전통'과 '서정'이라는 개념을 보다 구체적으로 체계화하여 학문 연구의 장(場)으로 끌어오는 일이 필요하다. 전통서정을 작동하는 내적원리에 대한 규명 및 그 이론적 정립을 바탕으로, 조지훈, 서정주, 박재삼 그리고 이호우, 이영도의 시적 성취를 연구하고자 한다. 작가의 문학적 성과를 보다 거시적인 차원에서 논의할 필요가 있으며, 주로 서정적 층위에서만 논의된 이들의 작업을 다층적으로 이해할 필요가 있다. 이에 서정적 층위에서뿐만 아니라 이들이 겪은 역사적 사건과 이에 대한 작가의 인식 및 대응방식을 바탕으로 작품을 분석하고자 한다. 역사적인 사건들이 어떻게 한 개인에게 작동하는지를 살펴보기 위해서 그 담론적 층위를 진단하고, 이것이 개인의 시작(詩作)에 어떠한 영향을 끼쳤으며 그 인식적 층위는 어떠했는지에 대해 논의하고자 한다. 역사적 공간이 개인적 공간에 미치는 영향력과 그 파급력에 대한 이해를 바탕으로, 무력한 개인이 상상의 공동체를 살아내는 한 방식에 대한 탐구로 확장적 논의를 진행하려고 한다. 나아가 서정주와 조지훈의 문학적 성과와 박재삼의 시 구성 방식을 고찰함으로써 문학에서 전통성이 구현되는 양상을 검토하겠다. 더불어 시조라는 장르적 논의까지 끌어올 수 있는 이호우, 이영도의 시업을 통해서 장르적 전통성과 서정, 그리고 현실인식이 어떤 방식으로 형상화되는지 추적할 수 있을 것이다. 물론 이들의 작업을 통해 1950~60년대 서정문학에서의 전통 인식을 궁구하는 일은 일정한 한계가 있다. 무엇보다 연속성으로서의 개별 작가의 작업을 분절적으로 이해한다는 점에서 통시적 고찰이 결여될 수밖에 없다. 그럼에도 전후를 감각하는 시인들의 공통점과 차이를 발견함으로써 당대에 대한 이해를 견인할 수 있고 이를 토대로 오늘을 구성할 수 있을 것이다.

2. 전후 서정 연구사

이 책의 연구 목적은 전후적 상황에서 문학 장이 형성되는 양상을 검토하는 일과 전통담론의 시적 구성 방식을 분석하는 것에 있다. 1950년대 중반 이후는 우리 문단사에서 전통론 등 본격적인 비평적 논의가 진행된 시기이다. 해방의 환희 혹은 불안에 익숙해지기도 전에 한국전쟁이 발발함으로써 불신과 공포가 팽배하게 된다. 이러한 시기에 진행된 전통에 대한 일련의 입장 차이는 분명한 길항관계를 보인다. 무엇보다 당대 시문학사는 크게 민족적 표상을 상상하는 전통파와 시대에 대한 회의와 퇴폐의식에 젖은 모년파로 양분된다. 이들의 입장 차이는 민족이 처한 현실을 어떻게 이해하고, 근대사를 평가하는가에서 비롯된다.

현대시사를 연구하는 방식은 문학조직이나 정치적 맥락에서 시사를 검토하거나, 이와 별개로 개별 작가군을 연구함으로써 개괄하는 것, 그리고 문학사의 논쟁적 대립을 토대로 현대시 문단이 구성되는 방식을 검토하는 것이 일반적이다. 실존주의 등의 철학적 사유에서부터 모더니즘이나 순수 서정주의 등의 사조로 분파된다. 더하여 해금 이후에는 좌파문인에 대한 연구가 본격화되면서 소위 주변부 시인을 발굴하는 작업도 시사 연구의 한 방식이 되고 있다. 특히 주변부 시인의 발굴은 대문자 문학사에 대한 저항이면서 그 외연을 확장하는 일이다. 이 글에서는 전후 시 연구에 있어 전통성에 입각한 경우에 한정해서 고찰하고자 한다. 종래 전통 혹은 전통성이라는 용어가 일면 무분별하게 사용된 것이 사실이며, 이에 대한 본격적인 문제제기 역시 미흡한 실정이다. 하지만 최근 들어 전후 및 1950년대에 대한 재인식의 발로로 전통 논의가 본격화되고 있으며, 그 주제적 범주 역시 다양해지고 있다. 기존 논의가 작가론적 성향이 강했다면, 최근의 논의는 보다 거시적인 관점에서 전통이 작동하게 된 담론적 층위를 고찰한다. 작가론과 담론적 논의가 개별적으로 수행되거나 혹은 어느 하나에 무게중심을 두고 이 둘을 교섭하는 통합적 층위에서 연구가 진행되고 있다.

우선 1950년대 혹은 전후적 시대담론과 문학 장을 통괄해서 논의하고 있는 관점을 살펴보자. 장세진의 경우 「상상된 아메리카와 1950년대 한국 문학의 자기 표상」에서 "아메리카라는 매개를 통해 구성된 자기 표상의 문제에 초점을 맞"춘다. 1950년대 생산된 동양/아시아라는 표상에 주목하여, 이것이 서양/아메리카라는 표상과 연동하여 구성되는 개념임을 밝히면서 그 차이와 반복에 대해서 구체적으로 논의하고 있다. 그는 1950년대 남북, 특히 남한이 놓여 있는 특수한 역사적 지형에 대해서 비판적으로 접근하여 그것이 야기한 민족/국민이라는 정체성이 확립되는 맥락을 재구성한다. 그는 '미국'이 아닌 '아메리카'라 명명하는 까닭을 표현의 중립성 및 객관성 유지를 위함이라고 말한다. 이러한 관점에서 그는 남한 내에서 '조선'이라는 용어가 일정 부분 제한적으로 사용될 수밖에 없었던 이유를 첫째, "당시 남한의 문화 담론이 38선 이북의 북한이라는 존재를 철저하게 괄호 속에 넣어둔 채 한반도 전체를 독점적으로 표상하는, 남한 만의 '국가 이야기'를 구성하고자 했"으며, 둘째 "'국가 만들기'의 기획과 연동하는 차원에 놓여 있었던 '동양/아시아'라는 표상의 적극적인 전유 역시, 전 세계를 양분하는 진영론이 발산하는 강력한 반공 이데올로기의 맥락 속에 놓여 있었다"5)고 보았다. 이와 같은 장세진의 논의는 전후 한국 문학이 구성된 이데올로기적 토대를 분석한다는 점에서 이 글의 전제와 맥을 같이 한다.

---

5) 장세진, 「상상된 아메리카와 1950년대 한국 문학의 자기 표상」, 연세대 박사논문, 2007, 31쪽.

한수영6)은 1950년대 비평의 전개를 민족문학론과 실존주의 문학론 그리고 모더니즘론으로 세분하여 검토한다. 각 비평적 좌표에서 당대의 정치 현실과 사회적 혼란을 어떻게 인식했으며, 이를 극복하기 위한 방안을 모색했는가를 진단한다. 한국전쟁을 이해하는 방식에 따라 상이한 비평적 층위가 마련되었음을 다각적으로 분석한다는 점에서 1950년대 비평지형을 이해하기에 적합한 연구이다. 그러나 1950년대 비평적 토대가 1960년대 이후와 무관하지 않는다는 점에서 이들 시기의 연속적 진단이 요구된다.

송기한은『한국전후시와 시간의식』에서 "전쟁이 근대의 부정성과 인식의 단절성을 주는 절대적인 계기"를 제공했다고 보고, 전후 전통 논의를 크게 "파편화된 자아에 통일성을 주는 기능에서 바라본 측면"과 "분열된 시간성에 지속성을 주는 기능에서 바라본 측면"으로 나누어 고찰한 바 있다. 그는 전후시의 범주를 "전쟁의 현장에서 씌어진 직접적인 현장 체험 문학"뿐 아니라 "그러한 체험이 내재화되어 나타난 작품까지도" 포함해서 논의해야 한다고 강조한다. 그는 "근대의 시간성이란 역사철학적인 의미에서 과거와 현재, 그리고 미래를 흐르는 선조적인 시간의식"을 의미하며, 이에 대한 "안티테제로 등장한 주기적 순환시간"은 전통주의자들이 지향했던 새로운 시간인식이라고 역설한다. 실패한 현재적 시간을 단적으로 보여주는 사건이 한국전쟁이며, 전후를 이해하는 시간의식 자체가 시대인식의 일환이라고 주장한다. 그 스스로 "시간에 대한 새로운 의식 곧, 역사철학적인 관점으로서의('-으' 인용자 삽입) 시간관과 모더니즘으로 구현되는 시간관의 변화에 의해 전후시를 검토하는 것이 본고의 최종 목적이

---

6) 한수영,『한국현대 비평의 이념과 성격』, 국학자료원, 2000 참조.

다"[7]고 밝히고 있다. 그러나 서정주, 박인환, 전봉건을 통해 전후의 이중적인 시간의식을 검토함에 있어서 대상설정의 한계가 있다. 각 시인이 전통주의자와 모더니스트를 대표할 수 있는가의 문제부터 작가의 시간의식에 대한 객관성의 여부가 그렇다.

박연희의 논문은 "해방기 모더니즘 계열 시인들의 전후·전통·자유 인식과 표상이 50년대 이후 문학제도의 보수화 과정에 대응하여 '현대시'의 이념과 성격을 주조해내는 방식"에 대해 검토하고 있다. 특히 시대를 방관하는 인텔리로 전락한 자유주의자의 면모를 지적하면서, "해방 이후 자유주의는 서구적 이념과 가치의 차원이 아니라 좌우 이념 대립의 혼란스런 해방기나 비민주적인 한국의 특수한 현실이 낳은 예외적인 지식인의 정치적 행보를 설명하는 데 활용되었을 뿐이"[8]기에 그에 대한 재검토의 필요성을 강조한다. 그는 1945년부터 1960년대까지 현대시의 주체 의식을 자유주의 시학이라 명명한다. 현대시를 형성함에 있어서 '전통'과 '자유'를 구분하여 고찰하는데, 이는 도식적 단순함이라는 혐의를 벗기 어렵다.

김건우는 1950년대 문학 장의 구도를 도식화한다.[9] 『사상계』 지식인을 중심으로 당대의 비평 지형도를 이해하는 데 유용하다. 사상계 지식인 담론을 문화적 민족주의로 규정하고, 다시 이들 내부를 전후세대와 구세대의 대립 양상으로 설정한다. 또한 추상적 보편주의의 관점에서 허무주의, 아나키즘 그리고 급진성을 추구하는 장용학, 이어령 등을 참여론, 민족주의 그리고 인류성의 관점을 설파했던 사상계 지식인들과의 대립 양상을 포착한다. 끝으로 보수적 민족주

---

7) 송기한, 『한국전후시의 시간의식』, 태학사, 1996, 9~264쪽 참조.
8) 박연희, 앞의 논문, 5~6쪽.
9) 김건우, 『사상계와 1950년대 문학』, 소명출판, 2003, 229쪽 참조.

의의 성격을 가졌던 김동리, 이형기, 조연현 등을 전통옹호론, 순수론, 그리고 구세대의 그것으로 설정하고 그 대척점에 근대화론, 참여론, 그리고 신세대를 표방했던 사상계 지식인을 둔다. 김건우의 이러한 도식을 통해서 1950년대 비평적 지형을 효율적으로 검토할 수 있다. 그러나 개별 논자의 특이성을 지우고, 기계적으로 이해한다는 측면에서 비판적 수용이 필요하다.

정영진은 1950년대 모색된 시의 현대화를 지성주의에서 찾고 있다. 당대 지성주의는 부정정신의 실천적·미학적 태도라고 전제한 후, 실존주의와 전통서정파 그리고 모더니스트들이 인식하는 지성을 검토한다. 특히 1950년대 지성의 도입을 통한 현대시의 기획은 순수주의로 통하는 전통적 규범을 어떻게 와해하거나 재정립하는지를 살핀다. 전통서정파는 당대 지식인에게 요구되었던 민족 주체성이라는 과업에 가장 충실했던 지성을 갖추었다고 주장한다. 그의 논의는 1950년대 시문학이 구성된 담론적 지형을 면밀히 분석하고 있다는 점에서 주목할 만한 성과를 보인다. 그러나 "한국전쟁은 개인과 세계, 개인과 역사의 관계를 이전과는 전혀 다른 틀에서 사고하는 계기"[10]를 제공한다고 진단한 후, 지성주의의 기원(1948~1954)과 지성주의의 내화와 적용의 시기(1955~1960)로 다시 세분한다. 이때 54년과 55년의 경계를 나눌 근거가 취약하다.

강경화는 비평 담론을 고정적 실체로서의 결과물이 아니라 주체의 인식이 끊임없이 개입되는 형성물로 본다.[11] 그는 이어령, 유종호, 고석규, 최일수, 김우종, 윤병로 등의 비평 담론이 실현화되어가

---

10) 정영진, 「1950년대 시문학의 '지성' 담론 연구」, 건국대 박사논문, 2012, 27쪽.
11) 강경화, 「1950년대의 비평인식과 실현화 연구」, 성균관대 박사논문, 1998, 253쪽 참조.

는 과정을 통해 1950년대 비평 인식의 지평을 면밀히 분석한다. 이러한 작업은 비평의 본격화가 이루어진 1950년대 지형을 체계적으로 검토함으로써 1960년대 비평 상황을 진단케 하고, 개별 비평 주체의 실존성과 시대의식을 짐작케 한다는 점에서 유의미하다.

다음으로 전후 시문학을 구성하는 한 방식인 전통의 원리에 입각한 연구 성과들을 살펴보자. 먼저 차승기는 기존의 전통 논의가 다양한 맥락에서 수행되었다고 전제한다. 그에 의하면 1930년대 전통 논의는 "식민지적 무의식과 욕망을 발견할 수 있는 중요한 실마리"이며, "식민지적 무의식과 욕망이 근대와 전근대, 탈근대의 접점에서 작동하고 있었다는 점에서도 식민지 말기의 전통 논의는 식민지에서의 근대성이 지니고 있는 가능성과 한계를 가장 심각한 차원에서 긍정적으로 혹은 부정적으로 드러내 보여준 지점"으로 진단한다. 그리하여 차승기는 "전통주의와 '동양문화'론이 같은 시기에 상이한 방향으로 '근대의 위기' 및 '주체의 위기'를 극복하고자 했던 시도"[12]로 이해한다. 이러한 1930년대 전통의 문법은 전후에도 그대로 적용

---

12) 이러한 맥락에서 그는 "근대적인 자명성의 토대가 뒤흔들리는 '전환기'의 새로운 상황에서 전통·세계·주체를 말한다는 것은 근대와 반근대가 불투명하게 뒤얽혀 있는 임계점까지 사고를 이끌어간다는" 사실을 의미한다고 말한다. "과거적인 것 또는 전통적인 것은 언제나 근대적인 것의 타자로서, 근대적인 것을 규정하고 논의할 수 있게 하는 부정적인 배경으로서 작용했다. 그런가 하면 현재가 과거의 지속임을 확증하는 긍정적인 표상으로 기능해 오기도 했다"는 것이다. 그는 "'조선적인 것'의 전통을 발견하고 확립시키고자 한 시도는 일제의 허구적인 내선일체 이데올로기에 대한 저항의 의미를 지닌 것"으로 파악되지만, 더욱 중요한 것은 "누가 어디에서 어떻게 전통을 명명하고 전유하고자 했는가 하는 점"이라고 역설한다. 그의 주장처럼 "전통이 언제나 발견되거나 발명되는 것이라고 할 때 놓치지 말아야 할 것은 발견(발명)된 전통과 그 전통을 통해 구성되는 주체가 함께 참여하는 '발견(발명)의 구조'다. 이에 그는 발견은 맹목과 배제의 구조로 작동한다고 가정하고, "전통을 확립하기 위해 과거의 것을 재구성하는 담론의 작용과 그것에 대항하는 반(反)－전통담론"의 작용 역시 검토해야 한다고 주장한다. 차승기, 『반근대적 상상력의 임계들』, 푸른역사, 2009, 19~37쪽 참조.

된다는 점에서 그의 연구는 참조할 사항을 풍성하게 제공한다. 차승기의 논의는 "'조선적인 것'의 전통을 재구성 및 재평가하고자 했던 1930년대 후반의 일련의 '고전부흥론'뿐만 아니라 중일전쟁 발발 이후의 변화된 식민지 / 제국체제의 성격을 반영하며 등장한 '동양문화' 또는 '동양적 전통'을 둘러싼 논의까지 포함한"[13) 것이기에 전후 전통담론의 특성을 이해함에 있어서도 검토해 보아야 할 연구이다.

남기혁은 전통주의 시가 형성되는 과정과 그 전개양상을 통해 전통 논의를 진행한다. 무엇보다 근대, 곧 모더니티는 자기부정을 토대로 하기 때문에 끊임없는 갱신을 욕망하게 된다고 전제하면서, 전통이 갖는 의미망 역시 고정적 실체가 아닌 유동적으로 새롭게 구성되어야 할 산물로 본다. 그래서 "전통주의 시는 근대의 타자로서 억압되었던 타자들을 복원하고, 과거적 전통을 현재적 시간으로 재조명함으로써, 궁극적으로 현재적 억압을 해방시킬 수 있는 창조적 원천으로 전통을 내세"[14)워야 한다고 역설한다. 전통주의를 낡은 것의 고수로 보던 오해를 불식시키고 새로운 가능성을 발견했다는 점에서 의미 있는 연구라 여겨진다.

전통은 역사를 통해 형성해온 민족공동체의 공통된 문화적 감각이라고 했을 때, 전해수[15) 역시 이러한 관점에서 1950년대 시의 전통성을 검토한다. 그는 헤럴드 블룸의 시적 영향의 관점에서 선대 시인의 시적 경향이 어떤 방식으로 후대 시인에 의해 계승되는지를 살핀다. 특히 1950년대를 대표하는 전통주의 시인으로 김관식, 박재삼,

---

13) 위의 책, 41쪽.

14) 남기혁, 『한국 현대시의 비판적 연구』, 월인, 2001, 54쪽.

15) 전해수, 『1950년대 시와 전통주의』, 역락, 2006.

이동주를 꼽고 이들이 각각 서정주, 조지훈, 김소월 등이 성취한 문학적 성과의 영향을 받았다고 진단한다. 문제는 영향관계에 주목한 나머지 이들 개별 작가들의 작품이 간직하고 있는 고유성을 간과하고 있으며, 이들 간의 영향관계 역시 기존 논의와 비교했을 때 새로운 지점을 발견하기 어렵다는 것이다.

여지선은 전통을 고정적 산물이 아니라 전승을 통해 새롭게 구성되는 것으로 이해하며, 이러한 변화의 힘은 전통 자체에 내포되어 있다고 전제한다. 그 스스로 연구목적을 "좁게는 이식문학사의 극복이고, 넓게는 주체성 찾기에 있다"16)고 밝힌다. 국권상실기에서 1950년대에 이르는 근대시의 도정에서 전통론의 전개 양상을 구체적으로 분석하고 있으며, 형식과 소재 등의 층위에서 전통이 수용되는 양상 역시 검토한다. 이러한 작업은 근대시 전반을 포괄한다는 점에서 가치 있다. 하지만 전통의 수용 양상에 있어서 각 시기마다 어떤 차이가 발견되는지에 대한 해석 역시 동반되어야 할 것이다.

김은석17)은 『현대문학』을 중심으로 문협정통파가 전통서정시를 구성해 나가는 과정을 고찰한다. 매체의 확보는 담론의 시적 수용을 가속한다는 점에서 문학 장의 역학관계를 검토하는 데에 유용하다. 그는 전통을 대하는 태도를 하나의 취향의 문제로 보고, 서정주와 조지훈 그리고 박목월의 텍스트를 분석한다. 전체 논의의 정확성에도 불구하고 전통을 옹호하는 입장에서의 논의만 전개되고 있다는 점에서 한계가 있다. 또한 이들 시인들에게 지성의 논리는 부재하고, 감각의 문제만이 중요하다는 지적은 잘못이다. 조지훈 등 서정을

---

16) 여지선, 「한국 근대시에 나타난 전통론과 전통 수용 양상 연구」, 건국대 박사논문, 2004, 4쪽.
17) 김은석, 「1950년대 전통 서정시 연구」, 동국대 석사논문, 2008.

추구했던 시인들 역시 시의 현실인식에 민감하게 반응했을 뿐 아니라 지식인으로서의 자의식이 분명히 드러난다는 점에서 지성주의 역시 중요한 의미를 띠는 것이다.

임곤택[18]은 전통을 오래된 것에서 새로움을 모색하는 작업으로 진단하고, 서정주와 조지훈 그리고 김춘수의 작품을 분석한다. 전통의 시적 수용 양상을 검토하고 있으나, 텍스트를 1950~60년대에 한정한다는 범주적 전제를 이탈하고 있다. 그림에도 그의 연구는 앞선 연구들을 종합하면서 시문학 장에서 전통이 수용되는 미적 전유의 과정을 심도 있게 진단한다.

기존 연구의 성과가 혁혁하나, 이들의 논의는 공통성의 층위에 지나치게 치중된 측면이 있다. 이에 이 책에서는 조지훈과 서정주, 그리고 박재삼이 전후 시문학 장을 구성함에 있어서 구조적 인과성과 중층결정의 결합구조를 갖는다는 전제 아래 그 유사성과 차이를 발견하고, 전후 서정시의 전통담론 구성 방식을 진단하고자 한다. 이 책에서의 논의는 많은 부분 기존 연구에 빚지고 있으면서, 이보다 진일보하기를 희구한다. 전후 서정시가 생산하는 전통담론의 특성을 진단하고, 전통서정시로 분류되는 한 분파 내에서의 융합과 절합

---

18) 임곤택, 「한국 현대시에 나타난 전통의 미학적 수용 양상 연구」, 고려대 박사논문, 2011. 이외에도 개별 시인의 차이 및 유사성을 토대로 연구대상을 삼은 경우는 많다. 가령 김종호는 박재삼, 박용래, 천상병의 시세계에 나타난 원형심상을 파악하는데, 특히 박재삼 시에 나타나는 고전의 현대적 변용 및 재해석을 통해서 고전적인 작품에 현대적 감각과 주제의식을 결합시켰다고 평가한다. (김종호, 「현대시의 원형심상 연구: 박재삼, 박용래, 천상병의 시세계를 중심으로」, 강원대 박사논문, 2006.) 그리고 이명희는 서정주, 박재삼 등의 시에서 상상력, 특히 신화적 상상력의 양상에 대해서 고찰함으로써 시에서 신화적인 요소가 어떻게 표현되었는지를 규명한다. (이명희, 「한국 현대시에 나타난 신화적 상상력 연구: 서정주, 박재삼, 김춘수, 전봉건을 중심으로」, 건국대 박사논문, 2002.) 오정국 역시 현대시에 차용된 설화의 양상을 포착한다. 특히 박재삼의 춘향시편에서 한(恨)이 설화적 화법으로 표현되었음을 고찰한다. (오정국, 「한국 현대시의 설화수용양상 연구」, 중앙대 박사논문, 2002.)

의 구조를 살펴보고자 한다. 이를 통해 전후 서정시의 전통인식을
보다 다각적으로 진단할 수 있으리라 기대한다.

3. 전통담론의 가능성

궁극적으로 문학연구는 문학적 가치의 발견을 목적으로 한다. 문
학 텍스트는 그것 자체로 완전한가에 대해서는 회의적이지만, 나름
의 자족적인 질서 체계를 구성하고 있다. 물론 문학텍스트는 작가,
독자 그리고 역사·문화적 맥락으로부터 자유로울 수 없다. 그렇기에
문학연구는 그것을 구성하는 요소를 두루 고찰함으로써 보다 풍성
해질 수 있고, 다양한 층위에서의 논의가 가능해진다. 이때 특정 담
론적 범주를 설정하고 이를 토대로 문학텍스트를 분석하고자 시도
하는 것은 이러한 문제제기에서 출발했다고 볼 수 있다. 특히 전통이
라는 키워드로 시문학을 검토할 때 특정 텍스트를 지배하는 시대적
요청 역시 간과할 수 없는 부분이다. 문학을 온전히 이해하고 분석할
수 있는 절대적인 방법론이란 존재하지 않는다. 때문에 다양한 방법
론을 궁구하는 일이 문학연구의 선행 작업이 되어야 할 것이다.
전통이란 과거에도 있었고, 지금도 여전히 있는 것을 일컫는다.
이러한 전통의 지속성은 끊임없는 노력으로 가능하다. 가령 서정문
학에 있어서 전통성은 시를 구성하는 장르적 특이성을 계승하는 것
에서 비롯된다. 미적 감각은 시를 시이게 하는 가장 기본적인 조건이
다. 그렇다면 주제의식이나 운율 역시 시의 전통성을 구성하는 한
요소가 된다고 말할 수 있을 것이다. 이때 자연의 아름다움에 시선을
두고 있는 고전적 예술관이 그대로 이어져 전통서정시의 특성을 구

성하는 것 역시 이러한 맥락에서 이해할 수 있다. 시가 발현되는 심미적인 순간, 그 절정의 미학을 발견하는 것은 모든 예술의 공통성이다. 예술가는, 그리고 시인은 이러한 절정의 순간을 포착하고 이를 심미적으로 발화함으로써 유사 현실을 창출하게 되는 것이다.[19]

전통은 전후 상황에서 형성된 담론체계의 하나로 볼 수 있으며, 이것은 강한 국가를 건설하는 일과 지향점을 같이 하면서 반공을 대타항으로 상정하게 된다. 그렇기에 전통담론은 과거적 유산을 현재화하는 복원에 그치지 않고, 이를 토대로 현재를 구성하는 일에 복무하게 되는 것이다. 특히 서정문학에서 전통담론은 우리 문학의 자율성을 확보하고, 순수문학을 토대로 사회주의 문학에 대한 일종의 반공문학의 성격을 형성하게 된다. 전통서정의 이러한 성격은 우리 민족이 경험했던 비극적 사건들이 끼친 영향이기도 하다. 이들 세대는 시적 자율성도 국가의 안정을 통해서 확보할 수 있다는 사실을 착목했다.

담론은 기본적으로 의사소통을 전제로 한다. 이때 담론이란 일종의 지향성을 목적으로 한다는 점에서 이데올로기적이다. 물론 담론은 텍스트를 이해하는 데 있어서 가능성이자 한계이기도 하다. 예컨대 담론적 범주는 텍스트를 독해하는 시선으로 작용하여 그 경계 너머를 쉽게 사유하지 못하는 구속의 방식이 되기도 한다. 특히 전통담론은 과거의 현재화라는 시간의식을 전제로 하는 탓에 이러한 혐

---

19) 김준오 역시 "시를 담화(또는 담론)의 한 양식으로 보는 것은 현대의 지배적인 관점"이라고 지적한 바 있다. "서정시의 일인칭 화자는 어디까지나 작품 속에 재현된 화자, 곧 언술 내용의 주체이지 언술 행위의 주체는 아니"라고 전제한다. 나아가 "담론의 관점은 시인 또는 화자보다는 청자 또는 독자 쪽에 강조점"을 두고, "독자가 시의 의미를 생산함으로써 주체의 위치에 놓인다"고 설명한다. 김준오, 『현대시와 장르비평』, 문학과지성사, 2009, 318~319쪽.

의를 더 짙게 받는다. 담론은 의식을 결정짓는 일종의 구조이자 메시지 자체를 일컫는다. 이런 측면에서 서정 텍스트는 그 자체로 이미 담론이다. 이는 "화자와 청자 사이에 어떤 정해진 형식을 전제로 하여 가능한 것이므로, 일정한 형식과 약호(code)를 공유하는 '담론 공동체'와 같은 개념이 요청"[20]된다. 전후 시문학사에서 전통 담론을 구성하는 주체들 역시 일단의 문단 공동체를 통해 성취된다. 이들이 공유하는 경험적 특수성은 일상적인 사건에 그치지 않고 식민지와 신탁, 전쟁으로 이어지는 민족적·국가적 공동체의 일로, 개인은 역사에 함몰되고 만다. 담론 공동체는 운명공동체로서의 민족적 응집성을 토대로 구성되며, 이들은 자신들이 살았던 시대를 이해하기 위해 분투한다. 이때 그 다양한 응전방식으로 담론을 형성하게 되는 것이다.

사라 밀즈에 따르면, "화자와 청자를 상정하는 모든 발화 중에서 어떤 식으로든 타인에게 영향을 미치려는 의도가 화자에게 있는 발화라면 모두 담론으로 인정되어야 한다. 의사소통이라는 상호성을 강조하여 담론을 화자와 청자 사이의 대화 일반으로 파악하는 경우"[21]는 담론을 매우 넓게 이해하는 것이다. 이처럼 담론은 일정한 목적을 수행하려는 의도가 있는 제반 의사소통 행위를 통칭하는 것이며, 이때 영향을 주고 받는 요소들과의 작용 역시 이러한 기준에 따라 이해하게 된다. 그리하여 담론은 궁극적으로 이데올로기적이다. 이때 담론구성체는 "사회생활 내부에서 무엇을 말할 수 있고, 말해야 하는지를 결정하는 규칙의 집합"[22]이다. 때문에 담론구성체

---

20) 김건우, 『사상계와 1950년대 문학』, 소명출판, 2003, 24쪽.

21) 사라 밀즈, 김부용 옮김, 『담론』, 인간사랑, 2001, 15쪽.

22) 테리 이글턴, 여홍상 옮김, 『이데올로기 개론』, 한신문화사, 1995, 13쪽. 서동수는 "1950년

는 그들만의 사상으로 문화를 형성하고 이를 토대로 역사를 구성하게 된다. 결국 담론은 일정한 목적을 공유한 집단이 세력을 형성한 결과물 그 자체라 할 수 있다. 특히 전후의 지형에서 담론은 한국전쟁 이후, 기억과 망각의 길항 속에서 정체성을 모색하는 일과 닿아 있다.

여기에서는 앤터니 이스톱이 제기한 바 있는 시적 담론의 구성요소를 통해 논의를 진행하고자 한다. 전술했다시피 서정 텍스트는 그것 자체로 이미 담론이다. 이때 담론은 물질적·이데올로기적·주체적으로 결정된다.[23] 시는 이러한 세 요소의 응집을 통해서 담론을 구성한다. 시적 기법을 통한 미학적 구조 및 구성물과 같은 언어적 요소, 그리고 전후를 지배했던 이념적 속성의 진단과 현실을 인식하는 주체의 문제가 두루 상호작용함으로써 당대의 시적 담론이 형성되는 것이다. 전후 시문학 장에서 이들 요소는 각각 한글을 통한 언어 정체성과 민족 구성 및 국가 건설, 그리고 주체성을 통한 독립적인 정체성의 확립이라는 과업으로 이어진다. 때문에 당대의 맥락에서 한국적 전통을 지향하는 것은 서구적 근대에 대한 하나의 포즈이며, 동시에 이에 대응하는 방식의 하나다.

대 반공이데올로기를 형성하기 위한 담론구성의 법칙은 '민족 대 반민족, 민주 대 반민주, 자본주의 대 사회주의'라는 담론지형을 통해 이루어진다. 이러한 인식틀 속에서만 기억은 존재할 수 있었으며, 이 자장을 벗어난 모든 것은 타부의 대상이 되었다"고 진단한다. 서동수, 『한국전쟁기 문학담론과 반공프로젝트』, 소명출판, 2012, 241쪽.

23) 앤터니 이스톱, 박인기 옮김, 『시와 담론』, 지식산업사, 1994, 57쪽 참조. 이스톱에 따르면 "시를 일종의 담론"으로 규정할 수 있다. "시적 담론에는 거기에 아로새겨진 기표가 지속적으로 어떤 형태를 이루고 있어 물질적으로 결정된다고 볼 수 있는 면이 있지만, 읽어가는 과정에는 이데올로기가 작용하고 있어서 시적 담론이란 이데올로기적으로도 결정되는 역사적 산물이기도 하다. 또한 담론은 행위의 주체에 의해 주관적으로 결정되는 것이기에 독자의 생산품이란 면이 존재하는 것도 사실이어서 독자에게 초월적 자아라는 위치를 제공하게 된다. 그러므로 담론은 물질적 이데올로기적 주체적이란 세 차원에서 동시에 응집되고 결정되는 법이다."(박인기, 「역자 서문」, 같은 책, 5쪽)

이스톱은 저자에 의해 고정되는 텍스트의 의미를 부정하면서, 열린 텍스트 읽기를 강조한다. "텍스트의 의미란 언제나 읽는 과정 속에서 생산되"기 때문에, "시와 같은 텍스트는 여러 사람들에 의해서, 같은 사람이라도 생애의 여러 다른 시기에 따라서, 또 역사상 서로 다른 시대에 살았던 다양한 사람들에 의해서 여러 방식으로 끊임없이 반복해서 다시 읽혀지게 마련"[24]이기 때문이다. 이러한 관점에서 텍스트는 작가에 의한 고정적 담론을 생산하는 구조물이 아니라 독자에 의해 새롭게 형성되는 생성의 창조물이라고 할 수 있다. 그는 시적 담론을 통해 시를 어떻게 읽어야 하는가에 대한 방향을 제시해 준다. 무엇보다 시인을 떠나서, 시 그 자체의 질서를 존중하는 자세의 필요성을 역설한다. 결국 이스톱이 말하는 시적 담론은 시 그 자체를 구성하는 미적 구조물을 토대로, 외부적 조건들의 관계를 고려할 때 발견될 수 있다.

범박하게 말해 "담론이란 여러 문장들이 연속된 질서를 형성하는 방식, 즉, 이질적이면서 동질적인 하나의 전체에 참여하게 되는, 방식을 구체적으로 밝혀주는 용어"[25]다. 이데올로기적 실천으로서의 담론은 그것 자체로 이미 역사를 대하는 개인의 자세라 할 수 있다. 이때 "시란 언제나 하나의 시적인 담론 양식이어서 역사적인 여러 가능성과 한계를 보여준다". 나아가 "사회 형성체의 한 요소인 시란, 자체의 물질성이란 법칙을 따르면서 동시에 사회적 관계의 한 조건에 좌우"된다. 즉 "시를 시답게 만든다는 것은 바로 시를 이데올로기적인 것으로 만든다는" 역설이 성립된다. "시적 담론이란 자본주의

---

24) 위의 책, 25쪽.
25) 위의 책, 27쪽.

적 생산양식 및 지배계급인 부르주아의 헤게모니와 같은 연장선상에 놓이는 획기적인 형식"이며, "담론이 단지 역사적 산물이기 때문이 아니라, 현재라는 시점에서 읽기에 의해 담론을 생산하고 있는 독자를 계속해서 '생산'해내고 있는 그런 것이기 때문에, 담론이란 이데올로기적인 것으로 파악해야" 한다. 이스톱의 말처럼 "시적 전통이란 상대적으로 자율적인 실천이자, 자체의 물질성 법칙과 역사 속에서의 위치에 따르는 담론 양식이다". 개인의 독서 행위는 사회와의 상호작용으로 의미를 생산한다. 이때 담론은 독자의 산물인데, 그 까닭은 "독자가 '발언'하는 것이 언제나 역사적 텍스트(바로 어제 만들어졌다고 하더라도)이기 때문에, 또 개인적인 독서란 언제나 사회적 측면에서 결정지어지는 읽기의 실천태로 이루어지고 있기 때문이다".26) 이러한 측면에서 본다면 시는, 읽기 과정에서 이데올로기적으로 완성된다고 할 수 있다.

이러한 맥락에서 시문학의 전통담론의 특성을 크게 살펴보면, 우선 표현 수단이 되는 언어적 속성이다. 순수시나 서정시적 감각은 운율에서뿐만 아니라 언어가 환기하는 토속성 따위에서도 획득된다. 이러한 언어적 특이성은 시인의 독자적인 문체를 형성하게 되며, 서정시를 구성하는 제반 장치들 역시 이러한 맥락에서 검토할 수 있다. 다음으로 이데올로기적인 층위이다. 궁극적으로 전통의 감각은 연속성을 지향한다. 무엇보다 민족성을 통해 획득되는 산물로, 시적 담론의 핵심 요소이기도 하다. 전후적 상황에서는 문화적 독자성을 토대로 민족 정체성을 확립함으로써 단일 국가 건설을 열망한 국가 이데올로기에 복무했던 것이다. 끝으로 전통은 주체성의 확립

---

26) 위의 책, 41~49쪽.

과 불가분의 관계에 있다. 주체의 문제는, 서정문학을 작가의 말걸기로 시작해서 독자의 해석으로 완성된다고 볼 때 다양하게 확장 가능한 개념이다. 시는 끊임없이 생성되는 속성을 갖고 있다. 그렇기에 고정적인 논리를 생산하는 매개가 아니라 저마다의 가치관에 따라 유동하는 산물로 이해해야 한다.

궁극적으로 시적 담론을 구성함에 있어서 가장 기본이 되어야 할 것은 작품에 대한 충분한 검토라 하겠다. 엘리엇의 지적처럼 "정직한 비평과 예민한 평가는 시인에게 향하는 것이 아니라 시로 직향"27)하는 것이어야 한다. 전후 서정시에서 조지훈, 서정주, 박재삼에 주목한 까닭은, 전후 전통론 전개에 있어서 계승론의 입장에 있다는 공통점에서 촉발되었다. 뿐만 아니라 이러한 공통적인 자장에도 불구하고 이들 간의 시대인식 및 전통담론을 구성하는 데 일정한 차이가 발생한다. 우선 서정주와 청록파는 1950년대 전통서정시의 대표 주자다. 서정주는 한국적 전통에 대해 깊이 있는 천착을 보여준 시인이라는 점에서, 그리고 청록파의 일원인 박두진은 기독교적 관념에 함몰되었으며, 또 박목월의 경우 미적인 시상을 성취했으나 현대사에서 서정주와 유사한 정치적 행보를 보였다는 점에서 조지훈을 연구대상으로 주목하였다. 조지훈은 시적 성취뿐만 아니라 문단사 전반에 끼친 영향, 나아가 정치현실에 직언을 서슴지 않았다는 점에서 충분히 논의할 만하다고 판단하였다. 끝으로 박재삼은 이들 선배들의 작업을 성공적으로 계승한 시인이다. 조지훈과 서정주, 그리고 박재삼은 나름의 방식으로 전통을 인식하고 이를 담론화하였

---

27) T. S. 엘리엇, 이창배 옮김, 「전통과 개인의 재능」, 『T. S. 엘리엇 문학비평』, 동국대학교 출판부, 1999, 8쪽.

다. 조지훈이 지조론을 토대로 민족주의적 입장에서 전통을 인식하고 이를 시적 구성체로 생산했다면, 서정주는 신라표상을 중심으로 전통 담론을 생산하고 이를 시적 발화의 원리로 삼는다. 박재삼의 경우 이들 선배 시인들의 시적 담론을 보다 발전적으로 계승하여, 민중의 삶에 녹아 있는 한국적 한을 발견한다. 특히 미학적 관점이나 서정적 구성에 있어서 그만의 전통주의를 창출함으로써 창조적 계승의 일면을 포착하게 된다. 이처럼 서정주와 조지훈의 시는 그 이전 세대의 시적 성과를 잇는 작업이며, 박재삼 역시 그러한 측면에서 계보학적 흐름을 구성하게 된다. 서정은 작가의 독창적 산물이자 시대와 개인의 소통 흔적이다. 이런 측면에서 이들 세 시인의 작업은 독자적이면서, 동시에 역동하는 전후 서정시의 문학 장 내에서 공통성을 창출한다고 볼 수 있다. 그리고 박재삼이 애착을 보인 시조문학은 장르 자체에 전통성과 민족성을 내재하고 있다. 즉 시조라는 장르적 특수성에 이미 전통의 특질이 함의되어 있는 것이다. 다만 이러한 속성으로 인해 시조를 고루한 문학양식으로 오해하는 것은 경계해야 한다. 이에 당대 시조텍스트의 현실인식을 이호우와 이영도의 작품을 통해 고찰하고자 한다. 이들의 작품을 통해서 시조 장르에 고착되어 있는 폐쇄적 논란을 일축할 수 있으리라 기대한다.

전후 서정문학을 고찰하는 이 책의 논의는 크게 네 개의 축으로 정리된다. 첫째, 전후를 어떻게 규정할 것인가의 문제이다. '전후'라는 명명에 함의된 온갖 아우라에서부터 가시적 현상까지를 검토할 때 그 규정은 타당성을 획득할 것이다. 특히 국가파시즘이 본격화되는 분단 과정은 국가건설의 역설적 모순과 타자의 괴물화 작업을 수반하게 된다. 그러니 전후 문학은 문단사적 맥락뿐만 아니라 정치사적 맥락에서도 고찰되어야 한다. 이들은 혼종적으로 존재하고, 이러한 복합적 층위에서 시적 담론이 형성된다. 이때 1950~60년대 문학이라 지칭하지 않고 전후 문학이라 명명하는 것 자체가 이미 전쟁이라는 표상에 갇히게 되는 측면이 있다. 식민지 경험과 한국전쟁의 고통이 어떤 형태로든지 영향관계를 형성하기에 전후 문학은 전쟁이라는 수사로부터 자유로울 수 없다.

둘째, 비평적 논의가 본격화된 전후 문단에 대한 고찰이 필요하다. 전후 문학은 문단사에 있어서 전통에 대한 인식과 세대론의 시각에서 다층적으로 독해되어야 한다. 전통과 현대라는 길항이 결국 한국문학과 세계문학의 동일화 욕망에서 비롯되었음을 보여주는 그 비평적 고찰을 검토한 후에야 개별 '문학'을 논할 수 있을 것이다. 또한 격동의 근대사가 우리 문학 장의 경직성을 유도했다는 점 역시 진단할 수 있을 것이다.

셋째, 이를 토대로 문학사에서 '전통서정'이 제도화되는 과정을 검토해야 한다. 조지훈의 작업은 문장파에서 전후 전통서정시를 연결하는 역할을 한다. 정지용에 의해 추천된 문장파 출신 시인들은 전후 각자의 자리에서 문학사를 구성하게 된다. 특히 조지훈의 시적 성과는 대학 제도권 내에서 정전화 과정을 거쳐 시적 담론이 구성되는 과정을 보여주며, 전통서정시의 외연을 확장해 민중적 각성을 유도하는 적극적 발화로 나아간다. 그리고 서정주의 작업을 통해 문단 헤게모니에 따른 문단 구조의 재편성 양상을 발견할 수 있다. 신라를 문학적 상징으로 재구성하고, 전통서정시로 분류되는 시적 속성을 규정하게 된다. 이들의 계승자라 할 만한 박재삼은 『현대문학』을 통해 문단 내부로 습합되는 양상을 보여준다. 조지훈의 유기체적 자연관이나 서정주가 차용한 고전적 인물을 통한 미적 감각이 균형 있는 시적 구조물을 형상화한 것이 박재삼 시의 성과다. 이들의 전통인식 및 구성방식을 검토하는 일은, 전통서정 중심의 현대 시문학사가 구성되면서 야기된 일종의 폭력상황 혹은 이러한 형태의 시문학사를 종용한 상황에 대한 고찰에서 시작되어야 한다. 나아가 각 시인이 구축하는 시적 담론의 성격을 검토함으로써 '전통'이 인식되고 다시 시적 발화로 구성되는 형상을 조명할 수 있을 것이라 기대된다.

넷째, 전후 현대시조에 대한 고찰이다. 종래 시조문학은 국민문학파에 의해 재호출되면서 오늘의 문학양식으로 재정립하기 위해 분투하였다. 그럼에도 국민·민족이라는 대전제와 양반 사대부의 고상한 취미에서 촉발되었다는 장르적 근원으로 인해 시조에 대한 오해와 폄하가 보편화되었다. 이에 이호우와 이영도의 작업은 전통적 장르로서의 시조와 이에 함몰되지 않고 비판적 시대인식을 보여준다는 점에서 전후적 감수성과 장르적 한계 극복을 동시에 논의할 수 있을 것이다.

제2장 전후 서정문학의 시대응전 방식 탐색

1. 전후 서정의 전통 문제

한국 현대시사는 전통과 근대의 길항으로 구성되어 왔다. 이때 전통은 다양성의 분자적 역사를 통합하고, 동질성을 구현하는 정신적 역할을 수행해 왔다. 한민족이라는 허구적 단일성 아래, 그것을 부인하는 순간 타자로 배제될 것이라는 위협을 숨긴 채, 전통은 부인할 수 없는 우리의 정체성의 하나로 자리매김하였다. 이때 정체성은 단일한 조건으로 규정될 수 없다. 들뢰즈의 개념처럼 우리 문학사에서 전통은, 생성중인 '－되기'의 산물이다. 철저하게 기획된,[28] 만들

---

[28] 박정선의 지적처럼 "모든 기획은 목적과 목표, 방법, 주체를 필요로 한다. 이 가운데 주체가 가장 중요한 요소"인데, "주체가 없다면 기획 자체가 전혀 실현 불가능하기 때문이다"(박정선, 「민족국가의 시쓰기와 탈식민의 수사학」, 『민족문학사연구』 38, 민족문학사학회, 2008, 81쪽). 이러한 맥락에서 전통 담론 역시 이를 기획한 주체들의 자의식을 검토해야 한다.

어진 문학표상으로 전통을 이해해야 한다. 그렇기에 전통은 절대불변의 전형이 아니라 전형을 욕망하는 다양한 행위 자체라 할 수 있다.

당연하게도 전통은 근대적 산물로, 과거의 것을 토대로 현대를 구성하는 행위이다. 전통을 만들고 기획하는 행위 자체가 근대적 질서로의 편입을 의미하는 것이기 때문이다. 전통은 현대성, 곧 모더니티의 궁구로부터 시작되었다. 세계적 보편주의에 부합하는 민족적 특수성을 구축하기 위한 노력은 전후 상황에서 필수적인 것으로 읽힌다. 국가란 타자의 동일화를 강제하는 성향을 지닌다. 특히 이질적·대립적인 이념 논리가 추동한 한국전쟁의 여파로 단절과 배타적인 관계를 구성하게 되었다. 한국전쟁과 같은 내전일수록(혹은 세계사와 무관하게 한국 내부의 문제로 국한시키려는 움직임이 커질수록) 그 상처는 봉합하기 힘들고, 이념적 간극 역시 극복하기 어렵다. 이처럼 분열된 민족의 역사를 극복하기 위해 배타적 국가담론에 대한 거부감을 상쇄하는 역할을 일단의 전통 구성이 감당했던 것이다. 공동체가 해체된 상황에서 공허한 민족적 동질성을 말하는 대신 새로운 주체성을 강화하기에 이른 것이다.

"전통이란 단순히 과거로부터의 존속이 아니고 한 사회를 다른 사회와 구별하는 가치의식이기 때문에 전통의식이 없는 곳에 nationalism은 일어날 수 없"[29]다고 보았을 때, 전통을 내세우는 목적은 분명해 보인다. 특정 사회 집단의 가치관 형성과 이를 토대로 한 문화자본의 구성은 해당 공동체의 특이성을 형성하게 한다. 이로 인해 다른 집단과의 차이가 만들어지며, 그들만의 특수성을 창출하게 되는 것이다.

---

29) 한교석, 「전통과 문학」, 『사상계』, 1955.7; 최예열 엮음, 『1950년대 전후문학비평 자료』 1, 월인, 2005, 75쪽.

그렇기에 전통이란 한 공동체를 대변하는 문화적 기호라 볼 수 있다. 전통을 통한 동질성 회복이나 공동체적 질서 확립을 열망했던 사실 역시 이러한 맥락에서 검토 가능하다. 국민국가의 건설이 절실했던 시기에 전통의 창출과 발견이야말로 선행해야 할 작업이었던 셈이다. 전통 담론이 내세우는 국가 건설 혹은 민족 동질성 확립은 복고주의적 상고주의의 관점으로만 보기에는 한계가 있다. 전통 담론은 세계의 전복을 통해 혁명을 모색하는 일이기 때문이다. "전통의 계승에는 의도적인 노력이 따"르기에, 전통지향은 "복고적인 것이라기 보다는 미래 지향적인 것"30)이다. 이때 전통주의는 복고주의와 다르다. 복고주의가 절대주의적 관점에서 전통적으로 전해져 오는 양식이나 사상 따위를 답습하려는 것이라면, 전통주의는 그 역사적 유동성에 따라 새롭게 판단된 가치에 대한 상대주의적인 명명이라고 할 수 있다.31)

주지하다시피 전후 전통 담론에 대한 논의는 시사를 중심으로 전개된 데 반해 시조단은 아직 온전히 담론을 형성하지 못한 시기였기에, 전후 서정문학에서의 전통 담론에 대한 비평적 고찰은 시사를 중심으로 고찰할 수 있겠다. 다만 시조라는 장르에 기댄 민족 회복의 열망은 독해할 수 있을 것이다. 전후 시문학에 있어서 전통주의가 중요한 까닭은 정신적 카오스 상태였던 지식인들이 복구와 복원의 기원을 마련할 준거가 되었다는 점이다. 전통주의를 무비판적 입장에서 옛 문화양식을 답습하려고 하는 복고의 일환으로 독해하는 것은 위험하다. 어쩌면 단절의 시기에 적층된 문화의 지속성을 열망하

---

30) 박훈하, 「전통과 근대의 간극과 님의 부재 시학」, 『국어국문학』 32, 문창어문학회, 1995, 256쪽.
31) 남기혁 역시 이러한 논의를 펼치고 있다. 남기혁, 「전통주의의 전개」, 『20세기 한국시의 사적 조명』, 태학사, 2003, 278쪽 참조.

는 것은 자아발견의 일환으로 너무도 당연한 보호본능이기 때문이다. 그럼에도 새로움을 갈구한 전후 시문단은 전통에 호의적이지만은 않았다. 전쟁 상황은 그 이전의 산물들을 부정함으로써 새로운 질서 확립을 요청했으며, 자연스럽게 전통을 낡고 진부한 패배의 산물로 규정했다. 전통을 부정함으로써 새로운 질서를 구축할 수 있다고 생각하는 것은, 전통이라는 개념에 대한 정의 자체가 고착되어 있는 탓이다. 역설적이게도 전후 형성된 전통 담론은 전통 자체를 부정함으로써 구성된다. 부정의 전통이란 과거의 산물을 답습하는 것에 대한 경계이며, 새롭게 형성되는 현재적 의미의 전통을 기획하는 일이다. 낡은 것으로서의 전통이 아닌 현재를 재편하고 미래를 구성할 수 있는 가능성의 요소로서의 전통이 확립되어야 한다는 관점이다. 그러니 전통에 대한 다각적인 이해와 이에 대한 학문적 층위에서의 객관성을 구현해야 한다.

기본적으로 전통이란 과거적 산물의 지속성, 그 생명력에서 기인한다. 전통은 이러한 시간의 지속성과 이를 통해 함께 전승되는 정신적 가치에서 찾을 수 있다. 그리하여 전통이란 민족의 정통성을 표지할 수 있는 정체성의 하나로 인정받아 왔다. 그러나 이와 반대로 전통은 현재적 시간을 분절하고 역행한다는 측면에서 시간의 연속인 동시에 단절을 내재하게 된다. 과거적 시간의 지속은 현재 어느 지점의 분절을 통해서 구성되기 때문이다. "전통은 전통을 식별하고 자신이 '전통 속에 있음'을—행복하게 또는 불행하게—지각하는 의식이 있은 후에만 그 모든 인접하는 연상들을 수반하면서 현재화"될 수 있다. 곧 전통을 인식하고 구성하는 일은 주체의 재발견과 다르지 않다. 전통은 "당대의 사회적이고 문화적인 조직의 한 측면으로서 특정 계급의 지배에 봉사"[32]하는 현실적인 기능을 충족한다. 그래서 전통은 현재적 시간이나 역사를 장악하고 있는 지배집단의 창조적 생산물이라고 할 수 있다.

전통 담론은 역사적 위기의 순간에 재인식·재구성된다. "전통이란 언제나 현대의 사회적 창조물"[33]이라는 정의에 입각할 때, 전통 자체는 고착된 성질에 대한 정의가 아니다. 다만 전통이라는 명명으로 권위를 누리고자 하는, 혹은 전통이라는 개념 자체에 함의된 '권위의 지표'로부터 탈각하지 못하는 주창자들의 모순 때문에 전통에 대한 편견이 양산된다. 쉴즈가 말한 대로, 이미 존재했던 것은 "권위적 자명함authoritative self-eridence으로 유지"[34]된다. 그 자명함을 깨고 나올 때 시대를 초월한 전통, 혹은 오래된 것으로 미래적인 것을 재생산할 수 있는 가능성의 여지가 생길 것이다. 그러니 전통이란 낡고 오래된 것에 대한 명명이 아니라, 현재적 관점에서 그 효용성을 발휘할 수 있는 양식에 대한 명명으로 이해되어야 한다. 이때 전통이 권위가 될 수 있는 까닭은 그것이 민족이나 국가에 대해 하나의 태도를 취하기 때문이다. 주어 부재의 시대에 주어를 만들기 위한 전통의 복무가, 종래에는 주인이 되려 함으로써 폐쇄적인 이데올로기를 포장하는 데 이용된 것이다. 전통이란 과거의 창조적 현재화라는 측면에서 열린 개념이면서, 현재의 과거화를 야기한다는 측면에서 고착성과 폐쇄성을 동시에 내포한다. 그렇기 때문에 늘 스스로 경계해야 하는 가치다.

---

32) 차승기, 「동양적인 것, 조선적인 것, 그리고 『문장』」, 『한국근대문학연구』 21, 한국근대문학회, 2010, 35~36쪽 재인용.

33) 니시카와 나가오, 윤해동·방기헌 옮김, 『국민을 그만두는 방법』, 역사비평사, 2009, 217쪽 재인용.

34) 에드워드 쉴즈, 김병서·신현순 옮김, 『전통』, 민음사, 1992, 38쪽.

우리 문학사에서 전통적인 것에 대한 거부감이 형성된 까닭은 "김동리적"이거나 "서정주적인"35) 일단의 규범화된 문학질서 속에 스스로를 가두어버린 것에 기인한다. 이들이 장학한 문단 권력으로 인해 그 문학적 성과는 정치적 도구의 일환으로 평가절하 되었으며, 비슷한 경향의 작품 또는 작가들은 아류라는 불명예를 떠안아야 했다. 이것이야말로 우리 문학사에서 전통적인 것이 갖는 명암이랄 수 있을 것이다. 전통을 추구하는 태도는 단순히 과거적 시간을 가져와서 현재와의 동일화를 꾀하는 것이 아니라, 그것에 대한 냉철한 판단을 토대로 우리 자신의 생체험과 연동하는 현재적 과거를 모색하는 데 있다.

김동리는 '구경적 생의 형식'의 하나로 토속성을 제시함으로써 소위 한국적인 것의 가능성을 발견한다. 조지훈이 분석한 것처럼 김동리의 순수문학은 "보편적 의미로 본격―세계―문학, 특수한 의미로는 애국―민족―문학이란 말로 나타나는바 이 양면이 신(新)휴머니즘에 입각하여 동의어로 일체화된 것"이다. 이때 "동리(東里)가 보는 개성은 보편을 내용으로 하는 특수이기 때문에 그의 작품은 모두가 일견 기이한 듯한 성격을 등장시키면서도 그 구절은 평범(자연)에 도입(導入)하는 것이며, 따라서 그의 민족관은 개인적인 배타주의를 버리고 개성적인 연권주의(聯權主義)를 지향하는 민족 단위의 휴머니즘에 서게"36) 된다고 해석한다. 이 시대 한국적인 것은 범박하게는 김동리적인 것이나 서정주적인 것으로 도식화되고, 이를 역사적 상

---

35) 유종호, 「1950년대와 현대문학의 형성」, 강진호·이상갑·채호석 편, 『증언으로서의 문학사』, 깊은샘, 2003, 116~117쪽.

36) 조지훈, 「입명(立命)의 문학」, 『문학론』(전집 3), 나남출판, 1996, 132~133쪽. 이하 조지훈 전집의 경우 쪽수만 표기함.

처를 극복하고자 하는 휴머니즘적 탐구의 일종이라 봄으로써 순수문학은 스스로의 한계에 갇히게 된다. 우리 문학사, 특히 전후의 맥락에서 전통은 주인/주체-되기를 구성하는 일방식으로 작동한다. 그렇기 때문에 1950년대 이후 이어지는 전통 논쟁은 단순히 자율적인 문학계승방식으로 이해되어서는 안 된다. 그것은 과거를 수용하는 태도의 문제이자 오늘을 바라보는 관점의 차이로 확장해서 검토되어야 한다.

범박하게나마 전통의 속성을 정의하면, 첫째 시간적 지속성을 지향한다. 과거의 현재화는 기계적 시간체계를 분절하고 순환론적 관점에서 역사를 인식하도록 조력한다. 이 때문에 전통은 과거의 것을 가치 있는 것으로 전환함으로써 보수적인 성격을 띠게 되는 것이다. 둘째 현재성을 유지해야 한다. 전통은 단순히 과거의 복제에서 생산되지 않는다. 과거로부터 지속된 산물이 현재적 가치를 충분히 창출해 낼 때 비로소 전통이라 명명할 수 있는 것이다. 시간의 지속이 야기할 수 있는 보수적이고 고루한 속성을 경계할 수 있는 특성이 바로 전통의 현재성에 있는 것이다. 셋째 전통은 고유한 산물이어야 한다. 기본적으로 전통은 그것을 생산한 집단을 전제로 성립 가능한 개념이며, 민족의 문화적 특이성과 독자성을 표출할 수 있어야 한다. 전통은 보편을 지향하는 특수성의 산물이기 때문이다. 넷째 역사의식이다. 전통은 한 집단이 공유하는 이념적 산물로, 담론 공동체를 보다 견고하게 결속시킬 수 있는 요소다. 이때 한 공동체의 통시적이고 공시적인 역사에 대한 이해를 바탕으로 소통체계가 구성되어야 한다. 끝으로 시적 전통이라는 보다 구체적인 장에서 요구되는 덕목으로 미적 장치를 들 수 있다. 미적 장치는 전통의 정신사를 구성하는 내용적 층위이기도 하고, 그 외형을 형성하는 구조적 측면에 해당되는 것이기도 하다. 시적 담론으로서의 전통이 제몫을 감당하기 위해서는 반드시 이러한 미적 상상력을 그 구성요소로 충족해야 한다.

작금에 와서 굳이 전통 담론을 거론하는 까닭은 어제 없는 오늘이 없듯 내일을 구성하는 방식 역시 어제를 삭제한 자리에서는 불구적 산물만 반복 재생산할 뿐이기 때문이다. 그것은 오늘의 대한민국을 구성하는 역사를 올바르게 인식하는 일부터 시작하여, 그것이 문학장을 형성하는 데 미친 영향을 살피는 일과도 연관된다. 비판의 지점들이 많음에도 전통 담론을 고찰하는 일은 어제의 우리를 발견하는 일과 닿아 있기에 이를 통해 보다 냉철한 오늘의 고백이 가능하리라 믿는다. 무엇보다 전통을 앞세운 문학적 현실 인식 방식에 대한 진단으로 사회에 대한 문학적 진실을 규명할 수 있을 것이다.

근대사의 진행 양상으로 인해 전후 전통은 새로운 국가의 성립과 더불어 불구적인 형상으로 구성된다. 다만 시문학사에서 이것이 서정이라는 형식적 장치와 조우함으로써 다양한 스펙트럼으로 확장될 수 있었다. 전후 서정시는 형이상학적 동일성을 추구한다는 점에서 순수서정의 산물이면서 지배 이데올로기의 시적 장치라는 점에서 문학─정치적 산물이다. 이러한 모순에서 전후 서정시의 성격을 짐작할 수 있다. 전후 문단에서 서정은 전통의 보수성을 해소하거나 강화하는 장치로 작동한다. 반공 이데올로기로부터 문학적 예술성을 지켜낼 수 있었던 것도 서정의 힘이다. 서정이 '순수' 이데올로기를 강화함으로써 공산주의의 대타항으로 자리매김하고, 이를 통해 정치적 목소리가 탈각한 시적 발화로서의 서정시의 절대적 가치를 구성하게 되었던 것이다. 역설적이게도 반공 문학에 대한 대항으로서의 순수시가 불온한 시대에도 문학을 문학으로 존재하게 하는 데에 큰 기여를 했던 것이다.

한국시사에서 '서정'은 논란거리가 아니며, 이미 자명한 개념으로 이해된다. 이에 대한 문제제기는 꾸준히 이뤄졌으며 특히 2000년대 들어 서정시란 무엇인가라는 물음과 함께 논의되고 있다. 서정이라는 기호가 갖는 상징성에도 그 균열을 논박하는 오늘에 있어서도 서정이 갖는 권위의 일면을 인정함으로써 문제제기가 가능하다. 김준오에 의하면, "시인은 시 속에 화자로서 '현존'하고, 이 화자는 하나의 뚜렷한 개성을 지닌"다. 시는 "시인과 화자의 동일시"의 산물로 "시인의 경험 그 자체라는 '미적 연속성'으로 연결된다".37) 이러한 속성 때문에 서정시는 시인의 가치관 그 자체로 이해되곤 한다. "서정시는 주관적이지만 무엇보다도 보편적인 것으로서의 정신적 삶을 묘사하고자 한다. 서정시의 특성은 개인적인 것을 시대적이고 역사적인 것으로 전환시키면서 나타난다."38) 또한 역사적인 사건을 개인적인 것으로 전환하는 데서도 서정을 발견할 수 있다.

식민지 경험으로 인한 민족주의에의 집착과 분단 그리고 냉전체제로 인한 반공주의의 체화 등은 많은 부분 문학인의 자율성을 빼앗는다. 특히 민족주의에 기반한 반공주의는 전후의 지배적 이념으로 자리하게 된다. 이러한 이데올로기적 지향성 아래 탄생한 전통담론에 대한 고찰은 그 문학적 산물의 하나인 서정시를 통해서 분석할 수 있다. 전통 담론은 서정의 범주를 고착시킨다. 전통이라는 이데올로기적 산물이 서정과 결합하는 일과정은 한국문학사에서 서정시 자체를 민족적 서정시로 고착하는 데 일조하게 된다.39) 서정이라는

---

37) 김준오, 『현대시와 장르비평』, 문학과지성사, 2009, 313쪽.

38) 최호빈, 「김영랑 시의 서정성 연구」, 『어문논집』 64, 민족어문학회, 2011, 324쪽.

39) 이경철은 한국 순수시에 있어서의 서정성의 문제를 천상병과 박용래의 작품을 통해서 정치하게 분석하고 있는데, 특히 서정시의 본질에 대한 궁구와 범주 설정의 문제 등에

문법적 장치는 전통을 구성하는 시적 역할을 수행할 수 있다. 전통 인식을 토대로 한 전후 서정문학을 검토하는 일은 한국적 서정이 만들어지는 과정에 대해 궁구하는 일이기도 하다.

우리가 부정해야 할 것은 초기 모더니즘과 청록파라고 생각했어요. 청록파는, 실은 그들이 나하고 다 친구처럼 지낸 사람들이지만, 자연주의적인 요소가 강한 것이어서 우리 전통 사회 속에서는 가능하고 그 나름의 아름다운 시라는 점을 인정할 수 있고, 또 역사적으로 시사 속에서 일정한 위치는 있으나, 8·15 해방 직후 자유의 물결이 들어오고 현대문화가 일시에 쏟아져 들어오는 시점에서 세계적인 도시의 집중화 현상이 있는데 전원에서 소요하고 있는 시는 이미 낡은 것이 아닌가 하는 것이 우리의 주장이었어요. 그들이 서정시를 완성했다는 점에서는 존경하지만 현대 도시 문화 속에 있는 우리 생활에 있어서는 일종의 소풍시일 뿐이라고 비판했었지요.[40)]

김경린의 비판은 서정과 전통을 동일시하는 시문학 장의 풍토를 잘 보여준다. 그러나 이러한 지적은 서정시에 대한 일차원적인 이해에서 비롯된 것에 지나지 않는다. 그들이 지향한 모더니즘 시를 이해함에 있어서도 서정적 요소를 배제할 수는 없다. 서정은 모든 예술영역에 기본이 되는 요소이기 때문이다. 한국문학에서 서정은 lyric (lira 노래)의 번역어 역할을 한다. 주로 헤겔이나 에밀 슈타이거 등

천착함으로써 여타의 문제제기 없이 수용되던 '서정'에 대한 논의를 본격화하고 있다는 측면에서 괄목할 만한 성과물을 보여주고 있다. 이경철, 「한국 순수시의 서정성 연구」, 동국대 박사논문, 2007.

40) 김경린, 「현대성의 경험과 모더니즘」, 강진호·이상갑·채호석 편, 앞의 책, 36쪽.

독일 낭만주의자들의 서정적 발화를 이론적으로 차용한 것이다. 특히 헤겔은 시를 서정적인 것, 서사적인 것, 그리고 극적인 것으로 구분함으로써 넓은 범주의 장르적 층위에서 시를 이해하고 이를 다시 하위분류하여 고찰하였다. 이는 아리스토텔레스가 시학에서 논의한 바 있듯이 문학적 장르에 대한 통칭으로서의 시(詩)=문학의 범주적 이해가 바탕된 것이다. 슈타이거 역시 서정적 양식(회감), 서사적 양식(표상) 그리고 극적 양식(긴장)으로 장르를 세분한다. 이들이 장르를 구성하는 기저에는 세계의 자아화 같은 동일성의 시학이 깔려 있다. 이들의 장르 인식에 있어서 서정시의 서정적인 것 안에는 주·객체의 간격이 성립하지 않는 내면의 동일화가 이루어진다.41) 이때 서정적 양식의 특징으로 단어의 음악성과 의미와의 통일성, 반복구 등의 언어 활용, 문법적 논리적 직관적인 연관성의 파기 끝으로 고독의 문예 성향 등을 제시한다.42) 이러한 측면에서 서정은 언어를 토대로 한 주관적인 표현장르라 정의할 수 있을 것이다.

전술했다시피 우리 시사(詩史)에서 서정이라는 문법은 전통을 견고하게 하는 역할을 담당해 왔다. 언어, 즉 한글 체계의 확립은 이러한 서정의 문법을 구성하는 가장 우선적인 조건이다. 언문일치는 서정을 표현하는 데 훨씬 적확했으며, 그 표현방식은 일단의 패턴을

---

41) 고봉준은 서정 개념의 이중적 의미맥락에 대해 정치하게 분석한 바 있다. 고봉준, 「서정시 이론의 성찰과 모색」, 『한국시학연구』 20, 한국시학회, 2007 참조.

42) 에밀 슈타이거, 오현일·이유영 옮김, 『시학의 근본 개념』, 삼중당, 1978, 82쪽 참조. "우리가 영혼이라고 하는 것은 신체 속에 살고 있는 불멸의 인간 요소라는 관념과는 별개다. 우리가 정신이라고 부르는 것은 신에 의해 타오르는 내면의 빛이 아니다. 오히려 양자에 있어 문제되는 것은 존재자 즉 열려지는 대상과 상태들의 존재방식 외에 어떤 다른 실체를 지니고 있지 않은 본원적인 존재 가능성인 것이다. 영혼은 회감(回感, Erinnerung) 속에 떠오르는 정경의 유동성이다. 한편 정신은 보다 큰 전체적인 것을 자체 속에 제시하는 기능적인 것이다."(286쪽)

구성하게 된다. 박재삼 등 많은 문학인들은 한글에 대한 강한 집착 / 애착을 바탕으로 창작을 전개했다. 이는 서정장르에서 민족적 정 체성을 발견하는 근거이기도 하다. 일반적으로 서정은 '서정적 서정 시'를 가리키는 말로 문학적·심미적 자율성을 담보로 하는 장르다. 주관을 통해 자아와 세계의 형이상학적 동일시를 꾀한다는 점에서 미적 자율성을 지향하지만, 전후 상황에서 서정은 작가의 시대인식 에 부합하는 산물이기도 하다. 언어는 그것 자체로 민족성을 보여주 는 표지다. 때문에 서정시는 현실과 괴리된 산물이 아니라 현실을 표현하는 방식이자 민족 공동체의 집단사와 주체적 개인의 삶을 동 시에 발화하는 장르라 할 수 있다. 물론 권혁웅의 지적처럼 서정시에 서 더욱 중요한 덕목은 주체와 객체 사이의 간극이나 언어 운용 방식 등이 아니라 이러한 구조가 야기하는 정서다. 그는 시적 서정의 존재 방식을 장르론으로서의 서정, 존재론으로서의 서정, 비평적 계열체 로서의 서정, 그리고 관습화된 비평용어로서의 서정으로 나누어 고 찰한다.[43]

　"서정이란 인간 정서의 본질적 영역과 공시적 문학 공간에서 만들 어지는 다른 힘들의 길항 사이에서 존재한다"는 지적은 정당하다. 또한 "서정이란 감각적 세계에 속하는 것이면서 동시에 높은 정신적 경지라는 도덕적 가치와도 불가분하게 밀착되어 있다"[44]고 했을 때,

---

43) 권혁웅, 「서정시의 새로운 논의를 위하여」, 『시적언어의 기하학』, 새미, 2001, 26~41쪽 참조.

44) 김현자, 「서정의 본질과 변모 양상」, 『현대시의 서정과 수사』, 민음사, 2009, 204쪽. 김현자 는 서정의 범주를 일차적으로는 리듬, 이차적으로 관념과 현실이라는 조항 아래 규정한 다. 특히 "시적 서정과 리듬의 긴장 관계"(206쪽)를 유지할 때 서정의 미학적 완결성을 구축할 수 있다고 평가하며, 이러한 조화가 잘 이루어진 시적 성과로 김영랑, 박목월, 박용래, 박재삼 등을 들고 있다. 즉 시어의 선택이나 그 배치법 등은 리듬과 서정이 영향을 주고받는 대표적인 방법이라는 것이다. 그리고 "순수한 서정의 세계는 초월적,

서정의 임무는 주관적 감정의 발화 그 너머를 지향한다. 그것은 통시적 역사성과 공시적 시대감각을 어떻게 서정화할 것인가라는 고민을 통해서 생산될 수 있는 까다로운 형태의 새로운 서정을 요구한다. 이때의 새로운 서정은 윤리적 감각을 바탕으로 한 시대의식과 심미적 구조물로서의 문학성의 구현을 두루 만족하는 것을 일컫는다. 때문에 서정이 전통이라는 수식어를 만나게 되면 민족이라는 공동체적 정서를 환기하게 되는 것이다. 흔히 민족적 리듬이라고 불리는 민요적 율격으로 구성된 김소월의 시편들을 두고 1920년대를 대표하는 한국 전통서정시라고 규정하는 것도 이러한 이유에서다. 그러니 서정은 그 표현 기법뿐만 아니라 정신적 가치의 문제, 혹은 시대의식이라고 말할 수 있는 사회적 발화장치의 하나로 기능하게 된다. 서정은 스스로 고고하면서, 동시에 일상적인 것이다. 특히 전통서정은 전통의 권위가 서정이라는 시적 문법과 만나 주제의 경계를 초월함으로써 그 영역을 확장하기에 이른다.

장르는 부정을 통해서 태어나는 산물이다. 그래서 또 다른 부정의식이 장르 자체에 내재하게 된다. 서정과 비서정의 경계는 뚜렷하지 않고 그것을 규정하는 일 역시 쉽지 않다. 본질적으로 서정은 주관의 영역, 그 독백적 고백체를 기본으로 한다. 람핑이 '자기발언'으로서의 서정시를 전통서정시의 근본적인 전제로 삼았듯이,45) 서정은 일인칭 장르다. 그러나 서정이 자기 표현, 그 발화의 장치로만 정체될 때 그것은 일정한 한계를 지닌다. 서정은 개인의 양식이라는 한계를

시공간과 연계되어 있으며, 추상적인 이념의 세계"(210쪽)와도 닿아 있다고 전제하면서 서정이 보편적인 삶의 감각을 담아내는 것, 현실과의 긴장 관계를 적절히 유지하는 것이 중요하다고 말한다.

45) 디이터 람핑, 장영태 옮김, 『서정시: 이론과 역사』, 문학과지성사, 1994, 98쪽.

극복하기 위해서 끊임없이 외부 세계와의 소통을 시도해야 한다. 전통이라는 수사는 담론공동체의 삶과 사상 전반으로 서정을 호출한다는 점에서 이러한 소통의 산물로 이해할 수 있다. 그 교류의 산물이 서정시의 다양한 하위 장르들이다. 그러니 사회적 사건 혹은 여타의 타자와의 관계 속에서 파생되는 산물이야말로 서정장르라고 말해져야 한다. 서정은 폭넓은 다양성을 내재해야 하며, 그랬을 때 서정의 가능성을 발견할 수 있을 것이다.

그렇기에 전통서정시는 전통과 서정이라는 수식어에 갇혀, 낡고 오래된 양식적 개념에 안주하거나 만족할 것이 아니라 유동하는 장르적 개념을 확보해야 한다. 이때 간과하지 말아야 할 점은 '유동성' 개념에 한계를 부과하는 일이다. 유동성이라는 이름으로 장르를 모호하게 만들어서는 안 된다. 한민족의 서정 양식은 언어감각과 서정적 정조의 발현이라는 최소 원칙을 만족하는 것에서 시작해야 한다. 그 다양성이 변이의 형태로 대두하게 되는 것은 시대적 변화를 내재화하면서 비롯된다. 시효성과 대중성을 만족하기 위해 만들어지는 하위 장르의 배출이 그것이다. 우리 시사에서 전통서정시는 순수시에 대한 명명이기도 하거니와, 여기에는 예술적 미학성뿐만 아니라 다양한 영역의 고전적 전통을 응시하는 민족적 주체성과 같은 역사의식까지 함의한다. 토속적 자연주의를 민속적이고 전통적인 산물로 쉽게 치환하는 것 역시 이러한 맥락에서 가능하다.

한국적 전통이란 민족정서의 구현을 의미하며, 서정이란 개인감정의 소산으로 보편적 정서의 개인화 작업을 뜻한다. 응축과 간결의 구조적 미학이 서정의 본질이다. 한국 시문학사에서 전통적 서정시의 위치는 고착되어 있다. 장르 규정 자체가 문화적 조건에 따라 가변성을 띤다고 했을 때조차도, 문학사에서 전통적 서정시의 위상은 큰 스펙트럼을 형성하지 못했다. 이는 문학사를 경계-짓는 정치적인 행위에 많은 부분 빚지고 있다. 대문자 문학사에서 전통서정시는 다른 장르적 논의에서조차 자유롭지 못하다. 가령 모더니즘과 민중시에 밀려 비판받을 때조차도 그 대립항으로서 전제되는 것 역시 전통서정시였다. 현실성이나 역사성이 부재하거나 현대성이 결여되었다는 비판에서조차 '새로운 양식'의 자리-잡기는 전통적 서정시를 대립항으로 정좌·규정지으면서 시작되었다. 때문에 서정주의(lyricism)의 의미망을 진단하는 일은, 서정에 대한 물음을 통해 시적인 것을 고찰하게 한다는 점에서 시의 속성을 고민하는 본질적 물음과 닿아 있다고 볼 수 있다.

전후 전통서정시는 문학이라는 '고고한' 방식을 통해 동일 목적—민족 동질성의 회복—구현을 지향한다. 그렇다면 전통서정시를 규정할 수 있는 조건은 무엇인가. 일반적으로 서정적인 감수성이 느껴지는 작품을 두고 뭉뚱그려 전통서정시라는 수식을 부여하지만, 이에 대한 보다 체계적인 정리가 요구된다. 전통과 서정이라는 맥락이 각각 어떻게 조응하는지를 규명해야 하는 것이다. 전통과 서정의 접점은, 민족 공동체가 일군 문화 및 역사와 각 구성원의 삶이 만나는 자리에서 발견된다. 즉 전통과 서정은 역사와 개인의 만남이나 소통으로 이해될 수 있는 것이다.

전통서정시의 일반적인 구성요소를 살펴보면 우선, 시적 감수성의 서정적 지향 혹은 서정적 상상력의 발현이 그것이다. '서정'이라는 개념을 단순화하면 감정·정서를 의미한다. 서정이라는 감수성은 민족성과 불가분의 관계에 놓인다. 민족은 상상의 공동체이지만, 동일한 역사적 사건을 겪으면서 함양하게 되는 역사적 감수성 혹은 오랜 동안 동일한 시·공간에서 함께 생활함으로써 저절로 집적된 생활 감수성 등이 비슷한 서정성을 양산하게 된다고 볼 수 있다. 그리하여 만들어진 혹은 명명된 것이 한(恨)이라는 정서이다. 물론 한이라는 규정 자체는 지극히 근대적 산물—서정, 전통 등의 개념을 규정하는 행위 자체가 이미 근대적 사유의 발로—이나 그 개념이 생성되기 전부터 우리 민족이 겪은 역사적 경험의 층위 등을 포괄하는 체험적 사건들이 응결되어 있다고 하겠다.

둘째, 리듬감이 살아있는 운율, 즉 율격의 미학을 구성하는 언어감각이다. 시는 '읽는 / 읽히는' 문학 양식이지만 동시에 낭송되고 불리는 노래로서의 가락이 살아있어야 하는 양식이기도 하다. 흔히 민요조의 3음보라든가, 시조의 4음보 등이 그 대표적인 율격이다. 쉽게 암송할 수 있는 가락의 구성은, 한글에 대한 깊이 있는 이해를 바탕으로 해야 한다. 가령 한글 단어의 구성에 있어서 2~3음절이 주조를 이룬다고 했을 때 이러한 언어구성을 통한 리듬감의 극대화를 고려해야 하는 것이다. 이는 산문시의 경우에도 해당되는 논의이다. 산문시라고 해서 그 율격이 없는 것은 아니다. 산문시일수록 언어적 특성을 감안한 가락이 살아있어야 한다. 언어관습에 녹아 있는 자율적 운율을 발견·직조하는 것이야말로 서정시의 기본요소라 할 수 있다. 또한 이러한 율격을 통한 한국적 감각의 구축은 민족, 나아가 그 민족의 전통을 대변한다고 볼 수 있다.

셋째, 인생에 대해 노래해야 한다. 일본 하이쿠(俳句)의 경우 5-7-5조의 짧은 형식을 띠지만 그 안에는 자연과 계절, 그리고 인생에 대한 성찰이 담겨 있다. 마찬가지로 서정의 소재는 삼라만상 그 무엇도 될 수 있으나, 그것을 통해 인생이 드러나야 한다. 당대를 살아가는 삶의 층위가 서정이라는 장치를 통해 발화되어야 하는 것이다. 주체의 발화, 즉 민족 구성원인 개별 주체의 발화를 통해 현실 자체가 문학으로 재구성되는 것이다. 그리고 자연의 시적 형상화를 통해 민족적 가치관이나 삶의 변모 양상을 발견할 수 있다. 그렇기에 대상으로서의 자연은 적층된 민족의 삶이 깃들어 있는 인생 그 자체를 발화하는 역할을 수행한다.

넷째, 전통서정시는 시대감각을 겸비해야 한다. 시대감각을 달리 표현하면 역사의식이 될 것이다. 전통서정시는 민족 공동체의 경험에서 생산된다. 역사적 주체로서의 개인의 역량과 그 윤리의식을 토대로 창작되어야 한다. 종래 서정시를 현실로부터 괴리된 산물로 인식한 것에 반해, 전통서정시는 창작자 나름의 역사의식을 토대로 현실인식을 표출해야 한다. 주체와 사회의 문학적 소통은 시적 담론을 구성하는 큰 축을 담당하기 때문이다.

이들 구성요소를 종합하면, 전통서정시는 해당 공동체의 공통감각이 상상력을 통해 발현된 산물로 볼 수 있다. 특히 전후적 상황에서 이러한 공통감각은 시대에 응전하는 개인의 시적 대응을 의미하는 것이기도 하다. 전통이라는 수식어는 민족 공동체의 동질성을 전제할 때 성립될 수 있기에 그들이 공유하는 역사 감각 혹은 유사한 감성적 자장을 간과하지 않아야 한다. 또한 서정은 각 개인의 자유로운 상상력을 토대로 하기에 문학적 표현 장치로서의 형식과 표현의 미학적 층위뿐만 아니라 개인의 감정적 발로로서의 문학까지를 생각해야 한다. 때문에 전통서정은 이러한 두 개념적 정의의 공통분모, 그 교집합 위에서 이루어질 수 있다. 무엇보다 추상적 세계의 구체화라는 점에서 전통서정시의 구성원리를 진단하는 일은 주관적인 한계를 감수해야 한다. 그러나 정체성을 구성하는 요소가 무수하듯이 전통서정시의 구성요소 역시 가변적이다.

전후적 혼란은 "세계적 질서를 다시 회복하려는" 움직임과 "재질서화 자체를 부정하고 불신하는"[46) 상반된 태도로 나타난다. 이때 전통서정의 회복은 주체 발견을 통한 질서화 작업의 일환이다. 전후 시문학 장에서 전통 담론의 형성은 서정시의 성격 형성과 범주 확정에 영향을 끼친다. 서정은 순수의 다른 표현으로 이해되고, 반공문학의 성격을 강화함으로써 지배 이데올로기에 부합하는 양식으로 고착된 측면이 있으며, 시대에 따라 민족 혹은 민중을 앞세움으로써 장르적 유연성을 유지하였다.

2. 전통계승과 단절의 논리

문단사에서 본격적인 비평적 논쟁은 1955년을 기점으로 전개되었다. 특히 『사상계』에 실린 「한국문학의 현재와 장래」라는 좌담회에서 김팔봉, 백철 등은 사회적이고 세계적 보편과 연계되는 작가 개성의 중요성을 역설하고, 전후 상황에서 문학적 지향은 주체성 확립과 전통의 발견에 있다고 주장한다.[47) 백철은 "우리나라 文學史가 왜 模倣史가 되었느냐 하면, 적으나 많으나 自己의 어떠한 獨自的인 것을 찾아내서 그걸 가지고 中心을 삼지 못했다는데에 模倣史가 될 수 밖에 없는 하나의 根本的인 原因이 있다고"[48) 진단한다. 이는 근대 문학사가 지나치게 서구 추수적인 태도로 일관한 것에 대한 일침이다. 우리 민족만의 문화적 특이성에 내재한 장점을 충분히 인지하지 못한 상태에서 일방적으로 외래사조를 모방하는 것은 문

---

46) 최승호, 『서정시의 이데올로기와 수사학』, 국학자료원, 2002, 101쪽.
47) 김팔봉 외 6인, 「한국문학의 현재와 장래」, 『사상계』, 1955.2, 196~222쪽 참조.
48) 백철, 위의 글(「한국문학의 현재와 장래」), 205쪽.

제라는 것이다.

김팔봉 역시 "우리가 가지고 있는 그 主體性에 내포될 수 있는 傳統이라는 것은 우리의 結局 先祖때부터…… 할아버지 曾祖, 高祖 때부터의 性格, 그것을 硏究해야" 한다고 지적한다. 그는 이를 "朝鮮 的인 性格"이라고 호명하고, "朝鮮的인 性格을 探究하려면 現實에서 探究"[49]해야 한다고 덧붙인다. 이때 조선적인 성격이란 오랜 시간 민족 공동체가 형성해온 다양한 문화를 일컫는다고 볼 수 있다. 생활 세계에서 자연스럽게 구성된 산물을 토대로 전통이 구성된다는 것 이다. 그가 인식하고 있는 전통이란 한 사회가 세대를 거듭하면서 적층된 풍토성의 다름 아니다. 때문에 전통에 대한 이해는 민족의 역사와 연관될 수밖에 없다.

백철 역시 이러한 맥락에서 "우리의 歷史가운데에서 新羅같은 時 代의 花郞制度下의 人間을 좀더 具體的으로 파고 들어가면 그 가운 데에 어떠한 人間的인 무엇을 發見해서 再出發시킬 要素가 있"[50]을 것이라고 기대한다. 현시대의 위기와 불안을 타개할 수 있는 방법적 모색을 역사에서 찾는다는 발상이다. 특히 삼국을 통일한 신라의 경우, 군사력뿐만 아니라 문화적 부흥 역시 매력적인 요소임이 분명 하다. 때문에 해방기와 전후에 신라에 대한 연구가 활발하게 이루어 졌던 것이다. 이러한 맥락에서 백철도 신라의 화랑제를 분석함으로 써 오늘의 문제를 해소할 수 있는 방편이 마련되지 않을까 기대했던 것으로 보인다.

이 좌담회에서 이무영은 이런 조선적인 것을 '인간'에서 찾고, "文

---

49) 김팔봉, 위의 글(「한국문학의 현재와 장래」), 206~207쪽.
50) 백철, 위의 글(「한국문학의 현재와 장래」), 207쪽.

學이라는 것은 結局人間을 硏究하는 것"이면서 "作家的인 個性"을
바탕으로 한 "인간창조"51)의 작업이라고 주장한다. 이는 앞선 논자
들의 견해를 종합한 것이면서, 동시에 문학적 문제의식을 표출한
것으로 이해할 수 있다. 인간이란 보편적인 맥락에서 인류 전반에
대한 호명이자 민족적 특성을 전제한 의미로 읽힌다. 전후의 절망을
극복하기 위해서는 인간 존엄성뿐만 아니라 민족적 정체성을 바탕
으로 한 주체성 확립이 필요하며, 이를 문학적으로 형상화할 때에는
단순한 모방이 아니라 작가적 개성이 요구된다는 것이다. 전후 전통
논쟁은 이러한 문제의식에서 추동되었다고 볼 수 있다.

1) 전통 부재와 단절론

전후는 식민지의 상흔과 한국전쟁이라는 역사적 사건으로부터 자
유로울 수 없는 연대기이다. 전쟁은 인간 지성에 대한 의문을 제기하
고, 그것이 결국 허상에 불과하다는 것을 반증한다. '전쟁 상황'—물
리적 상처와 심리적 기억으로 인해 전쟁은 종료될 수 없는 성질의
것이라고 했을 때, 이 전쟁 상황이 뜻하는 시기는 한정될 수 없다—
에서 불안과 우울, 그리고 절망을 극복할 수 있는 방편에 대한 고찰
은 그 시대 문학이 수행해야 할 최우선적인 고민이었을 터이다. "왜
인류는 진정한 인간적 상태에 들어서는 대신에 새로운 종류의 야만
상태에 빠졌는가?"52)라는 탄식에서 전쟁 상황이 야기한 시대적 고

---

51) 이무영, 위의 글(「한국문학의 현재와 장래」), 208쪽.

52) 아도르노·호르크하이머, 노명우 옮김, 『계몽의 변증법』, 살림, 2005, 106쪽. 아도르노에
따르면, 잘못된 계몽은 또 다시 계몽을 통해서만 극복될 수 있다. 이러한 연속성의 사유
속에서 역사란, 삭제의 대상이 아니라 극복의 산물이다. 아우슈비츠는 전쟁의 참혹함뿐
만 아니라 더 이상 인간이 아닌, 인간이 살해된 현장을 목도함으로써 호모사케르(아감벤)

통과 고민을 짐작할 수 있다. 전쟁은 죽음의 공포와 불안을 야기함으로써 실존적 위기를 조장했으며, 인간의 존엄성과 생명존중 가치를 말살하기에 이른다. 또한 전쟁으로 인한 신념과 가치의 붕괴는 당대인들의 존재적 자존감을 해체하기에 충분했을 터이다. 그러므로 전후의 문학이란 이러한 상황이 야기한 허무나 절망 따위를 어떤 형태로든지 극복하기 위한 방편의 일환이면서, 생존과 실존을 갈망하는 처절한 몸부림이었다고 할 수 있다.

전후적 상황에서 전통인식은 식민지와 신탁, 그리고 한국전쟁으로 이어지는 역사적 격동기를 어떻게 이해할 것인가라는 문제에서 출발한다. 저마다의 역사인식은 전통을 수용하는 데에 있어서 상반된 입장을 불가피하게 만든다. 우선 오늘의 우리가 현대를 구성함에 있어서 역사 또는 그 산물을 계승해야 할 대상이 아니라 단절해야 할 부정의 대상으로 이해하는 전통단절론의 관점이다. 그리고 전통의 필요성에 대해서는 어느 정도 인정하지만, 우리 역사에는 계승할 만한 전통이 없다고 보는 전통부재론적 관점이 있다. 이들 두 입장의 경우, 우리 민족이 겪은 좌절과 절망의 역사를 부정적으로 인식함으로써 과거로부터 배울 점도 계승할 가치도 없다고 생각한다.

이어령은 폐허 상태에 갇힌 자의식으로 당대 전통 논의 전체를 폄하한다. 그가 비판하는 것처럼 "전통이란 강이나 산맥처럼 면면히 이어지면서 재생산되어 가는 어떤 흐름이요 그 에너지요 그 기준인데, 근대 한국문학의 역사를 보면 알 수 있듯이 그것은 강이 아니라 제가끔 파놓은 웅덩이"[53]에 불과할지도 모른다. 그럼에도 새롭게

적 존재를 양산한다. 죽음조차 죽은 현장이 곧 아우슈비츠인 것이다. 이러한 비극은 식민지와 한국전쟁을 건너온 한국사에서도 크게 다르지 않다.

53) 이어령, 「전후 문학과 '우상'의 파괴」, 강진호·이상갑·채호석 편, 『증언으로서의 문학사』,

구성되는 전통의 가능성은 고찰되어야 한다. 식민지와 전쟁 상황 등에 직면했던 근대사를 단절의 산물로만 치부한다면, 잠정적인 식민 상태인 신탁과 이후 세계질서에 함몰된 국민국가 역시 주체적 연속성으로 이해하기에는 한계가 있기 때문이다.

시적 전통이란 우선 시인의 존재적 뿌리에 대한 자기점검에서 비롯되는 것이어야 한다. 이러한 관점에서 전후 전통담론의 전개를 살펴보면, 이어령은 전통부정론자로 김동리나 서정주로 대표되는 전통주의에 반발한다. 그러나 당대 전통론자들의 한계는 엘리엇의 전통론에 근거해 조선적인 것을 구성하고자 했던 모순에서 발견된다. 전통적인 것이란 곧 한국적인 것으로 이는 '서정주적'이거나 '김동리적'인 것으로 치환된다. 토속적이거나 민족적인 것을 전통이라 치부함으로써 전통적인 것 자체를 단순화시키는 오류를 범하게 되는 것이다.

세대론적 관점에서 이어령은 1950년대를 "하나의 문장이 끝"난 지점이라고 명명하면서, "다음 문장은 우리들에게서부터 시작된다는" 점을 명확하게 한다. "전세대의 역사가 종식된 그 흔적의 '피어리어드'"54)에서 '주어 없는 문장의 비극'을 극복하여 '주어'를 발견하는 일만이 새 시대의 지형 위에서 요청되는 바이고, 전통을 계승한다는 것은 시대착오적이라는 것이다. 즉, "구경(究竟) 낡은 유물은 그 낡은 구세대의 시간과 더불어 소진되기 마련이며 혹은 박물관의 진열장 속에 정좌한 골동품으로서의 운명을 지니게" 될 뿐이라고 말한다. 그렇기에 이어령은 전통을 내세우는 것은 "기생충의 모습"을

깊은샘, 2003, 64쪽.

54) 이어령, 「주어 없는 비극: 이 세대의 어둠을 향하여」, 『조선일보』, 1958.2.10~11; 남원진 엮음, 『1950년대 비평의 이해 I』, 역락, 2001, 345쪽.

한 "우상"[55) 숭배에 불과하다고 보았으며, "불의 작업으로써 출발하는 화전민" 정신이야말로 새 시대의 신세대 문학인들이 갖추어야 할 덕목이라고 주장한다. 덧붙여 화전민 의식을 갖춘 문학인은 "모든 것을 언어에 의하여 표현되어야 하고 그 표현은 하나의 '에고'를 가져야 한다"[56)는 것이다. 전통에 대한 그의 부정의식은 주체를 상실한 역사에 대한 비판적 진단에서 비롯되었다고 볼 수 있다.

예컨대 이어령은 전통론에 대한 자신의 입장을 "문학을 내재적인 구조로 파악할 때에는 전통 부재론이 되는 것이며, 문학을 외재적인 사회 문화와 연결할 때에는 전통 단절론이 되는 것이라고" 밝힌 바 있다. 그는 최근의 증언에서 전통에 대한 관념을 개인이 아닌 세대가 공유해야 할 문제라고 생각한다면서 자신들은 "일본을 우리 조국이라고 배우며 일본말을 배우고 성장한 사람"으로 "기타하라 하쿠슈의 동시를 서정주나 한용운의 시보다 먼저 배운 세대"라 설명하고, "심리학에서 말하는 '살부 상징(殺父 象徵)'이 전통의 부재, 단절 또는 파괴로까지 향하게"[57) 되었다고 회고한다. 이와 같은 증언을 통해서

---

55) 이어령, 「우상의 파괴: 문학적 혁명기를 위하여」, 『한국일보』, 1956.5.6; 남원진 엮음, 위의 책, 139쪽.

56) 이어령, 「화전민 지대: 신세대의 문학을 위한 각서」, 『경향신문』, 1957.1.11~12; 남원진 엮음, 위의 책, 193~195쪽.

57) 이어령, 「전후 문학과 '우상'의 파괴」, 강진호·이상갑·채호석 편, 앞의 책, 67쪽. 1920~30년대 태어나 일제 식민지하에서 교육을 받은 일단의 지식인층은 1950년대의 민족적 비극 역시 목도한 부류이다. 때문에 그 표출의 차이는 있겠지만 누구도 이러한 역사적 트라우마로부터 자유로울 수 없다. 이들 1950년대 작가군은 각자 동질성과 차이성을 내세운 일단의 '무리'를 형성하게 된다. 특히 당대는 전쟁으로 인해 전통이라는 권위가 갖는 허상과 근대의 진보적 개념이 갖는 환상에 대해 폭로하면서, 이에 대한 환멸의식을 표출하는 〈후반기〉 동인들의 활동이 두드러진다. 이들은 폐허가 된 땅에서 발견할 수 있는 것이라고는 '황무지' 외에는 아무것도 없으며, 계승할 전통 역시 전무하다고 비판했다. 뿐만 아니라 전통적 서정시들은 현실로부터 도피하고자 하는 욕망의 산물이며, 그들의 시만이 현시대적 사안들을 고민한다고 단언했다.

전후적 상황에서 진행된 그의 전통 논의는 폐허의 시대의식과 무관하지 않다는 사실을 알 수 있다. 어떤 의미에서 전쟁이야말로 문학의 순수성을 강화하는 계기가 된다. 이어령은 전후 문인들을 "해방 되자마자 식민지 교육에서 벗어나 처음으로 한글을 배우고 중학교를 나와 고등학교와 대학 시절을 전쟁 속에서 보낸" 사람들로 "제나라 문학 작품보다는 외국 문학에 더 많은 영향을 받"았다고 전제한다. 당대에 "전통의 부재론이든 단절론이든 그것은 당위론이 아니라 실재론으로 제기되었"으며 "그것은 개인의 기호나 주장이기에 앞서 1950년대의 세대가 지니고 있는 한 현상이요 운명이라고 생각"58)해야 한다고 역설한다. 더불어 그는 "거의 한 세기 동안 '신념(혁명)의 언어'로 무장한 나치의 선전 문학이나 소비에트 문학이 문학을 죽였던 것처럼" "문학은 다만 문인들 스스로의 이데올로기 구호에 의해서 죽"59)었다고 진단한다.

이어령이 내린 결론은, "지난 날의 인간조건과 오늘날의 인간조건을 살피면 옛 시대의 문학과 오늘의 문학에 대한 차이성이 자명케될 것이며 또한 그것이 지금 우리가 모색하고 있는 새 문학의 거점이될 것"60)이라는 사실이다. 현재적 상황에 대한 인식을 바탕으로 오

---

58) 이어령, 위의 글, 65쪽. 그는 1950년대의 저항적 언어가 1960년대에 이르러 폭력적 언어로 변질되었다고 비판한다. "어떤 가혹한 독재도 문학을 죽이지 못"하지만 결국은 "문인들 스스로가 문학을 죽이"(73쪽)게 되었다는 지적이 그러하다. 1950년대를 말하는 "세대의 진정한 증언자들은 모두가 '침묵의 증언자'들이기 때문"에 "50년대는 아직 기술되지 않았다고 보는 것이 정확하"(57쪽)다고 회고한다. 김병익 역시 한글세대의 특성을, 모국어로 교육 받은 첫 세대이며, 동시에 민주주의 교육을 처음으로 받은 세대라고 설명한다. 국문자로서의 한국어와 민주주의를 국가 체제로 학습했다는 점에서 이들 세대가 받은 교육의 혁명적 특별함에 대해 역설한다. 김병익, 「4·19세대의 문학이 걸어온 길」, 강진호·이상갑·채호석 편, 위의 책, 244쪽.

59) 이어령, 위의 글, 69쪽.

60) 이어령, 「현대의 악마: 오늘의 문학과 그 근거」, 『신군상』, 1958.1; 남원진 엮음, 앞의

늘에 맞는 문학을 역사에 대한 저항을 통해서 생산하는 것이야말로 새로운 세대의 문학인이 할 일이라는 것이다. 그는 전통 계승에 있어 철저하게 부정적인 입장을 견지하지만, 시대적 흐름에 부합하는 역사감각을 겸비한 문학인을 호출한다는 점에서 발전적 지향점을 모색했다고 평가할 수 있겠다. 그렇지만 역사는 과거와의 단절을 통해서 성립될 수 없는 개념이기에 이어령이 과거를 부정하고 이를 통해 새로운 터전에서의 '주어'의 호출을 지향하는 것은 일정 부분 모순과 한계를 지니게 된다. 그를 통해서 알 수 있는 것처럼 전후 문학은 부정의 정신에서 출발한다. 전쟁으로 표상되는 근대, 그 근대가 낳은 불안의식과 적절히 타협한 것이 전후적 전통성이라는 것이다.

> 당시 전통 논쟁의 패러다임은 몇 가지로 나눠볼 수 있을 것입니다. 김동리의 제3휴머니즘의 무속주의적 전통, 서정주의 신라의 사상과 정서를 원형으로 한 전통, 그리고 외래 문화를 사대주의로 몰고 '내 것'을 찾아야 한다는 이른바 신토불이(身土不二)의 국수주의적 민족전통론들이지요. 한 눈으로 알 수 있듯이 시대적 상황 의식과는 동떨어진 논의들이었지요. 그러한 전통은 현실 인식으로부터 도주하는 은둔 문학, 패배주의 문학으로 비쳤지요.61)

이와 같은 이어령의 비판은 당시 문학 장에서 전통이 구성되는 다양한 방식에 대한 진단을 토대로 하고 있지만, 그에 대한 심층적이고 본질적인 검토가 이루어지지 않고 있다. 전통은 은둔의 패배

책, 339쪽.

61) 위의 글, 63~64쪽.

적 산물이 아니라 엄연히 당대에 대한 응전 방식의 하나였다는 것을 인정해야 할 것이다. 특히 한국 사회에서 전통은 이데올로기다. 그것은 단순히 역사적 시간의 복원에 그치는 것이 아니라 민족주의를 담론화하는 주체와 그 배경의 창조물이기 때문이다. "전통 관념이 어떤 특정한 가치와 행위 규준의 반복적인 주입을 통해 고안되는 것"62)인 탓에 근본적으로 배타성을 띨 수밖에 없다. 전통이야말로 진화적 새로움을 욕망하는 창조적 상상력이어야 한다. 무엇보다 문학적 전통은 낡은 과거의 산물을 호출하는 부질없는 행위가 아닌, 지금-여기의 삶의 의미를 구성하는 방식의 일종이 되어야 한다. 다시 말해서 한 세대와 그 다음 세대 간의 소통의 한 방편인 것이다. 오랜 시간을 거쳐 축적된 경험을 토대로 미래적 가능성을 진단하는 작업이 전통을 이해하는 행위의 근간이 되어야 하는 것은 이 때문이다.

전통은 기본적으로 시간성 내지는 역사성에 대한 이해를 내적 원리로 삼는다. 전통단절론 내지 전통부재론의 경우 역사적 시간을 분절함으로써 현대의 새로움을 구성하려는 시도이다. 이봉래는 새롭게 등장하는 "세대는 반드시 다른 세대와는 그 성격과 현실적 의의에 있어서, 많은 이질성을 내포"63)해야 한다고 말한다. 이러한 차이의 감각을 겸비하기 위해서는 이전 세대의 특성 역시 파악해야 한다. 특히 그는 문학에 있어서의 새로움에 대해, 종래에는 없었던 요소가 부가되었거나, 형식과 내용의 계승에도 불구하고 새로운 요소를 통해 낯설게 만드는 경우, 끝으로 제반 기성관념을 부정하는

---

62) 박연희, 앞의 논문, 13쪽.
63) 이봉래, 「신세대론」, 『문학예술』, 1956.4; 남원진 엮음, 앞의 책, 123쪽.

데에서 발견된다고 주장한다. 이때 새로움을 "차원의 진화"로 본다는 점에서 유의미한 지적이다. 이봉래가 말하는 차원의 진화는 일본화를 겪어야 했던 신세대 작가군들의 자의식 및 생활세계의 반영을 의미한다. 이러한 경험세계의 변화는 조선적인 질서에 대한 거부와 불신으로 이어질 수밖에 없기에 "불행한 정신의 발육기"[64]를 거친 이들 신세대 작가들의 작업은 기존 세대와는 이질적인 층위에 놓인다는 것이다.

우리들이 전통이라고 생각하여 왔던 그 전통은 한 유파가 제각기 임의로 설정한 類似傳統에 지나지 못한 것이다.

여기서 주의해야 할 것은 한 세대나 한 유파가 제각기 임의로 설정해 놓은 유사전통에도 두 가지 경향이 있다는 것이다. 그것은 전연 기원을 달리하는 문화에 원천을 두고 있는 것이다. 말하자면 歐羅巴 文化에 원천을 두고 있는 歐羅巴的인 유사전통과 그 실은 중국에서 흘러온 것이지만 오랜 역사의 변천에 의하여 한국적인 것으로 동화된 한국적 유사전통과 이 두 가지 類似傳統이 存在하고 있다.[65]

이 글에서 이봉래는 현대를 "荒蕪地的인 過渡期"로 규정한다. 혼

---

64) 신세대뿐 아니라 기성세대 역시 이러한 시련을 겪어야 했지만, "감수성이 예민하고, 사고방식이 어떤 '카테고리'에 고정화되지 않은 정신의 발육기에 얻은 체험과 이미 인생관이나 세계관이 일정한 자리를 잡을 시기에 얻은 체험과는, 그것이 동일한 체험이라 할지라도 인간에게 작용하는 반응은 매우 다"르기 때문에 역사적 사건의 개인적 체화는 세대별로 상이한 성격을 띤다고 역설한다. 그러나 식민상황이나 전쟁 경험이 가치관에 미치는 영향 등을 세대별로 범주화하는 것은 위험하다. 이러한 논리로 보면 각 세대는 동일한 가치관을 지향해야 한다는 것인데, 실상 신세대 집단 자체도 다양하게 분화하기 때문이다. 위의 글, 127쪽.

65) 이봉래, 「傳統의 正體」, 『문학예술』, 1956.8; 최예열 엮음, 『1950년대 戰後文學批評 資料』 1, 월인, 2005, 140쪽.

란스럽고 부조리한 시대상황으로 가치기준이 불안정해졌으며, 이러한 영향 때문에 한국문학 자체가 현재의 가치를 생산할 수 있는 과거적 가치를 보유하지 못했다고 진단한다. 그는 전통을 특정 세대나 유파에 의해 임의로 구성된 산물로 인식한다. 더불어 전통의 이데올로기적인 속성을 간파하여, 각 시대에 호출되는 전통이란 유사전통일 뿐이라고 꼬집는다. 이어서 "진실한 의미에서의 전통이란 과거에서 현재에 통하는 가치가 아니라 오히려 미래에서 현재에 현재로부터 과거에 통하는 영속적인 가치이기 때문"[66]에 민속문화 등에서 전통을 발견할 수 있다고 생각하는 것 자체는 허세에 불과하다고 비판한다.

역설적으로 이와 같은 그의 지적을 통해 우리는 전통을 구성해야 하는 필요성을 절감하게 된다. 우리의 전통을 단순히 외래적 산물의 유입으로만 파악하는 것은 모순이다. 구라파적인 것이거나 중국적인 것의 한국화만으로 규정짓기에는 독자적인 문화 산물이 충분하다는 점을 간과했던 것이다. 한 공동체의 역사는 단순히 시간적 축적만으로 구성될 수 없으며, 이러한 시간의 영속성을 지탱해온 정신적 산물 및 문화적 자산의 존재 역시 파악해야 한다. 그는 "우리의 신문학에는 전통이 없다"고 단언하는 전통부정론자로, "역사가 있고 과거가 있다고 해서 거기에 반드시 전통이 있으리라고 생각하는 것은 큰 잘못이"[67]라고 주장한다. 그러나 일본의 모노노아와레(もののぁわれ)는 전통으로 인식하면서, 춘향전이나 시조 등 우리 고전문학에서는 그것을 발견할 수 없다고 보는 것은 설득력이 없다. 일본의 그것

---

66) 위의 글, 141쪽.
67) 위의 글, 138쪽.

에는 동양적 세계관이나 정신사적 가치가 함의되어 있는데 우리 문학에서는 우리의 정신적 가치가 결여되어 있다고 보는 근거가 부족할 뿐 아니라 편협한 사고라 할 수 있다. 이봉래가 보여주는 모순은 근대 이래 지식인들이 가진 일본 혹은 서양 추수주의의 일단으로 판단된다. 전통은 국가의 부강함이 아니라 공동체가 적층한 시·공간적 문화 유산이다.

조연현에 의하면 "민족적인 특성은 그대로 인류적인 보편성에 통하는 것이며 인류적인 보편성의 구체적인 내용이 민족적 특성임을 증언하는 것"68)이다. 그는 전통을 "과거를 지배해 왔고, 현재에 작용되면서 미래를 좌우할 힘으로서 변모해 가는 불멸의 근원적 주체적인 역량"69)으로 이해했다. 전후 문학적 대명제는 민족적 특수성, 즉 전통의 확립을 통해 국가적 정체성을 구성하는 한편 이것이 세계적 질서에 부합하는 보편성을 획득하는 데에 있다. 그렇기에 전통서정시는 그 순수시의 계보에도 불구하고 온전히 정치와 무관한 위치에서 문학적 자율성을 확보할 수 없었다.

유종호 역시 근대의 발명품으로서의 전통의 기원을 진단하는 등 전통단절론적인 입장에서 전통이 부활되거나 올바르게 계승되어야 한다는 입장을 피력한다. "어느 나라의 시인이 시를 쓸 때라도 자기 나라의 과거의 문학 작품을 일단 섭취하지 않고서는 시를 쓸 수 없"70)다고 말한다.

---

68) 조연현, 「민족적 특성과 인류적 보편성」, 『문학예술』, 1957.8, 174~175쪽.
69) 이경수, 「순수문학의 구축 과정과 배제의 논리」, 문학과비평연구회, 『한국 문학권력의 계보』, 한국출판마케팅연구소, 2004, 86쪽.
70) 유종호, 「1950년대와 현대문학의 형성」, 강진호·이상갑·채호석 편, 앞의 책, 115쪽.

2) 전통계승론

민족적 패배의식에도 불구하고 일단의 부류들은 과거의 유용한 가치를 재생산하여 지속적인 문화 발전의 토대를 구축하지 못했기 때문에 역사적 비극을 목도하게 되었다고 본다. 이들은 전통을 발전적으로 계승함으로써 민족 정체성을 확고히 하고, 세계적 보편성과 한국적인 특수성을 바탕으로 한 주체성의 확립이 가능하다고 전망한다. 전후 전통논자들의 공통점은 엘리엇의 견해를 적극적으로 차용한다는 데 있다.

즉 "역사의식은 일시적인 것에 대한 의식인 동시에 항구적인 것에 대한 의식이고, 일시적인 것과 영구적인 것을 함께 인식하는 의식이며, 문학자에게 전통을 갖게 하는 것"이기도 하다. 또한 "그것은 동시에 한 작가로 하여금 시간의 흐름 속에서 차지하는 자기의 위치와 자신이 속해있는 시대에 대하여 극히 날카롭게 의식하게 하는 것이다". 때문에 "새로운 예술작품이 창작될 때 일어나는 것은 그 이전의 모든 예술작품에도 동시에 일어나는 것이"71)라는 점에서 예술은 어떤 식으로든지 과거와의 연관 속에서 생산된 산물로 보아야 한다. 그러나 "전통, 즉 전해 내려온다는 것의 유일한 형식이 우리 바로

---

71) T. S. 엘리엇, 「전통과 개인의 재능」, 앞의 책, 5쪽. 엘리엇에 의하면, "시인의 업무는 새 정서를 찾는 것이 아니라, 일상의 정서를 사용하는 것이고, 그것으로써 시를 만들 때 조금도 현실정서에 들어있지 않은 감정을 표현하는 것이다". 그렇기에 "시는 정서로부터의 해방이 아니라 정서에서의 도피이며, 개성의 표현이 아니라 개성에서의 도피이다. 그러나 물론 개성과 정서의 소유자라야 개성과 정서에서 도피하고자 하는 이유를 알 것이다". 이러한 관점에서 "예술의 정서는 몰개성적이다. 그리고 시인이 자기가 제작하는 작품에 전적으로 자신을 내던지지 않고서는, 몰개성 상태에 도달할 수 없는 것이다. 그러나 시인이 현재 뿐만 아니라, 과거의 현재적 순간에 살지 않으면, 그리고 죽은 것뿐이 아니라 이미 살고있는 것을 의식하지 않으면, 그는 아마 무엇을 제작할 것인가를 모를 것이다"(12~14쪽).

전 세대의 성과를 맹목적으로 또는 조심스럽게 그에 집착하여 그 방식을 그대로 좇는 것이라면, 전통은 확실히 저지되어야"[72] 한다. 전통은 과거의 답습이 아니라, 과거와의 소통을 통해서 현재를 구성하는 방식이기 때문이다. 전후 전통계승론자들의 역사의식은 과거와 현재 그리고 미래를 연속성의 산물로 이해한다는 데 있다.

서정주는 "T. S. 엘리어트의 主知主義는 西歐에서의 浪漫主義 以前의 古典主義를 土臺로 해서 이루어진 傳統的인 것이어서 거기에는 古典主義가 갖는 節制와 諦念의 精神 等이 繼承 發展되어 있"으며, "엘리어트 自身이 한 傳統主義로서 그쪽이 傳統을 絶對的으로 重要視했던"[73] 것처럼 우리 역시 우리 문화의 전통 위에 현대적 지성을 구축해야 한다고 주장한다. "엘리엇에 의하면, 전통은 하나의 전체적 질서를 형성하고 있으며, 이 질서는 새롭게 등장하는 작품들에 의해 끊임없이 변형되는 과정을 거치게 된다. 즉 전통은 단순히 과거적인 것으로 단절되어 있는 것도, 자연적인 시간의 흐름을 통해서 이월되는 것도 아니며, 하나의 동시적 존재, 동시적 질서로서 후대의 작품과 상호작용의 관계를 형성하는 것이다."[74]

먼저 조윤제는 대표적인 전통 계승론자다. 그는 한국문학이 형성되는 데에 한문학과 불교의 영향이 컸던 것처럼 국문학은 그 형성에서부터 외국문학의 영향을 받았다는 사실을 전제로, "우리 문학은 항상 고루(固陋)하질 않고 세계를 향해 문호를 개방하여 국문학의 세계화를 기도하여 왔다"[75]고 주장한다.

---

72) 위의 책, 4쪽.

73) 서정주, 「한국 현대시의 사적 개관」, 『한국의 현대시』, 일지사, 1969, 20쪽.

74) 차승기, 앞의 책, 182쪽.

75) 조윤제, 「현대문학의 전통론」, 『자유문학』, 1958.5; 남원진 엮음, 앞의 책, 358쪽.

그러나 국문학을 누구도 외국문학이라고는 할 수 없을 바와 같이 국문학은 엄연히 외국문학에 구별되어 그 독특한 하나의 문학세계를 구성하고 있다. 이것은 한국어로 표현되었다는 그 형식적 문제가 아니라 문학이 바라보는 그 이상이 다르고 무심코 던지는 한 말의 표현미도 외국문학이 본받기 어려운 독특한 맛이 있어 도저히 외국문학과는 섞지 못할 점이 있으니 여기에는 필시 우리 문학의 전통이라는 것이 있지 않고는 안되는 일이다.76)

조윤제는 국문학의 묘미를 '은근과 끈기', '애처로움과 가냘픔', '두어라 노세' 등과 같은 정신사적 맥락에서 발견한다. 이는 그가 전통을 "현재에 있어서도 항상 그 창조력의 원천이 되는 살아 있는 정신형식"77)이라고 규정하는 것으로도 짐작할 수 있다. 이와 같이 그는 민족에 뿌리박은 굳건한 정신적 지주가 있어야 외래의 영향으로부터 자신의 근간을 지키고 이를 발전적으로 창조해 나갈 수 있다고 생각한다. 이때 전통이란 시간적 지속성을 토대로 발전적인 미래를 모색하는 작업의 일환이다. 문학적 전통을 폐쇄적 독자성으로 이해하지 않고 개방적이고 발전적인 산물로 규정한다는 점에서 설득력 있는 작업이다. 하지만 관념적이고 추상적인 국문학의 주제만을 나열해서 민족적 정신이라고 판단하기에는 논리적인 한계가 있다. 이를 보다 정치하게 분석함으로써 우리 문학의 특질을 이해하고 전통의 맥락과 연결하는 작업이 필요하다. 물론 그 역시 국어나 고전 등 민족적 교양을 함양한 작가의 역량이 필요하다고 부연한다. 앞선

---

76) 위의 글, 358~359쪽.
77) 위의 글, 359쪽.

연구에서 그는 고전문학의 역사성과 현대문학의 시대성의 조화와 협력을 통해서 국문학을 확립해야 한다고 주장한 바 있다.

　고전문학은 生命없는 지나간 존재가 아니고 오늘의 문학의 생명의 원천이 되며, 동시에 끊임없이 오늘의 문학에 힘차게 뻗어 나 갈 수 있도록 생명을 공급하여 주고 있기 때문에 고전문학은 가치가 있고 또 존중할 수 있는 것이다.[78]

　조윤제는 고전문학을 현대문학이 있게 한 연속성의 양식으로 전제한다는 점에서 역사성에 입각한 전통 계승론자라 할 수 있다. 그는 생활의 표현으로서의 문학을 통시대적인 "生食線"의 산물로 이해하며, 불변하는 민족적 보편성을 통해 전통성이 구성된다고 주장한다. 특히 역사성을 단순히 과거에 대한 인식으로 규정하는 것이 아니라 현재를 발화하기 위한 지속적인 시대인식의 산물로 이해한다는 점에서 엘리어트의 역사의식과 통한다. 더불어 시대성 곧 문학의 시의성을 전제한다는 점에서 고정불변의 가치 복원을 지향하는 것이 아니라 창조적 가능성으로 전통을 호명한다고 평가할 수 있다. 하지만 고전문학과 현대문학의 연동을 충분히 설명하지 못하는 탓에 관념적이라는 비판을 감수해야 하는 논의이기도 하다.

　전통을 긍정했던 조윤제, 정병욱, 최일수 등 역시 한국문학은 단절이 아닌 연속성의 층위에서 이해되어야 한다는 관점을 견지하면서 전통의 현재적 의미를 구현하고자 노력했다. 먼저 고전의 현대화를 주장한 정병욱 역시 전통계승론의 입장에서 국문학의 주체성에 대

---

[78] 조윤제, 「古典文學과 現代文學」, 『문예』, 1953.2; 최예열 엮음, 앞의 책, 40쪽.

해 역설한다. 그에 따르면 "고전이나 전통의 탐구는 항상 새로운 문화를 창조하는 것을 전제"[79]로 해야 한다. 이때 고전의 현대화는 과거뿐 아니라 현대에 대한 충분한 이해를 통해서 구성되어야 한다는 지적은 유의미하다. 나아가 그는 조윤제 등이 전개한 바 있는 '멋'의 전통미를 비교적 상세히 분석한다. 그는 멋을 "데포르마시옹의 미의식"으로 정의하고, 이를 통해 약소국으로서 외래문화를 적절히 수용하면서 우리의 전통을 지킬 수 있었다고 주장한다.

이 같이 소규모의 것이 대규모의 것을 교묘하게 재현하기 위하여는 결코 정상적인 방법으로는 불가능하다. 그것을 가능하게 하기 위하여 우리의 선민들은 '데포르마시옹'으로서의 '멋'을 발견하였다. 바꾸어 말하면 끊임없이 흘러들어오는 외래문화를 받아들이면서 주체성을 잃지 않고 그 외래문화를 우리의 전통 속에 조화시키기 위하여 '멋'을 부리지 않을 수 없었다. 그 '멋'으로 하여 우리는 외래문화를 '깜찍하게' 새겨낼 수 있었던 것이다. 이 같이 '데포르마시옹'으로서의 '멋'의 형성은 곧 우리 문화의 후진성의 축적이 낳은 하나의 방법상의 특징이라는 각도에서 이해할 수 있다고 본다.[80]

정병욱은 이러한 멋의 미의식을 통해서 전통의 권위를 구축하고, 주체성을 확립할 수 있다고 생각했다. "우리는 '현대'의 특성인 '세계성'에 참획하여 어디까지나 '한국적'인 전통, 즉 우리의 주체의식과 '멋'을 알림으로써 세계문학의 대열 속으로 뛰어들어야 한다"[81]는

---

79) 정병욱, 「古典과 現代文學의 諸課題」, 『자유문학』, 1956.12; 최예열 엮음, 위의 책, 167쪽.
80) 정병욱, 「우리 문학의 전통과 인습」, 『사상계』, 1958.10; 남원진 엮음, 앞의 책, 477쪽.
81) 위의 글, 483쪽.

그의 포부에서, 우리 것에 대한 자부심과 기대감을 짐작할 수 있다. 이러한 문맥은 역설적이게도 우리 문화가 모방적 창조의 산물임을 주장하는 것이기도 하다. 그는 의도하지 않았겠지만 이를 비판적으로 냉정하게 보면, 우리 문화는 흉내내기의 산물이라고 스스로 폄하하는 것이 된다. 한국적 멋은 변형과 왜곡을 통한 미적 효과에서만 발견되는 것은 아니다. 균형과 조화의 선적 이미지에서도 충분히 발현된다. 그렇기에 우리 문화 내지는 문학의 본질적인 특성을 데포르마시옹에서 찾는 것은 논란의 여지가 있다. 데포르마시옹으로서의 멋이 우리 전통 문화를 구성하는 요소의 일부를 이룰지는 모르나 전통 일반의 특성으로 규정하기는 어렵기 때문이다.

최일수의 논의는 보다 인상적이다. 1950년대부터 분단과 통일 문제에 대한 관심을 기울인 최일수의 전통론은 순수문학과 참여문학의 발견과 현대성과 전통성의 공존, 그리고 복고적인 전통과 현실비판적인 전통의 구분을 피력하는 것으로 전개된다. 나아가 순수와 저항정신을 토대로 전통의 저변을 확장하고 현실의식을 강조한 주체적 전통론을 개진한다. 그는 전후 민족문학이 나아갈 길은 현대적인 의식과 전통감각의 조화에 있다고 전제한다. 무엇보다 전통의 현재화에 집중해서 전통계승을 주장한다는 점에서 전통 인식의 새로움을 보여준다. 또한 당대 작가들에게 전후적 상황에 대한 시대감각을 토대로 "실질적인 생활의 행동성"을 겸비하여 "절박한 불안을 극복하기 위한 강인한 의식"[82]을 요구한다. 그가 제시하는 민족정신의 창현은 분단조국에 대한 인식이며, 이는 통일을 열망하는 민족의

---

82) 최일수, 「우리문학의 현대적 방향: 전통의 올바른 계승을 위하여」, 『자유문학』, 1956.12; 남원진 엮음, 앞의 책, 161쪽.

염원과 요청을 의미한다. 이처럼 최일수의 전통론은 민족이 처한 역사적 현실에 대한 고민과 연동되어 있다. "좁고 작은 풍속성이나 향토성에서 머물고 있던 민족주의와 문학에 있어서의 민족성과를 엄정하게 차질하고 이를 지양하면서 세계문학과의 유기성을 인식"[83]해야 한다고 주장한다는 점에서 개방적이고 발전적인 방향으로서의 민족문학을 모색한다고 평가할 수 있다.

이와 같이 우리 민족문학의 현대적 방향에 가장 요구되는 문제는 서구의 현대문학의 비판적인 섭취와 전통의 올바른 계승을 통한 주체성의 확립이라는 이 두 개의 커다란 문제가 서로 밀착되고 통일되는 데 있다고 믿게 되는 것이다.

이러한 문학적인 상황에서 우리 민족문학의 현대적 위치와 그 계기 과정의 특질을 분석하기 위해서는 무엇보다도 전기한 바와 같이 우리 문학에 커다란 변동을 일으킨 근본 원인이었던 해방과 동란이라는 두 개의 역사적 분수령을 똑바로 보지 않으면 안될 것이다.

첫째 8·15해방에 있어서는 36년간이나 지배받던 일제의 '파시즘' 문학으로부터 우리의 고유한 민족문학을 찾을 수 있었다.

그러나 이러한 기쁨에 반비례하여 양대 사조의 첨단적인 대립으로 말미암아 8·15해방이 주체적인 행동에서 수행되지 못했던 것에 대한 하나의 대가인 것처럼 민족과 그 문학의 양분을 역사적으로 '강요'받게 되었던 것이다.

둘째 6·25동란으로 인해서는 양분된 민족과 그 문학의 통일을 위한 모색이 양대 사조의 전쟁적 대결 가운데서 바라던 소원은 아직 이루어

---

83) 위의 글, 163쪽.

지지 못한 채 미증유의 수난과 시련을 겪게 되었다.[84)]

전후 전통 논의는 주체성의 확립이라는 대전제를 기점으로 구성된다. 최일수의 전통론이 생산적인 방향으로 전개될 수 있었던 것은 전후 상황에서 우리 문학이 처한 역사적 실상을 명확하게 파악했기 때문이다. 서구적 현대문학에 대한 비판적 이해와 주체적 정체성을 형성할 수 있는 전통의 계승이라는 이질적인 두 항의 조화문제가 그것이다. 특히 오랜 식민지 역사와 민족의 분단 등이 내부에서 비롯된 것이 아니라 세계사적인 질서의 개입으로 강제된 부분이 있다는 점에 대한 자각 역시 요청하고 있다. 이러한 복합적인 혼돈 속에서 전통계승을 기원하는 일은, 민족구성원으로서의 자의식뿐만 아니라 현대라는 시대감각 역시 놓쳐서는 안 된다는 점을 분명히 한다. "오늘 우리 문학은 일제시대와 또는 서구의 현대문학과는 달리 민족의 분단과 여기서 이어지는 양대 사조의 대결로 인한 자아의 분열된 상태를 동시에 초극하고 동시에 통일시켜야 하는 그런 특수한 역사적인 위치에 놓여 있"[85)]다는 사실을 자각해야 한다는 것이다. 이러한 관점에서 최일수는 풍류아취의 멋을 추구하는 것이나 시조의 현대화, 그리고 화랑정신 등 신라시대의 가치를 단순 복제하는 것은 올바른 전통 계승이 될 수 없다고 단언한다. 오히려 그는 『춘향전』에 내재한 민족정신에서 우리가 계승해야 할 전통의 특질을 발견할 수 있다고 주장한다.[86)]

---

84) 위의 글, 166~167쪽.

85) 위의 글, 174쪽.

86) 최일수는 『춘향전』의 특질을 평민문학이라는 점과 순우리글로 된 문학이라는 점에서 발견한다. 양반의 학대에 저항하는 평등의 정신이 함의되어 있을 뿐 아니라, 한문학에

최일수가 주장하는 전통 계승론 역시 시조 장르에 대한 단선적인 이해를 보이는 등 논의의 한계는 있지만, 당대 다른 논자들에 비해 비판적인 지형에서 진행되었다고 볼 수 있다. 그의 관점에서 올바른 역사적 전통의 계승은 "패배자의 유언이 아니라 특정한 그 역사적 시대에 있어서 자기 세대에게 주어진 창조적인 과제"[87]를 수행하는 일이어야 한다. 최일수는 전통을 기계적 시간의 과거성에서 찾는 것이 아니라 역사적 시간을 기점으로 이해함으로써 오늘의 자리에서 가치 있는 것을 발현하는 현재적 작업으로 인식했던 것이다.

조지훈은 전통 논의에 있어서 "먼저 전통이란 말의 기본 개념을 설정하여 전통 논의의 공동 광장을 마련해야 하고, 그 바탕 위에서 가치관에 대한 논란과 새로운 문화 수립에 있어서의 전통의 계승과 창조의 방향을 논의해야 한다"[88]고 문제제기 한다. 그는 전통에 대한 입장 표명이 곧 주체의 가치관의 표출이며, 문학인으로서의 시대 인식을 대변한다고 이해한다. "전통이란 실상 한 집단의 역사적 경과가 체득한 사물에 대한 공동한 마음바탕으로서의 이념이요 고정불변의 규격은 아니"기 때문에, "공동 전통은 창조의 질료(質料)요 개성적 창조가 전통의 방법"[89]이라고 역설한다. 이때 그가 관철하는 전통은 고착된 권위가 아닌 창조를 통한 새로움의 모색이다.

조지훈은 창조적 산물로서의 전통의 속성을 지적하고, 전통을 인

대한 반항의 산물로서 한글을 통해 우리 문학의 독자성을 확보했다고 주장한다. 이런 점에서 그가 주장하는 우리 문학의 전통이란 주제적 측면뿐 아니라 형식적 측면에도 우리의 정신사가 함의되어 있는 것을 일컫는다. 그러나 『춘향전』이 순결 이데올로기와 일부종사에 국한된 유교적 가치를 추구한다는 점에서 이러한 관점에 대한 비판적 고찰이 요구된다. 위의 글, 183쪽.

87) 최일수, 「문학상의 세대의식」, 『지성』, 1958년 가을; 남원진 엮음, 위의 책, 445~446쪽.
88) 조지훈, 『한국문화사서설』(전집 7), 208쪽.
89) 조지훈, 『문학론』(전집 3), 280쪽.

습(因襲)과 혼동하지 않아야 한다고 강조한다. "전통은 물론 역사적으로 형성되는 것이므로 그 역사적 경과에 있어 자연히 인습과는 피와 살의 관계에 있"지만, "인습과는 엄격히 구별되어야 한다"는 것이다. 이때 전통과 인습을 구분하는 가장 큰 차이는 개성적 창조의 유무라 할 수 있다. "전통은 새로운 생명의 원천으로서 좋은 뜻으로 살려서 이어받아야 할 풍습이요 방법이요 눈인 것이다. 전통은 역사적으로 생성된 살아 있는 과거이지만, 그것은 과거를 위해서가 아니라 도리어 현실의 가치관과 미래의 전망을 위해서만 의의가 있"[90]다는 점을 강조한다. 과거적 산물을 현재화하는 까닭을 찾는 것이 곧, 전통 구성의 필요성을 피력하는 근거가 될 것이다. 생성으로서의 전통은 역사를 현재형의 산물로 이해하는 것에서 비롯된다. 그러므로 조지훈이 주장하는 전통이란 인습의 산물이 아니라 새로움을 생성하는 창조적인 속성의 전통인 것이다. 이런 점에서 조지훈의 전통은 주체성을 회복하고 새로운 국가를 구성하기 위한 현실인식의 산물이라 할 수 있다.

전통이 선명한 자기의식의 폭력(暴力)을 갖지 않는 현계단은 전통 탐구로 하여금 발전과 균형을 위한 한 면만을 줄 것이다. 동물로서의 생에 대한 오늘의 막연한 상태를 인간이 병든 세기(世紀), 현대 위에서 한 개의 절대적 계속성으로 생을 인식할 때가 왔다. 전통에의 회귀는 문화의 전진을 위한 현대의 거점이다. 지주(支柱)를 상실한 현대, 극도의 자기분열(自己分裂)에 떨어진 현대를 소생시키기 위하여 먼저 전통을 찾을 때가 왔다.[91]

---

90) 조지훈, 『한국문화사서설』(전집 7), 209~210쪽.

조지훈은 전통을, "지주를 상실한 현대"의 "자기분열"을 극복할 대안으로 인식한다. "전통은 창조를 구체화시키고 창조는 전통을 진전시"킨다고 본다는 점에서 조지훈의 전통은 과거의 답습이 아니라 새로움을 지향한다. 무엇보다 주체성의 확립이 요구되는 시대에 전통은 이러한 임무에 충실하다. 그는 "새로운 현대가 인간의 주체회복을 그 명제의 하나로 삼는다면 우리의 현대는 마땅히 우리의 주체확립을 명제로 삼지 않으면 안 된다. 현대는 상실(喪失)의 세기(世紀)다. 우리의 현대는 '우리'가 없고 그 때문에 우리의 창조가 없는 것은 아"[92]닌지 고민해 보아야 한다고 지적한다. 조지훈의 진단처럼 부재하는 '우리'를 회복하기 위해 전통이 욕망되고, 긴박하게 요청되었기에, 전통 자체가 현실 인식을 통한 극복방안의 일환이었던 것이다.

고전적 시가 장구한 시간의 경과 속에 그 보편적 전형성(典型性)의 규범을 이루는 데 비하여 현대시는 급격한 환경의 착란(錯亂) 속에 그 시대적 유형성(類型性)을 부조(浮彫)하는 것이라 할 수 있다. 현대라는 개념은 단순히 한 시대의 특수한 유형을 표하는 개념만이 아니기 때문에 현대시 속에는 현대적 시뿐 아니라 과거의 시의 유산이 동시 공존하고 있어서 무엇이 현대적이요 현실적이냐 하는 문제는 귀일(歸一)될 수 없는 것이다.[93]

전통주의자인 조지훈이 인식하는 현대는 전통과 이질적인 것이

---

91) 조지훈, 「전통에의 회귀: 문화의 전진을 위하여」, 『대구일보』, 1953.9.5; 『문학론』(전집 3), 130쪽.
92) 위의 글, 130쪽.
93) 조지훈, 「현대시의 문제」, 『문학론』(전집 3), 176쪽.

아니라 순환하는 연속성의 산물이다. 이때 현대는 변화하는 시대적 현실을 의미하며, 현대시는 "급격한 환경의 착란"을 포착한 현대시뿐만 아니라 "보편적 전형성"을 획득한 과거의 시를 포괄함으로써 새로움을 구성한 산물이어야 한다고 말한다. "현대시는 고대시를 계승하여 고대시를 부정하는 '현대의 시'이며 고전시에 항거하면서 새로운 고전을 형성하려는 '현대적 시'여야 한다. 그러므로, 현대시는 어느 것이나 현대성 – 모더니티를 존중해야" 하는 것이다. 이때 "시(詩)는 '시(時)'!"[94] 즉 시절에 민감한 현실적 산물이어야 한다. 서정을 역사적 주체의 발화라고 본다면, 현대시가 추구하는 서정적 감각은 현대를 살아내는 개인의 목소리 자체라 할 수 있다. 현대의 서정은 과거와 이질적인 산물이 아니라 그 연속이라는 것이다. 이때 현대시는 기계적 단절로 구성되는 것이 아니라 과거와의 유의미한 관계 맺음을 통해 형성된다.

조지훈은 다음과 같이 전통 논의의 방향을 제시한다.

첫째, 전통과 인습은 구별되어야 한다. 전통은 인습과 한덩이로 엉겨 있는, 낡은 역사 속에 깃들여 있는 새로운 생명의 정수(精髓)다. 둘째, 전통과 모방은 구별되어야 한다. 전통은 옛것과 피가 통하는, 현재 속에 깃들여 있는 전대적(前代的) 혈통의 창조다. 셋째, 전통은 역사적 가치적 개념이다. 예로부터 내려온 것이면서도 옛날의 자랑을 위하여 존재하지 않고 미래를 위한 가치 속에 구현된다. 넷째, 전통은 집단적이요 주체적 개념이다. 개인이 창조하면서도 한 집단이 공동으로 형성하고 공존하는 것이요, 남이 볼 때 더 확연한 것이지만 객관자의 것이

---

94) 위의 글, 177쪽.

아니요, 행위자 제각기가 체득하고 각고(刻苦)할 성질의 것이다. 진실로 전통 탐구의 현대적 의의는 이와 같은 전제 아래서만 체득(體得)될 것이다. 한국적 사고방식의 원형의 추상(抽象)과 형성과 체득과 아울러 그를 위한 역사와 문화의 새로운 해석과 저항을 통해서만 이 전통은 창조되고 계승될 것이다.95)

　　조지훈이 제시한 전통의 특질은 네 가지 정도다. 역사성과 창조성, 그리고 현재성을 토대로 한 미래성과 주체적 정체성이 그것이다. 조지훈은 "전통의 혼미란 곧 주체의식의 혼미"이기도 하기에 주체확립을 위해서도 전통을 구성하는 일은 필요하다는 입장이다. 그는 "전통과 주체의식의 자각에는 민족적 긍지와 자시(自恃)·자존의 신념이 불가결의 것이지만, 새로운 창조를 위한 아무런 탐구도 없이 한갓 복고 취미와 보수주의에 멈춰 있는 한 전통은 계승될 수도 존재할 수도 없"음을 천명한다. "전통의 지나친 긍정의 태도에는 전통과 모방의 개념을 혼동하는 폐단이 있다. 전통은 창조의 재료요 원동력이지만 창조는 전통의 방법이요 창조를 통해서만 전통은 계승된다는 이 중대한 사실을 그들은 몰각하고 있다." 이때의 창조는 비판적 계승의 한 방식을 의미하는 것으로, 늘 시대감각에 민감하게 반응하면서 고루해지는 것을 경계해야 한다는 점을 강조한다. 조지훈에게 "전통의 계승은 옛것과 같으면서 항시 새로운 양상으로 창조될 때만 가능한 것이"기 때문이다. 이처럼 조지훈은 끊임없이 새롭게 만들어지는 '생성의 전통'을 인식한다. "전통을 긍정하는 또 하나의 태도는 순수 한국적인 모색의 태도다. 한국문화란 한국의 성격이요, 그 내용

---

95) 조지훈, 『문학론』(전집 3), 214~215쪽.

은 인류 공동의 세계문화다."96) 민족 특수성과 세계 보편성의 논리를 두루 통괄해야 하는 것이 전통을 내세운 문화가 갖추어야 할 덕목이라는 것이다. 조지훈은 늘 새롭게 생성하는 창조적 전통을 기획한다.

끝으로 서정주가 이해하는 전통은 민족의 삶의 층위에 그 근거를 두고 있는 것으로 언어, 생활 관습 등으로 구성된다.97) 서정주에 대한 이해는 해방전, 후의 연속성에서 진행되어야 하며, 무엇보다 문학적이고 민족적인 전통을 구성하기 위한 적극적인 운동의 일환으로 이해할 수 있다. 이를 바탕으로 민중적 삶에서 발현된 설화적 상상력으로서의 소문자 역사의 시적 재구성을 시도한다. 그는 자신을 지배했던 자기비애와 부정의 자의식을 시대적 불안이 야기한 성찰로 이해하고, 상상된 전통으로서의 신라정신을 토대로 민족적 영원성의 탐구를 검토하고자 한다.

서정주는 「韓國的 傳統性의 根源」에서 전통 구성의 방향성을 제시한 바 있다. 전통은 문헌이나 유적을 통해서만 구할 수 있는 것이 아니라 "文字에 能했던 少數가 아니라 그것에 능하지 못했던 多數의 사람들에 의해 實生活을 통해서 口傳과 行爲를 통해 以心傳心으로 전해져 온 것이 많이 있는 것임을 想到"해야 한다고 역설한다. 전통을 소수의 승자의 기록물인 역사에서만 찾지 않는다는 점에서 서정주 전통론의 의미가 있다. 역사에서 지워진 대중들의 삶의 모습을 재구성하는 일은 문학만이 할 수 있는 작업일 것이다. 서정주 시의 큰 성과 중 하나는 민중들의 삶을 설화적으로 재구성했다는 데서

---

96) 조지훈, 『한국문화사서설』(전집 7), 213~214쪽.

97) 서정주는 "傳統이란 뿌리가 깊은 것이기 때문에 참으로 거부할 수 없는 것이어서, 事態가 다시 이렇거늘 우리만 독불將軍으로 散文詩나 自由詩만 하고 있을" 수 없다고 말한다. 서정주의 정형시에 대한 장르적 이해는 그 내부에 적층된 전통적 요소를 기초로 한다. 서정주, 「詩」, 한국문인협회 편, 『解放文學 20年』, 정음사, 1966, 40쪽.

발견할 수 있다. "우리 民族의 傳統精神이란 한 系統의 단일한 것이 아니라, 여러 系統에서 온 複雜한 것이라 할 수 있다."[98] 전통을 단일한 것이 아니라 다양한 요소가 결합된 산물임을 지적했다는 점에서 서정주의 견해는 옳다. 또한 민중적 삶의 층위에서 전통을 탐구하려고 했다는 점에서도 그의 전통이 갖는 특이성과 가능성을 발견할 수 있을 것이다. 이는 그의 시 작품에서 민중의 삶의 양상을 설화적으로 재해석한 지향점과도 맥을 같이 한다. "우리의 傳統精神이 三國時代 以來 더 많이 外國에서 온 思想들을 綜合하고 선택함으로써 경영되어 왔다는 사실"에서 전통이야말로 항상 새롭게 구성되는 산물임을 알 수 있다. 그 역시 전통을 생성의 산물로 인식한다는 점에서 조지훈의 전통론과 동일선상에 위치한다. 다만 현실인식의 상이성과 함께 시적 세계를 구성하는 실천적 창작에 있어서는 큰 차이를 보인다.

그에 따르면, 유교나 불교, 도교뿐만 아니라 샤머니즘적 요소까지 두루 결합된 것이 우리의 전통이다. 샤머니즘은 "시간의 계속을 통한 音樂的 呪誦 歌唱의 感情激昻力을 빌어 關係있는 靈과 交涉하는 古代 以來의 靈通의 한 方法"[99]이다. 샤머니즘은 민중적 삶과 가장 근접한 사상으로, 그것이 곧 민중의 일생이자 삶의 양상이라고 할 수 있다. 특히 서정주는 영통을 우리 민족정신의 하나로 보고, 현대와 고대정신의 차이를 영통에서 발견한다. 즉 "歷史意識과 宇宙意識"의 차이가 그것인데, "우리는 흔히 歷史意識을 산 사람들의 現實만을 너무 重視하는 나머지, 過去史란 한 參考거리의 文獻遺跡을 제

---

98) 서정주, 「韓國的 傳統性의 根源」, 『서정주 문학 전집』 2, 일지사, 1972, 296~297쪽. 이하 권수와 쪽수만 표기함.
99) 위의 글, 298~299쪽.

외한다면 忘却된 無로서 느끼고 살지만, 우리의 古代人들은 死後 後代에 이어 傳承되는 마음의 흐름을 魂의 實存으로서 認識하고 느끼고 살았"던 것이다. 민중적 삶을 설화로 재구성하는 것은 과거적 시간과 공간의식을 토대로 잊힌 다수의 삶을 시적인 방법으로 역사화하는 일이다. 어쩌면 이것이야말로 가장 시적인 작업이라고 할 수 있을 것이다. 고대인들의 공간의식은 "靈魂 있는 것으로서의 宇宙"100)를 바탕으로 하며, 영원을 말하는 시간의식 역시 오늘의 기계적 시간인식과는 다르다. 서정주는 "人間精神의 世世傳承의 感興과 天地人的 存在로서의 感興이 靈通主義"101)를 믿었던 과거에 더 절실하고 컸을 것이라고 말한다. 그러나 영통주의는 시간의 현재성을 현실로 인식했던 그의 역사감각과 대립되는 관념이라는 점에서 한계가 불가피하다.

이와 같은 전후 전통논쟁은 1920~30년대 전통 논의의 연장선에서 이해되어야 한다. 정신사적 민족을 구성하고 이를 토대로 응집함으로써 식민지적 위기를 극복하고자 했던 고전 부흥의 움직임은 두 연대기의 정치적 상황은 상이하지만 큰 맥락에서는 유사한 지점에서 발현된다. 위기에 봉착한 주체가 이를 극복하기 위해 마련한 모색의 일환이었던 것이다. 식민지뿐만 아니라 해방기, 나아가 전후에도 지배적인 이데올로기의 목표는 민족을 구성하는 일이었다. 2차 세계대전 이후 냉전체제에 접어든 세계적 질서 아래 한반도의 운명은 신탁과 전쟁으로 혼란에 빠지게 된다. 이봉래, 최일수, 이어령 등은 이러한 폐허의 상황을 목도하고 세대론적 관점에서 전통담론에 대

---

100) 위의 글, 300쪽.
101) 위의 글, 302쪽.

한 입장을 개진한다. 무엇보다 전후 담론상황은 남한적 전통을 구축함으로써 강한 국민국가를 건설하고자 하는 열망에 닿아 있으며, 이는 실존적 자각을 통해 불안과 허무를 극복하고자 하는 존재적 분투를 보여주는 것이다.

군이 다른 연구자의 말을 빌리지 않더라도 "전통은 시간-공간에 대한 특정한 감각과 의식 속에서 구성된다". 전후적 시·공간이 갖는 특이성에 대한 이해는 당대의 문화적 전통을 검토하기 위한 전제가 되어야 한다. 가령 "전통은 과거와 현재 사이의 연속성에 대한 감각을 전달"하는 것이기에 시간적 항구성 및 연속성의 산물이며, 동시에 "서로 다른 개인들을 특정한 규모의 공동체로 묶어주는 공간적인 연장延長의 감각을 전달"[102]하는 것이어야 하기에 민족적 구성물로 이해되는 것이다. 이 때문에 전통을 논의하는 일은 민족을 구성하는 주체와 그 주체가 이어온 역사를 궁구하는 일이기에, 대문자 역사뿐만 아니라 소문자 주체들에 대한 탐구가 병행될 때 새롭게 발견될 수 있는 영역이다. 그래서 전통은 시간적 과거를 재구성하는 일에 그치지 않고, 현재적 삶의 양태를 고찰하는 일과 연동되어야 한다.

전후 신세대론을 구성했던 이들은 식민지의 황폐함과 고통에 대한 책임을 이전 세대에 전가함으로써 과거와의 단절을 통해서만 새로움을 기획할 수 있다고 믿었다. "지배의 시선은 독특한 은폐와 망각의 기제를 통해 '식민지적 무의식'을 구성한"[103] 것처럼 전후의 사회적 상황 역시 마찬가지였다. 세대 간의 불신과 지배담론의 배타성은 불안과 공포의 심사를 조장한다. 이때 전통 기획을 통해 역사는

---

102) 차승기, 앞의 책, 38쪽.
103) 위의 책, 88쪽.

새롭게 기억되고, 진실에 대한 감각마저 은폐된다. 국민을 만들기 위한 기획은 철저하게 이데올로기적 속성을 지녔던 것이다. 이러한 상황에서 전통은 한국적 고유성을 규정하는 일이었으며, 민족 단위의 국가건설을 욕망하는 것이었다.

전후 문단의 공백을 극복하기 위한 대안으로 모색된 전통론은 "1970년대의 민족문학론으로 이어지는 교량의 역할을" 했다. 그리고 "1950년대 중반에서 1960년대 중반에 이르기까지 십여 년 가까이 계속된 전통론의 전개 과정은 1950~60년대의 문단에서 순수문학이 구축되어 가는 과정을 보여준다".104) 문학의 권력화와 정전화 과정이 전통적 서정시의 계보에 기록되어 있는 것이다. "50년대의 전통론은 부정과 단절의 논리로 구분된다."105) 역사와 문학, 그리고 다시 시인의 역학관계는 상당히 정치적으로 얽혀 있다. 문학적으로 완결된 미적 성취를 일구었다 해도 그 역사인식 등이 문제가 될 때도 있고, 반면 대단한 미학적 구성물이 아님에도 상찬을 받는 경우도 있다. 시문학사에서 전통이 구성되는 방식은 지극히 민족주의적인 층위에서 성취된다. 그렇기에 일단의 정치성을 보유할 수밖에 없고, 이것이 순수문학, 즉 순수서정이라는 이름으로 은폐된다. 그러니 순수문학이라 구획되는 일단의 장르들은 보수적인 성향을 띠게 되는 것이다.106)

---

104) 이경수, 앞의 글, 80쪽.

105) 김주현, 「1960년대 소설의 전통 인식 연구」, 중앙대 박사논문, 2006, 20쪽.

106) 이동하는 벨라가 분류한 전통주의와 신전통주의를 언급하면서 "전통주의란 변화를 단호히 거부하고 과거의 전통에 그대로 머물러 있으려는 태도"라고 정의한다. 그러나 순수한 전통주의를 추구하는 경우라도 "근대화의 요청" 또는 영향으로 신전통주의적 경향으로 변모할 수밖에 없다고 지적한다. 신전통주의는 "전통주의의 가장 큰 약점 즉 지나친 배타성과 경직성이라는 약점으로부터 벗어나는 한편 보수주의 일반이 지닌 강점은 고스란히 유지"하는 것을 의미한다. 여기에서의 논의 역시 경직된 전통주의보다는

전통서정시는 자연에 심사를 이입함으로써 민족을 공고히 할 수 있는 공통의 정서를 포착하여, 한민족을 구성해온 단일 속성들을 형상하는 데 집중한다. 이를 통해서 민족이라는 공동체의 동질성을 강화하여 전쟁 이전의 휴머니즘을 회복하기를 기원한다. 식민지와 한국전쟁을 겪으면서 호모사케르로 살아야 했던 고통스런 주체들은 "역사적 계기로 작동되는 시간"107)에 분투해야 했다. 그것을 체험했던 세대와 그렇지 않은 세대에 따라 문학적 형상화란 상이해질 수밖에 없다. 전통의 경우도 이러한 역사적 문맥에서 이해되어야 한다. 전통을 재현하고자 하는 의무감을 작품 속에 고스란히 보이는 대다수의 작가군은 전쟁을 체험한 세대이다. 또한 이들은 정신적 가치의 회복을 희구하며 휴머니즘 혹은 그 윤리적 가치를 복원하려 한다. 전후 문학의 경향은 다양하게 나타나지만, 그 인식의 기저는 전쟁의 공포로부터 비롯되었음을 알 수 있다. 당대 문인들은 전쟁상황을 받아들이고 이를 극복하기 위해 노력했지만, 이미 '황무지'가 된 국토에서 이들이 겪은 단절과 혼란, 그리고 불안은 쉽게 해소되지 않았다.

역설적이게도 전통의 전제가 되는 것은 새로움의 탐색이다. "'세계'라는 거대한 타자에 안주하면서 동시에 자기를 확인할 수 있는 방법은 민족 고유의 '전통'을 역동적으로 생산하고 소비하는 것이다."108) 고전연구와 같은 전통에 대한 고찰은 초역사적인 공간을 재구성하고, 이를 토대로 현재적 가치를 생산하고자 하는 욕망의

열린 신전통주의적 관점에서 전통이 함의한 권위적 자명함과 공동체 내 민족으로서의 자기 정체성 발견을 지향한다. 이동하, 「한국문학의 전통지향적 보수주의 연구」, 서울대 박사논문, 1988, 28~29쪽.

107) 김윤식, 「6·25전쟁문학: 세대론의 시각」, 『1950년대 문학연구』, 예하, 1991, 15쪽.

108) 박연희, 앞의 논문, 89쪽.

산물이다. 전후 문학제도 내에서 고전문학 연구자가 중심이 되어 국어학자들과 문단 권력을 구성했던 것은 우연이 아니다. 그토록 새로움을 열망했지만 현대문학 연구자만의 제도권이 구성되는 것은 차후의 일이다. 그러니 그들이 구성하고자 했던 새로움이 얼마나 모순적인 것이었는지 알 수 있다. 과거의 창조적 현재화에 가장 적합한 것이 전통이라는 이름으로 호명된 고전이었던 것이다. 즉 창조의 원형을 고전에서 찾으려 했다는 사실이 새로움의 모순이다. 모더니티라는 이름의 새로움이 끊임없이 부정의 변증법을 통해 획득되는 것이듯 전통 역시 엄정한 심판을 토대로 구성되어야 한다. 무엇보다 과거의 미래적 가능성이라는 전제를 통해 알 수 있는 것처럼 전통이란 시간적 상이성에도 불구하고 서구적 보편성을 획득할 수 있는 특수성의 발견을 희구한다. 전통이라는 구분 자체가 유동적이며, 이는 내부적 동질성을 확보함으로써 외부적 질서와 대등하게 비견되기 위한 노력의 일환으로 보아야 한다. 따지고 보면 전통 서정시와 모더니즘 시는 전혀 다른 이념적 체계를 지향하는 것이 아니라, 동일한 숙제를 해결하기 위한 다른 과정으로 보아야 할 것이다.

제2부 전후 서정시의 전통 담론 구성 방식

제3장 조지훈 시론과 전통 기획

제4장 서정주 시의 탐미적 상상력과 신라정신

제5장 박재삼 시의 전통 인식

전후 문학 장은 어느 시기보다 사회사적 맥락과 깊이 연관되며, 전후 문학인들은 전쟁 경험으로 인한 실존적 혼란과 이에 대한 극복 방식에 따라 저마다 상이한 현실인식과 시대감각의 양상을 보인다. 그들은 전후 상황을 나름의 방식으로 이해하고, 이에 대응하기 위한 태도를 모색한다. 조지훈, 서정주, 박재삼을 관류하는 전통성은 전후 상황을 이해하고 이에 대응하는 문학적 응전 방식의 하나다.

한국전쟁이 발발하고 조지훈과 서정주 등은 문예사를 중심으로 비상국민선전대(非常國民宣傳隊)와 문총구국대(文總救國隊)를 조직하여 적극적으로 대응한다.1) 청문협의 구성원이었던 조지훈과 서정주는 좌익 공산주의 문학에 대항하기 위해 순수문학을 전개했으며, 문협 파의 일원으로서 전통서정시를 창작했다는 점에서 동일 좌표에 서 있다. 하지만 이후 서로 다른 방식으로 국가에 대응함으로써 시적 담론이 상이해진다. 박재삼의 경우 보수적인 문단 구조에 편입되었 지만, 현실순응적인 태도로 일관한다. 가난한 서민적 태생으로 민중 성의 체화가 가능했고, 덕분에 생활세계 내에서 경험된 한(恨)을 형 상한다. 이들 세 시인은 전후 전통서정시를 지향했다는 점에서 공통

---

1) 김윤성, 「六·二五와 文壇」, 『해방문학 20년』, 정음사, 1966, 78~79쪽 참조.

적인 자장에 있지만, 각자의 주관적인 가치관이나 사상에 따라 미묘한 차이를 생산한다.

담론은 텍스트를 사이에 둔 소통에서 생성된다. "텍스트에 의한 의사소통이란 언술내용의 주체인 화자와 현재적 언술행위의 주체인 독자 사이에서 이루어진다."[2] 시적 담론은 텍스트를 열린 산물로 이해하는 것에서 출발한다. 이스톱의 견해처럼 담론은 시라는 문학적 구조물을 구성하는 물질적 요소로 결정되며, 텍스트 외부에서 내부로 침투하는 이데올로기 작용으로 결정되기도 한다. 더불어 텍스트를 창작하는 주체와 독해하는 또 다른 주체에 의해 주관적으로 재결정되기도 한다. 이러한 관점에서 보면, 전통 담론은 한 공동체를 지탱하는 전통을 시라는 텍스트 형식을 통해 발화하는 것을 의미한다. 사회와 개인의 상호 침투를 통해서 이데올로기에 대한 주관적 이해와 해석이 가능하며, 이 지점에서 시적 담론의 새로움이 발생하게 된다. 시인은 전후라는 동일한 시대 및 문학 장에서 각자의 지향성이나 가치관에 따라 서로 혼융을 희망하거나 길항하게 된다.

이에 2부의 논의는 ① 현실인식과 주체구성, ② 전통담론의 이데올로기적 지향성과 시적 구성, ③ 시의 공간과 서정의 원리 등을 통해 각 시인들의 전후 전통담론 구성방식을 고찰하려고 한다. 우선 전후 상황에서 시인들의 현실 인식은 그들의 역사의식에 따라 상이한 방향성을 띤다. 한국전쟁과 전후 국민국가의 성격을 어떻게 규정하느냐에 따라 서정시를 지향했던 시인들의 차별화가 구성된다. 문학인의 윤리적 지향성의 차이는 극대화되고, 시적 담론 역시 그 성격을 달리 하게 된다. 이때 "전통을 어떻게 규정하고 그것과 어떻게 관계 맺는가 하는

---

2) 김동근, 『서정시의 기호와 담론』, 국학자료원, 2001, 64쪽.

문제는 단지 과거적인 것의 복원과 재구성의 문제로 환원될 수만은 없다". 전통은 기본적으로 과거의 산물을 새롭게 이해하고 인식하려는 의지의 산물이자, 그것을 수용하는 주체의 태도 자체를 발화하는 매개이기 때문이다. 그렇기에 전통은 그것을 인식하는 방식에 따라 주체의 이데올로기 지향성이나 미의식 등을 발견할 수 있다. 즉 "전통이라는 개념 자체가 이미 전통에 대한 의식을 내포하고 있거니와, 특정한 방식으로 전통을 규정하고 그것과 관계 맺는다는 것은 필연적으로 전통에 대해 사유하는 주체를 전제로"[3] 하는 것이다.

전후 서정문학에서 시적 지성의 문제는 현대시를 요청하는 일에서 드러난다. 시인의 지성과 서정이 미학적으로 표출된 현대시는 이전 시대 시와의 차이를 어떻게 규명하는가에 따라 상이한 분파를 형성하게 된다. 이때 모더니즘이 부정의식에서 탄생한 것이라면, 우파 문인과 지식인을 중심으로 구성된 전통서정시는 과거와 연속성의 토대에서 새로움을 발현하려 한다. 이들 시의 현실인식의 기저에는 거대담론을 형성한 국가주의와 반공담론이 개입할 수밖에 없다. "현실 속에 이미 자리잡고 있던 지배이데올로기가 텍스트 속에 무시로 스며드는 것은 막을 수 없다."[4] 순수 주관의 시학이라 규정되는 서정시의 보수성은 불가피하다. 이들이 구성하는 전통서정이란 새로운 질서에 정통성을 부여하는 작업이라는 점에서 철저히 계몽적 미의식을 지향한다. 결국 미학적 전통을 모색하는 일은 균질화된 시대인식을 강제하는 것이며, 동시에 이러한 동일 이데올로기를 함양한 주체를 생산하는 일이다.

전후 현실을 위기로 인식한 조지훈의 경우 이를 적극적으로 타개하

---

3) 차승기, 앞의 책, 233쪽.
4) 박훈하, 앞의 논문, 25쪽.

기 위한 저항의 언어를 발화한다. 전통담론을 구성하는 데 있어서도 그것을 절대적인 가치로 치부하고 맹신하는 것이 아니라, 이에 대한 비판적 인식을 토대로 현재적 가치를 생산하는 전통만을 긍정한다. 반면 서정주는 국가주의를 완벽하게 체현한 존재로, 반공담론의 일환으로서의 순수시를 지향한다. 반성적 언어를 토대로 친일의 흔적을 무마하고, 반공이데올로기의 체현으로 국민으로서의 자의식을 재획득하기 위해 분투한다. 조지훈이 현실적이고 역사적인 현재의 층위에서 고난을 극복하기 위한 방안을 모색했다면, 서정주는 영생주의와 같이 초월적인 세계에서 전통을 구성한 까닭 역시 이러한 맥락에서 이해할 수 있다. 또 박재삼의 경우는 근대사의 민족적 수난을 겪으면서도 이를 외부로 표출하지 않는다. 그는 지극히 순종적인 여성 화자를 토대로 현실에 순응하는 시적 발화를 구성하고, 개인적인 고달픔은 내면화한 채 민족 주체로서의 슬픔을 형상화할 뿐이다. 박재삼의 현실인식은 소시민 의식[5]에 닿아 있다. 이들 세 시인의 현실인식은 문학 장을 넘어 근·현대사를 살아내기 위한 주체의 투쟁의 산물이라 할 수 있다.

다음으로 전후 서정시의 시적 자율성은 시대인식과 시인이라는 자의식을 토대로 형성된다. "주체는 사이에 있는 것(un in-between), 둘—사이에 있는 것(un entre-deux)이다."[6] 현실과 타자들 사이이거나 자아 내부의 갈등 사이에서 충돌하거나, 주체는 이데올로기적이다. 각 시인의 현실인식과 시적 형상화는 제각기 나름의 전통 담론을 생성한다. 이들의 이데올로기 지향성은 사상적 가치관뿐만 아니라

---

5) 박재삼의 현실인식을 소시민적이라 보는 것은 논란의 여지가 있지만, 역사적 현실에 대해 수동적이라는 점에서 사회적 자아의 소시민성을 발견할 수 있다. 이는 그의 시인으로서의 자의식이 적극적이었던 것과 대비된다.

6) 자크 랑시에르, 양창렬 옮김, 『정치적인 것의 가장자리에서』, 길, 2008, 141쪽.

시적 발화에도 큰 영향을 끼친다. 전통 담론은 시론으로서의 역할을 수행하며, 시적 담론은 시인과 시대, 그리고 독자의 소통 양상이다. 전후는 "전쟁이 만들고 전쟁이 버린 고아의 시대"이며, "역사가 인간을 버리고 예술 자체가 인간을 버린 유기의 시대"[7]다. 이런 까닭에 전후 가장 우선적인 과제는 민족 주체성의 확립이며, 전통 담론은 이를 위한 방법적 모색이다. 새로운 민족을 구성하고, 그 정체성을 규정짓기 위해서는 이러한 이데올로기의 지향성을 예술적으로 승화하는 작업이 수반되어야 했다.

조지훈의 전통 담론은 민족 문화에 대한 인식을 토대로 구성된다. 지조론으로 대표되는 윤리적 가치관을 함양해야 한다는 지적과 함께 고전 탐구를 통한 민족정서의 강화를 주장한다. 그리고 서정주는 영원의 표상인 신라를 구성함으로써 초월적이고 상상적인 전통을 구축한다. 특히 전후적 상황에서 수행된 그의 시작(詩作)을 통해서 국가가 지향하는 바를 문학적으로 구현하려는 적극적인 태도를 발견할 수 있다. 또한 박재삼은 자신이 경험한 삶을 통해서 민중적 정서를 형상화하기 위해 노력한다. 그에게 한(恨)의 정서는 시적 소재이자 민중의 삶 전체를 표상한다. 이들 세 시인이 지향하는 이데올로기는 전통 담론으로서의 시론을 구축하는 핵심이 된다.

끝으로 언어는 시적 담론을 구성하는 요소로 작용한다. 특히 한글은 전후 문학에서 민족정서를 표출하는 데 가장 적확한 물질적 매개로 평가된다. 한글 자체가 민족적 주체성을 상징하는 것이기 때문이다. 시에서의 전통 담론은 시가 구성되는 시적 공간과 서정의 원리에서 발견되기도 한다. "담론이란 텍스트의 발화내용 뿐만 아니라 발

---

7) 고은, 『1950년대』, 향연, 2005, 24쪽.

화방식을 동시에 주목함으로써 지배이데올로기가 결집되고 유통되는 과정을 아우르는 분석방식"8)이다. 시는 한글의 묘미를 극대화한 언어 구조물이며, 시적 공간을 재창조함으로써 담론을 생산한다.

조지훈의 시적 공간은 자연이다. 이때 자연이란 물리적 공간이면서 동시에 시적 순수성을 지향하는 숭고한 가치를 상징하는 것이기도 하다. 서정주는 관능적인 감각의 형상화뿐 아니라 민속적 소재를 차용한 설화적 상상력을 토대로 시적 공간을 구성한다. 그리고 박재삼은 기억을 구성하는 회귀적 시간의식을 토대로 추억의 공간을 재현한다. 또한 민족적 율조를 통해 전통 계승적 서정의 원리를 지향한다. 박재삼의 시는 "토속적이라는 점에서 서정주와 일맥상통하기도 하지만 박재삼은 샤머니즘적 충동보다는 서정성 그 자체에 일관해왔다는 점에서 서정주와 다르다".9) 박재삼은 조지훈의 자연관을 서정적으로 완성했을 뿐 아니라 서정주의 설화적 상상력을 계승·발전시킴으로써 선대 시인의 시적 영향을 통해 자신만의 시세계를 구성했다고 평가할 수 있다.

---

8) 박훈하, 앞의 논문, 2쪽.

9) 박재삼의 계보적 특성에 대해서는 최동호 등이 다음과 같이 서술한 바 있다. "박재삼은 1920년대의 김소월, 1930년대의 김영랑으로부터 1940년대의 박목월, 박두진, 조지훈 등의 청록파로 이어져 내려온 순수 서정시의 정통을 이어받은 1950년대 후반의 대표적인 서정시인이다. 더 거슬러 올라가면 고려가요 「가시리」로부터 형성되어 온 한국시가의 순수 서정성을 현대적으로 변용시켜 독자적 세계를 구축한 시인이 박재삼이다. 첫 시집 『춘향이 마음』이 간행된 것은 1960년대 초이며, 『천년의 바람』과 『추억에서』가 간행된 것은 70년대와 80년대이지만 그의 시사적 위치를 50년 후반으로 위치시키는 것은 그가 슬픔과 한의 정서를 독자적으로 선보인 것이 50년대 후반이기 때문이다. 등단 초기부터 독자적인 어법과 가락을 보여준 박재삼은 50년대 등단한 다른 시인들보다 질기고 유장한 생명력으로 40여 년이 넘은 시작활동을 계속하여 자신의 시사적 위치를 드러내주었다고 하겠다."(최동호, 앞의 책, 235~237쪽)

제3장 조지훈 시론과 전통 기획

1. 직언을 통한 적극적 현실 개입

1) 한국전쟁과 종군시

지훈 조동탁(1920~1968)[10]은 해방 후의 혼란과 한국전쟁을 겪으면

---

10) 조지훈은 박목월, 박두진과 함께 『청록집』(을유문화사, 1946)을 폈으며, 이후 『풀잎단장』
(창조사, 1952), 『조지훈 시선』(정음사, 1956), 『역사 앞에서』(신구문화사, 1959) 그리고
『여운』(일조각, 1964) 등의 시집을 상재한 바 있다. 조지훈 전집에서는 이들 작품집에
실린 작품들뿐만 아니라 타계하기까지 그가 남긴 작품을 총망라하고 있다. 본문에 인용
된 작품은 『조지훈 시』(전집 1)에서 가져온 것으로 맞춤법, 띄어쓰기 등 표기는 이 책의
것을 따른다. 또한 이 글에서는 이 시기에 발표된 평론적 글쓰기 역시 담론 이해의 텍스트
로 삼는다. 전집에 수록된 최종본을 텍스트로 삼는 까닭은, 누락된 개별 작품까지를
망라하고 있다는 전집의 취지와 쪽글 형식으로 산발적으로 발표된 글들을 논의의 연속성
에 따라 재정리하는 등의 노력이 가미되어 있기 때문이다. 특히 전집 권2~권9에 수록된
평론이나 에세이적 글쓰기 중에서 1950~60년대 텍스트를 통해 그의 전후적 감각을 고찰
하고자 한다. 이 시기는 그의 서정이 현실감각을 바탕으로 확장되는 때이기도 하고,
전쟁체험 이후부터 작고하기까지를 관통하는 기간이기 때문이다.

서 「역사 앞에서」 등과 같이 현실참여적 구호가 생경하게 드러나는 작품을 창작한다. 이러한 경향은 1968년 작고할 때까지 현대사의 굵직한 사건들에 대한 조지훈의 직설적 발언으로 확인할 수 있다.[11] 이 시기 작품에서는 조지훈의 시인으로서의 면모와 학자적·지사적 면모까지 두루 발견할 수 있다. 그는 1950년대를 실험과 가능성의 시기로 보았다. "1950년대는 실험의 연대였다. 더구나 1950년은 한 국동란이 터진 해여서 진탕(震盪)을 계기로 지난날을 정리하고 새로운 전망을 의도한 것이 이 시기 예술계의 일반적 동향이었다. 모든 것은 재검토되고 재비판되는 반성과 회의의 선상에 오르게 되었다"[12]는 진단에서 전후 현실을 인식하는 조지훈의 태도를 단적으로 알 수 있다. 전쟁을 계기로 과거에 대해 충분히 반성하고, 이를 토대로 미래적 전망을 모색하는 것이다. 조지훈은 한 개인을 역사적 존재로 인식한다. "자연과 인위(人爲)의 공동(共同)"으로 탄생한 전존재는 그 자체가 이미 "풍토와 사회와 시대"[13]가 반영된 역사라는 것이다.

---

11) 조지훈 시작(詩作)의 변모 양상은 우울과 회의, 그리고 화사와 서구적 감각이 예비되었던 습작기(동인지 『백지』에 참가했던 시기)의 작품을 시작하여, 『문장』으로 등단하면서 민족정서를 함양한 고전미를 시화하는 방향으로 전회한다. 그가 "동양의 하늘로 돌아가" 전통서정시를 구성해야 한다는 책무를 느끼기 전 순수 문학도의 면모를 찾을 수 있는 것이 서구적 감성을 토대로 창작한 습작시들이다. 시는 절대불변의 원형으로 존재하는 고유한 문화적 산물이 아니라 시대의 요청에 의해 혹은 그의 문학적 지향성에 의해 언제든지 유동적으로 구성될 수 있는 것임을 시사한다. 시인의 문학적 개성이란 상당한 스펙터클을 함의하고 있음을 짐작할 수 있다. 이러한 과정을 통해서 시인의 개성과 문단적 성격의 영향관계를 짐작할 수 있다. 조선어학회 사건 이후 오대산 월정사 칩거기에는 서경시나 선미 등을 주조로 하는 관조적인 시세계를 보이며, 일제 말기에는 낙향하여 「풀잎단장」 등 자연과 인생을 조망하는 고요한 서정적 시편을 창작한다. 습작기부터 40년대에 이르는 작품 활동은 시대를 인식하는 감각의 반영이기도 하다. 조지훈은 「조지훈 시선 후기」에서 자신의 작품 세계를 여섯 가지 정도로 구분한다. 이를 통해서 조지훈의 시적 변모 양상이 역사적 사건과 무관하지 않다는 것을 고찰할 수 있다. 자세한 내용은 『조지훈 시』(전집 1), 120~124쪽 참조.

12) 조지훈, 「한국의 시는 이렇게 자라 왔다」, 『문학론』(전집 3), 147쪽.

13) 조지훈, 『한국문화사서설』(전집 7), 216쪽.

개인과 공동체의 역사는 분절된 것이 아니라 서로 영향을 끼치며 생성되는 산물이다. 그렇기 때문에 개인은 공동체가 구성한 역사적 사건으로부터 자유로울 수 없으며 궁극적으로 현실에 대한 일정한 포즈를 취함으로써 역사적 주체 혹은 공동체의 일원으로서의 직무에 충실할 수 있다고 본다.

먼저 조지훈의 전쟁기 문학 역시 반공언어의 재생산 및 확장에 기여했다. 불안심리는 공포를 야기하고, 철저한 배제의 논리를 내면화한다. 특히 한국전쟁은 이념적 대립과 이념적 순결을 절대적으로 강제한다. 때문에 피난기 도강파 문인과 잔류파 문인에 대한 평가뿐만 아니라 처단까지 냉혹하게 시행되었던 것이다. 한강을 성공적으로 건넜던 도강파는 반공주의자로서의 자부심을 드러냈으며, 피난에 실패한 잔류파의 경우에는(조연현 등 지하잠적파 역시 마찬가지다) 친공분자로 오인받거나 부역행위에 대한 죄의식을 충분히 토로하지 않는다면 살아남기 어려웠던 것이다.[14] 이러한 이분법적 논리 속에서 목숨을 부지하기 위해 전후 문인들은 자기변호의 문학, 곧 자기고백적 문학을 수행하게 되었던 것이다. 이 지점에서 조지훈과 서정주의 이질적 좌표를 확인할 수 있다. "차이가 현시되는 장소는" 토포스(topos)다. "정치적 주체의 장소는" "토포스가 전시되는" "틈새 혹은 균열이다. 이름들, 정체성들 혹은 문화들 사이에 – 있음(être-entre)으로서 함께 – 있음(être-ensemble)"[15]이다. 조지훈의 경우 해방 이전의 행보에 있어서 역사 앞에 당당했기에 반성과 고백적 언어가 불필요

---

14) 서동수가 적절히 분석한 것처럼 "도강파와 잔류파라는 호칭은 단순한 명명법에 그치지 않고 그대로 이념을 분류하는 바로미터가 되어, 도강파는 반공주의자요 애국자로, 잔류파는 좌익, 좌익동조 혹은 기회주의라는 등식이 성립되었"던 것이다. 서동수, 앞의 책, 28쪽.

15) 자크 랑시에르, 양창렬 옮김, 앞의 책, 144쪽.

했으나, 서정주는 친일 문제에 묶여 있었기에 권력 앞에 공격적인 언사를 할 수 없었다. 이러한 입장 차이는 현실을 대하는 방식이나 문학을 구성하는 데 있어 상이한 양상으로 드러난다.

滿身에 피를 입어 높은 언덕에 / 내 홀로 무슨 노래를 부른다 / 언제나 찬란히 티어 올 새로운 하늘을 위해 / 敗者의 榮光이여 내게 있으라. // 나조차 뜻 모를 나의 노래를 / 虛空에 못박힌 듯 서서 부른다. / 오기 전 기다리고 온 뒤에도 기다릴 / 永遠한 나의 보람이여 // 渺漠한 宇宙에 고요히 울려 가는 설움이 되라.

—「歷史 앞에서」 전문

조지훈의 현실참여시나 전쟁시 등은 미적 가치보다는 담론적 가치가 앞선다. 이 시기의 작품은 시적 구성이나 장치에 있어서 등단작에서 보였던 세련미나 조탁의 흔적이 보이지 않는다. 때문에 시적 긴장감이나 치열함은 찾아볼 수 없는 것이 사실이다. 그럼에도 "묘막한 우주" 공간에 혼자 버려진 것 같은 전쟁상황에 놓인 주체의 절망적인 심정을 적절하게 포착한다. 특히 우주 공간을 작동하는 시간의 원리는 역사적 시간과 다르다. 유한자로서의 한계를 초월한 우주적 시간을 지향한다는 것은 "역사를 개별 단위에서 보지 않고 광대한 우주적 시간이라는 관점"[16]으로 사유한다는 것을 의미한다. 민족의 전통을 재발견하고 새롭게 구성하는 일은 역사적 주체로서의 사명감과 의지가 있었기에 가능했을 것이다. "새로운 하늘을" 기다리는 마음, 그리하여 "패자의 영광"이나마 기대하면서 시인은

---

16) 김문주, 「한국 현대시의 풍경과 전통」, 고려대 박사논문, 2005, 171쪽.

"허공에 못박힌 듯 서서" 지상을 넘어 우주로 퍼지는 열망의 "노래를" 부른다.

1950~60년대 문학사는 오랜 식민지 역사와 한국전쟁, 그리고 독재로 이어지는 근·현대사의 연장선에서 이해되어야 한다. 이러한 상황에서 서정은 고전적 의미에서의 서정적 서정에 한정될 수만은 없으며, 역사적 주체로서의 개인이 공동체 내에서 겪는 갈등이나 적응을 위한 응전의 언어여야 한다는 점에서 서정의 경계를 확장해야 한다. 전후 서정시는 전쟁이 야기한 극도의 불안이나 온갖 폐허의 상태에서 '다시 일어서기'를 희망하는 작업과 어떤 식으로든 연관되는 것이다. 그러니 살아야 한다는 당위가 필요했고, 존재에 대한 믿음이 절실했다. 왜 실존주의가 1950년대에 그토록 열렬한 사랑을 받았는지 이해할 수 있는 대목이다.

6월 25일 城北洞 산골짜기 / 방문을 열어 놓고 / 세상 모르고 떨어진 잠을 / 깨우는 이 있어 눈을 떠보니 / 木月이 문득 창 밖에 섰다. // "거리에는 號外가 돌고 야단이 났는데 / 낮잠이 다 무엇이냐"고. // 傀儡軍 南侵── // 悄然히 담배에 불을 단다. / 언젠가 한번은 있고야 말 날이 / 기어이 오늘에 오고 말았구나. // 가슴에 싸늘한 것이 내려 앉는다 / 구름처럼 흘러가던 마음이 고개를 든다. / 흡사 슬픔과도 같은 것이 스쳐간다 / ──아무렇지가 않다. // 6월 26일 午後 二時 / 高麗大學校 三層에서 '詩論'을 얘기한다. // 議政府方面의 銃聲이 들려온다 / 校庭의 스피카에서 戰況報道가 뜬다. // 靑春에는 迂遠한 言語가 차라리 馬耳東風 / 허나 詩는 진실로 이런 때 서는 것을…… // "不安과 存在의 意味를 / 너 오늘에야 알리라" // 수런대는 가슴들이 눈을 감는다 / 오늘 흩어지면 우리는 다시 / 이승에서 못만난다는 슬픈 可能性 // 이 苛烈한

마당에 다시 고쳐 앉아 / 人情의 약함에 눈물 지움은 / 또 얼마나 값진 힘이랴. // 도어를 밀고 나온다. / 詩가 戰雲 속으로 숨는다. // * 山머리를 濛濛한 砲煙이 덮는다. / 黃昏에 木南이 찾아왔다. // 서울 後退는 不可避라고── / 우리는 어쩔 것이냐. // 어쩔 것이 아니라 이미 어쩔 수 없는 길 / 마음이 왜 이리 갈앉는단 말가. // 그 마음을 木南이 안다고 한다 / 찾아온 것이 실상 그 마음이라고. // 삶과 죽음의 恐怖에 / 누가 흔들리지 않는다 하랴마는 // "더럽게 살지 말자 / 더럽게 죽어서는 안 된다." // 이 志操를 배우는 自繩自縛이여 / 내 오늘 그 힘을 입어 죽음 앞에 나설 수 있음이여 // 아 작은 時間의 餘裕 있음을 / 오직 感謝하라. // 6월 27일 새벽에 온 家族이 訣別하다. / 죽지 않으면 다시 만나게 되리라고… // 때 아닌 새옷을 갈아 입고 좋아하던 / 어린 것의 얼굴이 자구만 눈에 밟힌다. // "죽음을 너무 가벼이 스스로 택하진 말라" 하시던 / 아 아버지 말씀. // 이른 아침에 東里를 찾다 / 木南이 그리로 오마고 했다. // 主人이 아침쌀을 구해 가지고 돌아왔다 / 그의 家族과 함께 흰죽을 나눈다. // 非常國民宣傳隊 마이크 앞에 / 未堂이 섰다. // "市民 여러분 우리는 / 어떻게 살았으면 좋겠읍니까" // 이 아무렇지도 않은 한마디에 / 눈물이 쏟아진다. // 이고 지고 떠나가는 저 백성이 / 누가 이 말을 듣는다 하랴. // 詩人의 말은 항상 / 저를 채찍질 할 뿐. // 文藝 삘딩 地下室에 거적을 깔고 / 最後의 籠城을 하기로 했다. // 이미 自身을 律하고 나면 개죽음도 또한 立命 / 그래도 혼자서 죽기가 싫다 너무 외롭다. // 國防部 政訓局에서 / 議政府奪還의 祝盃를 든다. // 새파란 戰鬪服을 갈아 입은 / 金賢洙 大領! // 이 술을 다 마시고 취해서 죽는다 하니 / 떠나기를 재촉하는 벗의 손길이 눈물겨웁다. // "國民 앞에 謝過하고 世界에 呼訴한 다음 / 放送局을 破壞하는 것이 하나 남은 責務"라고 // 껴안고 얘기하는 colonel 김── / 안다 안다 이 마당에 무슨 거짓이 있느냐. // 眞實한 사람에게는 거짓말도 참말이다 / 그대 마음을 내가 안다. // 文藝 삘딩 地下室에 / 오마고한 벗들이 하나도 없다. 밤은 열한 時—— // 술에 취한 未堂과 木月과 木南과 나와 / 부슬비 나리는 밤거리로 나선다. // 元曉路 終點 아는 집에 누어 / 마즈막 放送을 들으며 눈을 감는다. // "祖國이여! 겨레여! 아아 山河여!" / 목메여 굽이치는 詩朗讀 소리 // 사람은 가고 목소리만 남아서 돈다. / 목소리만 있어도 安心이다 외롭지 않다. // 무슨 天罰과도 같이 霹靂이 친다 / 우리의 갈길은 영영 끊어지고 만 것을… // 漢江 언덕 여기가 서울 最後의 堡壘 그 地點에서 / 귓구녕을 틀어막고 잠이 든다. / 소리없이 느껴우는 소리가 들린다. // 6월 28일 어디로 가야하나 背水의 거리에서 / 문득 이마에 땀이 흐른다. // 아침밥이 모래 같다 / 국물을 마셔도 冷水를 마셔도 / 밥알은 영 넘어가질 않는다. // 마음이 이렇게도 / 肉體를 規定하는 힘이 있는가. // 麻浦에서 人道橋 다시 西氷庫 광나루로 / 몰려나온 사람은 몇十萬이냐. // 붉은 깃발과 붉은 노래와 탱크와 / 그대로 四面楚歌 이 속에 앉아 // 넋없이 피우는 담배도 떨어졌는데 / 나룻배는 다섯 척 바랄 수도 없다. // 아 나의 家族과 벗들도 이 속에 있으련만 / 어디로 가야 하나 背水의 거리에서 // 마침내 숨어 앉은 絶壁에서 / 한척의 배를 향해 뛰어내린다. // 헤엄도 칠 줄 모르는 / 이 絶對의 投身! // 비 오던 날은 개고 하늘이 너무 밝아 차라리 悽慘한데 / 漢江의 저 언덕에서 絶望이 떠오른다. // 아 죽음의 한 瞬間 延期——

—「絶望의 日記」 전문

조지훈의 첫 전쟁시로 알려진 이 시는 일기체로 구성된 장시다. 한국전쟁 발발 후 3년간 조지훈의 역정(歷程)은 전쟁의 추이에 따라 진퇴를 거듭한다. 서울을 시작으로 대전, 전주, 이리, 광주, 목포, 대구를 거쳐 부산 등에 이르는 피난길에서부터 대구, 다부원, 도리원, 안동, 죽령 등지를 거치는 9·28서울 수복, 그리고 서울에서 파주, 해주를 거쳐 평양에 이르는 북진 과정, 다시 평양에서 서울, 그리고 대구, 부산 등으로 이어지는 1·4후퇴와 53년 휴전협정으로 대구에서 서울로 돌아오는 긴 여정은 그대로 한국전쟁의 전개양상을 보여준다. 피난민이자 종군문인으로 전란을 종횡무진했던 조지훈의 행보는 전쟁시의 리얼리티를 더한다. 전쟁과 일상은 사뭇 대조적인 좌표에서 각자의 의미맥락을 갖지만, 조지훈의 전쟁시편을 통해서 우리는 전쟁이 일상화된 공간에서 인간의 삶이란 얼마나 허무하며 참혹한지를 착목하게 된다. 그래서 태연하게 서술되는 전쟁 속 일상이 더욱 암담하게 와 닿는다. 위기를 위기로, 공포를 공포로 인식하지 못할 때, 비극은 배가되기 때문이다.

6월 25일부터 28일에 이르는 4일간의 일기적 구성은 고작 3일 만에 서울이 함락되는 "공포"와 충격에 대응하는 시인의 행로를 요약적으로 보여준다. 전쟁이 얼마나 부지불식간에 일어났는지를 알 수 있는 것이 6월 25일의 일기에 있다. "방문을 열어 놓고 / 세상 모르고" 낮잠을 자고 있던 시인에게 박목월이 "호외가 돌고 야단이 났는데" 이러고 있느냐고 타박을 준다. 그런데도 나는 "언젠가 한번은 있"을 일이 일어났다고 놀라지도 않는다. 그렇지만 "가슴에서 싸늘한 것이 내려 앉"고 "슬픔과도 같은 것이 스쳐간다". 그럼에도 "아무렇지가 않다"는 적막한 언어로 표현된 심사는 아직 실감하지 못하는 주체의 혼란을 의미한다. 식민 상황을 겪어냈고 분단된 조국이지만 해방도 이루어냈는데 동족간의 전쟁이라니, 쉽게 납득이 되었겠는가. 혹은 전쟁이 발발했다고 해서 그것이 오랫동안 지속되리라는 것을 상상이나 했겠는가. 전쟁이 발발할지도 모른다는 불안이 현실화되었을 때의 막막함이나 절망이 시의 전반부에 드러난다.

　한국전쟁이 발발한 그 다음 날인 1950년 6월 26일에도 "고대 본관 3층에서 '시론(詩論)'을 강의"했다는 그의 술회는 이 시뿐만 아니라 에세이에도 나타난다. 총성이 들리고 피난민은 끊임없이 늘어나는 상황에서 당연히 학생들은 수업을 들으려 하지 않았다고 한다. 하루 아침에 전쟁 상황에 놓인 "청춘에는 우원한 언어"였을 시론강의는 이들의 절박한 심정을 보다 두드러지게 한다. "오늘 흩어지면 우리는 다시 / 이승에선 못만난다는 슬픈 가능성"을 예감하면서 "불안과 존재의 의미를" 알아야 한다고 가르치는 시인의 심정 역시 다르지 않았을 것이다. 그때 30분 정도의 고별인사를 통해 그는 "죽음을 공부하라는"17) 얘기를 했다고 한다. "죽음이 가까이 있었을 때는 목숨이 더할 나위 없이 소중하다고 생각되었고, 그 때문에 죽음을 멀리 쫓아 버리는 데 열심이었는데, 죽음을 멀리 쫓아 버렸더니 이번에는 삶의 소중함을 알 수 없게 되"18)었다는 말처럼, 죽음과 대면하는 일은 곧 살아남는 일과 무관하지 않다는 사실을 어린 학생들에게 알려주고 싶었던 것이리라. 그러니 죽음은 쉽게 미학화되어서는 안 된다.

　"시는 진실로 이런 때에 서"야 한다는 구절을 통해서 조지훈의 시적 지향성을 읽어낼 수 있다. 현실을 탈각해서는 시가 존재할 수 없으며 끊임없이 현실과 투쟁해야 한다. "삶과 죽음의 공포에"도 "더럽게 살지 말자" 그리고 무엇보다 "더럽게 죽어서도 안 된다"는 강한 의지에서 알 수 있듯이 그는 시의 역할, 그리고 시인의 책무를

---

17) 조지훈, 「큰일 위해 죽음을 공부하라」, 『고대신문』, 1962.4.18; 『지조론』(전집 5), 169쪽.
18) 강상중, 송태욱 옮김, 『살아야 하는 이유』, 사계절, 2012, 168쪽.

엄중하게 여기는 시인이다. 그렇기에 그의 시를 이해함에 있어서도 단순히 시적 변모양상을 분석하는 것이 아니라 그의 지향성이 역사적 상황에 따라 어떻게 다른 양상으로 구성되었는가를 살펴야 한다.

3일째 되는 날인 27일은 서울이 함락되고, 김동리, 이한직, 박목월, 서정주 등과 함께 자신들의 행보에 대해 고민한다. "새벽에 온 가족"과 "결별하"고 "죽음을 너무 가벼이 스스로 택하진 말라"는 "아버지 말씀"을 품는다. 특히 아버지 조헌영은 한국전쟁 중에 납북되므로 이때가 마지막 대면이었다. "비상국민선전단"의 대표로 서정주가 "시민 여러분 우리는 / 어떻게 살았으면 좋겠읍니까"라고 했을 때, 비로소 "눈물이 쏟아"진 시인은 어쩌면 그제야 자신들에게 더 이상 평범한 일상이란 허락되지 않을 것이라는 사실을 통감했을 것이다. 그저 "저를 채찍질 할 뿐"인 시인은 "국방부 정훈국" 소속의 종군문인이 된다. 서울에서의 마지막 밤을 보내고 28일에는 어렵게 도강한다. "붉은 깃발과 붉은 노래와 탱크"로 점령당한 서울은 더 이상 시인이 있을 곳이 아니다. "어디로 가야하"는지 알 수 없는 "배수의 거리에서" 도강을 결심할 수밖에 없다. "나룻배는 다섯 척"이라는 표현을 통해서 당시 도강하기가 얼마나 어려웠는지를 알 수 있다. 그러니 전쟁이 끝나고 도강파와 잔류파로 나누어 문인들을 처단한 일이 얼마나 비논리적이고 폭력적이었는가를 짐작할 수 있다. 도강을 성공하는 순간은 살아남은 것이 아닌 그저 "죽음의 한 순간"이 "연기"된 것에 지나지 않지만, 종군문인으로서의 임무를 띠고 조지훈 역시 "절벽에" 숨어 있다가 죽을 심정으로 배를 향해 "투신"해서는 겨우 도강에 성공했던 것이다.

장황하게 설명한 전쟁기의 기록을 통해서 시인의 반공의식이 단순히 국가담론에의 함몰에서 비롯된 것이 아니라, 생애사적 경험과 자신의 가치관에서 연유했다는 사실을 발견할 수 있다. 종군기자의 기록물을 연상케 하는 이 시의 소통구조는 화자의 경험을 통해 내포 독자로 하여금 전쟁상황을 재구성하도록 돕는다. 무엇보다 내포작 가의 회상적 기록은 실제독자에게 생생하게 증언됨으로써 역사의 비극을 알리는 역할을 수행한다.

義城에서 安東으로 竹嶺으로 / 바람처럼 몰아가는 追擊戰의 한때를 // 내 추럭에서 뛰어내려 목을 축이고 / 조찰히 피어난 들국화를 만지노 라니 // 길가 푸섶에 白墨으로 써서 꽂은 / 나무 조박이 하나—— // "여 기 傀儡軍戰士가 쓰러져 있다" // 그 옆에 아직 / 실낱 같은 목숨이 붙어 있는 少年의 屍體 // 검붉은 피에 절인 그의 四肢는 썩었고 / 반만 뜬 눈망울은 이미 풀어져 말을 잊었다 // 아프고 목마름에 너 여기를 기어와 / 물고에 머리를 박고 마냥 물을 마셨음이려니 // 같은 祖國의 山河 / 네 고장의 흙냄새가 바로 이러하리라. // 아 이는 원수이거나 / 한 핏줄 겨레가 아니거나 다만 그대로 / 살아 있는 人間의 尊嚴한 愛情! // 누가 다시 이 靈魂에 / 총칼을 더할 것이냐. // 사랑하는 사람을 두고 가듯이 / 어쩔 수 없는 안타까움이 / 아직도 남아 있음이여! // 저 맑고 푸른 가을 하늘 아래 / 苛烈한 싸움의 한 때를 // 서럽고 따뜻한 마음으로 새긴 / 나무 조박이 하나 // "여기 傀儡軍 戰士가 쓰러져 있다"

—「여기 傀儡軍戰士가 쓰러져 있다」 전문

1950년 9월 26일에 쓴 이 시는 조지훈의 종군 도정을 알 수 있는 자료다. 불신과 공포의 전쟁 상황에서 느끼게 되는 민족애 혹은 휴머 니즘은 전쟁에 대한 많은 물음을 전제한다. 정신없이 "추격전"을 벌이다가 "조찰히 피어난 들국화를 만지"며 잊고 있었던 생명의 존엄에 대해 깨닫는다. 화자는 왜 서로 "총칼"을 겨누어야 하는지도 알지 못한 채 죽어갔을 어린 넋들, 그 "영혼"들에 대해 생각한다. "나무 조박이 하나"에 "여기 괴뢰군전사가 쓰러져 있다"고 써 있는 것을 발견했을 때, 시인은 "목숨이" 경각에 달한 그 "소년의 시체"를 통해서 잊고 있었던 근원적인 물음들을 다시금 생각하게 된다. "같은 조국의 산하"에서 태어났는데 어찌하여 우리는 "원수"가 되어 스스로 "한 핏줄 겨레"인 것을 묵인하고 있는지 말이다. 조지훈은 "동족이라는 관점에서 적을 대하는 탈이데올로기적"[19] 가치를 지향한다. "인간의 존엄한 애정", 그 휴머니즘의 발견은 전쟁이 낳은 폐허의 "안타까움"을 더욱 도드라지게 한다. 전후 조지훈 시의 가치는 여기에 있다. 반공 이데올로기를 체화했음에도 "서럽고 따뜻한" 인간애를 기억한다는 사실에서 현실을 응시하는 시인만의 시적 태도를 발견할 수 있는 것이다. 민병기 역시 종군시인 「다부원에서」 등을 해석하면서 조지훈의 "전쟁시는 병사들의 전투심을 북돋우고, 승전의식을 고취시키려는 의도"가 아니라 "격렬한 전투 뒤에 폐허가 되어버린 땅과 시체를 응시하면서 전쟁의 잔혹성과 비극성을 고발하고, 전쟁의 비정한 메카니즘에 저항하는 강한 휴머니즘"을 통해 "전쟁의 허무"[20]를 폭로한다고 평가한 바 있다. 이외에도 「풍류병영」은 대구에 설치된 종군문인합숙소의 상황을 잘 묘사하고 있으며, 한국군을 격려하는 시편인 「이기고 돌아오라」 등에서 숭고한 투쟁을 찬양하고 조국의 통일과 승리를 염원하는 시인의 간절한 열망을 독해할 수 있다.

---

19) 최진송, 「1950년대 전후 한국 현대시의 전개 양상」, 동아대 박사논문, 1994, 55쪽.
20) 민병기, 「1950년대의 시와 6.25」, 『어문논집』 32, 안암어문학회, 1993, 57~58쪽.

조지훈이 구성하고자 했던 전통이란, 민족 주체성을 보다 확고히 하고자 하는 의지의 산물이다. 시대 상황의 악화에 따라 그것은 심미적 서정성을 떠나 전위적 서정을 표현방식으로 삼게 되었다. 불안과 절망, 그리고 고독에 응전하는 서정적 태도가 그러하다. 조지훈의 시작(詩作)을 통해서 서정이 불가능한 시대에 시인―되기의 자의식을 발견할 수 있다. 서정은 다양한 기법적 층위에서도 논의될 수 있지만, 마찬가지로 시인이라는 서정적 자의식에서도 발견된다. 불행한 시대를 살아내는 지식인으로서, 자신을 구성하는 조국의 정체성을 모색하는 일 역시 전통의 발현이다. 이때 전통의 구성은 작가의 시대인식과 역사감각을 통해 기획된다.

2) 독재에 항거하는 지식인의 자화상

다음으로 휴전이 되고 난 이후 국내 정치적 상황에 대한 적극적인 규탄이다. 조지훈의 적극적인 현실 개입은 선비적이고 지사적인 언어로 진행되며, 독재와 쿠데타 등 자유에 등 돌린 모순의 민주주의 현실에 대해 가감 없는 비판을 가했다. 문학의 자율성과 시대 반영은 어느 것 없이 중요하다. 문단 헤게모니 장악을 놓고 문총분규 등 한국문협과 자유문협이 다투는 것이나 학·예술원 사태[21]가 빚어진 것 역시 문학이 그 외부성에 치중한 때문이다. 물론 이때의 외부성이란 개인의 이권을 욕망하는 것을 의미한다. 이 시기 조지훈은 따로

---

21) 1952년 8월 문화보호법이 제정되고, 1954년 3월 25일에 학·예술원 선거가 실시된다. 이때 선배 문인들이 있음에도 실질적으로 문단의 힘이 한층 젊은 작가군에게 가자 논란이 확산된다. 이에 대한 구체적인 논의는 조지훈, 「문화보호법의 맹점」, 『고대신문』, 1954.6.7; 『지조론』(전집 5), 298~305쪽 참조.

한국시인협회를 결성하여 전체 시인을 집결하여 문화운동을 전개하고자 한다. 전후 지성사는 아직 문학과 정치가 온전히 분리되지 않은 상태였다. 이 때문에 시인들도 주체성을 확립하기 위한 담론 생산에 몰두했던 것으로 보인다.[22]

우리는 무엇을 믿고 살아왔는가 동포여! / 정말 우리 무엇을 바라고 살아왔는가 서러운 형제들이여! // 서른 여섯해 동안의 그 숨막히는 屈辱을 피눈물로 씻어서 되찾은 이 땅위에 / 葛藤과 相殘과 流離와 艱難이 연거푸 덮쳐 와도 / 입술을 깨물고 허리띠를 졸라매며 우리 말없이 살아온 것은 참으로 무엇을 기다림이었던가 / (…중략…) // 自由世界의 堡壘에 自由가 무너질 때 鐵의 帳幕을 무찌를 값진 武器가 같은 戰線의 背信者의 손길에 꺾이었을 때, / 아 自由를 위해서 피흘린 온 世界의 知性들이여! / (…중략…) // 共産主義와 싸우기 위하여 共産主義를 닮아가는 無知가 不法을 恣行하는 곳에 / 民主主義를 세운다면서 民主主義의 목을 조르는 暴力이 正義를 逆說하는 곳에 / 버림받은 知性이여 짓밟힌 人權이여 너는 정말 무엇을 信念하고 살아가려느냐. / (…중략…) // 찢어진 신문과 부서진 스피커 뒤로 亂舞하는 총칼, 이 百鬼夜行의 어둠을 어쩌려느냐. / 정말로 정말로 殘忍한 세월이여!

　　　　　　　　　　　　—「우리 무엇을 믿고 살아야 하는가」 부분

조지훈은 복고적이고 전통적인 서정을 추구하지만, 동시에 지사

---

22) 당시 조지훈이 희구했던 문화운동의 향방은 국가 건설 혹은 민족 주체성의 회복이라는 큰 명제를 욕망하는 것이었다. 이는 다양한 스펙트럼으로 전개된 그의 연구활동을 통해서도 드러나듯이 문학에 국한된 것이 아니라 말 그대로 민족 생활에 영향을 끼치는 전반적인 것에 닿아 있다. 이에 대한 논의는 조지훈, 「교육·문화정책상의 비판과 제언」, 『자유공론』, 1965.7; 『지조론』(전집 5), 345~352쪽 참조.

적이고 현실참여적인 어조를 발화하는 데 망설이지 않는다. 한 연구자의 지적처럼, "역사란 과거의 어디쯤에서 잘리듯 멈추는 것이 아니다. 무한히 흐르는 시간속에서 역사는 지금의 사람들에게 현실적 조건으로 스며 있다. 지훈은 아무리 나쁜 역사라도 그것이 자신의 것이며 자신이 짊어지고 가야할 것임을 깨닫는다".23) 부제 「그것을 말해 다오 1959년이여」가 붙어 있는 작품이다. "굴욕"의 식민지 시대를 거쳐 동족간의 전쟁을 치르면서 "우리 무엇을 바"랐던 것일까. "갈등과 상잔과 유리와 간난"을 함께 이겨낸 "동포"에게 전하는 이 좌절은 자유당 독재정권에 대한 분노이기도 하다. "민주주의"를 바라 동족간의 전쟁도 불사했건만 오늘에 닥친 "민주주의의 조종"을 어떻게 받아들여야 하는가 말이다. 조지훈이 열망하는 것은 자유다. 그의 좌절은 "자유세계의 보루"였던 "자유가 무너질 때" "자유를 위해서 피흘린 온 세계의 지성들"은 다시 "무엇에 기대어 싸워야 하는가"라는 부르짖음으로 이어진다. "배신자"인 이승만 독재치하에서 "버림받은 지성"이나 "짓밟힌 인권"을 목도하면서 시인은 이 "잔인한 세월"에 분노한다. 자유를 얻기 위해 투쟁했으나 여전히 자유가 부재한 상황에서 "난무하는 총칼"을 받아내야 하는 일은 절망이다. 이와 같은 적극적인 시대인식과 현실 발언은 전후 문학 장에서의 조지훈의 위치를 짐작케 한다.

그 날 너희 오래 참고 참았던 義憤이 터져 / 怒濤와 같이 거리로 거리로 몰려가던 그 때 / 나는 그런 줄도 모르고 研究室 창턱에 기대 앉아 / 먼산을 넋없이 바라보고 있었다. // 午後 二時 거리에 나갔다가 비로

---

23) 임곤택, 「조지훈 시 연구」, 고려대 석사논문, 2006, 49쪽.

소 나는 / 너희들 그 무엇으로도 막을 수 없는 물결이 / 議事堂 앞에 넘
치고 있음을 알고 / 늬들 옆에서 우리는 너희의 / 불타는 눈망울을 보고
있었다. / 사실을 말하면 나는 그날 비로소 너희들이 / 갑자기 이뻐져서
죽겠던 것이다. // 그러나 이것은 어쩐 까닭이냐. / 밤늦게 집으로 돌아
오는 나의 발길은 무거웠다. / 나의 두 뺨을 적시는 아 그것은 뉘우침이
었다. / 늬들 가슴 속에 그렇게 뜨거운 불덩어리를 / 간직한 줄 알았더
라면 / 우린 그런 얘기를 하지 않았을 것이다 / 요즘 학생들은 氣槪가
없다고 / 병든 先輩의 썩은 風習을 배워 不義에 팔린다고 / 사람이란 늙
으면 썩으니라 나도 썩어 가고 있는 사람 / 늬들도 자칫하면 썩는다
고…… // (…중략…) / 제자들이 보는 앞에서 스승의 따귀를 때리는 것
쯤은 보통인 / 그 무지한 깡패떼에게 정치를 맡겨 놓고 / 원통하고 억울
한 것은 늬들만이 아니었다

—「늬들 마음을 우리가 안다」 부분

1960년 4월 20일에 쓴 이 시는 4·19혁명을 격려하는 어조의 작품이
다. 조지훈은 "사월(四月)혁명을 전후하여 이를 계기로 우리의 휴머니
즘도 현대 휴머니즘 운동의 공동 전선에 참여하려"[24] 한다고 평가한
다. 어린 학생들이 서슴없이 "의분"을 터뜨리는 것을 보고, 시인은
이들의 투쟁에 박수를 보낸다. "요즘 학생들은 기개가 없다고" 폄하
했던 자신의 잘못을 뉘우치며, 방종한 "깡패떼"를 향해 용기를 낸
그들의 혁명을 응원하는 것이다. 「사랑하는 아들 딸들아」 등의 시편
으로 이어지는 이러한 어조는 시적인 세련미는 없으나, 애도와 추모
의 언어를 통해 불의에 저항하는 적극적인 현실 개입을 보여준다.

---

24) 조지훈, 『한국문화사서설』(전집 7), 246쪽.

그의 사회비판적 행보가 눈에 띄는 것은 건국 이후이다. 해방기에는 젊은 문인이었던 그가 1960년대 전후로 "깡패 정치"25)를 했던 자유당 정권에 대한 가감 없는 비판을 감행하고, 나아가 이러한 혁명 정신을 토대로 민주주의를 성공적으로 견인해야 한다고 역설한다. 조지훈은 "사월혁명은 아무런 준비도 계획도 없이 오직 불의에 항거하는 학생의 순정(純情)과 울분의 폭발로 시작된 혁명"이며, 이를 "도의적(道義的) 혁명"이라 호명한다. 그리고 그 의의를 "흐리고 비뚤어진 양심을 밝히고 바로잡는 일, 그것이 부패정치의 발근(拔根)을 수범(垂範)으로 하는 생활의 신체제 운동"26)으로 본다. 조지훈은 자유당 이승만 정권을 종식시킨 5·16에 기대를 걸었으나, 실상 그것마저 유린되고 좌절되었음을 역설하는 논조를 시평을 통해 드러내기도 했다.

혁명정부가 군사혁명으로 구성되었다 해도 기저에는 문화혁명이 필요하다는 제안과 함께 그 구체적인 안을 제시하기도 한다. 특히 눈에 띄는 것은 '언론문화의 자유'를 보장하라는 것과 예총 편성의 과오를 비판하는 점이다.27) 이것이 가능했던 것은 무엇보다 그가

---

25) 조지훈, 「사월혁명에 부치는 글」, 『새벽』, 1960.6.15; 『지조론』(전집 5), 146쪽. 1960년대 이후에는 4월 혁명에서 야기된 기대와 좌절에 대해 역설하는 글들이 많다. 이러한 시평(時評)은 "피는 학생들이 흘리고 공(功)은 정치가들이 따고, 민중의 신임은 혁명대변세력(革命代辯勢力)이 받고, 칼자루는 반혁명세력(反革命勢力)이 쥐었"(조지훈, 「혁명정신은 어디로 갔는가」, 『고대신문』, 1960.8.27; 『지조론』(전집 5), 153쪽)다고 혁명 이후를 진단하는 것에서 단적으로 드러난다. 절망적인 상황에서 인생의 무상감을 느끼지만, 그럼에도 다시 우리는 혁명정신을 토대로 민주주의를 실현해야 한다는 의지를 표출하기도 한다.

26) 조지훈, 「군사혁명에 부치는 글」, 『고대신문』, 1961.5.27; 『지조론』(전집 5), 156~157쪽.

27) 조지훈, 「혁명정부에 직언한다」, 『신사조』, 1962.9; 『지조론』(전집 5), 175~181쪽. 이 글에서 조지훈은 예총이 기존의 문총보다 더 나쁜 방향으로 개편되었음을 진단한다. 나아가 순수 문학예술인이 아니라 연예단체가 중심이 되는 것을 비판하면서, 성공적인 예총 편성은 각 분야별 세분을 통해서 이루어져야 하며, 이는 각각 문학·미술·연예의 세 부분

고려대 교수로 재직하고 있는 신분상의 이점도 있었으며, 지조 있는 선비적 지성인을 지향했던 덕분이다. 당대 정치적 상황에 대한 문제 제기 등의 조지훈의 논조를 통해 전통적 서정시를 추구했던 시인들이 현실도피의 일환으로 서정시에 함몰되었다는 지적에 대한 반론 역시 가능하다. 조지훈의 시에서 서정의 원리는 한국적 미학을 발화하는 예술적 장치였으며, 자연과 인간의 소통을 견인하는 역할을 담당했다. 특히 전후에는 전쟁의 상처와 자유의 쟁취 등 보다 현실적인 문제를 해결하려는 의지가 반영되기도 한다.

조지훈이 청년문학가협회의 조직과 분단조국에서 문단의 중심에서 활동했던 까닭을 "현재는 단순히 현재가 아니라 영원"[28]이라는 그의 인식에서 찾을 수 있다. 서정주가 위기를 기회로 만들었던 매순간을 조지훈은 스쳐갈 순간의 시간이 아니라 자신의 일생을 지배하고도 남을 영원의 책무로 인식했던 것이다. 이를 통해 자신의 행적은 죽음 이후에도 후세에 기록되리라는, 역사적 존재로서의 면모를 엿볼 수 있다. 이후 정치적 포지션이 달랐던 서정주에 대한 비판은

으로 협의회를 두어야 한다는 나름의 대안을 제시하기도 한다. 이처럼 조지훈은 다소 보수적인 측면을 보이지만 효율적인 정책이 이루어지지 않음에 대해 날카로운 비판을 가하는 면모를 보여준다.

다른 글에서 조지훈은 혁명정부가 내세웠던 공약을 이행할 것을 촉구한다. 이때 거론하는 공약 여섯개 항은 1. 반공을 국시의 제일의로 한다, 2. UN 헌장의 준수와 국제협약의 이행, 3. 부패구악의 일소와 국민도의 앙양, 4. 민생고의 해결과 자주경제, 5. 실력배양과 국토통일, 그리고 6. 참신하고 양심적인 정치인에게 정권을 이양한다는 것이다. 나아가 국민 개개인은 무조건 기다리기만 하지 말고 자발적 분발을 해야 하는데 이를 재건국민운동으로 칭하고 그 대강을 밝힌다. 1. 주체사상의 확립과 반공단결, 2. 내핍생활 궁행과 사치 낭비의 배격, 3. 근로정신 앙양과 생산의욕 증진, 4. 도의심 앙양과 공공복지, 5. 정서순화와 건전오락, 6. 체력향상과 견인불발의 기백이 그것이다. 5·16 군사쿠데타를 군사혁명으로 칭하는 것에서 이전 정권에 대한 분노와 앞으로의 정권에 대한 기대를 알 수 있다. 물론 이러한 기대 역시 머지않아 좌절되고 만다. 조지훈, 「나라를 다시 세우는 길: 재건국민운동요강」, 같은 책, 221~233쪽.

28) 조지훈, 「현대시의 문제」, 『문학론』(전집 3), 180쪽.

단순히 친밀감에 치중한 것으로 보이지 않는다. 다수의 글을 통해 드러나듯이 조지훈은 주례사적 상찬을 남발했던 평론가들과는 달랐다는 것을 알 수 있다.

가령 60년에 씌어진 「문단통합에 앞서야 할 일」이라는 글에서는 서정주에 대해 상당히 비판적인 논조를 드러낸다. 조지훈 자신은 4월 혁명 이후 "한국문협(韓國文協)과 자유문협(自由文協)의 싸움에서 떠나 동지들과 한국시인협회를 결성하고 부패정권에 항거하는 문단의 고성(孤城)을 지켜 왔다"[29]고 자위한다. 이에 반해 서정주를 향해 "일제 때 친일문필은 강요된 것도 많으므로 대체로 강간이라고 할 수 있지만 이번(이승만 치하) 협력은 거의 명리에 놀아난 자발행위였으니 더 한심한 일이"라고 강도 높은 비판을 한다. 식민지 상황에서의 친일이 무자비한 폭력에의 굴복이라면, 독재 하의 부역은 자기영달을 위한 선택이었다는 것이다. "자기가 지지하던 사람이 역경에 처하거나 죽은 뒤에도 계속해서 옹호한다면 그러한 인간성에 우리는 차라리 경의를 표"[30]해야 한다며, 건국 이후 정치권력에 협력했던 서정주를 꾸짖는다. 그는 좌파 이데올로기도 지양했지만 무엇보다 민족적 관점의 역사관으로 친일 문제를 평가한다.

고은의 말처럼 전후적 허무는 조지훈의 문학을 "불교학과 그의 고향에 두고 온 유교적 기본 교양에 의해서 학문적으로 전향"[31]하게 만들었다고 평가할 수 있다. 서정주는 "非詩 아닌 한 개의 詩作品을 形象化하기 위해서는 사실은 한 개의 中間的인 心的 狀態가 필요한 것이다. 다시 말하면, 詩人 自身의 한 시기의 감정적 격앙 때문에

---

29) 조지훈, 「문단통합에 앞서야 할 일」, 『동아일보』, 1960.9.14; 『지조론』(전집 5), 318쪽.
30) 위의 글, 321~322쪽.
31) 고은, 앞의 책, 488쪽.

그것만에게 져 버려서는 안 되는——파도 없는 감정의 大洋이 먼저 필요한 것이며, 그 다음엔 한 개의 詩想 때문에 언어를 만만히 보고 무시하거나, 혹은 언어만을 나동그라지게 추켜세워서는 안 되는—— 詩想과 言語와의 均衡狀態가 있어야" 한다고 주장한다. 서정주는 해방기의 조지훈을 평가하면서, "민족의 正氣를 살리려는 가요를 써서 작품도 시키고, 山水와 野草를 노래하는 抒情의 佳品들도 여전히 우리에게 보여주고 있으나, 그의 시가 최근 우리를 송두리째 감동시키지 못하는 이유는 언어의 重量보다도 詩想의 중량이 가볍기 때문이다"[32]라고 말한다. 시상과 언어의 균형을 충족할 때 시적 감동이 발현된다는 것이다.

1950~60년대 발표된 조지훈의 시들은 생경한 어조의 작품이 주조를 이룬다는 점에서 시적 구조 등 미학적 층위에서 그 예술성이 취약한 것이 사실이다. 단순히 시적 생산물에 대한 평가만을 의미하지 않는다. 전후 현실을 대하는 두 시인의 상이한 입장 차이가 이러한 비판적 어조를 불가피하게 했던 것이다. 조지훈은 서슴없는 직언을 통해 현실 정치를 꾸짖고 경계한 시인이요, 지식인이다. 현실에 대한 그의 적극적인 대응은 전쟁과 독재라는 폭력상황이었기에 더욱 의미 있다. 그의 시편은 서정이 역사적 주체의 능동적인 생산물의 일종임을 대변한다.

---

32) 서정주, 「一九四八年의 韓國詩壇」, 『서정주 문학 전집』 2, 328~329쪽.

2. 지조론과 민족정서의 강화

청문협 등 문학단체의 탄생은 해방 후 문학인의 책무를 잘 드러내준다. 그 첫째 목적은 예술적 자율성의 확보에 있으며, 대전제는 조국의 광영과 이상을 추구하는 문학적 정의를 수행하는 진리의 사도가 되어 조국과 민족에 이바지함으로써 문화인의 양심을 수호하는 것이다. 이러한 이상은 순수문학을 지향하는 예술적 자율성과 조국 및 민족을 수호하고자 하는 정치적 의지의 표출이라는 모순에 빠지게 된다. 이는 조지훈 등 순수시인들이 죽을 때까지 극복할 수 없었던 딜레마이기도 하다. 온전히 문학성을 추구할 것이냐, 혹은 전후세대라는 특수성에 따라 시대적 요청에 호응할 것이냐의 문제다. 예술적 순수와 국가와 민족이라는 정치성의 길항 및 중첩은 '전통'을 내세운 당대의 서정시가 함몰한 자기모순이자, 해결해야 할 과제이기도 했다.

조지훈이 생각하는 문화는 인간에 의해 구성되는 제2의 자연이다. 문학 역시 자연을 창조적으로 매개한 결과물이다. 문학을 비롯한 민족의 문화적 산물은 "자연을 소재와 배경으로 한 일종의 재생산(再生産)으로서 인간의 초극력(超克力)이 환경의 제약 속에서 그에 순응하면서 반발하여 얻은 최대의 창조적 조화"[33]라 할 수 있다. 이러한 관점에서 이해한다면 문화는 그 민족의 "풍토성"을 대변할 수밖에 없고, 이때의 풍토성이란 주어진 환경에 적응하거나 초극함으로써 생성된다고 하겠다. 자연은 민족적 문화가 생산되는 삶의 태도이기 때문이다. 조지훈이 말하는 '풍토' 개념은 민족 생활 정서와 연계

---

33) 조지훈, 「지성과 문화」, 『지조론』(전집 5), 87~88쪽.

해서 논의해야 한다. 전후 시인들이 욕망한 전통이란 민족성의 구현을 목적으로 한다. 조지훈은 "우리가 사는 이 세계는 동질적(同質的) 공간이 아니요 이질적(異質的) 공간"임을 인식하고 이러한 "풍토의 다양성이 문화를 변질시키고 역사를 변모(變貌)시키는 것이며, 그 속에서 민족문화가 자기 초극(超克)의 최대조화를 창조하고 발견"34) 할 수 있다고 생각한다. 풍토를 점검하고 민족문화를 창달하는 일은 그의 지조론에서 엿볼 수 있는 것처럼, 정신사적 층위에서 궁구된다.

조지훈에 따르면 "'향토문화에 대한 자기인식'은 '전통의 체득'"35) 을 의미한다. 자연이 곧 문화라는 논리를 통해서 조지훈이 만들어가고자 했던 민족 전통의 모습을 유추할 수 있다. "문화란 말은 자연이란 말의 대어(對語)로서 그 창조적 매개자(媒介者)는 인간이라는 주체(主體)이다."36) 조지훈은 국가주의자나 자유주의자이기 보다 민족주의자이다. 문학 일반을 대하는 그의 태도에서 민족주의자로서의 면모를 쉽게 발견할 수 있다. 민족이 오랫동안 자신들만의 생활체험장에서 축적해온 창조적 산물이야말로 문화인 것이다. 그에 의하면 인간은 자연을 모태로 다양한 문화를 창조적으로 생산한다. 그렇기에 그의 창조적 생산물의 하나인 시 작품 역시 자연과 그 자연에서 공동체를 구성한 집단의 문화적 산물이라 할 수 있다.

나의 문학을 보는 기본 태도가 항상 역사의식 속에 있다는 것을 말함에 지나지 않는다. T. S. 엘리어트는 "전통과 개인의 재능"이라는 평론에서 다음과 같이 시사 깊은 말을 하였다: "이 역사적 의식은 과거의

---

34) 조지훈, 「의식주(衣食住)의 전통」, 1954; 『지조론』(전집 5), 79쪽.
35) 조지훈, 『한국문화사서설』(전집 7), 216쪽.
36) 조지훈, 「지성과 문화」, 『지조론』(전집 5), 87쪽.

과거성에 대한 인식뿐 아니라 현재성에 대한 인식도 내포되어 있으며, 이 역사적 의식으로 말미암아 작가가 작품을 쓸 때 그는 골수(骨髓)에 박혀 있는 자신의 세대를 파악하게 되며, 골수 속에 호머 이래 구라파 문학 전체와 함께 그 일부를 이루고 있는 자국의 문학 전체가 동시적으로 존재하고 동시적 질서를 구성하고 있다는 느낌을 반드시 갖게 된다"라고. 과연 그의 말대로 역사적 의식은 일시적인 것에 대한 의식인 동시에 항구적인 것에 대한 의식이요, 항구적인 동시에 일시적인 것에 대한 의식이어서 작가를 전통적이게 하는 것이요, 작가로 하여금 시대에 처한 자신의 위치, 자신의 현대성을 극히 예민하게 의식시키기 때문이다.37)

조지훈의 전통인식은 많은 부분 엘리엇의 역사의식에 빚지고 있다. 과거를 답습하지 않고, 민족이 처한 오늘의 현실에 맞게 재해석해야 한다는 점에서 공명한 바가 있었을 것이다. 무엇보다 역사 자체를 단절적인 산물로 이해하지 않는다는 점에서 공통분모를 발견했을 테다. 조지훈은 고전문학 형성을 위해 대략 여섯 가지 정도의 성숙이 요구된다고 역설한다. 그 중에서 국어에 대한 감각과 "민족 문제에 대한 역사적 의식과 민족 주체에 대한 작가의 정열"이 요구된다는 주장을 통해서 그가 말하는 고전적 전통이란 민족주의적인 성격을 띤다는 것을 알 수 있다. 특히 현대 민족문학에 부여된 책무가 "문학에서 자아의 발견과 주체의 확립과 전통의 현대화"38)라고

---

37) 조지훈, 「현대문학의 고전적 의의: 민족문학의 전통을 위한 시론」, 『문학론』(전집 3), 57쪽.
38) 위의 글, 61~62쪽. 그는 서정주의 「옥중가」나 「추천사」 등의 작품에서 춘향을 새롭게 해석한다는 점에서 고전의 현대적 해석의 성공사례를 찾는다.

진단한다. 민족적 자아를 발견함으로써 주체성을 확립하는 것이 문학적 전통을 구성하는 궁극적인 이유이기 때문이다.

조지훈은 "한국의 시(詩)는 한국의 풍토 안에서 한국의 역사 속에서 자란 한국 민족이 지은"[39] 것을 일컫는다고 정의한다. 그는 전후 대학제도권 교육을 담당했던 문학인답게 전통과 현대의 대립을 강조하기보다는 이들의 조화를 토대로 현대시의 가능성을 모색해야 한다고 주장한다. 우리에게는 전통이 없다는 견해에 대해 조지훈은, "전통은 역사적 개념"으로 "표면상으로는 전통이 단절된 듯이 보여도 역사는 단절될 수가 없"다고 강조한다. 전통을 역사적 산물로 인식한다는 점에서 조지훈의 전통론은 시대를 초월한 영속적 가치에 대한 명명이자, 민족을 지탱하는 정신사적이고 문화적인 구성체임을 알 수 있다.

'전통의 입상'인 고전은 생활의 의욕에서 형성되어 역사의 흐름 속에 지속하는 자요, 개성의 주체 속에 생탄하여 보편성의 객관에 용화되어 가는 자이며, 따라서 그는 한 민족문화가 'chaos'에서 'cosmos'로 방산(放散)하는 관념에서 구체적 집결로 나아가는 비롯이 되기도 한다.[40]

전통은 보편적 질서를 형성해 가는 과정에서 산출된다. 이때 "고전은 하나의 위대한 '전통의 입상(立像)'이기도 하다. 전통은 과거세(過去世)의 누적된 문화 총체에서 정련(精鍊)되어 스스로 발전하는 생명을 갖춘 양질의 문화소"다. 민족문화에 대한 조지훈의 연구는 상

---

39) 조지훈, 「한국의 시는 이렇게 자라 왔다」, 『문학론』(전집 3), 147쪽.
40) 조지훈, 「고전주의의 현대적 의의: 민족문학의 지향에 관한 노트」, 『문학론』(전집 3), 45쪽.

당히 구체적이고 다양한 범위에서 수행된다. 특히 고전을 고찰하는 일은 과거를 현재적 연속체로 이해하는 일이기에 그의 역사의식을 대변하는 것이기도 하다. "고전이 옛 것이면서 오늘에도 규범이 되고, 남의 것이면서도 우리에게까지 존경받는다는 사실 하나만으로도 이미 고전에는 '초시간성(超時間性)'과 '초공간성'이 내포되어 있"다. 시공을 초월하는 가치의 획득은 전통이 지향하는 궁극적인 목적이다. "이러한 영항성(永恒性)과 보편성이 본질이 된다는 것"[41]에서 고전이 인간 일반성에 닿아 있다는 것을 알 수 있다. 또한 고전은 한 민족의 문화적 풍토에서 창조·전승된다는 점에서 전통이 지향하는 영속성과 보편성을 두루 갖춘 산물이다.

나비 같은 넥타이를 매고 막걸리를 마시는 것은 멋이다. // 몬지밖에 남은 것이 없는 주머니 속에서 義理를 얘기하는 것은 멋이다. // 낯선 저자를 떠다니며 이름도 모를 藥을 파는 사람들. 낡은 깽깽이와 하늘이 무거운 물구나무── 끝내 故鄕은 버리는 게 멋이다. // 썩은 멋에 사는 세상에 새우젓 며루치젓만 먹는 것이 멋이다. // 산에 가도 너를 생각한다. 바다에 가서도 너를 생각한다. 時事日非── / 왜 이렇게 쓸쓸하냐. // 산에도 가지 말고 바다에도 가지 말고 어질지도 말고 슬기롭지도 말고 어리고 못나게 돌아앉아 흐렁흐렁 막걸리나 마시면서 살꺼나. // 하이얀 脫脂線에 싸문 서릿발── 죄그만 짜개칼로 손톱 발톱이나

---

41) 위의 글, 47~48쪽. 조지훈은 고전문학이 발생하기 위한 기본 조건으로 세 가지를 제시한다. 첫째 국어의 발달, 둘째 국민의식의 자각, 끝으로 이지(理智)와 정열의 균형이 그것이다. "'이상주의적 현실주의적'인 고전은 과거 속에 생탄하여 현재에 행위하는 자요, 보편성의 객체 속에 형성되어 개성의 주관에 계시하는 자이며, 따라서 그는 한 인류 문화가 원심운동에서 구심운동으로 상극(相克)에서 상생(相生)을 전화하는 계기이기도 하다."(53쪽)

깎고 피 한 방울만 내며는 멋이다. // 원수가 많아서 원수가 없는 날에
는 原罪는 내가 지고 죽는 것이 멋이다. // 아니 採藥을 해 먹고라도
사는 게 멋이다.

—「風流原罪」 전문

한국적 미의식은 한국인 개개인의 미의식의 총화(總和)로서 인류의
보편적 미의식의 바탕 위에 구조(構造)된 집단적 개성으로서의, 한국
적 특징으로서의 미의식을 뜻한다. 이것은 민족의식을 강조하는 개인
이 사멸해 가도 민족의 미의식 속에 무한히 연속 체득되어 계승하는
것이다.42)

조지훈에 따르면 "'멋'은 오랜 세월을 두고 우리 민족의 미적 체험
속에 체득되고 제작과 행위에서 수련(修練)되어 왔기 때문에 '멋'에
대한 취미성(趣味性)과 감수성(感受性)은 우리 민족의 민중생활 일반
에 보편화되어 있"43)는 것을 이른다. 그는 집단 개성으로서의 미의
식을 멋(풍류)으로 명명한다. 멋은 한국적 미의식의 특수성을 규정하
는 것이다. 그러나 정확한 개념화가 이루어지지 않은 탓에 멋을 정형
화하기는 어렵다. 멋은 삶의 태도이자 사유방식으로 정신사적 맥락

---

42) 조지훈, 「'멋'의 연구: 한국적 미의식의 구조를 위하여」, 『한국학연구』(전집 8), 363쪽.
조지훈의 『한국학연구』(전집 8)는 전체 네 편의 연구를 모은 것이다. 우선 조지훈은 「국
어국문학논고」에서 신라 가요에서부터 신라 국호에 대한 연구 및 사뇌가 등에 대한
연구까지 신라에 대한 심층적인 연구를 수행한 바 있다. 이를 통해 신라에 대한 조지훈의
접근이 학문적이며 동시에 역사적이라는 사실을 알 수 있다. 또한 「한국 민속학 논고」에
서는 민속학 전반을 검토하고 있으며, 「한국 사상 논고」에서는 고전의 가치를 진단할
뿐만 아니라 불교 등 종교사상에 대한 연구로 나아간다. 더불어 「멋의 연구」는 한국적
미의식의 구조를 파악하고자 하는 나름의 지적 작업이다.

43) 위의 글, 357쪽.

에서 이해 가능하다. 한국적 미의식이란 민족적 정서나 문화를 통해 획득한 보편성을 바탕으로 개인의 경험, 즉 삶의 질이나 문화자본에 따라 상이하게 형성된다. 이때 유사한 문화자본을 배경으로 하더라도 다시 개인적 상위(相違)에 따라 미의식에 대한 판단은 개별적으로 분산된다. 한국적 미의식이라는 공통성을 마련하기 위해서는 이러한 개별적인 미의 구획을 뛰어넘는 보편성을 구축해야 한다. 공통의 미의식을 구상하는 일 자체가 이미 민족적 동질성을 상상하는 작업의 일환이기 때문이다.

시「풍류원죄」에서 "멋"은 정신적 가치를 지향하는 것으로, 살아야 할 이유다. 문화적이거나 정신적인 멋의 추구는 종래에는 "쓸쓸"함만 남길지라도 "썩은 멋에 사는 세상"을 살아내게 하는 원동력이 된다. 스스로 "채약을 해 먹고라도" 살아내자는 화자의 말에서 삶에의 고통과 더불어 절실함이 느껴진다. 서구적·보편적 미로서의 넥타이와 토속적이고 특수한 풍류를 상징하는 막걸리의 조화는 미의식의 개방성을 통한 열린 구조로서의 전통을 구상했다는 사실을 시사한다. 조지훈의 지적처럼 "멋이란 우리 민족이 수천년래 생활 속에서 체득하고 행위와 제작에서 수련해 온 것이면서도 이론적 고구(考究)는 시론(詩論)이고 화론(畵論)이고 간에 예술론으로서 다루어진 적이 일찍이 없었다".44) 때문에 멋은 다소 추상적인 정신적 개념으로 이해되고 있다. 그럼에도 공통적으로 조선적인 것이라는, 즉 전통적이고 고전적인 미의식의 아름다움에 대한 표현으로 멋을 사용한다고 보아도 무방하다. 문학은 창조적 개성을 토대로 보편을 추구해야한다. 전통은 이러한 민족적 개성을 일컫는다.

---

44) 위의 글, 411쪽.

조지훈은 반공주의와 민족문화의 중요성을 다양한 활동 및 문필 작업을 통해 지속적으로 역설한다. 분단체제로 인해 분열된 민족공동체의 정신과 문화를 복원하기 위한 조지훈의 작업은 1950년대 전통주의가 1960년대 이후의 참여적 경향으로 이어진다는 중요한 사실을 증명한다. 기본적으로 문학은 연속적인 산물로 이해해야 한다. 1960년대 접어들면서 허울뿐인 민주주의를 내세운 독재와 이로 인한 정치적 혁명으로 인해 민주화가 온전히 성취될 수 있을 것인가에 대한 불안을 겪게 된다. 특히 4·19와 5·16에 대한 그의 시론(時論)에서 두 사건이 야기한 민주화 실현의 불투명성과 불안의식이 드러난다. 쿠데타가 성공하고 군사정부를 수립한 박정희가 시도한 한일국교 정상화에 대해 냉철한 비판을 제기한다. 단순히 돈으로 보상받는 것이 아니라 일본의 사죄가 국교 정상화의 전제가 되어야 한다는 것이다.45) 민족의 치욕을 회복하기 위한 그의 투쟁은 독재 정권의 피바람에도 계속되었다. 또한 교단에서 강조했던 바, "학생의 반항을 두려워 말고 학생이 썩은 정치에의 영합(迎合)을 염려해야"46) 하며, 현대사에 진행된 민중투쟁운동의 선두에 학생들이 참여했던 것처럼 청년들 스스로 비판적 의식을 함양해야 한다고 강조한다.

지조란 것은 순일한 정신을 지키기 위한 불타는 신념이요. …변절이란 무엇인가. 절개를 바꾸는 것, 곧 자기가 심신으로 이미 신념하고

---

45) 조지훈, 「일본의 사죄가 정상화의 전제」, 『고대신문』, 1965.4.24; 『지조론』(전집 5), 58~59쪽 참조.

46) 조지훈, 「교육과 정치」, 『고대신문』, 1962.9.15; 『지조론』(전집 5), 50쪽. 조지훈은 1960년대 이후 특히 4·19를 계기로 정치에 대한 비판적 목소리를 높인다. 이를 통해 보수적 민족주의자의 기질을 읽어낼 수 있다. 이는 매천을 선비의 모범으로 보고 있다는 점에서 보다 선명해진다.

표방했던 자리에서 방향을 바꾸는 것이다. …감당도 못할 일을, 제 자신도 율(律)하지 못하는 주제에 무슨 민족이니 사회니 하고 나섰더라는 말인가. 지성인의 변절은 그것이 개과천선이든 무엇이든 인간적으로 일단 모욕을 자취(自取)하는 것임을 알 것이다. …지조는 어느 때나 선비의, 교양인의, 지도자의 생명이다. 이러한 사람들이 지조를 잃고 변절한다는 것은 스스로 그 자임(自任)하는 바를 포기하는 것이다.47)

조지훈의 보수적 면모는 격동의 현대사를 관통해서 사유하면 상당히 용감했다고 평가할 수 있다. 그 스스로 "지조는 언제나 굴종보다는 자기 폐멸(廢滅)의 용기를 택하는 자만이 지킬 수 있는 것이"48)라고 한 것처럼 죽음을 불사한 우직함이라 판단된다. 그러니 변절에 있어서만큼은 지엄한 윤리적 잣대를 적용했던 것이다. 파행(跛行)의 민주정치 시기에 "모든 정당들은 국민의 이름으로 국민을 파는 '사꾸라' 정당들이"49)라고 서슴없이 비판하는 모습을 통해 당대 조지훈의 위치를 가늠케 한다. 그의 지조론은 격동의 근·현대사를 주체적으로 살아낼 수 있었던 정신적 지향이자 스스로의 윤리적 잣대였으며, 냉철한 직언을 통해 당대의 모순을 타파해 나가고자 했던 그의 의지이기도 하다. "순일한 정신을 지키기 위한 불타는 신념"으로서의 지조는, 그의 전생애의 삶의 지표가 되었던 것이다. 그러니 지조를 버리고 변절하는 자는 "자임(自任)하는 바를 포기"했기에 모욕받아 마땅하다고 여긴다. 지조란, 조지훈이 현실과 투쟁하면서 강직하게 살아낼 수 있었던 삶의 좌표이자 원리였던 것이다.

---

47) 조지훈, 「지조론」, 『새벽』, 1960.2.15; 『지조론』(전집 5), 93~101쪽.
48) 조지훈, 「경국(經國)·경제(經濟)·청빈(淸貧)」, 『재정』, 1957.6; 『지조론』(전집 5), 54쪽.
49) 조지훈, 「'사꾸라'론」, 『신동아』, 1964.10; 『지조론』(전집 5), 68쪽.

역사적 필연성이란 말은 역사상의 어느 한 점을 기준으로 해서 역사의 과거를 돌아보아 그 현재의 기점이 어떤 노선(路線)으로 어떤 과정을 거쳐왔는가를 찾아 임의의 일선(一線)을 긋고 그 선을 연장하여 현재를 관통하는 미래에 의한 직선을 그음으로써 역사는 이렇게 흘러왔으니까 반드시 이렇게 갈 것이라는 추론(推論)을 설정하는 것에 불과하다.[50]

조지훈은 역사의 개연성에 대해 역설하는 이 글을 통해 역사적 필연성에 현혹되지 말 것을 설파한다. 전환점일 뿐인 역사적 현실 앞에서 절대적인 것은 없다는 것이다. "역사는 지나간 다음에 필연성을 찾을 수 있을지 모르나 적어도 현재의 역사에는 무한한 개연성(蓋然性)이 있을 뿐 필연성은 없"[51]기 때문이다. 그는 역사를 필연적인 산물로 이해하는 한계를 지적하고, 역사적 책무를 강조하는 개연성으로 한 민족의 역사를 이해한다. 또한 조지훈은 신라에 대한 연구역시 수행한 바 있다.[52] 당대 지식인들의 공통 관심사이기도 했지만, 그는 시인으로서의 입장에서보다는 연구자의 입장에서 신라의 근원

---

50) 조지훈, 「어떤 길이 바른 길인가」, 『사상계』, 1963.3; 『지조론』(전집 5), 19쪽.

51) 위의 글, 19쪽.

52) 조지훈은 한국적 미의식을 통해 전통의 의미를 제시한 바 있는데 "집단적·역사적 동일취향성"으로 형성된 화랑도(花郎道)를 그 예로 제시한다. "화랑제도는 말하자면 국시(國是)를 예술정신에 두었던 것이다. 국중(國中)에서 선발된 미모의 소년들은 가무(歌舞)와 검술(劍術)을 익히고 사교와 풍류와 규격을 알아 국정에 관여하고 장성하여 국가 경영의 중재(重才)가 된다. 산수에 유오(遊娛)하고 민정을 시찰하여 인재를 천거하는 그들은 경세가(輕世家)인 동시에 심미가(審美家)요 예술가인 동시에 무사였던 것이다. 이 화랑도가 하나의 국민도(國民道)였던 것은 주지의 사실이거니와, 이 국민도인 화랑도는 풍류도(風流道) 또는 풍월도(風月道)·현묘지도(玄妙之道)라 불렀"다. 그러니 전통적인 한국인의 멋이란 자연과의 조화 속에서 발현되는 것이라고 할 수 있다. 조지훈, 「'멋'의 연구: 한국적 미의식의 구조를 위하여」, 『한국학연구』(전집 8), 442쪽.

을 검토했다. 1930년대 고전 탐구에 이어 신라를 상상하는 작업은, 지정학적인 층위나 역사적 맥락에서가 아니라 다분히 상상적이고 상징적인 관점에서 수행된다. 그렇기 때문에 신라는 고전성이나 영원성 따위의 관념과 상통하게 되는 것이다. 반면 조지훈의 신라연구는 문헌을 통한 실증적 접근이라는 측면에서 가치 있다. 서정주의 신라가 문학적 상상의 공간을 마련하는 작업이었다면, 조지훈의 신라는 추상적인 신라정신의 발현이 아닌, 이를 실증적으로 재구성하고 재검토하는 학문적 기획이었다는 점에서 의의가 있다. 조지훈이 신라, 특히 통일신라에 집중했던 까닭은 고구려, 백제, 그리고 신라로 분권되어 있던 삼국을 통일함으로써 민족의 가능성을 발견했기 때문이다. 이러한 점을 통해서 조지훈의 신라는 곧 민족이라는 집단적 정체성과 그 주체성을 확립하고 구성하는 일과 닿아 있다고 평가할 수 있을 것이다.53)

이상과 현실을 규정하는 조지훈의 방식은 식민지에서 다시 혼탁한 현대사를 체험한 후의 조망이라 신뢰할 만하다. 역사는 이상과 현실의 교차 속에서 주체에게 묘한 기시감을 선사하는데, 이러한 기시감은 불능을 가능으로 바꾸게 하는 원동력이며 동시에 현실적

---

53) 신라 연구는 시대사가 요청한 일종의 유행적 학문 주제였다. 조지훈은 "우리 민족사를 일별(一瞥)하여 문화부흥의 중대한 전환기를 찾으려면, 대개 세 시기를 들 수가 있으니, 통일신라(統一新羅)와 세종성대(世宗盛代)와 갑오경장(甲午更張)"이라고 말한다. 나아가 "신라의 삼국통일은 비로소 우리 민족의 형성을 주었고, 봉건제도의 확립과 아울러 민족의 고전문화를 생성시켜 문화이념의 통제적 배열을 성취하였을 뿐 아니라, 국호의 통일은 우리의 음운에 맞는 기사법(記寫法)의 모색을 필요로 하게 하였다"고 진단하면서, "우리 문화사상의 3대 전환기에 대하여…… 통일신라는 민족적으로, 갑오경장은 민주적으로 더 많이 치우친 데 비하여 세종 성대는 어디까지나 민족적이면서 민주적인 것으로 시대정신을 삼았다. 한글 창제의 의의도 한말로 말하라면, 이 시대의 정신인 민족적 의의와 민주적 의의란 말로 표할 수밖에 없"다고 강조한다. 조지훈, 『한국학연구』(전집 8), 189~191쪽.

불만을 해소하는 일방식이 되기도 한다. 역사적 순간을 체험한 사람만이 실재적인 효용이 있는 현실타개책을 제시할 수 있다. 삼국의 통일대업을 성취한 신라의 현재화는 전쟁 상황을 극복하고자 하는 기원에서 비롯된다. 그는 우리 "민족은 수난의 역사 속에서 조국이 없이는 못 산다는 것을 똑똑히 배웠으면서도" 여전히 조국의 위기 상황을 직시하지 못하고 있다고 지적한다. '화랑도'의 현재화가 요청되고, 국민도를 실현해야 하는 까닭 역시 강한 조국을 건설해야 한다는 책무에 있다. 이때 "국민도(國民道)라 함은 문자 그대로 한 나라의 국민이 지키는 길이다".54) 물론 이때의 국민은 반공 논리를 함양한 반쪽 민족에 대한 명명임은 당연하다. 깊이 있는 성찰에도 불구하고 조지훈은 여전히 민중을 계몽의 대상으로 규정하고 있다는 점에서 그 한계가 있다.55)

문화를 인간성 일반의 표현이라 한다면, 민족문화는 그 일반성 속에서 각 민족의 특수한 개성이 표현됨을 이름이니, 민족문화의 다양성은 곧 민족성의 상이에서 비롯된다. 그러므로, 민족성이란 말은 민족적 성격, 민족적 개성이란 말과 동의어임을 알 수 있다. 인류 일반문화의

---

54) 조지훈, 「국민도의 수립에 대하여」, 『국방』, 1951.3; 『지조론』(전집 5), 204~212쪽. 이 글에서 조지훈은 "민족의 역사적 전통이 한결같지 않으므로 국민도는 국민에 따라서 특수한 성격을 지니게 되"지만, "이 특수성은 습속(習俗)의 차이에 불구하고 인도(人道)의 전체성에서 곧 이해되고 존중되"어야 한다고 강조한다. 그리고 그 예로 일본의 무사도, 영국의 젠틀맨십 그리고 희랍의 스파르타 정신 끝으로 신라의 화랑도를 들고 있다. 이들은 각각 제 민족에 맞는 자기 전통적 형성의 표현물이라 본다. 이때 화랑도가 국민도로서 적합한 근거로, 첫째 집단적인 수양운동이며, 둘째 이동적인 정치운동이고, 끝으로 국민적인 군사운동이기 때문이다. 이때 조지훈은 화랑과 선비는 본래 무사와 문사가 모두 선비인 것처럼 같은 것이라 전제한다.

55) 조지훈, 「혁명정신은 어디로 갔는가」, 『고대신문』, 1960.8.27; 『지조론』(전집 5), 154쪽 참조.

민족적 개성의 표현이 민족문화요, 민족문화의 다양성의 종합이 곧 세계문화의 내용이란 말이다. 다시 말하면, 민족문화는 민족성 곧 민족 각자의 개성이 같은 풍토적 환경에서 같은 역사적 발전과정에서 공동의 집단생활을 영위하는 동안에 저절로 이루어지는 생활과 사고 방식에 대한 공동한 마음 바탕이라 할 수 있다.[56]

조지훈이 내세우는 민족성을 고구하는 방법은 민족성을 존재의 측면에서 보거나 생성의 측면에서 볼 때에 서로 상이하게 표출된다. 조지훈은 "민족성은 역사적으로 생성되지만 그것은 다시 역사의 주체로서의 고유소(固有素), 곧 기본소(基本素)를 지님으로써 역사를 움직"인다. "민족성은 생성과 존재의 어느 한 측면에서가 아니라 그것들의 통일에서 체득되고 파악되어야 한다"[57]는 것이다. 이를 통해서 조지훈 역시 민족 정체성을 구성하는 요소가 불변적인 배타성을 띠는 것이 아니라 끊임없이 가변하는 유동적인 것임을 인식했다는 사실을 간취할 수 있다. 한 민족의 문화를 인간성의 표현으로 보는 것은, 문화 일반을 민족정서가 함의된 산물로 이해한다는 것을 의미한다. 특정 민족의 개성적 정서가 문화적 창조물의 형태로 적층되다가 이것이 문화유산으로서의 가치를 획득하게 되는 것이다.

---

56) 조지훈, 『한국문화사서설』(전집 7), 21쪽. "민족문화의 주체가 없다면 세계의 모든 민족문화는 等質的이어야 할텐데 각기 다르게 나타나 있지 않은가. 민족이 사는 땅이 이미 등질적 공간이 아니요, 민족이 옮겨온 노선이 동일하지 않고 문화의 접촉과 복합된 요소가 한결같지 않고, 그 공간 위에 그 인간이 밟아온 역사적 시간이 한결같지 않은데, 민족문화 자체는 독자성이 없을 수 있는가. 문화의 복합이란 것도 어떤 한 인종적 문화가 핵심이 된 복합이요, 문화의 이동이란 것도 그 민족의 역사적 운명에 의한 이동이요, 문화의 형성이란 것도 풍토적 환경에 제약된 형성인 것이다."(205쪽)

57) 위의 글, 20쪽.

시인은 민족시를 말하기 전에 그냥 시 자체를 알지 않으면 안 된다. 먼저 시가 된 다음 그것이 민족시도 되고 세계시도 될 수 있는 것이므로 시의 전통이 확립되지 못한 이 땅의 시가 민족시로서 세계시에 가담하기 위하여서 먼저 일어날 것은 순수시 운동이 아닐 수 없다. 순수시의 운동은 곧 시의 본질적 계몽운동인 동시에 그의 발전이 그대로 민족시의 수립이기 때문이다.[58]

조지훈은 민족문화를 그 민족의 개성적 성장을 발견함으로써 가능하다고 진단하면서 한국문화의 기본적인 성격을 풍토적 자연에서 찾는다. "시가 다시 상아탑 속으로 들어갈 수도 없고 현대의 시인이 또 그 길을 택하여 안주할 수도 없는 데 불구하고 시의 가장 순수한 형태는 역시 서정시"[59]라는 평가에서 순수시와 서정시는 동일 문맥을 획득한다. 그는 우리 민족의 정서를 담지한 민족시 역시 순수시여야 한다고 보고 있다. "시는 시로서 저 자신과 민족과 인류와 기여할 것이니 시는 모든 사회현상의 가치로 더불어 홀로 설 수 있는 개성을 고수할 것이므로 정치건 무엇이건 시의 개성을 굴복시키려는 유파(流派)가 있을 때만은 진실한 시는 언제나 순수시로써 그 정통을 유지하는 것이다." 이때의 시적 개성 및 순수시의 추구를 요구하는 것은, 역시나 생경한 현실참여시나 이념시를 염두에 두고 한 표현이리라.

조지훈은 민족시의 조건으로 시적인 것의 충족을 제일의 덕목으로 제시하고, 그 다음이 민족정서의 반영이라고 말한다. 그 스스로 시적 혁명을 주도했던 참여시적 서정을 실천했지만, 그 모든 지향성

---

58) 조지훈, 「순수시의 지향: 민족시를 위하여」, 『문학론』(전집 3), 226쪽.
59) 조지훈, 「방황하는 시정신: 시단의 혼미에 대한 반성」, 『문학론』(전집 3), 247쪽.

에 우선되어야 할 것은 시적 염결성이라는 것을 분명히 주장하고 있다. "본질적으로 순수한 시인만이 개성의 자유를 옹호하고 인간성의 해방을 전취(戰取)하는 혁명시인이며, 진실한 민족시인만이 운명과 역사의 공동체로서의 민족을 자각하고 정치적 해방을 절규하는 애국시인"[60]이라는 것은, 순수시와 민족시를 동일선상에서 이해하고 있다는 사실을 반증한다. 그는 "민족적 현실의 파악에 선행해야 할 민족적 자아 발견, 민족적 자기의식(自己意識)이 이루어지지 못했기 때문에 이 주체의식(主體意識)의 혼미(混迷)라는 공통된 고민이 민족적 현실의 파악을 망설이게 하고 흐리게 한다"[61]고 비판한다.

조지훈은 식민지 경험과 좌절, 해방과 민족분단 상황, 이후 한국전쟁과 이념 갈등에서 허울뿐인 민주주의와 산업화 등을 목도했으며, 누구보다도 최전방에서 이에 대응했다. 아버지 조헌영과 형 조세림의 죽음은 조지훈으로 하여금 누구보다도 시대의 냉철한 지식인이 되기를 요구했을 것이다. 그가 이상적이라고 생각했던 지성인상은 선비의 형상을 하고 있고, 이러한 지성인에게 요구되는 것은 "나라의 기강(紀綱)이요 사회 정의의"[62] 구현이었다. 민족시의 추구는 이러한 선비적 자의식이 반영된 문학적 응전이라 할 수 있을 것이다.

우리말로 시를 쓴다는 것 자체가 시적 자율성을 추구하는 혁명의

---

60) 조지훈, 「순수시의 지향: 민족시를 위하여」, 『문학론』(전집 3), 227쪽. 조지훈은 한국예술의 전형으로 네 가지를 제시한다. 그 첫째가 힘의 예술이며, 둘째가 꿈의 예술이다. 그리고 셋째가 슬픔의 예술이고, 마지막이 멋의 예술이다. 특히 슬픔의 예술은 "병란과 착취 속에 허덕이는 민중의 절망은 무상관(無常觀) 속에서 허무주의적 색채로 물들게 되었으니, 슬픔의 예술이 정토(淨土)사상과 선(禪)사상에 연결되는 것도 당연한 추세라 할 것이다". "허무의 슬픔은 정숙의 미를 이루고 비상칭 불균정의 정신은 자연한 인공의 극치를 나타내어 우리 예술이 세계에 자랑할 수 있는 한 경지를 연 것이다." 조지훈, 『한국문화사 서설』(전집 7), 294~295쪽.

61) 조지훈, 「『민족문화연구』 창간사」, 『문학론』(전집 3), 388~189쪽.

62) 조지훈, 「선비의 직언」, 『새벽』, 1960.4.15; 『지조론』(전집 5), 105쪽.

역사를 가진 민족임을 뜻한다.[63] 근대사를 통해 우리 언어를 회복한다는 것은 곧 민족 주체성의 회복과 같으며, 우리 문학을 창조한다는 것은 새로운 민족문화를 창달하는 것과 다르지 않다는 환희를 맛보았을 터이다. 전후에는 공산주의 문학의 반자유성에 투쟁하면서 "문학의 정치에서의 해방, 민족의 타민족의 압제에서의 해방, 인간의 상품화와 기계화에서의 해방"을 위해 싸웠던 것이다. 조지훈은 4월 혁명을 통해서 비로소 문학의 자유에의 옹호가 실현될 수 있었다고 진단한다. "전체주의(全體主義) 또는 공산주의 독재와 자유당 정권의 독재적 횡포와"[64]의 투쟁을 통해서 적극적인 문학적 응전이 가능했다고 평가한다. 그가 검토하는 전통이란 문학적 자율성을 토대로 구성되는 것임을 알 수 있다. 더불어 문학에 있어서의 전통은 그 민족 특수성의 반영이다.

3. 우주적 질서와 시의 원리로서의 자연

1) 서구적 감각과 우주적 질서

조지훈의 본격적인 시단 활동은 『문장』[65]을 통해서다. 이후 해방

---

63) 조지훈, 「문학과 자유옹호」, 『문학론』(전집 3), 32쪽 참조.

64) 위의 글, 37쪽.

65) 『문장』(1939.2~1941.4)은 39년 2월 창간하여 7월 임시 중간호를 발행하였고, 40년 6월과 8월 용지난으로 휴간하고, 41년 일제의 국책에 불응하고 폐간되었다. 48년 10월 정지용이 속간하였으나 제1호로 종간하였다. 이러한 『문장』은 『인문평론』과 함께 문학지의 대표적 수준의 잡지로 전 문단인을 망라하였다. 1930년대 말 고전부흥부터 전통 논의에 이르기까지 그 활동영역이 광범위하며, 참여 문인도 다양하다. 또한 시조 등 고전의 현대화를 통해 전통 형성에 기여했으며, 이러한 고전주의 성향의 사대부 취향 등 유가적

기와 전후 문단을 통과하면서 변화하는 시대에 걸맞는 전통적 새로
움을 모색했다. 민족적 특수성과 보편적 질서에 부합하는 동양적인
선적 질서와 고전적 아취를 형상화하는 작업이 그것이다.66) 김용직
은 조지훈의 작품세계의 특징을 세 가지로 요약한다. 첫째 상당한
언어, 형태에 대한 감각. 둘째 한시, 특히 당시(唐詩)의 영향. 그리고
셋째 당대 여느 시인들과는 다른 사상적 층위가 그것이다.67) 조지훈
은 시적 예술성을 지향하는 것에서 그치지 않고 전통, 역사 등의
이름으로 민족을 구성하기 위해 노력한다. 이 때문에 후기시로 갈수

세계관을 형성한다는 점에서 과거지향적인 경향을 보이기도 한다. 다양한 외래 문학이론
의 수용 등 문학적 논의 역시 풍성하다는 점에서, 1930~40년대의 문단을 투사하는 잡지
라 하겠다. 이태준, 이병기 등이 보여주는 상고주의적 측면뿐만 아니라 소위 미적 근대성
이라 명명할 수 있는 측면 역시 읽어낼 수 있는 매체다. 무엇보다 정지용 중심의 시문학사
구성에 지대한 공헌을 한다. 이러한『문장』이 지향했던 정신사나 문예관은 조지훈에게서
그대로 발견된다. 매체의 영향력은 근대 이후 문단의 헤게모니를 장악한 대다수의 시인
들에게서도 발견된다.
　가령 정지용의 경우 소위 '지용이즘'이라 명명되는 것처럼 자신의 시적 에피고넨에
충실한 신인들을 발굴한다. 정지용은 "趙君의 懷古的 에스프리는 애초에 名所古蹟에서
捏造한 것이 아"니라 "固有한 푸른 하늘바탕"에서 얻은 것으로 "自然과 人工의 極致"라고
극찬한다. 이제 갓 문단에 출사하는 신인에 대한 평가로는 지나친 극찬으로 일관한다.
특히 "신고전"을 창조하고 이를 계승할 인재로 지목된다는 점에서 조지훈에 대한 정지용
의 기대를 짐작할 수 있다. "비애에 artist"라는 수식을 통해서 개인이 표출하는 감정에
역사에 내재한 고난이 투영되어 있음을 짐작할 수 있다. 정지용, 「시선후」, 『문장』,
1940.2, 171쪽.

66) "『문장』지의 추천시 모집에 응모하여 그 제1회로 〈고풍의상(古風衣裳)〉이 당선된 것은
　　1939년 봄 열 아홉 살 때 일이다. 〈고풍의상〉은 서구시를 모방하던 그때까지의 나의
　　습작을 탈각(脫却)하고 자신의 시를 정립(定立)하려고 한 첫 작품이었으나 실상은 강의시
　　간에 낙서 삼아 쓴 것을 그대로 우체통에 넣은 것이 뽑힌 것이었다. 그러나 이는 민족문화
　　에 대한 나의 애착(愛着), 그 중에도 민속학(民俗學) 공부에 대한 나의 관심이 감성(感性)
　　안에서 절로 돌아나온 작품이었음을 알 수 있다. 이 계열의 작품은 그때까지 이 〈고풍의
　　상〉 한 편밖에 없었기 때문에 3회 추천을 필요로 하는 나의 추천 통과는 자연히 지연되지
　　않을 수 없었다. 그해 11월에 〈승무(僧舞)〉, 그 이듬해 2월에 〈봉황수(鳳凰愁)〉가 추천되
　　기 까지에는 열 한 달이나 경과되었었다." 조지훈, 「나의 역정(歷程): 시주(詩酒) 반생(半
　　生) 자서(自敍)」, 『문학론』(전집 3), 201쪽.

67) 김용직, 『한국시와 시단의 형성 전개사』, 푸른사상, 2009, 365~372쪽 참조.

록 시의 순수한 예술성이 떨어진다. 특히 한국전쟁과 이후의 현대사를 겪으면서 그의 작업은 시창작보다는 민족학자로서의 면모가 부각된다. 그의 강단비평 작업이 현대사에 대한 끊임없는 개입의 산물인 것 역시 이러한 맥락에서 이해할 수 있을 것이다. 조지훈의 시론은 서정주의 그것보다 체계화된 양상을 보인다. 그 까닭은 서정주가 문인으로 자신의 위치를 규정했다면, 조지훈은 교수자라는 역할까지 감당해야 했기 때문이다. 이런 점에서 전후 상황에서 조지훈의 위치는 상당히 복합적인 층위에 놓인다.

"시란 것은 진실한 생각, 진실한 느낌, 진실한 표현을 통하여 나오는 그 자신의 전인격적 체험에서만 스스로 체득할 수 있"다. "참뜻의 전통은 언제나 자기 안에 숨어 있는 생명을 고심참담(故心慘憺)한 노력 속에서 창조적으로 발견하는 것"이다. "대자연의 일부인 사람은 그 자신 자연의 실현물(實現物)로서만 존재하는 것이 아니라 '창조적 자연'을 저 안에 간직함으로써 다시 자연을 만들 수 있는 기능을 가"68) 진다. 조지훈이 우주적 질서로서의 자연에 집중하고, 이를 문학의 원리뿐 아니라 삶의 방식으로 삼는 까닭은 그 안에 내재한 민족성 때문이다. 조지훈에게 유복자라는 뿌리 뽑힌 단절의 정체성은 민족의 근간에 대한 탐구를 통해 시적 전통을 구성하고자 하는 창조적 기획의 욕망으로 표출된다. 조지훈 시의 서구적 미의식 역시 시대의 현실감각을 표출하는 방편이다. 이는 혼돈의 현실적 상황을 타개할 만한 우주적 질서의 세계를 추구한다.

여기는 그저 짙은 오렌지빛 하나로만 물든 곳이라고 생각하십시오.

---

68) 조지훈·박목월·서정주·강우식, 『시창작법』, 예지각, 1990, 14~15쪽.

사람 사는 땅위의 그 黃昏과도 같은 빛깔이라고 믿으면 좋습니다. 무슨
머언 생각에 잠기게 하는 그런 숨 막히는 하늘에 새로 오는 사람만이
기다려지는 곳이라고 생각하십시오. // 여기에도 太陽은 있습니다. 太
陽은 검은 太陽, 빛을 위해서가 아니라 차라리 어둠을 위해서 있습니
다. 죽어서 落葉처럼 떨어지는 生命도 이 하늘에 이르러서는 눈부신
빛을 뿌리는것, 허나 그것은 流星과 같이 이내 스러지고 마는 빛이라고
생각하십시오. // 이곳에 오는 生命은 모두 다 파초닢같이 커다란 잎새
위에 잠이 드는 한 마리 새올습니다. 머리를 비틀어 날개쭉지 속에 박
고 눈을 치올려 감은채로 고요히 잠이 든 새올습니다. 모든 細胞가 다
죽고도 祈禱를 위해 남아 있는 한가닥 血管만이 가슴 속에 촛불을 켠다
고 믿으십시오. // 여기에도 검은 꽃은 없습니다. 검은 太陽빛 땅위에
오렌지 하늘빛 해바라기만이 피어 있습니다. 스스로의 祈禱를 못가지
면 이 하늘에는 한송이 꽃도 보이지 않는다고 믿으십시오. // 아는것만
으로는 아무 소용이 없습니다. 첫사랑이 없으면 救援의 길이 막힙니다.
누구든지 올수는 있어도 마음대로 갈수는 없는곳, 여기엔 다만 오렌지
빛 하늘을 우러르며 그리운 사람을 기다리는 祈禱만이 있어야 합니다.

―「地獄記」 전문

조지훈의 작업은 불교적 현실참여 정신으로 분류된다.[69] 이때 정

---

69) 최동호에 따르면 정신주의시의 계보에는 첫째 한용운, 조지훈 등으로 이어지는 불교적
    현실참여, 둘째 황매천, 이육사 등을 잇는 유교적 저항적 절사의식, 셋째 신석정, 김달진
    등으로 대변되는 노장적 은둔적 초월주의, 넷째 윤동주에서 김현승 등으로 이어지는
    기독교적 정신주의, 다섯째 김수영에서 김지하, 황동규로 이어지는 현실비판과 모더니즘
    적 서정주의, 마지막으로 이용악, 백석, 신경림 등으로 이어지는 토착적 서정주의가 있다.
    나아가 그는 정신주의시가 나아가야 할 방향을 제시한다. 첫째 과도기적 상황에서 언제
    나 새로운 역사 지평의 확대를 모색하고, 둘째 정적인 시학을 부정하고 동적인 시학을
    지향하여 보수적 고착성을 타파하며, 셋째 세속주의를 거부하되 현실의 현실성에 대한

신주의란 물신숭배나 상업주의 등에 대한 시적 반성의 산물이라 할 수 있다. 당대 문학인들은 자신의 이념적 지향성을 공식화해야 했다. 때문에 해방기 이후 문학인의 발화는 철저히 공식적인 언술로 이해되어야 한다. 조지훈의 시적 경향은 혼종적 산물이다. 습작기와 오대산 월정기, 해방기 그리고 전후는 서구적 시 감각과 자연의 생명력 그리고 고전적 미의식의 구성과 현실적 어조에 이르는 시적 화자의 발화가 분절적이면서도 융합된 채 시인을 관통한다.

우리는 이 시에서 절망적인 현실을 타개하려는 서정적 주체의 간절한 고백을 듣게 된다. 1952년 발표된 이 작품은 모더니즘적인 심미적 감각에 있어서 보들레르나 말라르메 등의 영향을 받은 듯한 습작기 시편과 통한다. 가령 "오렌지빛"이나 "황혼" 혹은 "(검은) 태양" 등과 같은 상징적 시어들이 나열되면서 전체적으로 우울한 분위기를 자아낸다. 특히 시적 화자의 처지를 "낙엽"으로 비유하는 등 좌절과 허무에 빠진 전후의 실존적 감각을 묘파하기도 한다. 그럼에도 시적 화자는 절망적 상황을 타개할 "하늘에 새로 오는 사람"을 기다리는 기도를 계속한다.[70] 조지훈의 기도는 화자의 자기 다짐의 형식으로, 구복을 지향하지 않는다. 이러한 절망과 희망의 길항이 근대 이후 전후에 이르는 일상적 심사였을 것이다. "지옥기"라는 제목에서 알 수 있듯이 시적화자는 지옥이라는 공간에 유배된 상황이다. "어둠을 위해서 있"는 검은 태양 아래 "생명"은 "유성과 같이 이내 스러지고 마는 빛"처럼 무기력하고 나약하다. 힘없는 존재가 이런

각성을 촉구한다. 끝으로 한국적인 신성함의 추구와 더불어 인간 존재의 고귀성을 고양한다는 것이다. 최동호, 앞의 책, 138~141쪽 참조.

70) 김문주 역시 이 시에 드러난 기도의 형식을 "현실에 직접 참여해서 무엇인가를 이루어내는 행위라기보다 희망을 포기하지 않고 참고 기다리는 정신을 뜻한다"고 보고 있다. 김문주, 앞의 논문, 166쪽.

시대를 살아내는 일은 "모든 세포가 다 죽고도 기도를 위해 남아 있는 한가닥 혈관만이 가슴 속에 촛불을" 켜는 것처럼 절실하다. 암울했던 시대를 살아내야 했던 실존적 절망은 희망을 기도하는 일만큼이나 간절했을 것이다. "검은 태양빛 땅"인 지옥과 같은 현실에서 시적 화자를 지탱해주는 것은 단 하나, 자신이 처한 상황을 이겨낼 수 있으리라는 믿음이다.

기본적으로 기도하는 행위는 의지할 곳 없는 나약한 존재가 신적 대상을 상정해 두고 자신이 처한 현실로부터 구원을 기대하는 것이다. 고독과 절망에 고립된 주체가 자신을 구원해줄 "그리운 사람을 기다리는 기도"는 생존을 가능케 하는 단 하나의 이유가 된다. 그리워하는 사람과의 만남이 성취된다면 지옥은 언제든지 지옥 아닌 곳으로 탈바꿈하리라는 기대가 시 전체 분위기를 이끌어 간다. 현실적 상황이 안겨주는 절망과 이를 해소할 수 있으리라는 기대가 길항하면서 팽팽한 긴장관계를 유지하는 것이 이 시의 힘이다. 이때 서술적 시행 배열이나 경어체는 이러한 긴장을 이완함으로써 소망이 실현되었으면 하는 기대감을 표출하고 있다.

이처럼 시 「지옥기」는 암울했던 시대 상황에서 고뇌하는 주체의 모습이 형상화되어 있다. 잘 알려진 조지훈의 시편들이 대부분 고전적 미의식을 바탕으로 한 전통 서정시의 구성을 하고 있기에, 이 시가 보여주는 전위적 서정의 문법이 낯설기도 하다. 그렇지만 시인은 자신이 처한 상황에 대한 허무적 인식을 토대로 희망과 기대를 열망하는 적극적인 태도를 보여준다. 조지훈은 소위 말하는 전통서정시에 얽매이지 않는다. "정치적 경제적 현실이 이처럼 참혹하다고 해서 시의 방향을 그 곳으로만 돌릴 수도 없는 일이요, 철학적 종교적 명상(冥想)이 이같이 빈곤하다 해서 시를 그 곳으로만 지향시킬 수도 없는 것이다. 왜 그러냐 하면, 시의 가치는 항상 자연(自然)물질 가치와 이상(理想)정신가치 그 어느 하나만에 매이지 않는 바로 인간 생활 가치 그대로이기 때문이다."71) 그의 시작(詩作)은 종군작가단의 일원으로 활동하면서 창작한 전쟁시 등 상당한 스펙트럼을 형성한 다. 서정시는 민중시나 현실참여시 등과 전연 다른 소산이 아니다. 오히려 전후 전통주의 시가 일정한 성격으로 규범화되는 것은 세대 교체가 이루어지고 난 이후다. 전통주의와 모더니즘의 대립 구도가 정착된 1950년대 중·후반 이후 박재삼, 박용래, 김관식 등이 전통주 의 시의 새로운 주자로 등장하고, 모더니즘 계열 역시 박인환, 김경 린, 조향 등의 활동이 본격화되면서 형성되었다.72)

마음 후줄근히 시름에 젖는 날은 / 動物園으로 간다. // 사람으로 더 불어 말할 수 없는 슬픔을 / 짐승에게라도 하소해야지. // 난 너를 구경 오진 않았다 / 뺨을 부비며 울고 싶은 마음. / 혼자서 숨어앉아 詩를 써 도 / 읽어 줄 사람이 있어야지 // 쇠창살 앞을 걸어가며 / 정성스리 써 서 모은 詩集을 읽는다. // 鐵柵 안에 갇힌 것은 나였다 / 문득 돌아다 보면 / 四方에서 창살틈으로 / 異邦의 짐승들이 들여다 본다. // "여기 나라 없는 詩人이 있다"고 / 속삭이는 소리…… // 無人한 動物園의 午 後 顚倒된 位置에 / 痛哭과도 같은 落照가 물들고 있었다.

—「動物園의 午後」 전문

---

71) 조지훈, 「1955년의 구상」, 『문학론』(전집 3), 256쪽.
72) 후반기 동인들의 결과물은 1949년 출간된 『새로운 도시와 시민들의 합창』이지만 그 본격화는 1950년대 중·후반으로 보는 것이 옳다. 이렇게 보는 근거는 1955년 창간된 『주간국제』을 통해 모더니스트들의 활동이 탄력을 받게 되었으며, 전통 서정시 역시 1955년 창간된 『현대문학』 등을 토대로 에콜을 형성할 수 있었기 때문이다.

해방의 감격은 조선인을 하나로 묶는 역할을 했지만 한국전쟁은 그에 대한 인식의 차이에 따라 상이한 대응방식을 가져왔다. "동물원"은 상당히 근대적인 공간이다. 인간의 힘에 굴종한 동물을 관상의 대상으로 전시해 놓고 적당한 거리를 두고 "구경"하는 행위는 상당히 폭력적이다. 그러나 시인은 "사람으로 더불어 말할 수 없는 슬픔" 따위를 "하소"하기 위하여 동물원을 찾았다. 억류된 동물은 시인 자신의 처지이며, 동물원을 작동하는 폭력의 원리는 시인이 처한 현실 자체다. 시인은 수직적인 위계질서를 함의한 권위적 위치에서 내려와, 공감을 얻기 위해 동물원을 찾은 것이다. "이방의 짐승들"에게라도 "뺨을 부비며 울고 싶은 마음"의 시인은 절박하다. 절망의 역사, "철책 안에 갇힌" 지식인으로 사는 일은 얼마나 두렵고 고독하겠는가. "통곡과도 같은 낙조가" 내려앉은 동물원에 덩그러니 홀로 있는 시인의 뒷모습은 에세이에도 그대로 드러난다. "혼자 써 놓은 시를 발표는커녕 같이 읽어 줄 벗조차 없어서 사람 없는 창경원을 찾아 말 모르는 이국의 동물들 앞에서 혼자 시를 읽던 슬픈 기억을 지니고 있다"[73]는 고백을 통해서 "나라 없는 시인"의 처지가 얼마나 서글펐는가를 알 수 있다. 본질적으로 시의 생명은 독자와의 소통을 통해서 완성된다. 그러나 서정의 논리가 아니라 힘의 논리에 의해 지배되는 세상에서 시는, 특히 시인은 얼마나 무력한가를 통감했을 것이다. 때문에 이 시기 조지훈 시의 화자는 내포독자를 향하기도 하지만 동시에 내포작가의 독백으로 되돌아오기도 한다.

---

73) 조지훈, 「나의 시의 고향」, 『세대』, 1963.6, 128쪽; 『문학론』(전집 3), 208쪽. 이 대목은 「당신들 세대만이 더 불행한 것은 아니다」(『지조론』, 전집 5, 31쪽.)라는 글에 다시 쓰이고 있다. 그만큼 시를 공유할 여유가 없던 시대였음이 시인에게는 절실한 슬픔이 되었던 것이리라.

抱擁은 죽음의 神秘와 같다. / 아니 검푸른 深淵의 / 그 暗澹한 빛깔과 같다. / 아니 그 어두운 深淵에서 솟아 오르는 / 한밤의 太陽과 같다. // 抱擁은 그윽한 戰慄 / 높이 雲霄에 뻗쳐 오르는 / 서러운 鶴의 외줄기 울음 // 抱擁은 하염없는 사랑의 카타르시스 / 永遠한 訣別의 純粹持續 // 아 抱擁은 孤獨의 가없는 夢幻과 같다. / 아니 죽음의 어두운 / 손길과 같다. / 아니 超克할 길 없는 運命의 / 그림자와 같다.

—「抱擁」 전문

조지훈뿐 아니라 여느 시인들의 서정은 근원적으로 인간의 실존적 "고독"에서 비롯된다. 삶은 "죽은 세월의 유서"(「길」)와 같아 주체의 "심연"까지 "암담"하다. 분단된 조국은 주체에게 "한밤의 태양과 같"이 무력하고, 주체는 실존적 고독을 혼자서 하는 "포옹"으로 달래보지만 "서러"움은 쉽게 사그라들지 않는다. "초극할 길 없는 운명" 앞에서 존재의 삶은 "그림자와 같"이 무의미하다. 결코 화해할 수 없는 이러한 시대적 고뇌에 던져진 화자는 "아득한 거리에"도 보이지 않는 "얼마나한 위로"를 "애처럽게 그리워"(「민들레꽃」)한다. 그런데 이때의 포옹은 "죽음의 신비와 같다". "하염없는 사랑의 카타르시스"인 포옹이 "영원한 결별의 순수지속"이라는 자각은 찰나의 안락이나 위안에 불과하기에 "고독의 가없는 몽환"이다. "초극할 길 없는 운명"은 "그림자와 같"이 주체를 억압하고 어떤 방법으로도 상처받은 영혼은 구원받지 못한다. 조지훈에게 시적 감수성은 존재론적 고독을 발화할 수 있는 한 방편이며, 불안과 공포의 시대에 응전하는 시인으로서의 운명을 의미하는 것이기도 하다.

코스모스는 그대로 한떨기 宇宙 무슨 꿈으로 태어났는가 이 작은

太陽系 한줌 흙에——— // 차운 季節을 제 스스로의 피로써 애닯게 피어
있는 코스모스는 向方 없는 그리움으로 발 돋움하고 다시 鶴처럼 슬픈
모가지를 빼고 있다. 붉은 心臟을 뽑아 머리를 이고 가녀린 손길을 젓고
있다. // 코스모스는 虛妄한 太陽을 등지고 돌아 앉는다. 서릿발 높아가
는 긴 밤의 별빛을 우러러 눈뜬다. '카오스'의 야릇한 無限秩序 앞에
少女처럼 옷깃을 적시기도 한다. // 神은 '사랑'과 '미움'의 두 世界 안에
그 서로 원수된 理念의 領土를 許諾하였다. 닿을 길없는 꿈의 象徵으로
地球의 한모퉁이에 피어난 코스모스——— 코스모스는 별바래기 꽃,
絶望속에 生誕하는 愛憐의 넋. 죽음 앞에 고요히 웃음 짓는 殉敎者. 아아
마침내 時間과 空間을 잊어버린 宇宙. 肉體가 精神의 무게를 지탱하지
못하는 코스모스가 종잇장보다 얇은 바람결에 떨고 있다. // 코스모스는
어느 太初의 '카오스'에서 비롯됨을 모른다. 다만 이미 태어난 者는 有限
임을 알뿐, 宇宙여 너 이미 生成된 者여! 有限을 알지 못하기에 無限을
알아 마지막 祈禱를 위해서 피어난 코스모스는 스스로 敬虔하다.

—「코스모스」부분

이 시에서 "코스모스"는 중의성을 띠는 시어다. 말 그대로 "한떨
기" 꽃이기도 하고, 혼돈의 카오스에 대립되는 우주적 질서를 의미
하기도 한다. 이 두 용어는 교묘하게 서로 얽혀 "차운 계절을 제
스스로의 피로써 애닯게 피어있는 코스모스"가 "우주"의 균형을 지
탱하는 질서임을 암시한다. 고작 "태양계"를 구성하는 먼지 크기의
"유한"자는 쉽게 좌절한다. 실존적으로 위태로운 시대를 살아가는
주체는 "시간과 공간"의 경계를 알지 못하고, "육체가 정신의 무게를
지탱하지 못하"며 "마지막 기도"조차 신에게 가닿지 못할 것이라는
절망에 빠져 있다. 그리하여 구원과 같은 "한줄의 시가 씌어지지

않음"에 좌절한다. 그렇지만 시인은 안다. 고작 한송이의 꽃도 우주의 섭리로 작동한다는 것을. "'질서와 조화의 세계로서의 코스모스'는 형이상학적인 원리가 아니라 변화와 괴멸을 지속하는 구체적인 우주를 뜻한다는 점에서 그 세계를 구성하는 생명체의 속성을 함께 드러낸다."74) 세계를 운용하는 균형을 탐구함으로써 카오스 상태인 현실에서 질서를 발견하여 이를 극복하고자 하는 화자의 의지가 엿보인다. 조지훈의 시에서 사랑과 미움을 포용하고, 시간과 공간의 이질성도 잊는 우주적 질서는 자연으로 표상된다. 자연 만물은 어느 것 할 것 없이 우주적 질서를 통해 탄생한 것이기 때문에 그것 자체로 우주의 비의라 할 수 있다. '제2의 자연'으로서의 순수서정시의 감동은 주체와 대상이 온전히 서정적 동일화를 이룬 상태에서 정서적으로 교감함으로써 획득된다. 이때 시적 화자와 자연은 경계를 허물고 서로를 발견하게 된다. 보다 정확하게 표현하면, 시인은 "영감과 주의력"75)의 응결을 통해서 자연의 비의를 발견하여 시적 자연을 재창조하게 되는 것이다.

시적 진실은 먼저 예술가치(藝術價値)로서 정서적 감동이다. 감성으로서 받아들이고 감성으로 표현하며 감성에 자극되는 것이 시의 정통적 본질이라는 말이다. 우리는 이로써 지성이나 윤리를 시의 전부처럼

---

74) 김문주, 앞의 논문, 169쪽.

75) 이때 영감은 詩作을 촉진시키는 기제로써 "우주의 무한광대(無限廣大)한 원주(圓周)를 무의식계(無意識界)라 하고 이 무의식계를 포에지의 세계로 본 다음, 시인의 자아를 그 원의 중심점으로 하여 자아의 중심점이 무의식의 원주 안에 용화되는 절대무의식의 상태를 최선의 방법으로 삼는 데 반하여 '주의력(注意力)'은 자아의 의식중심점을 확대하여 무의식의 원주(圓周)에까지 침식하는 완전의식의 상태를 최선의 방법으로 삼는 것이다". (조지훈, 『시의 원리』(전집 2), 72~73쪽.)

주장하는 시관(詩觀)에 대하여 한번 반성해야 할 것이다. 그러나, 이
시적 감성은 지성과 윤리를 떠나서 있는 것이라 오해해서는 안 된다.
다만 감성이 주(主)가 되어 그 이외의 것을 거느린다고 보아야 할 것이
란 말이다.76)

시적 진실의 궁극적 지향은 독자를 매료시켜 그들을 전율케 하는
정서적 감동에 있다. 조지훈은 감성과 지성 그리고 윤리를 시적 진실
을 구성하는 요소로 본다. 그에게 "시는 인생의 표현이므로 인생을
위하여 존재"한다고 해도 과언이 아니다. "어떠한 사상을 노래하든
지 시는 먼저 시가 되어야 하고 언제나 시로서 시의 생명을 가"져야
한다. 어느 시대에나 시의 최우선 과제는 심미성을 획득하는 데 있어
야 하기 때문이다. 시는 존재 근원에 대해 탐색하고, 시를 구성하는
기본적인 요소에 집중해야 한다. 조지훈이 생각할 때 "시적 진실은
먼저 예술가치로서 정서적 감동"을 추구할 때 구현된다. "시는 우주
의 생명적 본질이 인간의 감성적 작용을 통해 표현되는 언어의 순일
(純一)한 구상(具象)이다." 감성을 본질로 하는 시적 진실이란 이러한
시대적 "윤리"77)를 기초로 할 때 추구될 수 있다.

2) 시의 원리로서의 자연

전후 전통서정시의 시론적 토대가 된 조지훈의 시론집 『시의 원리』
에서 그가 말하는 전통이란 고전의 리리시즘적 해석을 의미한다.

---

76) 위의 책, 33쪽.
77) 위의 책, 164~165쪽.

그의 유기체적 시론은 당대 전통주의자들이 자연을 형상화하는 공통된 시선을 구성한다. 초시간적이고 초공간적인 영원성을 지향하면서 그 해법을 고전에서 탐색하고자 하는 갈망 역시 보편성을 획득한 민족문학을 구성해 나가기 위함이라고 볼 수 있다. 조지훈이 고찰하는 고전의 가치란, "현대와 미래에서 새로 낳아질 문화가 준거할수 있는 모범적이란 뜻을 함께 포함하고 있"는 것으로 "어떠한 연대적 간격을 둔 그 민족성의 표현에서 시작되어 그 시대의 역사적 사실이 여실히 발로될 뿐 아니라, 형식적으로도 완성된 모범적으로 순미(純美)한 걸작"[78]을 의미한다. '자연'은 완전성을 지향하는 궁극의 예술미를 대변하며, 시인과 자연 그리고 시인의 생산물인 시는 하나의 유기체로 사유된다. 그렇기에 조지훈의 자연관은 다분히 낭만주의적인 성격을 띤다.[79]

　　문학은 문화산물의 하나로서 인간만이 향유(享有)한 것입니다. 그러나 문학을 한다는 것은 인간이 태어나면서부터 절로 발생하지 않을수 없었던 생명의 욕구였습니다. 생명의 욕구라는 것은 일체가 자연입니다. 그러므로, 자연의 원리가 인간이란 주체를 계기로 하여 만들어진문학은 인간의 기술을 거쳐서 자연에 환원되는 본질을 가지는 것이고다만 기술에 멈춰지는 것이 아닙니다. (…중략…) 자연을 산천초목(山川草木) 풍토적 환경의 뜻으로 줄여서 봅시다. 또 문학을 이 한정된자연의 의미와 가장 많이 통한 자로서 서정시의 뜻으로 줄여서 봅시다.

---

78) 조지훈, 『한국학연구』(전집 8), 287쪽.
79) 조지훈, 『시의 원리』(전집 2), 20~21쪽. 『청록집』(을유문화사, 1946)에서 『여운』(일조각, 1964)에 이르기까지 그 경중 혹은 강약의 차이일 뿐 그의 시정신을 지배하는 자연관은 동일하게 유지된다.

자연미(自然美)는 서정시와 어떠한 관계에 있는 것이겠습니까. 서정시는 심금의 다채로운 율동적 표현에 그 생명이 있습니다. 그러므로 심금 곧 감정이란 대개 외계의 현상에 부딪쳐 유로(流露)되기 때문에 자연미와 서정시는 떼려야 뗄 수 없는 관계에 있는 것입니다. 자연을 미(美)로 관찰하는 감정은 자연을 자기 정신의 표현으로 보고 자기의 마음을 자연의 움직임으로 느끼는 것입니다. 그리하여, 자기와 대상의 일체화의 경지에서 울고 노래하고 사랑하고 미워하는 것입니다.[80]

조지훈은 "문학은 자연과 인간 사이에서 살고 있으므로 문학은 인간을 통해 나타나는 자연 총체의 결정(結晶)이요 자연을 통해 나타나는 인간정신의 구경적(究竟的) 구현이라 할 수 있"[81]다고 주장한다. 그가 문학을 창조된 자연으로 이해하는 관점은 모든 것에 우선하는 가치로 자연을 삼기 때문이다. 문학은 "생명의 욕구"가 구현된 절대미의 산물이어야 하며, 인간과 자연의 소통으로 얻어진 순정한 결실이어야 한다. 자연은 민족문화를 구성하는 총체이며, 풍토를 중심으로 형성된 인간 정신의 제요소를 통칭한다. 우리 문학사에서 자연을 서정, 전통 그리고 순수 개념과 동일한 맥락으로 이해하는 것 역시 이에 해당한다. 조지훈의 자연은 동양적 세계관을 토대로 구성된다. 자연과 서정의 연결은, 다시 전통을 구성하는 민족정서의 그것이 된다. 그에 따르면 스스로 자연인 서정시는 "모든 사람의 가슴에 절로 샘솟는 사랑으로 창조되는 아름다운 노래"[82]다. 시인은 "자기와 대상의 일체화의 경지"에서 발생하는 감동을 얻기 위해서

---

80) 조지훈, 「자연과 문학」, 『문학론』(전집 3), 40~42쪽.
81) 위의 글, 41쪽.
82) 위의 글, 44쪽.

"풍토적 환경" 곧 자연의 원리로 시를 구성해야 한다는 것이 조지훈의 논리다.

> 별 빛 받으며 / 발 자취 소리 죽이고 / 조심스리 쓸어 논 맑은 뜰에 / 소리 없이 떨어지는 / 은행 잎 / 하나.
>
> ─「靜夜1」 전문

선시적 감각을 토대로 자연을 응시하는 시 「정야1」은 조지훈이 추구했던 서경시의 모범이 될 만한 작품이다. 시적 화자는 시 밖으로 물러나 있고, 독자의 감성작용에 의해 정서적 유대를 획득하게 된다. 아주 고요한 밤, "소리 죽"인 "별 빛"이 은은하게 내려앉는데 "은행 잎 / 하나" 아무도 모르게 낙화한다. 이처럼 엄숙한 죽음이 또 있을까. "人生은 항시 멀리" 있어 "나는 아직도 / 괴로운 짐승이"(「바다가 보이는 언덕에 서면」)라는 고백처럼 낙화하는 은행잎도, 나도 유한자적 고통을 지니고 있다. 시는, 이러한 고통과 마주하는 통증과 같은 역할을 한다. 하지만 그 시선은 차갑거나 암울하지 않고, 절제된 미적 감각을 토대로 구성되는 덕분에 슬프도록 환하다.

조지훈에 의하면 "선이란 종교에서 형식적 의례를 빼고 철학에서 윤리적 사유를 제하고 예술에서 기교를 버린 것"을 일컫는다. 예컨대 "균정(均整), 상칭(相稱), 조화, 논리를 떠나 부조화의 조화, 비논리의 논리, 무목적이합목적(無目的而合目的)인 멋의 나라 그것이 선의 세계"라 한다. "생명의 실상에 바로 거래(去來)"하고, "시(詩)의 원천에 소요(逍遙)"하는 것이 선이다. 그리하여 "생명을 문자화할 때 시가 되기도 한다. 선을 언어로 표현할 때 화두가 되기도 한다". 이는 멋으로서의 서경시의 한 면모라 할 수 있다. 선적 질서를 언어 물리적 매개로 삼고 자연의 섭리, 그 생명의 숭고함을 언어로 재현해 내는 것이다. 종국에는 "우주의 실체를 투득(透得)하는 것 이것이 선의 구극이다. 선에서는 이것을 일물(一物)이라고도 하고 일심(一心)이라고도 한다". 이러한 "선에는 삼세(三世)가 따로 없다. 시공이 따로 없다. 인과도 따로 없다. 모든 것이 일여(一如)한 지경에서 홀연히 적(寂)을 관(觀)하면 이것이 개오다".[83] 시인은 경계를 초월한 선적 질서를 자연에서 발견한다. 만물이 같은 경지를 추구하는 것이 선이며, 이는 자연에 내재한 원리이기도 한 것이다. "선의 수행자를 운수(雲水)라 한다. 행운유수(行雲流水)라는 뜻이다. 집이 없으므로 가는 곳이 다 집이 된다." 그렇기에 "선의 생활은 풍류의 생활"이다. 조지훈이 『채근담』을 옮긴 이유 역시 이러한 선적 질서를 순행하는 학문적 지향 때문이다. "풍아선(風雅禪)의 경지에서 소요"하는 운수로서의 풍모가 조지훈이 지향하는 생활방식 혹은 문학관이다. "시선일미(詩禪一味)의 세계는 모든 일미의 세계다. 선이 언어로 나타날 때가 바로 시다." 조지훈이 블레이크의 시구와도 같은 "모래알 하나에 숨은 영겁의 시공, 우주가 바로 내 여기에 자리를 갖출 때"[84] 발견된다는 선의 경지를 발화할 때 존재 자체가 우주가 된다. 우주는 요원한 세계의 질서가 아니라 우리 안에 있는 자연적 질서를 이른다. 이때 시는 이러한 선적 질서를 언어 구조화한 것을 의미한다.

불완전한 언어가 우주를 대변하는 것, 언어의 제약이 정신의 비약을 주는 점이 시의 묘처(妙處)이다. (…중략…) 참 뜻의 시(詩)인, 나타나는

---

83) 조지훈, 『한국학연구』(전집 8), 326~328쪽.
84) 위의 책, 350~353쪽.

시는 시인이라는 창조자를 통하여 산출되는 것이요, 시인은 시정신의 섭리를 받아 시를 산출하므로 시정신과 시인과 시는 서로 매개(媒介)하고 통일하고 제약하여 떨어질 수 없는 것도 알 수 있다.[85]

조지훈은 오대산 월정사 외전강사 생활을 통해서 "나의 시가 지닌 바 기교주의(技巧主義)는 선(禪)으로부터 오는 무기교주의로서 지양(止揚)되었고 주지(主知)의 미학은 자연과의 교감으로 바뀌어지기 시작"[86]했다고 고백한다. 무기교의 기교와 섭리의 시학으로서 자신만의 시적 체계를 구성하게 된 것이다. 불교적 선의 세계는 종교적 법칙을 따르는 것이 아니라 자연의 질서에 따라 구성된다. "불완전한 언어가 우주를 대변하는 것"은 오로지 "시정신의 섭리를" 따를 때 가능하다. 언어적 제약을 극복하고 우주적 질서를 재현하는 비약의 묘미가 시적 긴장을 유발한다는 것이다. "시정신과 시인과 시는 서로 매개(媒介)하고 통일하고 제약하여 떨어질 수 없는 것"이라는 논리를 통해서 조지훈의 시 작품에 반영된 의식을 유추할 수 있다. 그에게 "시는 시인이 자연을 소재로 하여 그 연장으로써 다시 완미(完美)한 결정(結晶)을 이룬 '제2의 자연'이"[87]다. 때문에 자연은 단순한 대상이 아니라 서정시를 제작하는 원리가 된다. 화자는 소재적 차원에서 자연을 관조하는 것이 아니라 삶과 세계를 관통하는 사유의 원천으로 자연을 인식한다. 그리하여 자연은 곧 시인의 생활세계 전반을 구성하는 핵심 요소가 되는 것이다.

조지훈은 시를 분류함에 있어서 크게 외형률과 내재율로 나누고,

---

85) 조지훈, 『시의 원리』(전집 2), 24~26쪽.
86) 조지훈, 「나의 역정(歷程): 시주(詩酒) 반생(半生) 자서(自敍)」, 『문학론』(전집 3), 203쪽.
87) 조지훈, 『시의 원리』(전집 2), 21쪽.

다시 정형시와 자유시 그리고 서정시와 서사시로 하위분류하는 일반법에서 한걸음 나아가 자신만의 견해를 제시한다. 우선 외형률 면에서는 정형시와 자유시, 그리고 산문시로 3분법하고, 내재율에서는 서정시와 서사시, 그리고 서경시(敍景詩)로 구분한다. 이때 "서경시(敍景詩)는 짧은 형태가 서정시에 통할 뿐 아니라 대개의 서정시는 물상(物象)의 묘사라든가 영상의 암시에 의해서 환기되는 감성이므로 서경시적 요소를 지니기 때문에 서정시 안에 서경시가 포함되어서 마땅하나, 한편으로는 서정시가 주관적 표현인데 서경시는 객관적 묘사의 면이 두드러지므로 오히려 서사시의 서술에 통하는 면이 강하기 때문에 우리는 서경시를 서정시, 서사시의 중간 위치에" 둘 수 있다고 역설한다. 이어서 그는 "서경시(敍景詩)는 항시 서정시와 서사시 어느 한쪽에 포섭되는 오해를 낳는 경우가 많겠지만 서경시가 주관시와 객관시의 종합적 면이 강한"[88] 것 역시 사실이라고 덧붙인다. 이러한 서경시의 설정은 조지훈 자신의 시적 모범을 제시하는 일일 뿐 아니라 흔히들 전통 서정시로 분류되는 순수서정시의 성격을 보다 분명하게 규정하는 일이기도 하다. 즉 조지훈이 말하는 서경시는 단형의 서정시이면서 동시에 (서정시)주관과 (서사시)객관을 통합한 형태라고 볼 수 있다. 그러나 이러한 정의는 서정시에 대한 개념적 정의와 중복된다. 다만 서경시는 서정시의 기본적인 조건을 조화롭게 충족한 '완미한 결정'으로서의 자연의 형상화라 보면 될 것이다. 조지훈의 서경시는 "감성이 초감성화(超感性化)하는 상태요, 유한과 무한이 통일하는 상태, 자연과 인공이 교감되는 상태"[89]에서 탄생된다. 조지훈 시론의 구현물이 서경시인 셈이다.[90]

---

88) 위의 책, 141~142쪽.

자네는 언제나 우울한 방문객 / 어두운 音階를 밟으며 불길한 그림
자를 이끌고 오지만 / 자네는 나의 오랜 친구이기에 나는 자네를 / 잊어
버리고 있었던 그 동안을 뉘우치게 되네 // 자네는 나에게 휴식을 권하
고 生의 畏敬을 가르치네 / 그러나 자네가 내 귀에 속삭이는 것은 마냥
虛無 / (…중략…) // 生에의 집착과 未練은 없어도 이 生은 그지없이
아름답고 / 地獄의 형벌이야 있다손 치더라도 / 죽는 것 그다지 두렵지
않노라면 / 자네는 몹시 화를 내었지 // (…중략…) // 잘 가게 이 친구
/ 생각 내키거든 언제든지 찾아 주게나 / 차를 끓여 마시며 우리 다시
人生을 얘기해 보세그려

—「病에게」 부분

---

89) 위의 책, 73쪽.

90) 조지훈은 『청록집』을 평가하면서 "해방 전후의 시에 다리를 놓는 존재로 대우"받았음을
회상한다. 해방기의 실존적 혼란을 타개할 모색을 제시했다는 점에서 유의미한 작업이
며, 나아가 현대 전통서정시의 구성에 지대한 영향을 끼친다. 그는 1950년대 시의 방향을
다섯 가지 정도로 분류한다. "첫째는 전통파의 율격(律格)을 참신한 현대적 감각으로
세련한 일군"이며 "둘째 경향은 현대 서구시의 방법을 온건히 취택하여 새로운 서정의
세계를 연 일군의 시인들이다". 그리고 "셋째 경향은 현대적 감각으로 문명과 도시와
사회적 모럴의 파토스를 담으려 한 일파"가 있으며, "넷째 경향은 좀더 지적이면서 그것
이 현실에 대한 역설과 저항과 야유로 문명 비평적이면서 지성의 음악이랄까, 그런 서정
의 밑바탕을 저류하는 일군"이다. 끝으로 "다섯째 경향은 이른바 협의의 모더니즘 정통
파"가 있다. 그는 이러한 시 방향을 토대로 범박하게나마 1960년대 이후 "한국시의 조감
도(鳥瞰圖)"를 제시한다. 전통파(新倫理派)의 경우 인생파에서 자연파 그리고 생명파로
이어지는 계보이며, 절충파(新抒情派)는 순수파에서 관념파 다시 문명파로 이어지는 계
보다. 끝으로 모더니즘(新感覺派)의 경우 주지파(主知派)에서 도시파, 그리고 생활파로
이어지는 계보다. 그러나 이러한 조지훈의 분류는 전통과 서정을 분리하여 제시하는
등 한계가 있다. 다만 신서정의 문제를 자연을 떠나 도시적인 현대 삶의 방식을 표출한
시에서 찾는다는 점에서 서정의 외연을 확장했다고 평가할 수 있겠다. 그러나 계몽파에
서 경향파, 다시 인생파에서 전위파로 이어지는 의욕적 유형과 서정파에서 순수파와
자연파를 거쳐 신작품파의 서정적 유형, 끝으로 감각파와 현대파, 도시파, 후반기파의
감각적 유형으로 범박하게 분류함으로써 논리적인 분류체계를 갖추지는 못했다. 조지훈,
「한국 현대시사의 반성」, 『문학론』(전집 3), 161~171쪽 참조.

1968년『사상계』1월호에 실린 조지훈의 마지막 작품이다. 1968년 5월 17일 운명했으니 죽음이 임박했음을 알았던 것일까. 표면적으로 병, 특히 노년의 병은 육체적 고통의 증상에 불과하지만 "생에의 집착과 미련"을 내려놓게 하는 심리적인 작용을 함으로써 유한자로서의 존재감각을 재인식하게 한다. 병을 청자로 내세운 가상적 대화는 죽음 앞에서 독백을 읊조리는 노년의 화자를 향한 연민을 유발한다. 삶과 죽음의 경계에 어느 정도 달관한 존재가 생의 본질을 탐색하고, 죽음에의 성찰을 감행하고 있는 것이다. 인간 삶의 많은 문제는 생사의 경계로부터 비롯된다. 끊임없이 존재론적 고독과 싸워야 하는 것 역시 유한자로서의 한계인 죽음문제 때문이다. 김문주는 이 시에서 시인의 "노경(老境)의 경지"91)를 발견한다. 병을 의인화한 이 작품은 인간이 자신에게 주어진 생을 살아가면서 신체적·정신적 질병으로부터 자유로울 수 없음을 목도하게 한다. "언제나 우울한 방문객"인 병은 "나에게 휴식을 권하고 생의 외경을 가르"친다는 점에서 스승과 같으나, 죽음의 그림자로부터 자유롭지 않은 존재 자체를 끊임없이 되새기게 한다는 점에서 "마냥 허무"의 문법이 되기도 한다. 이 시에서 병은, 인간존재의 삶의 일부로 자연스럽게 수용된다. "죽는 것 그다지 두렵지 않"다는 시인에게 병은 "화를 내"듯이 덤비기도 하지만, 죽음에 대한 끊임없는 경계를 통해서 시인은 조금 더 긴장하는 인생을 살 수 있었던 것이다. 시인의 죽음인식은 삶을 보다 경계하며 살아내는 시인의 자세를 엿보게 한다.

本籍 차운 샘물에 잠겨 있는 은가락지를 건져 내시는 어머니의 胎夢

---

91) 김문주, 앞의 논문, 174쪽.

에 안겨 이 세상에 왔습니다. 萬歲를 부르고 쫓겨나신 아버지의 뜨거운 핏줄을 타고 이 겨레에 태어났습니다. 서늘한 叡智의 故鄕을 그리워하다가도 불현듯 激하기 쉬운 이 感情은 내가 타고난 어쩔 수 없는 슬픈 宿命이올시다. // 現住所 서울 特別市 城北洞에 살고 있습니다. 옛날에는 城 밖이요 지금은 市內── 이른바 '문안 문밖'이 나의 집이올시다. 부르조아가 될 수 없는 시골 사람도 가난하나마 이제는 한 사람 市民이올시다. 아무것이나 담을 수 있는 뷘 항아리, 아! 이것도 저것도 될 수 없는 몸짓 이 나의 天性은 저자 가까운 산골에 半生을 살아온 보람이올시다. // 姓名 이름은 趙芝薰이올시다. 외로운 사람이올시다. 그러나 늘 항상 웃으며 사는 사람이올시다. 니힐의 深林 속에 숨어 있는 한오리 誠實한 풀잎이라 생각하십시오 孤獨한 香氣올시다. 지극한 정성을 汚辱의 折과 바꾸지 않으려는 가난한 마음을 가진 탓이올시다. // 年齡 나이는 서른 다섯이올시다. 人生은 七十이라니 이쯤되면 半生은 착실히 살았나 봅니다. 틀림없는 後半期 人生의 한 사람이지요. 허지만 아직은 白晝 대낮이올시다. 人生의 黃昏을 조용히 바라볼 마음의 餘裕도 지니고 있습니다. 소리 한가락 춤 한마당을 제대로 못 넘겨도 人生의 멋은 제법 아노라 하옵니다. // 經歷 半生 經歷이 흐르는 물 차운 산이올시다. 읊은 노래가 한결같이 서러운 가락이올시다. 술 마시고 詩를 지어 詩를 팔아 술을 마셔── 이 어처구니 없는 循環 經濟에 十年이 하로 같은 삶이올시다. 그리움 하나만으로 살아가옵니다. 오기 전 기다리고 온 뒤에도 기다릴── 渺漠한 宇宙에 울려 가는 종소리를 들으며 살아왔습니다. // 職業 職業은 없습니다. 詩 못 쓰는 詩人이올시다. 가르칠 게 없는 訓長이올시다. 혼자서 歎息하는 革命家올시다. 꿈의 날개를 펴고 九萬里 長天을 날아오르는 꿈, 六尺의 瘦身長軀로 나는 한마리 鶴이올시다. 실상은 하늘에 오르기를 바라지도 않는 괴롬을 쪼아먹는 한마리

닭이올시다. // 財産 마음이 가난한 게 唯一의 財産이올시다. 어떠한 苦難에도 부질없이 生命을 抛棄하지 않을 信念이 있습니다. 조금만 건드려도 넘어질 사람이지만 暴力 앞에 침을 뱉을 힘을 가진 弱者올시다. 敗者의 榮光을 아는 주검을 공부하는 마음이올시다. 地獄의 平和를 믿는 사람이올시다. 贖罪의 賂物 때문에 人跡이 드문 쓸쓸한 地獄을 능히 견디어 낼 마음이올시다. // 거짓말은 할 수 없는 사람이올시다. 참말은 안 쓰는 편이 더 眞實합니다. 당신의 생각대로 하옵소서── 孔子 一生 就職難이라더니 履歷書는 너무 많이 쓸 것이 아닌가 하옵니다.

─「履歷書」 전문

시 「이력서」를 통해서 조지훈의 자의식을 엿볼 수 있다. 식민 상황과 전쟁, 그리고 독재의 근·현대사를 살았던 시인에게 개인을 규정하는 일은 공동체가 구성해나가는 역사적 층위에서 가능했을 것이다. "부르조아가 될 수 없던 시골 사람도 가난하나마 이제는 한 사람 시민이"라는 자신의 위치를 규정하는 일은 근대사의 폭력이 비켜간 자리를 예상케 한다. 그가 상정했던 동일성과 연속성, 그리고 민족적 집단성을 가능케 하는 전통의식과 달리 일개 개인인 그 스스로는 항상 "아무것이나 담을 수 있는 뷘 항아리"로 시시각각 변모하는 역사적 상황을 살아내야 했던 것이다. 그러니 빈 공간으로서의 전후는 그의 역사의식과는 무관하게 무수한 불안과 공포를 극복해야 했던 단절과 결핍의 연속이었을 것이다. "만세를 부르고 쫓겨나신 아버지의 뜨거운 핏줄을 타고 이 겨레에 태어났"기에 "조지훈"은 그 한 개인으로서는 끊임없이 적막하고 "외로운 사람"이었다. 그럼에도 "니힐의 심림 속에 숨어 있는 한오리 성실의 풀잎"처럼 항상 희망과 극복을 욕망했다. "서른 다섯"에 맞이한 전후, 식민과 한국전쟁을 겪고 맞이한 이 시기에 시인은 어쩌면 이제는 제대로 된 민주주의 국가에서 편히 살 수 있지 않을까, 기대를 했을지도 모른다. "술 마시고 시를 지어 시를 팔아 술을 마"시는 시인의 운명을 타고난 탓에 "인생의 멋"도 부릴 줄 알고, "가르칠 게 없는 훈장이"요, "혼자서 탄식하는 혁명가"로 괴롭고 고통스런 현실을 인식할 줄도 아는 사람이다. 그는 스스로를 "어떠한 고난에도 부질없이 생명을 포기하지 않을 신념이 있"는 사람으로, "조금만 건드려도 넘어질 사람이지만 폭력 앞에 침을 뱉을 힘을 가진 약자"로 표현한다. 시인의 자의식, 곧 자기 판단이야말로 고난한 시대를 살아낼 수 있었던 용기이자 자기 감시의 방편이 되었을 것이다. 조지훈의 작업은, 한 개인의 정서적 감흥 표출로서의 서정적 발화와 역사의 관계를 짐작케 한다. 암울했던 시대에 차마 자신만의 고요한 서정에만 침잠할 수 없었던 때에는 서구적 감각에 심취해 있었고, 이후 자연에 칩거했을 때에는 자연적 서정 곧 서경의 아름다운 선미를 발견하게 된다. 그러나 다시, 한국전쟁과 독재 상황을 겪으면서 선적 서정이 불가능한 폭력의 시대를 살아내는 절개 높은 선비적 직언을 표출하게 된다. 당연하게도 이 모든 것의 토대를 형성한 것은 조지훈 스스로 발견하고 만들어나간 '서정'에 있다.

조지훈 시론을 종합해 보면, '자연'을 절대적 가치로 두고 시는 제2의 자연을 구성하는 것으로 본다는 측면에서 그의 동양정신을 엿볼 수 있다. 동양적 가치의 복원 등은 선시적(禪詩的) 감각에 집중하여 기교보다는 정신을 중시하는 소위 동양주의로 요약할 수 있다. 조지훈은 현대시에 대해 논의하면서, "시에는 현대라는 게 따로 없"으며, "오직 '영원의 지금'이 있을" 뿐이라고 주장한다. "현대의 시는 과거의 시에서 계기(繼起)되어 미래의 시에로 변성(變成)하는 것이요,

과거의 시에서 미래의 시에로 변성한다는 것은 현대의 시가 과거의 시로 변성되어 미래의 시에로 계기되는 것이라는 말이 된다."[92] 그는 시를 역사적 연속성의 산물로 이해한다. 이처럼 조지훈의 전통기획은 예술의 창조적 계승을 통해 민족 정체성을 구성하고자 하는 열망이다. 이때 전통은 단순히 과거의 낡은 산물이 아니라 부유하는 시대를 살아야 하는 불우한 존재를 규정해나가는 생성의 운동성으로 인식된다. 조지훈에게 "전통의식이란 주체의식이요 독립의식이며 창조의식"[93]이라 말할 수 있을 것이다.

---

92) 조지훈, 「현대시의 문제」, 『문학론』(전집 3), 173~176쪽.
93) 조지훈, 『한국문화사서설』(전집 7), 217쪽.

제4장 서정주 시의 탐미적 상상력과 신라정신

1. 시인의 자의식과 국가주의

1) 순수시학과 시인의 자의식

미당 서정주(1915~2000)[94]는 정지용 등 당대를 주름잡던 대표 문인

---

94) 서정주의 시집에는 『화사집』(1941), 『귀촉도』(1946), 『서정주시선』(1956), 『신라초』(1960), 『동천』(1968), 『서정주문학전집』(일지사, 1972), 『질마재 신화』(1975), 『떠돌이의 시』(1976), 『서으로 가는 달처럼』(1980), 『학이 울고 간 날들의 시』(1982), 『안 잊히는 일들』(1983), 『노래』(1984), 『팔할이 바람』(1988), 『산시』(1991), 『늙은 떠돌이의 시』(1993) 등이 있다. 그의 시세계는 변모 양상이 뚜렷한 편이다. 우선 『화사집』은 육체적 관능미가 주조를 이루며, 『신라초』에 와서는 신라주의 혹은 신라정신이라 일컫는 고대적 사유와 영원주의의 지향 등이 드러난다. 그리고 『질마재 신화』 이후에는 신화세계의 형상화에 주력하고, 민중적 삶의 지층을 설화적 산문체로 재구성한다. 물론 『떠돌이의 시』 등에서 보이는 것처럼 유목의 정서가 민족사와 뒤엉켜 표출되기도 한다. 이 시기 이후에는 앞선 시세계를 되풀이하거나 이를 자신만의 시 문법으로 보다 견고화하는 작업을 진행한다. 여기에서의 논의는 1950~60년대 작품을 텍스트로 하고, 본문에 인용된 작품은 비교적 최근에 재정비된 『미당 시전집』 1(민음사, 1994)의 표기에 따르도록 한다. 또한 이 시기

들이 납·월북된 빈자리에 위치한다. 분단으로 인한 문학 장의 재편성은 문단 권력의 재구조화를 불가피하게 만든다. "헤게모니(Hegemony)는 제도와 사회관계, 이데올로기와 관념 또는 도덕적 힘을 통하여 지배 집단이 피지배집단의 동의를 이끌어냄으로써 그들을 지배하는 것을 의미한다."95) 문학 장의 재편은 이러한 헤게모니의 역학구조 속에서 형성되는 것이다. 특히 일제말기의 친일작품이나 전쟁동원을 독려하는 식민지 파시즘적 논리를 체화했던 그에게, 전연 뜻밖의 사고와 같은 해방이 들이닥쳤을 때 그의 충격은 컸을 것이다. 영원히 지속될 것 같았던 일제 식민지의 갑작스런 종식은 식민지 치하에서 태어난 서정주에게 엄청난 '사건'이었을 것이다. 이미 조선이 아닌, 일본이 '국가'였던 세상에서 자랐기에 그가 말할 수 있는 전통이라는 것은 해방 후에 후천적으로 학습된 산물로 보는 것이 바람직하다. 문화적으로 전해지는 공동체적 습관과 은밀하게 학습되는 것 외에는 서정주가 살았던 세상은 '일본'이었다. 그러니 애초에 '애비는 종'이었던 것이다. 혈육의 육친성은 조선인이라는 강한 흔적인데 이것은 다분히 부정되어야 할 것에 지나지 않았다. 때문에 생물학적인 아버지를 버리고 힘 있는 아버지를 쫓은 서정주가 내세우는 전통이라는 것이 얼마나 모순적이겠는가. 허상을 쫓다가 다시 허상을 만들어야 했던 비극을 서정주를 통해 추적할 수 있다. 그에게서 시대와 개인의 분투와, 그 이중적 인간 존재를 발견할 수 있으며, 예술적 인간과 사회·정치적 인간의 간극 역시 헤아릴 수 있다. 문단 헤게모니와

발표된 평론 역시 1972년 일지사에서 출간한 서정주 전집에 수록된 판본을 따르도록 하겠다.

95) 김성수, 「1960년대 문학에 나타난 문화정책의 지배이념과 저항이념의 헤게모니」, 한신대학교 인문학연구소 편, 『1960~70년대 한국문학과 지배: 저항 이념의 헤게모니』, 역락, 2007, 107쪽.

연관된 시인의 이기적 심사는 서정주만의 고유물은 아니다. 수많은 비판의 여지가 있음에도 이는, 폭력과 억압구조 속에서 민족 문화를 지속하려는 한 방편이었던 것이다. 이러한 까닭에 서정주의 전통은 전후 상황에서 스스로의 노력으로 학습되고 기획된 산물로 보는 것이 옳다.

　서정주는 해방 전후의 시의 경우 어느 것이 우수하냐가 아니라 각각 어떤 특징으로 구성되었는가를 검토해야 한다고 지적한다. "해방 전의 詩精神이 해방 후의 詩의 精神들에 비해, 一般的으로 더 슬픈 것이었다는 事實은, 숨길 수 없"으며, "이런 絶望과 설움은 어느 詩人에게도 所要量 이상이 깃들여 있었"다고 평가한다. "그러나 解放의 詩를 계속해서 읽어 온 누구도 그 詩精神에 所要量 이상의 絶望과 설움을 제시할 수는 없"으며, "六·二五 사변의 다수한 慘死를 겪은 경험이, 詩에 상당한 그림자를 드리웠고, 잇달은 失政에 대한 鬱念이 詩人들로하여금, 몸부림치고 抵抗하고 恨嘆하게도 하였다"96)고 시대사를 진단한다. 이러한 층위에서 발현된 그의 시 작업은 민족지향적인 성격을 띠며, 신라정신으로 규정되는 그의 시정신은 민족적 비극을 극복하기 위한 시적 모색으로 독해할 수 있다. 그는 동양적 세계관을 바탕으로 시 작품을 생산하기 위해서는 실생활의 언어감각을 토대로, 지성과 감성의 시적 조화를 지향해야 한다고 역설하였다. 예술적 상상력을 토대로 시의 미적 완결성뿐만 아니라 그 사상적 지향성 역시 선명하게 드러내야 한다는 것이다. 서정주는 "「문학주의」「예술주의」를 거부하는 사회주의적 사회 참여 정신은 또 그 필연으로 민족주의까지를 敵으로 삼았다. 그들은 일본 제국주의의 식

---

96) 서정주, 「詩」, 한국문인협회 편, 앞의 책, 36~37쪽.

민지 노예 정책에서 약소한 우리 민족이 해방되어야 할 것을 주장하긴 하였다. 그러나 그것은 그들의 계급 혁명 정신과 일치하는 한도에서만 그렇게 주장되었지, 계급 혁명을 거부하는 민족주의는 안 될 일이라 하여, 純民族主義的인 모든 운동과는 정면으로 대립하였다"고 주장하면서 순수문학의 정당성을 강조한다. 더불어 사회주의 문학에 대해 "노동자 농민층의 가난의 비참을 아무 現實性도 없이 과시한 넌센스의 센티멘털을 뺀다면 남는 것은 아무것도 있지 않"[97]다고 강도 높게 비판한다.

> 社會主義 詩運動이 빚어 낸 無謀한 橫暴와 粗雜安價한 藝術品으로서의 價値에 啞然한 詩人들이 이에 反旗를 들고 詩의 本然의 姿勢와 權限을 돌이키려는 데서 쓰기 시작한 말이다. 文學은 社會主義 思想뿐 아니라 어떤 한 思想의 單獨의 統制도 받을 수 없는 것이다. 그와 同時에 文學作品은 무엇보다도 먼저 藝術品으로서 成功한 것이어야 한다.[98]

서정주는 순수시에 대해 언급하면서 폴 발레리가 제시한 바 있는 순수시와 우리 시사의 순수시는 다른 양상을 띤다고 주장한다. 그는 예술의 미적 자율성을 강조하면서, 경향문학에 대한 대항으로서의 순수시를 제시한다. 전후 상황에서 반공주의는 보다 강력한 이념으로 요구되고, 문학의 순수성은 이러한 냉전 이데올로기 대립으로 인해 한층 더 철저하게 호명된다. 서정주의 순수시론은 새로운 시를 열망하면서 이를 끊임없이 탐구한다는 데에 의의가 있는 반면, 자신

---

97) 서정주, 「社會參與와 純粹槪念」, 『서정주 문학 전집』 2, 289~290쪽.
98) 서정주, 『韓國의 現代詩』, 일지사, 1969, 17쪽.

의 시 문법 역시 여타의 서정시가 추구해야 할 전통서정시의 전범의 일종으로 규정하는 경직성에 갇힌다는 점에 그 한계가 있다. 우리 시사에서 명명되는 순수시란 발레리의 순수시와 다르다. 이러한 상이성은 문학 장의 차이에서 비롯되는 것으로, 기본적으로 우리 시사에서 순수문학이란 반사회주의, 반공산주의의 산물이다. 그렇기에 자주 순수는 서정과 동의어로 이해되고, 전통이나 자연과도 맥락을 같이 한다. 그의 견해처럼 "文學은 社會主義 思想뿐 아니라 어떤 한 思想의 單獨의 統制도 받을 수 없는 것"[99]이어야 한다. 그러나 실제적으로 우리의 근·현대사는 이러한 문학적 자율성을 억압해 왔다. 순수시론의 근거는 반사회주의, 결국 반공사상에 근간을 둔 것이며, 그렇기에 순수시에 대한 고찰은 반공을 지향하는 국가담론의 문학적 응전이라 하겠다.

"푸코는 문학을 특별한 유형의 자기반성적 글쓰기로"[100]규정한 바 있다. 인간 존재의 명암을 진단할 때 양가성은 인간의 한계를 수긍하는 것이자 동시에 자가당착의 면모를 노출하는 것이기도 하다. 서정주의 자의식은 자기연민과 부정의식이 지배하며, 이때 부정적 자아의식은 삶을 대하는 시인의 태도를 반증한다. 해방 후 미당은 친일에 대한 자기고발 및 성찰을 보여준다. 그러나 이러한 자기 고백은 선택과 배제를 통한 기억의 조작이 불가피하기에 왜곡 가능성이

---

99) 서정주, 「한국 현대시의 사적 개관」, 위의 책(1969), 17쪽. 서정주는 이 글에서 『詩文學』지의 의의를 검토하고 있는데 이를 통해서 그의 문학적 지향성이 어느 정도 드러난다고 할 수 있겠다. 즉 『詩文學』지를 통해서 "좋은 藝術品을 만들어야겠다는 自覺과, 社會主義 詩들의 粗雜性에 대한 蔑視意識이 작용해서, 詩의 言語의 選擇과 組織들은 우리 新詩文學史가 있은 以後 처음으로 綿密히 考慮되었다"는 것이다. 이러한 논리로 서정주는 납·월북했던 작가군들(특히 정지용 등)에 대한 폄하적 논조를 전개한다.

100) 사라 밀즈, 김부용 옮김, 앞의 책, 44쪽.

다분하다. 어쩌면 우리는 '일본인' 서정주에게서, '조선인' 서정주를 보고자 하기 때문에, 전제 자체가 잘못인지도 모르겠다. "'민족적 자아'는 상실된, 공허한 자아에 반해 주체적일 뿐만 아니라 구체적이고 역사적인 내용들로 충만되어 있는 자아여야 한다. 그러나 실상 '민족=자아'라는 동일성의 수사학은 집단을 개체로 표상함으로써 그 내부의 모든 구체적인 분열과 갈등과 모순의 적대적 관계를 은폐하고 지워버리는 추상화를 수행한다. 나아가 상실되었던 자아를 찾아 정체성을 확립해야 한다는 요구는 '민족'을 자아로 표상함으로써 '조선적인 것'에 대한 탐구에 윤리적 힘까지 부여한다."101) 민족과 이를 구성하는 개별적 자아가 동질화됨으로써 형성되는 정체성은 특수(개별성)를 지우고 보편화(집단성)함으로써 다시 특수(민족성)를 규정하는 일이다.

전통을 구성하려는 움직임은 국민국가 건설의 일환으로 주체성의 확립과 닿아 있다. 이때 "'자기'의 발견이란 곧 자기 갱신이 시간 속으로 회귀하는 것을 의미한다. 예컨대 '해방 이후'와 '한국전쟁 이후'의 시기 동안 주체의 해방과 구속이 교차한 일련의 정치적 사건들은 반성적 주체의 단계로 진입하기까지 지속적으로 자기 탐구의 대상이 된다".102) 서정주의 순수서정시는 그의 친일 경력이나 전두환 찬양 등 현실적 행보로 인해 시시비비의 대상이 되기도 한다. 특히 현실과 문학적 윤리를 잣대로 삼으면, 그가 추구했던 영원성이나 신비주의 등 신라정신 또한 예술적 순수가치로만 평가받기는 어려운 것이 사실이다. 이러한 분열증적 징후를 그가 겪어야 했던 격동

---

101) 차승기, 앞의 책, 100쪽.
102) 박연희, 앞의 논문, 146쪽.

의 역사 탓으로만 치부하기에는 석연치 않은 구석이 있다. 이때 작가
를 그가 창조해내는 문학적 상상력에서 탈각할 수 있는가, 라는 물음
을 남긴다. 더불어 문학적 자율성이란 어떤 범주에서 가능한가. 이러
한 물음 앞에서 서정주를 변호하기 어려운 것은 그가 구성한 문학적
절대화, 혹은 신비화가 자신의 과오로부터 도피의 성격을 띠기 때문
이다.

> 詩人은 우리의 密房 속의 친구이니까, 허물 없이 여겨 「詩人君」 어쩌
> 고 해 오긴 한 것이겠지만, 그렇다고 이건 聖所에 있을 수 없는 거라고
> 下待하는 類는 정말 사람이 아닌 것이다. (…중략…) 詩人은 꼭 市場의
> 종종걸음꾼들 모양으로 現實을 종종걸음만 치고 살 必要는 없다. (…중
> 략…) 나는 解弛와 陳腐, 그리고 百年의 수작 합쳐야 娼婦 노랫가락 한
> 首 재미만도 못한 놈의 구역나는 演說판, 이런 것들을 못 본 체 그냥
> 껑충껑충 뛰어넘어가 버리라고 勸한다. 가까운 例로 自由黨의 選擧판
> 이나, 民主黨의 데모판——이런 現實은 못 본 체 그냥 뛰어 넘어가 버
> 린 것이 가장 賢明한 步行이 아니었는가?[103]

서정주는 시인이라는 자긍심이 컸으며, 모름지기 시인이란 정치
적 현실과는 적당한 거리두기가 필요하다고 주장하였다. 이를 통해
서 서정주의 역사의식을 엿볼 수 있다. 시인의 자존감 혹은 자율성을
위한 정치적 현실외면 태도가 그것이다. 그만큼 문학적 자율성을
확보하기 어려웠던 시대를 살았다는 반증일 것이며, 동시에 자신의
신념을 지킨다는 것이 얼마나 어려운 일인가 역시 절감하게 된다.

---

103) 서정주, 「詩人의 責務」, 『서정주 문학 전집』 2, 282쪽.

물론 서정주 자신은 현실로부터 탈각해 시인으로서의 자긍을 지켜냈는지에 대해서는 회의적이다.

이러한 현실을 피해 그는 "詩人의 現實은 永遠 바로 그것이라야 하고, 社交 範圍도 當代 局限을 벗어나야 한다"고 말한다. 서정주의 영원성은 현실 극복인 동시에 현실외면의 성격을 갖는다. 즉 "過去의 歷史 속에서 心友와 忠告者를 求해 살아야"104) 하는 것이 시인이라는 것이다. 이때 영원은 초역사적이고 초공간적인 개념으로, 현실에 함몰되거나 영합하지 않는 자주적 주체로서의 시인을 위한 공간으로 상정된다. 그러니 시인이 만들어가는 현실이 곧 영원인 것이다. 서정주의 영원이 갖는 이러한 의미맥락은 식민과 한국전쟁 등을 겪은 망국의 지식인에 함의된 자의식이라 볼 수 있을 듯하다. 특히 당면한 정치 현실을 외면함으로써 과거를 통해 재구성된 현실을 조망하고자 하는 퇴행적 욕망이 그러하다. 서정주는 자기 부정의식을 시인이라는 자의식으로 극복·도피하고자 부단히 애쓴다. 그에게 시인의 자격은 스스로의 존재 근거가 된다. 즉 "詩人은 本來 東洋에서는 그 精神 使用의 資格으로서 人類中 最高 最精의 形便에 있는 사람"이며, "精神의 表現인 言語 使用者"105)이기도 하다고 정의한다. 이러한 언술에서 알 수 있듯이 그는 시인의 자의식 및 존재 조건을 정신과 언어라고 보고 있다. 정신은 시인의 사상적 문제에서부터 감성적 문제까지 연관되며, 언어는 시인의 예술도구로써 그 말부림을 능수능란하게 하기 위해서는 반드시 갖추어야 할 조건으로 보았다.

---

104) 위의 글, 282~283쪽.
105) 위의 글, 280쪽.

괜, 찬, 타, …… / 괜, 찬, 타, …… / 괜, 찬, 타, …… / 괜, 찬, 타, ……
/ 수부룩이 내려오는 눈발속에서는 / 까투리 매추래기 새끼들도 깃들
이어 오는 소리.…… / 괜찬타, ……괜찬타, ……괜찬타, ……괜찬타,
…… / 폭으은히 내려오는 눈발속에서는 / 낯이 붉은 處女아이들도 깃
들이어 오는 소리. …… // 울고 / 웃고 / 수구리고 / 새파라니 얼어서 /
運命들이 모두다 안끼어 드는 소리. …… // 큰놈에겐 큰눈물 자죽, 작
은놈에겐 작은 웃음 흔적, / 큰이얘기 작은이얘기들이 오부록이 도란
그리며 안끼어 오는 소리. …… // 괜찬타, …… / 괜찬타, …… / 괜찬다,
…… / 괜찬타, …… // 끊임없이 내리는 눈발속에서는 / 山도 山도 靑山
도 안끼어 드는 소리. ……

—「내리는 눈발속에서는」 전문

이 시는 서정주의 정신주의를 대변하는 작품으로, 위안의 언어를
통해서 삶에 달관하고자 하는 의지의 표출이며, 욕심을 내려놓고
절제하려는 심사를 독해할 수 있다. 눈은 인간의 불안한 정서를 품어
주면서 "괜, 찬, 타,"고 다독여준다. "괜, 찬, 타, …… / 괜, 찬, 타,
……"로 이어지는 반복어구를 통해서 시선을 나누고 어깨를 기댄
대상과 마주하게 된다. 마치 주술처럼 이렇게 읊조리고 나면, 힘든
상황이 아무렇지 않게 종료될 것 같은 믿음이 생기기도 한다. 이러한
긍정과 위안을 통해서 황량한 폐허마저 눈으로 덮이고, 우리가 겪은
전쟁의 상처 역시 곧 괜찮아질 것이라는 희망도 보이는 듯하다. 특히
잦은 쉼표와 말줄임표는 화자와 대상 사이의 이러한 위안의 소통을
예감하게 한다. 그는 시정신은 "감동을 帶同하는 정신"이어야 하며,
이는 언어예술로 성취될 수 있다고 보았다. 이때 시어는 감동전달을
위한 역할을 수행해야 한다. 시인은 "언제나 歷史의 全時間인 永遠의

바로 중심에 위치한다는 覺醒된 意識을 늘 가져야 하며, 또 世界나 宇宙 參與意識에 있어서도 늘 그 中央에서 懷姙하는 者라는 意識을 가져야" 한다. 결국 "詩의 言語構成이란 것은 아무래도 말수를 늘이는 수다가 아니라 말수를 줄이는 定型을 위한 노력이어야"106) 한다. 이러한 시어는 구상어이면서 동시에 암시적이어야 한다. 다독임의 언어는 내포작가와 화자를 동일시하고, 청자와 내포독자의 시간을 과거로 전복시킨다. 시인의 주술에 걸린 독자라면 누구나 눈 내리는 소리를 이렇게 감상적인 자기 위안의 언어로 기억할 것이다. 특히 지독한 시절을 보내야 했던 사람들에게 이러한 위로는 얼마나 큰 안도가 되었겠는가.

> 저는 시방 꼭 텡븨인 항아리같기도 하고, 또 텡븨인 들녁같기도 하옵니다. 하눌이여 한동안 더 모진狂風을 제안에 두시던지, 날르는 몇마리의 나븨를 두시던지, 반쯤 물이 담긴 도가니와같이 하시던지 마음대로 하소서. 시방 제 속은 꼭 많은 꽃과 향기들이 담겼다가 븨여진 항아리와 같습니다.

—「祈禱 壹」 전문

시인은 기도의 언어를 통해서 불안한 존재인 자신을 응시한다. 성찰을 통해서 민족의 수난사를 겪은 자신을 절대자 앞에 맨몸으로 드러내놓고, "저는 시방 꼭 텡븨인 항아리같"다는 고백에서 화자의

---

106) 서정주, 「詩의 言語〈1〉」, 『서정주 문학 전집』 2, 43~44쪽. "포올 발레리가 일찌기 그의 '純粹詩論'에서 언어의 職能을 '意味傳達'과 '感動'의 두 가지로 나누어, 前者를 일상 생활에 恒茶飯히 쓰이는 걸로, 後者를 詩의 언어로서 말하고 있는 것도 역시 詩의 언어가 그 '感動誘發'을 위한 것임을 말"(40쪽)한다는 점을 통해 이것이 곧 서정주의 순수시론임을 알 수 있다.

허무를 발견할 수 있다. 이때 시어 "시방"의 시간의식은 과거회상을 전제로 획득된다. '시방'의 지속적 감각은 역사의 순환을 깨닫게 하고 과거의 삶의 원리를 되새기는 시간의식을 가능케 한다. 서정주가 보기에 전통은 지식이 아닌 지혜로 구성된다. 이는 오랜 시간을 두고 공동체가 축적한 삶의 원리다. 이 시간적 거리감은 화자와 대상 간의 친밀감을 강화하는 동시에 그 단절을 두드러지게 하는 이중적 역할을 담당한다. 더불어 지금까지의 삶을 반추하는 화자와 함께 독자에게도 회상의 계기를 마련해 준다. 화자와 내포작가, 그리고 청자와 내포독자에 이르기까지 모두 상이한 시간대에 존재한다. 중언컨대 '시방'은 과거를 전제로 한 현재시점이다. 과거에 비해 현재는 결핍과 상실의 시대다. "하눌이여 한동안 더 모진狂風을 제안에 두시던지, 날르는 몇마리의 나븨를 두시던지, 반쯤 물이 담긴 도가니와같이 하시던지 마음대로 하소서"라는 기도는 절망적이고도 간절하다. 본래 항아리에는 "많은 꽃과 향기들이 담겼"었기에 텅 빈 자아의 허전함은 더욱 두드러진다. 그렇기에 "시방"은 아무것도 남지 않은 채 껍데기만 남은 자신을 목도하게 되는 고통의 시간이기도 하다. 이 시어에 함의된 시간의식을 통해서 그의 현실인식을 유추할 수 있다. 지금을 나타내는 이 시어 속에는 과거의 시간이 동시에 호출되기 때문에, 지금−여기는 순수하게 지금−여기의 시·공간이 아닌 늘 과거적 연속성을 통해서만 인식될 수 있다. 서정주의 전통 인식은 이러한 시간의 영속성 혹은 순환성에서 비롯된다고 하겠다.

어느해 봄이던가, 머언 옛날입니다. / 나는 어느 親戚의 부인을 모시고 城안 冬柏꽃나무그늘에 와 있었읍니다. / 부인은 그 호화로운 꽃들을 피운 하늘의 部分이 어딘가를 / 아시기나 하는듯이 앉어계시고, 나는 풀밭위에 흥근한 落花가 안씨러워 줏어모아서는 부인의 펼쳐든 치마폭에 갖다놓았읍니다. / 쉬임없이 그짓을 되풀이 하였읍니다. // 그 뒤 나는 年年히 抒情詩를 썼읍니다만 그것은 모두가 그때 그 꽃들을 주서다가 디리던—그 마음과 별로 다름이 없었읍니다. // 그러나 인제 웬일인지 나는 이것을 받어줄이가 땅위엔 아무도 없음을 봅니다. / 내가 줏어모은 꽃들은 제절로 내손에서 땅우에 떨어져 구을르고 또 그런 마음으로밖에는 나는 내詩를 쓸수가없읍니다.

—「나의 詩」 전문

이 작품은 서정주 시의 성격을 짐작할 수 있도록 조력한다. 무엇보다 그의 서정시가 조지훈, 박재삼의 시와 마찬가지로 자연 그 자체에 뿌리를 두고 있는 동양적 자연관으로 구성된다는 사실을 시사한다. 자연은 스스로 존재하는 생명의 신비함이며, 생사 곧 개화(開花)와 조락(凋落)의 이치에 순응하는 삼라만상을 의미한다. 시인 역시 인간 존재의 유한함을 수긍하는 일에서 스스로 자연의 일부임을 깨닫는다. 시는 바로 이러한 깨달음, 그 겸손과 성찰의 자리에서 발화한다. 시적화자가 어렸던 시절에 "冬栢나무꽃그늘에" 앉아 있던 "친척의 부인"은 마치 꽃이 피고 지는 하늘의 이치를 훤히 꿰뚫고 있는 듯 보였다고 회상한다. 이 시에서 사람과 자연은 동일화되어 있기에, 서정시는 "낙화"한 꽃이며, 그 꽃을 줍는 마음이기도 하다. "나는 풀밭위에 흥근한 落花가 안씨러워 줏어모아서는 부인의 펼쳐든 치마폭에 갖다놓"는 "쉬임없이 그짓을 되풀이 하"는 동안 자연의 언어를 배운다. 화자는 지루할 것 같은 그 반복적인 행위를 통해서 무한한 자연의 섭리를 이해하게 된다. 덕분에 "그뒤 나는 年年히 抒情詩를 썼"는데 "그것은 모두가 그때 그 꽃들을 주서다가 디리던—그 마음"에서 비롯되었다고 믿는다. 세상 모든 것들이 새롭게 다가왔던 어린 서정이 사라지고 나니 "인제 웬일인지 나는 이것을 받아줄이가 땅위엔 아무도 없"다는 적막함에 빠져든다. 이제는 홀로 남아서 "내가 줏어모은 꽃들은 제절로 내손에서 땅우에 떨어져 구을르고 또 그런마음으로밖에는 나는 내詩를 쓸수가없"다는 고백은, 쓸쓸하다. 이때 무한한 자연과 유한한 인간의 대비로 시의 숭고미는 배가된다. 생명의 언어였던 시가, 상실의 언어로 바뀌는 동안 시인도 '시인'으로서의 나이를 먹는다. 시인의 시(詩心)는 사람의 일생과 닮았다. 그의 순수시는 유한자로서의 인간 존재에 대한 수긍과 무한 순환하는 자연 섭리의 발견을 통해서 그 기초가 마련되는 셈이다.

순수 문학의 이야기는 대한민국의 수립과 아울러 불순수한 좌익이 다수의 해방 전의 순수 작가·시인들을 몰고 잠적하고 말자, 그 따로이 하고 말자고 할 것 없이 그냥 통속에 대한 상대 관념으로서만 세력을 부지하면 그만이었으니까. 그러나, 위에서 본 바와 같이 순수라면 그 말의 辭典的 語義의 인상만을 많이 받는 사람들이 吟風咏月派니 孤高한 超脫派니 云云하는 것은 無識한 일들이다. 왜냐하면 우리 新文學史가 갖는 순수 문학 시대란, 평론가들의 교양과 문학 성찰력 부족으로 그 우수하던 각개 시인·작가들의 특성들을 아직 두루 把握해 내지 못하고 있어 그냥 한 마디로 순수지, 事實은 우리 新文學史上 제일 풍요했던 일종의 諸子百家 時節이었기 때문이다. 순수란 우리 나라에 있어서는 문학을 生硬한 사상으로써 하는 일을 作破하고 문학적 표현의 산 육체를 통해서 해야 한다는 자각이 생겼던 때에 여러 특징 있는 정신들의 노력을 총칭한 대명사였다.107)

서정주의 순수란 예술적 자율성이나 심미적 미학성을 토대로 하는 것이 아니다. 또한 우리 문학에 있어서 순수의 특이성에 대해 언급하지만 실상 서구적 순수를 의미할 뿐이다. 그것은 경향문학에 대한 반기였던 국민문학파의 논리를 그대로 수용한 것이라는 점에서 그의 순수시론은 한계에 봉착하게 된다. 무엇보다 국토와 국가의 분단은 지성과 감성의 문화자본의 분할 역시 불가피하게 만들었다. 이 때문에 예술적 순수는 정치적으로 반공을 전제로 형성될 수밖에 없었다. 이때 "문학 역량이 있고 문학적 양심이 있는 문학인들은" 순수문학을 한다고 규정함으로써 참여문학 자체에 대한 반감을 표출한다. 순수에 대한 그의 정의는 "문학을 생경한 사상으로써 하는 일을 작파하고 문학적 표현의 산 육체를 통해서 해야 한다는 자각"이다. 추상을 표현하지 않고 경험 층위를 말하는 것이 시적 순수이며, 미적 감각에 녹아든 작가의 자연스러운 사상이야말로 시적 전위의 면모라 기대할 수 있다. 서정주는 해방 후 시단에 대해 비판적으로 검토하면서 당대에 필요했던 전통은 "抒情의 拒否가 아니라 抒情의 高度化"[108]이기에 전통주의 모색가들의 치열한 시작(詩作)이 요구된다고 지적한다. 그에 의하면 시인 스스로 분파를 버리고 역사에 홀로 서야 하며, 강한 시적 정신을 함양해야 한다. 또한 시 정신에 알맞은 언어사용자로서

---

107) 서정주, 「社會參與와 純粹槪念」, 『서정주 문학 전집』 2, 294쪽. "모든 사회 참여는 史觀의 보편 타당성 없이는 많이 해만 받기 일쑤인 것이라고 생각하고, 특히 他律이 많이 끼는 정치적 후진성을 가진 민족의 굴곡이 센 과도기에 있어서는 무엇보다도 잘 선택된 史觀을 먼저 가지고 행동하는 것이 문인다운 문인의 일이라고 생각하는 사람이기 때문에, 행동을 지금 되도록 소량으로 하니까 망정이지만, 지금 사회 참여라는 그것을 종종걸음으로 바삐 서둘러 해 대고 있는 사람들을 보면 어쩐지 안심이 되지 않는다." "보오들레르의 프랑스 혁명 참가와 같은 시인의 의젓한 저항이 성립될 조건은 지금 이 나라의 풍토에는 아무래도 아직 없다."(같은 책, 294~295쪽)

108) 서정주, 앞의 책(1969), 29쪽.

의 자격을 갖추어야 한다. 그는 시인은 언어예술가라는 자각을 토대로 사회와 소통하고, 더불어 시를 창작해야 한다고 보았다.

2) 국가주의와 반공담론

서정주는 "시인의 자격이란, 그것이 모든 인간 정서의 제일의 친우"[109]여야 한다고 생각했다. 정서의 시적 형상화를 전제한 서정주는 "시란, 형성하기까지에는 그 작자의 것이지만 한번 형성해서 세상에 던져버린 뒤엔 그 작자와는 직접의 관계는 끊어져야 하"기에, "한 시인의 자기 형성 과정에서 무시로 탈피해 던지는 낡은 허물과 같은 것이라고"[110] 말한다. 시는 주체와 대상 간의 소통을 매개하지만, 이는 간접적으로 성취된다. "담론의 형성과정은 담론 주체에게 배제와 금지를 가하여 주체들을 분할하고 위계화하는 과정"이다. 전후 서정주의 현실인식은 문학적 전위를 열망하는 것으로 굴절된다. "분단이라는 이 시기의 역사적 상황이 이데올로기와 폭력을 단일화시키고, 전쟁이 보편성과 개별성의 범주를 무차별적으로 혼동시켰"[111]다. 혁명은 고도화된 시적 전율의 구현에 갇히고, 국가 이데올로기가 지향하는 바를 문학적으로 형상하는 데 집중한다. 서정주는 "한 思想이 思想이 되기 위해서는 그 論理的 記述만으로써도 족하다. 그러나, 그것이 시로 변모하려면 詩人의 한 生理的 秩序와 그 關門을 통과한 表現이어야만 된다"[112]고 밝힌다.

---

109) 조지훈·박목월·서정주·강우식, 앞의 책(『시창작법』), 125쪽.
110) 서정주, 「일종의 자작시 해설(Ⅰ)」, 위의 책(『시창작법』), 121쪽.
111) 박훈하, 앞의 논문, 26쪽.
112) 서정주, 「詩와 思想」, 앞의 책(『시창작법』), 324쪽.

서정주는 시에는 현실이 없다는 일단의 비판에 대해, 신비적이거나 회상적 혹은 회고적인 시의 특성에도 현실은 충분히 투영되어 있다고 역설하면서, 단순히 외래 사조의 잣대를 갖다 대는 것에 경계를 표한다. 특히 그는 시적 현실을 이해하는 데 있어서 그 사유의 확장의 필요성을 언급한다. "現實'이란 말은, 꿈이나 神秘나 運命이나 懷古나 求神이나 그런 일이 現實에 없다는 뜻을 가질 수는 없고, 꿈도 神秘도 運命도 懷古도 求神도 다 包含하는 이 現實의 各相에 그 事實대로 깊이 精通"해야 한다는 것이다. "詩를 가지고는 現代에 있어서라고 해도 '現實的'이란 말로 그 性格을 表示하는 것은 맞지가 않다." 이에 "'精密 的確하려는 精神'과 '戰慄'" 곧 "現代 詩人들은 무엇보다도 먼저 情緖의 이 電擊的 高度化"를 구성해야 한다. 나아가 "現實의 直接的 表現보다는 比喩와 象徵의 注目을 끌 만한 間接的 服飾을 해야" 한다고 덧붙인다. 이와 같은 암시적인 현실표현 방식은 시만의 독자적인 언어운용에서 비롯된다고 볼 수 있다. 시적 현실은 "鬼神 뺨이라도 쳐 먹을 만큼 的中律이 높아야 하며, 거기다가 祭壇에 불태워지는 羊 같은 戰慄이 보내는 感電力으로써 作用해 가야 하며, 同時에 注目을 要할 만한 이미지들의 間接的 比喩와 象徵의 構成이 필요"한 것이다. 이러한 기법을 토대로 시적 현실은 "現實을 쉼 없이 革命하여 그 價値引上을 해야"[113] 한다.

강우식은 '진정한 작가인 경우 쓴 것 전부가 한 개의 작품을 이룬다'는 엘리어트의 말을 인용하면서 서정주가 그러한 경우에 부합한다고 평가한다. "시인 서정주는 우리 시사에서 가장 우리 시의 아름다움을 보여 준 시인이요, 우리 시가 세계 어디에 내놔도 부끄럽지

---

113) 서정주, 「詩의 現實」, 『서정주 문학 전집』 2, 9~13쪽.

않은 것을 입증해 준 한국 시단의 자랑이"114)라고 상찬한다. 그러나 주지하다시피 서정주는 해방을 몇 해 앞둔 시점에 천황파시즘에 복무하는 친일적 창작행위를 했다. 일본을 중심으로 하는 동양 건설을 적극적으로 희구했던 태도는 이 시기 그의 시편에 대한 냉혹한 평가의 근거가 되기도 한다. 해방 이후 그는 동양적인 미의식과 한국적 시정신의 탐색이라는 민족적 차원으로 미끄러진다. 소위 전통주의 시의 대표주자라 할 서정주의 이러한 행보는 전통 서정성을 지향하는 제반 시에 대한 평가를 고착시키는 결과를 낳기도 했다. 무엇보다 전통주의라는 것이 언제든 '변질'될 수 있는 것이라는 불신을 야기한다. 서정시로의 회귀는 서정주를 포함한 문협파의 활동에서 찾을 수 있다. 한국전쟁으로 인한 문단의 재편은 서정주를 중심으로 한 전통론의 구축을 가속하고, 이를 토대로 그의 문단사적 위치가 견고해지게 된다. 서정주의 서정시를 국가주의적 전통론의 산물로 보는

---

114) 조지훈·박목월·서정주·강우식, 앞의 책, 282쪽. 강우식은 서정주의 시 세계를 여섯 단계로 구분하여 변모 양상을 검토한다. 우선 『화사집(花蛇集)』을 중심으로 한 생명파 시대로 "지글대는 생명의 연소 속에서 정열을 불태우며 인간이 가진 원죄 의식 속에 몸부림치며 새로운 시적 미학을 탄생시키던 시대"다. 둘째는 재생 시대로 『귀촉도』를 중심으로 "자신을 돌이켜 보는 시대로서 동양적인 사상의 접근, 토착적인 언어에의 새로운 경지 등을 보이는 시기"다. 셋째 영생 시대는 『신라초』를 출간했던 시기로 "불교가 가진 인연설에 줄을 대고 주로 『삼국유사』에 실린 불교 설화에서 시의 소재를 따내 영생에 대한 것을 표현한 시기로서 전통시로서의 한 맥을 이룩한 시기"다. 넷째는 신비주의 시대로 시집 『동천』을 중심으로 "심오한 시선의 경지"에 도달한 듯한 인상을 주며, "이때 그가 내세운 것은 불교적인 사상에서 보이는 영생의 한줄기로서의 삼세인연설이나 윤회설이었다". 다섯째는 토착시적 시대로 "토착시에 대한 것은 어떤 면에서는 서정주의 시에 늘 깔려 있던 근본적인 배경"인데, 이것이 『질마재 신화』에 와서 본격화된다는 것이다. 이 시집은 "그를 키워온 고향과 그 무대를 배경으로" 한 것으로 "신라의 불교를 근거로 한 영생성에서 다시 백제라는 하나의 향토적이고 토착적인 세계로 관심을 가져보는 일"이라고 할 수 있다. 나아가 이 시집은 "넓은 의미에서는 노래로 불리어지는 시에 대한 새로운 경지"라고 평가한다. 마지막으로 세계성 시대로 기행 시집인 『西로 가는 달같이』에서 보여준 시야의 확장을 든다. 이들 시의 변모는 "영생하고자 하는 영원성"을 구성한다는 데에 공통점이 있다고 덧붙인다. 같은 책, 283~285쪽.

까닭은, 그가 지향했던 반공담론을 토대로 한 애(愛)국가주의의 영향이라고 볼 수 있다. 궁극적으로 신라 역시 이러한 맥락에서 탐구된 것이기 때문이다.

이처럼 단일정부 수립 후, 서정주는 철저하게 반공담론의 관점에서 월북작가 등 좌익 문학인을 타자화하는 방식으로 자신의 독자적 위치를 규정해 나간다. 특히 역사적 경험의 순간을 시화함으로써 민족의 수난사와 자신의 개인사를 동질화한다. 이와 같은 과정을 통해서 시인의 시적 발화는 민족적 차원의 정서로 치환될 수 있게 된다. 철저하게 계산된 반쪽 민족 만들기는 남한정부만의 국민 만들기(nation-building)이며, 이러한 대명제 아래 민족정신 및 그 정체성을 규정하기 위한 작업들이 진행되었던 것이다. 전후 문학 장은 전연 새로운 문학을 구성함으로써 문학적 자율성을 확보하고자 했던 움직임과 전통을 계승하여 문학적 새로움을 모색하려 했던 길항 속에서 구축된다. 전통서정시는 이러한 두 길항의 해소를 시도한 문학적이고, 문화적인 운동의 일환으로 평가할 수 있다.

一九四五年 八月 十五日 / 日本人의 종 노릇에서 풀리어 나던 때 / 흘린 눈물 질척거리던 예순 살짜리들은 / 인제는 거의 다 귀신 되어 / 어느 골목에서도 보이지 않고, / 그날 美蘇兩軍歡迎의 플래카아드를 들고 / 서울역으로 몰려가던 二, 三, 四十代 / 인제는 거의 늙어 / 낡은 파나마를 머리에 얹고 / 파고다 公園에서 還甲을 맞이하고, // 그날 어머니의 젖부리에 매어달려 / 解放이 무엇인 줄도 모르던 애기들 / 인제는 자라서 / 無職과 플래카아드와 파고다 公園과 귀신 노릇을 배우고 // 脫色과 漂白은 아직도 덜 되었는가? / 白衣同胞여. / 平壤 같은 언저리, / 拉致되어 산 채로 빨랫줄에 말리어지는 / 氣化하는 數萬 미이라의 소리

들린다. / 이 漂白과 脫色은 언제쯤 끝나는가? // 새로 나갈 길은 / 하늘에서도 땅에서도 / 베트남뿐이다. / 베트남뿐이다.

—「다시 非情의 山河에」 전문

서정주는 철저하게 국가주의자다. 그의 애국정신은 단일 국가로서의 남한 정부의 정체성 구성을 전제로 성립된 것이기에 배타적인 성격을 띤다. 작품 말미에 1966년 8월 15일에 창작되었다고 덧붙이고 있는 것처럼 가난한 분단조국의 현실을 타개할 수 있는 유일한 방법으로 "베트남" 파병을 들고 있다. 그가 인식했던 민족이 나아갈 길은 그의 시에서 추구했던 정신사적인 맥락과 더불어 경제발전을 추진하던 국가정책과 다르지 않다. "脫色과 漂白은 아직도 덜 되었는가?"라는 화자의 반문은 남과 북을 보다 이질적으로 분절시킨다. 그는 독립적이고 강력한 국가를 구성하기 위해서는 근원적으로 적화의 논리, 즉 반공 이데올로기를 강화·강제하고, 산업화의 추진으로 실현될 수 있다고 믿었던 것이다. "平壤 같은 언저리, / 拉致되어 산 채로 빨랫줄에 말리어지는 / 氣化하는 數萬 미이라의 소리"가 들리는 것 같은 환청에 시달리면서 적대감은 강화되며, 공포를 가중시켜 공산주의를 지향하는 북한을 민족에서 분리하려고 시도한다. 이처럼 전체 시상은 분단의 감각과 이념대립의 정치학을 토대로 전후적 감각을 형상하고 있다.

김예림115)의 지적처럼 서정주가 제시한 동양회귀는 동양담론 등 일제가 창출한 근대기획의 영향으로부터 자유롭지 않다. 그러니 서정주의 영원성이란 식민담론의 에피파니적 구현물에 지나지 않는다

---

115) 김예림, 「근대적 미와 전체주의」, 『문학 속의 파시즘』, 삼인, 2001 참조.

는 혐의를 받게 된다. 만들어진, 혹은 만들어가야 하는 민족공동체는 서정주의 실존적 범주 내에는 부재한 대상이다. 원형의 부재를 겪은 것은 서정주만은 아니었을 것이다. 지적 구성원의 부족 사태로 친일파 청산을 온전히 하지 못했던 까닭도 이러한 맥락에서 독해될 수 있다. 당대 사회주의 이념에 경도되지 않은 지식인은 적었고, 더구나 일본의 직·간접적인 영향으로부터 자유로운 지식인도 드물었기 때문이다. 그렇기에 친일 행위는 용서해도 사상적 배타성은 용인될 수 없다는 것이 전후 지식인을 구성하는 데에 전제조건이 되었던 것이다. 절망적이게도 현대사에서 반공은 친일행적에 대한 면죄부를 제공하였다. 특히 이승만 정권은 남한만의 단일 정부를 구성하는 것에 대한 정당성을 강화해야 했기에, 북한을 타자화하고 이를 괴물화하는 작업을 수행했던 것이다.[116]

　　歷史여 歷史여 한국 歷史여. / 흙 속에 파묻힌 李朝白磁 빛깔의 / 새벽 두 時 흙 속의 李朝白磁 빛깔의 / 歷史여 歷史여 한국 歷史여. // 새벽비가 개이어 아침 해가 뜨거든 / 가야금 소리로 걸어 나와서 / 춘향이 걸음으로 걸어 나와서 / 全羅道 石榴꽃이라도 한번 돼 봐라. // 시집을 가든지, 안上客을 가든지, / 해 뜨건 꽃가마나 한번 타 봐라. / 내 이제는 차라리 네 婚行 뒤를 따르는 / 한 마리 나무 기러기나 되려 하노니. // 歷史여 歷史여 한국 歷史여. / 외씨버선 신고 / 다홍치마 입고 나와서 / 울타리 가 石榴꽃이라도 한번 돼 봐라.

―「歷史여 韓國歷史여」 전문

---

116) "'이방인'의 형상은 자주 인간으로 하여금 그러한 타자들을 뛰어넘거나 그에 대항해 스스로의 정체성을 확립할 수 있도록 해주는 극한의 경험으로 작동했다." 리처드 커니, 이지영 옮김, 『이방인, 신, 괴물』, 개마고원, 2004, 12쪽.

서정주에 의하면 시적 발화는 단순히 개인의 정서를 표현하는 것에 그쳐서는 안 된다. "當身 自身과 同族과 人類를 爲해 必要한것"[117] 인지에 대해 숙고한 이후에야 비로소 시화해야 한다. 그만큼 시 쓰는 행위는 민족을 대변하는 책무라는 것이다. 서정주의 역사인식은 "새벽 두 時 흙 속의 李朝白磁 빛깔"로 표현된다. 그것은 오늘의 현장에 있지 않고, 과거적 기억을 통해 만들어가는 과정에 있다. 시인은 "밤 三更보다도 / 山 속 / 중의 參禪보다도 / 조용한 꿈보다도 / 더 쓸쓸하고 고요한 사람만이 사는 / 나라를 아시나요?"(「이런 나라를 아시나요」) 라고 묻는다. "외씨버선 신고 / 다홍치마 입"은 여인네이거나 "가야금 소리로 걸어 나와서 / 춘향이 걸음으로 걸어 나와서 / 全羅道 石榴꽃"으로 환생하는 형상으로 그려진다. 역사의 심미화는 "혼행"을 올리는 민족의 새로운 시작을 위해서 실행된다. 한국적 미의식은 분단의 수사를 은폐하고 개화할 한국 역사의 찬란함을 희구한다. 특히 6월에 피는 석류꽃은 한국전쟁의 고통을 위무하고, 민족적 설움 따위를 극복할 것을 염원한다.

현대문학은 "새로운 形態와 새로운 技巧와 새로운 言文一致의 試圖와 새로운 思想으로 表現되기 시작한 韓國" 문학의 필요성과 천착을 요구한다. 전후의 문학작품은 식민지와 한국전쟁을 거치면서도 "불더미 焦土 속에서 詩를 쓰고, 砲煙彈雨 속에서 從軍을 하면서 作品을 썼"던 작가들의 시대에 대한 응전의 산물이다. 이는 "누가 쓰라 한 것이 아니라, 자기가 스스로 自己自身의 再發見과 사람의 自由를 위하여 詩를 쓰고 作品을 읽었던 것"으로 "人間의 自由를 表現하는 作品行動"[118]이라 평가하고 있다. 현대시의 요구는 이러한 자유의

---

117) 서정주, 『시창작교실』, 인간사, 1956, 57쪽.

열망과 연관된다. 폭력과 억압을 견뎌야 했던 근대사로 인해 전후 자유민주주의 국가건설이 가져올 자유에 대한 기대가 컸을 것이다. 전후 문학은 생존적 절망과 실존의 불가능성을 경험한 일단의 시인들의 분투다. 그들의 작업은 서로 다른 양상으로 표출되지만 '새로움'에 대한 간절한 열망이라는 점에서 동일 목적을 지향한다. 서정주의 작업 역시 이러한 맥락에서 이해될 수 있을 것이다. 시적 새로움을 구성함으로써 분단 조국의 민족적 정체성을 규명하겠다는 열망은 예술적 지식인의 적극적 대응의 일환으로 볼 수 있기 때문이다.

> 가난이야 한낱 襤褸에 지내지않는다 / 저 눈부신 햇빛속에 갈매빛의 등성이를 드러내고 서있는 / 여름 山같은 / 우리들의 타고난 살결 타고난 마음씨까지야 다 가릴수 있으랴 // 青山이 그 무릎아래 芝蘭을 기르듯 / 우리는 우리 새끼들을 기를수밖엔 없다 / 목숨이 가다 가다 농울쳐 휘여드는 / 午後의때가 오거든 / 內外들이여 그대들도 / 더러는 앉고 / 더러는 차라리 그 곁에 누어라 // 지어미는 지애비를 물끄럼히 우러러보고 / 지애비는 지어미의 이마라도 짚어라 // 어느 가시덤풀 쑥굴헝에 뇌일지라도 / 우리는 늘 玉돌같이 호젓이 무쳤다고 생각할일이요 / 青苔라도 자욱이 끼일일인것이다.

—「無等을 보며」 전문

이 시는 1954년 『현대공론』 8월호에 발표되었다. 한국전쟁 당시 광주 조선대에서 교수생활을 하던 시기에 쓰였던 것으로 알려져 있다. 가난한 현실과 이상적 공간인 "청산"의 대비를 통해서 삶의 핍진

---

118) 박종화, 「서문」, 한국문인협회 편, 앞의 책, 2쪽.

성을 두드러지게 묘사하고 있으며, "가난이야 한낱 襤褸에 지내지않는다"는 선언에서 삶을 대하는 화자의 태도를 엿볼 수 있다. 가난이 제아무리 무섭다고 해도 "여름 山같은 / 우리들의 타고난 살결 타고난 마음씨까지" 어쩌지는 못하기 때문에 현실을 이겨내야 한다는 격려의 어조가 그것이다. 묵묵히 제 노릇을 다하고 있는 청산처럼, 우리 역시 "우리 새끼들을 기를수밖엔 없다". 가난은 일시적인 "오후의때"에 지나지 않기에 충분히 극복할 수 있다는 의지가 보인다. 가난하더라도 서로를 사랑하는 마음으로 인생을 살아내라고 위로한다. 이때 가난은 단순히 물리적 궁핍을 뜻하지 않으며, 전쟁이라는 극한의 상황에 몰린 정신적 공포까지를 함의한다. 이러한 상황을 타개할 수 있는 것은 가족애 내지는 인류애다. 그 힘으로 "어느 가시덤풀 쑥굴헝에" 버려진 실존적 현실에도 "우리는 늘 玉돌같이 호젓이 무쳤다고 생각"하면서 마음을 다잡아야 한다는 것이다. 전시중이라 녹록하지 않은 생활이었지만 물질적 궁핍이 정신적 숭고함을 파괴할 수는 없다는 의연한 신념이 인상적이다. 이 시에서 서정주가 제시하는 "우리"는 민족을 구성하는 주체의 집합이라고 볼 수 있다. "서정주는 '우리'를 공시적으로만 파악하지 않고, 시간적으로 영원불멸한 것이라고 규정짓는다."119)

꽃밭은 그향기만으로 볼진대 漢江水나 洛東江上流와도같은 隆隆한 흐름이다. 그러나 그 낱낱의 얼골들로 볼진대 우리 조카딸년들이나 그 조카딸년들의 친구들의 웃음판과도같은 굉장히 질거운 웃음판이다. / (…중략…) / 하여간 이 한나도 서러울것이 없는것들옆에서, 또 이것들

119) 임곤택, 앞의 논문, 61쪽.

을 서러워하는 微物하나도 없는곳에서, 우리는 서뿔리 우리 어린것들에게 서름같은 걸 가르치지말일이다. 저것들은 祝福하는 때가치의 어느것, 비비새의 어느것, 벌 나비의 어느것, 또는 저것들의 꽃봉오리와 꽃숭어리의 어느 것에 대체 우리가 행용 나즉히 서로 주고받는 슬픔이란것이 깃들이어 있단말인가. / 이것들의 초밤에의 完全歸巢가 끝난뒤, 어둠이 우리와 우리 어린것들과 山과 냇물을 까마득히 덮을때가 되거던, 우리는 차라리 우리 어린것들에게 제일 가까운곳의 별을 가르쳐 뵈일일이요, 제일 오래인 鍾소리를 들릴일이다.

—「上里果園」 부분

1952년 정읍에서 창작된 이 시는, 자살 미수 이후에 구상된 것이라고 한다.[120) 이 작품은 서경에서 시작해 서정에 이르는 시상의 전개로 구성되었다. 전반부에서는 꽃이 만발한 과수원의 풍경과 그곳에 생동하는 자연만물의 찬란한 생명의 움직임을 묘사하고, 후반부에는 이와 대조적인 관점에서 현실의 괴로움을 토로하며, 이를 극복할 수 있는 구원을 열망한다. 과수원의 "꽃밭은 그향기만으로 볼진대 漢江水나 洛東江上流와도같은 隆隆한 흐름"을 이루는 "굉장히 질거운 웃음판이다". 이런 꽃밭은 "맵새, 참새, 때까치, 꾀꼬리, 꾀꼬리새끼들"까지 너나들이로 어울려 평화롭고 행복한 공간이다. 역설적이게도 "꽃밭"은 전후 공간을 의미한다. 공포로 점철된 현실을 이렇게 미화하는 것은 문제적이나 서로 다른 생명체가 역사를 지각하면서 새로운 오늘을 만들어가고자 하는 희망의 응전을 보여주려는 수사로 이해할 수 있을 것이다. 화자는 "이 한나도 서러울것이 없는것들

---

120) 서정주, 「無等山 밑에서」, 『서정주 문학 전집』 3, 323쪽.

옆에서, 또 이것들을 서러워하는 微物하나도 없는곳에서, 우리는 서뿔리 우리 어린것들에게 서름같은 걸 가르치지말일이"라고 당부한다. 임곤택은 「상리과원」을 「무등을 보며」와의 연관성 속에 해석한다. 무엇보다 "'우리'라는 주체를 설정하고" 이를 "아직 실패에 노출되지 않은 미래적 존재"이자 "초시간적 존재"[121]로 이해한다. 조화를 이루고 사는 자연만물 어느 것에도 "우리가 행용 나즉히 서로 주고받는 슬픔이란것이" 없다. 그처럼 우리 역시 우리가 처한 절망스러운 현실을 극복해야 한다는 소망의 메시지를 남긴다. 이상에 그칠지라도 "우리는 차라리 우리 어린것들에게 제일 가까운곳의 별을 가르쳐 뵈일일이요, 제일 오래인 鍾소리를 들"려 주어야 한다고. 전쟁이 지나간 폐허에서 슬픔이 아닌 기쁨을 노래함으로써 공포와 불안의 현실을 극복하자는 것이다.

> 江물이 풀리다니 / 江물은 무엇하러 또 풀리는가 / 우리들의 무슨 서름 무슨 기쁨때문에 / 江물은 또 풀리는가 // 기럭이같이 / 서리 묻은 섯달의 기럭이같이 / 하늘의 어름짱 가슴으로 깨치며 / 내 한평생을 울고 가려했더니 // 무어라 江물은 다시 풀리어 / 이 햇빛 이물결을 내게 주는가 // 저 밈둘레나 쑥니풀 같은것들 / 또 한번 고개숙여 보라함인가 // 黃土 언덕 / 꽃 喪興 / 떼 寡婦의 무리들 / 여기 서서 또 한번 더 바래 보라 함인가 // 江물이 풀리다니 / 江물은 무엇하러 또 풀리는가 / 우리들의 무슨 서름 무슨 기쁨때문에 / 江물은 또 풀리는가
>
> ―「풀리는 漢江가에서」 전문

---

121) 임곤택, 앞의 논문, 64쪽.

한강철교 폭파는 한국전쟁이 남긴 또 하나의 비극이다. 남한과 북한의 대립뿐 아니라 남한 내에서의 타자화를 강요하고 구획하는 계기가 되는 사건이기 때문이다. 화자는 전쟁의 한가운데 서 있다. 한강을 건너온 자와 그렇지 못한 자 사이에 도강파와 잔류파라는 명명이 부여되고 동족 간에 총을 겨누는 그 순간에도 아무렇지 않게 "江물이 풀리다니" 화자가 마주한 허무는 얼마나 큰 무게였겠는가. "우리들의 무슨 서름 무슨 기쁨때문에 / 江물은 또 풀리는"지 알 수 없지만, "여기 서서 또 한번 더 바래보라 함인"지도 모른다고 생각한다. 역사의 연속성과 민족사의 분절적 사건의 대립이 가져오는 이질적 간극으로 전쟁의 비극은 극대화된다. 화자의 설의적 물음은 청자를 지나 내포독자, 그리고 실제독자까지 공명한다. 반복 어구를 통한 감정의 심화과정은 전쟁이 남긴 허무와 불안을 짐작케 한다. 또한 역사의 현재를 구성해야 한다는 지식인으로서의 책무를 엿볼 수 있다.

서정주는 시의 표현에 있어서 요구되는 세 가지 층위의 발전적 단계를 제시하면서,122) 마지막 단계에서 요구되는 능력은 묘법(妙法)

---

122) 「시의 감각과 정서와 예지」라는 글은 서정주의 대표적인 시론으로, 그는 시의 표현에 있어서 세 가지 층위의 발전적 단계를 제시한다. 먼저, 시인에게 요구되는 기본적인 능력은, 감각의 표현으로 이는 "기쁨과 서러움의 모든 감각" "형태를 감각적인 효과 그대로 전달하기 위하여 표현하려고 애쓰는 것"이다. 나아가 "이러한 감각의 표현을 읽는 이는, 그 표현의 교묘(巧妙) 앞에 느끼는 동감이 절실하면 절실할수록 그저 다만 표현자가 자기보다는 훨씬 선수(選手)라는 것을 이해하고 탄복하고 칭찬"하는 것이다. 그러나 "감각 표현의 교묘의 차를 가지고 시의 우수(優秀)를 평가해야 한다면, 그것은 자연히 일종의 경기현상(競技現象)을 전개하게 되는 것이어서, 시 쓰는 사람들은 모두 다 일등 시를 쓰려고만 노력하게 되므로 이러한 현상은 또한 필연적으로 시인을 일종의 시쟁이화하여, 독자를 그저 다만 일시적인 구경꾼으로서 얻을 수 있을 따름"이기에 경계해야 한다. "시인이 파악한 인생의 내용과 밀접한 관계를 맺고 부절(不絶)히 작용을 일으켜야 할 독자의 층이 이상과 같은 한, 우리가 알고 있는 시의 존엄과 능력과 효과는 여지없이 타락하여 땅에 떨어질 따름"이라고 말한다.

의 경지에 이른 예지(叡智)라고 말한다. 이 단계에 이른 시인은 "모든 정서의 종합 축적한 것을 취사선택할 자격이 있"으나, 이는 "인류의 정서를 샅샅이 통달한 연후"에나 가능하다고 보고 있다. 더불어 서정주는 "모든 정서를 통솔할 수 있는 한 '사상'의 재건이 필요"한데, 시인에게 요구되는 기본적인 능력인 감각적 표현도 제대로 구현하지 못하는 사람이 사상만을 내세우는 것은 경계해야 한다고 설파한다. 이러한 시론을 함양하고 있는 서정주에게 "시란 결국 수백 수천 년 사상 언어의 승화된 집중 표현이요, 그 제시라"123) 할 수 있다. 이처럼 그는 감각과 정서 그리고 예지 즉 묘법을 시 창작의 요건으로 전제했으며, 반공 담론에 적극적으로 복무하고 그 시적 성취로 순수 서정시를 창작했다. 그러나 박연희의 지적처럼, "서정주의 예지 개념은 작가가 민족의 역사적 삶과 정치적 이념을 봉인시킨 가운데 고안해낸 사상"124)으로 이해되기도 한다. 조지훈, 박재삼의 전통이 경험에서 시작되었다면, 서정주의 신라 차용은 삶의 경험적 층위에

다음으로는 정서 표현의 능력이 요구된다. 이때 "감각은 순간적인 것이요, 정서는 비교적 지속하는 것"으로 "모든 감각이 오랫동안 종합 축적된 것, ——잊어버리려 하였으나 잊혀지지 않는 고향이라든지 사랑 등이 있다면 그것은 정서적 경지"라고 역설한다. 나아가 우리 시들이 환희보다는 비애에 젖어 들었던 까닭은 시인 개인의 "구극적(究極的) 빈곤"뿐만 아니라 "피압박 민족이요, 늘 빼앗기고 쫓기던 식민지의 시인"이었기 때문이라고 주장한다. 순수서정의 감성을 시적 발화하는 일은 문학적 고고함을 추구하는 것이 아니라 역사와 개인의 주체적 자의식을 발견하는 데에 있다. 예컨대 '애비는 종이었다'와 같은 부정의식은 압박 받는 가난한 주체의 형상을 드러내 준다. 마지막으로 요구되는 능력은 묘법의 경지인 예지다. 조지훈·박목월·서정주·강우식, 앞의 책, 61~65쪽.

123) 위의 글, 66~67쪽. "시는 일부의 소위 순수 시인들이 생각하는 것처럼 사상과는 전연 무관한 것도, 또 일부의 사상 시인들이 해석하고 있는 것 같은——사상 바로 그것인 것도 아니다." "한 사상을 사상만으로서 표현하려면 그 논리적 기술만으로서 족하다. 그러나 그것이 시로서 변모하려면 시인의 한 생리적 질서와 그 관문을 통과한 표현이어야만 된다."(112~113쪽) 서정주는 사상 그 자체에 복무하는 시를 경계해야 하며, 시의 사상을 구축해야 한다고 덧붙인다.

124) 박연희, 앞의 논문, 84쪽.

서 발현한 것이 아니라 국가 정책에 부합한 전통구성이라 비판 받는 까닭도 여기에 있다. 개인적으로 서정주 시의 진실성은 『질마재 신화』에 이르러서야 구현된다고 판단한다.

2. 신라정신을 통한 상상적 전통

1) 영원의 세계와 시적 상상력

궁극적으로 시문학에서 전통이란 집단 파시즘을 구성하기 위한 심미적 도구가 아니라 역사적 변화에 따른 일반 대중의 기대심리에 기여하는 것이어야 한다. 특히 전통 자체가 이미 정치적인 성격을 띨 수밖에 없다면, 그것은 역사적 변화의 도정에서 미래적 가능성을 담보한 선택과 배제를 통해서 현재화할 수 있는 과거적 산물이어야 한다. 전통이란 근대에 발견된 과거이자 만들어진 구성물이다. 특히 전후 기획된 전통은 문학의 정치성을 대변한다. 정치를 벗어나 문학적 자율성을 구현하자는 외침은 순수서정이라는 이름으로 포장되었을 뿐 그것 자체로 이미 이데올로기적이다. 전술했다시피 서정주가 제시하는 전통은 역사의 심미화에서 출발한다. 이러한 혐의가 다른 문인들보다 서정주에게 더 짙게 씌워진 것은 신라를 상상하는 그의 논리가 다분히 동양주의를 토대로 구성되었기 때문이다. 조선을 지우고 그 자리에 일본이 중심이 된 동양을 건설하고자 했던 식민지 기획은 대동아공영권으로 가시화된다. 서정주가 지향했던 영원성이란 바로 이러한 정치적 맥락으로부터 자유롭지 않다. 선택된 역사로서의 신라 역시 사실적인 역사 공간으로서가 아니라 철저하게 기획된 공간으로 만들어진 것에 지나지 않는다.125) 이처럼 문학을 통해 역사를 심미화하는 행위는 치밀하게 진행되는데, 이후 후배 시인들은 서정주에 의해 만들어진 신라를 문학적 소재로 차용한다. 역사 속 신라는 만들어진 '신라'라는 기호에 질식되고 만다.126)

일반적인 전통 개념에 대한 이해와 시문학적 전통을 구성하고자 했던 끈질긴 노력에도 불구하고 서정주의 탐구가 비판받는 이유는 역시 그의 친일적 행위127)와 연관된다. 서정주의 동양주의는 조선이라는 민족적 특수성을 고찰한 것이 아니라 역사의 심미화, 그 파시즘

---

125) 최근 들어 국가주의 관점에서 서정주 시의 역사적 심미화에 대해 비판적으로 고찰하는 연구가 활발해지고 있다. 남기혁, 「서정주 동양 인식과 친일의 논리」, 『국제어문』 37, 국제어문학회, 2006; 박현수, 「서정주와 미학적 기획으로서의 신라정신」, 『근대문학연구』 14, 한국근대문학회, 2006; 최현식, 『서정주 시의 근대와 반근대』, 소명출판, 2003; 박연희, 「서정주 시론 연구」, 『한국문학이론과 비평』 37, 한국문학이론과 비평학회, 2007 참조.

126) 임곤택은 서정주의 신라에서 "한국 시정신의 傳統인 永生主義的 宇宙自然主義"를 발견할 수 있다고 분석한다. (임곤택, 앞의 논문, 54쪽.) 서정주 스스로도 한국적 풍토에 맞는 신, 영원성의 발견이 필요하다고 주장한다. 신라는 이러한 요구로 생산된 표상이다. 서정주, 「신라인의 지성」, 『현대문학』, 1958.1, 참조.

127) 서정주의 자발적인 친일 행위는 문학작품으로 남아 있다. 우선 시작품에는, 「항공일에」(『국민문학』, 1943.10), 「헌시」(『매일신보』, 1943.11.16), 「무제」(『국민문학』, 1944.8), 그리고 「松井伍長 頌歌」(『국민문학』, 1944.12.9)가 있다. 그리고 이러한 친일적 지향성이 선명하게 보이는 평론으로는 「시의 이야기: 주로 국민시가에 대하여」(『매일신보』, 1942.7.13~17)가 있고, 「崔遞夫의 軍屬志望」(『조망』, 1943.11)이라는 소설작품도 있다. 나아가 수필 「隣保情神」(『매일신보』, 1943.9)과 종군기 「경성사단 대연습 종군기」(『춘추』, 1943.11)와 「報道行: 경성사단 추계연습의 뒤를 따라서」(『조광』, 1943.12) 등이 있다. 이처럼 서정주의 친일 행위는 다각적으로 이루어진 자발적인 산물이다. 그는 뛰어난 미적 감각을 바탕으로 한 수려한 시편을 창작했음에도 많은 논자들에게 판단 중지를 감행케 하는 복합적인 인물이다. 그가 일군 문학적 성취에도 불구하고 시대사에 따른 정치적인 행보로 인해 문학의 자율성이나 미학적 절대성에 대한 의문을 갖게 된다. 특히 저항적 비판정신이 요구되는 시대일수록 이런 류의 시인에 대한 평가가 엄정해 지는 것이 사실이다. 그럼에도 한국전쟁 이후 문단은 소위 서정주 주무대가 된다. 서정주를 말하지 않고 현대시사를 논의하는 것은 어렵다. "미당의 윤리적 굴절은 삶과 역사조차 심미적으로 인식하는 심미파적인 영원성지상주의, 그리고 과거와 기원을 낭만적으로 이상화하는 전통주의가 결국은 근대성 담론의 폭력성을 은폐하고 또 강화하는 수단으로 변질될 수 있다는 점에서 문제적이다." 남기혁, 앞의 논문(2006) 참조.

적 논리에 함몰되었을 뿐이라는 혐의로부터 자유롭기 어렵다. 동양
주의는 서정주가 표상하는 전통주의의 한계를 고스란히 노출한다.
시대와 주체의 갈등 양상을 통해 서정주의 이중성, 그 양가성이 드러
난다. 그에 대한 부정적 평가에도 불구하고 서정주의 시적 성과는
우리 시문학사에서 간과할 수 없다. 시를 작가가 아닌 그 자체로
평가하는 것 역시 문학적 양식의 가치를 제대로 이해하는 한 방법이
라고 했을 때, 그의 시 자체가 보여주는 시적 성취는 특수하다. 서정주
의 전통 구성 방식은 상당히 예술적인 면모를 띤다. 현실로부터 촉발
된 예술적 상상력을 토대로 시적 세계를 만들어나가기 때문이다.

詩의 對象이라고 하여 文學 一般의 對象이나 精神生活 一般의 對象
과 다른 것은 아니다. 生死를 가진 우리 人間이, 人間과 自然의 幽界—
저승을 對象으로 하듯이 詩도 그럴 수밖에 없다.(이밖에 未來라는 것을
생각할 수도 있으나, 이것은 결국 過去와 現在의 土臺 위에 이루어지는
抽象밖에 안되는 이상 別個의 質量을 主로 해서 성립하는 것이라면 이
것을 따로이 對象의 한 部分으로 設定할 理由가 없겠다.) 人生이 그런
것과 마찬가지로 詩는 사람과 自然과 幽界의 길—이 세 개의 領地의
어느 하나를 巡禮하거나 또는 이 세 개의 領域에 同時竝存하는 데에서
精神을 經營할 밖에 없다.128)

서정주가 말하는 시적 대상은 이와 같이 동시병존 한다. 현실의
시·공간을 초월하여 동시에 출현하는 어떤 정서적 상태가 시로 형상
화되는 것이다. 이때 시적 대상은 곧 인생을 통해 경험되는 제반의

---

128) 서정주, 「시의 대상」, 『시문학원론』, 정음사, 1972, 83쪽.

것을 포괄한다. 사람과 자연, 그리고 유계의 질서가 서로 연관하면서 구성되는 것이 시적 세계인 것이다. 민족적 샤머니즘에 침잠했던 영통주의가 비현실적 층위에 놓여 있다면, 그의 동시병존으로서의 시의 대상론은 보다 현실적 층위에서 '나'를 발견할 수 있도록 조력한다.

서정주의 시론129)은 범박하게 직정언어와 영통주의로 규정할 수 있다. "수식없이 바로 사람의 심장을 건드릴 수 있는 그러한 말들을 추구"힘으로써 "形容詞 대신에 좋든 언짢든 행동을 표시하는 動詞의 集團이 내 詩에 등장하게 되었"130)다는 회고처럼 직정언어(直情言語)는 화려한 언어수식을 지양하는 그의 시 창작론을 대변한다. 이러한 "'직정언어'란 형용수식의 탈피뿐만이 아니라 본질에 대한 실감과 그것의 표현을 의미한다"131)고 볼 수 있다. 그리고 그의 영통주의(靈通主義)는 영혼의 실재성에 대한 믿음에서 비롯되는데, 이는 민족적 정서를 표현하는 일과 닿아 있다. 특히 신라 등 고대에 대한 관심이나 신화적 인물의 형상화와 같은 역사의 심미화 과정 역시 민족적

---

129) 서정주의 시론서로는, 『시창작론』(조지훈·박두진 공저, 선문사, 1955), 『시문학개론』(정음사, 1961; 1972년 『시문학원론』으로 개정), 『한국의 현대시』(일지사, 1969) 등이 있다.

130) 서정주, 「나의 시인생활 약전」, 『서정주 문학 전집』 4, 200쪽. 「화사(花蛇)」 무렵 그의 언어 감각은 "정지용 류의 형용 수식적 시어 조직에 의한 심미 가치 형성의 지양"을 목표로 했다고 술회한다. 서정주가 보기에 "무엇처럼, 무엇마냥 등의 형용사구 부사구의 노력으로 시를 장식하는 데 더 많이 골몰하는 축들은 인생의 진수와는 너무나 멀리 있는 것으로" 인식되었기에 "「부활」은 형용사, 부사는 될 수 있는 한 안 사용하여 쓰기로 작정하고 시험한 작품이"라고 밝힌다. 때문에 그는 시단의 최고로 꼽혔던 "정지용의 언어 예술보다는 이상(李箱)의 시의 어떤 어풍(語風)"(조지훈 외, 『시창작법』, 162쪽)에 더 공감했으며, 이러한 자각을 토대로 직정언어(直情言語)를 토대로 한 시작(詩作)의 중요성을 역설하게 된다. 서정주에 의하면 "시인은 먼저 독자에게 가장 효과적인 상상을 시키기 위한 이미지(影像)의 재벌이라야 하고, 이 재물을 가장 적합한 언어 조직 속에 보존하는 사람이라야 한다". (조지훈 외, 『시창작법』, 173쪽.)

131) 허윤회, 「미당 서정주의 시사적 위상」, 『한국의 현대시와 시론』, 소명출판, 2008, 95쪽.

전통을 구축하고자 하는 그의 문학관을 대변한다. 이 때문에 그는 자주 현실감각을 상실한 채 역사의 가공 및 이상화에 집착하는 일면을 보이기도 한다. 무엇보다 서정주의 시론은 김동리가 강조한 바 있는 인생의 구경적 탐색을 기초로 하여 순수문학을 지향한다. '시문학파'에서 다시 '청록파'로 이어지는 순수서정시의 지향은 서정주에 와서 그 시론과 더불어 보다 체계화된다. 소위 유기체 시론으로 명명되는 순수시는 시를 하나의 유기체로 보는 관점이다.

서정주는 신라 풍류도의 근간정신(根幹精神)을 "하늘을 命하는 者로서 두고 地上現實만을 重點的으로 현실로 삼는 儒敎的 世間觀과는 달리 宇宙全體——即 天地全體를 下治의 等級 따로 없는 한 有機的 聯關體의 현실로서 자각해 살던 宇宙觀이 그것이고, 또 하나는 高麗의 宋學 以後의 史觀이 아무래도 當代爲主가 되었던 데 反해 亦是 等級 없는 영원을 그 歷史의 시간으로 삼았던 데 있다"132)고 말한다. 한마디로 표현하면 신라의 근간인 풍류도는 영원이나 우주를 그 시간과 공간의식으로 삼고 있다. 즉 서정주의 신라는 영원주의를 토대로 초월적인 역사 공간을 구성하는 것이다. 이때 현실은 우주적인 영원의 관념으로 이해된다. "신라정신은 '영통주의' 혹은 '영원주의'를 핵심으로 하는 원시종교적 상상력을 내핵으로 하여 그의 중기 이후의 시세계를 지배하는 중요한 원리가 되었다."133)

---

132) 서정주, 「新羅文化의 根本精神」, 『서정주 문학 전집』 2, 303쪽.

133) 박현수, 앞의 논문, 87~89쪽. 박현수는 서정주의 회고를 토대로 신라연구가 시작된 시기를 1951년 이후로 보는 기존 논의에 반박한다. 서정주는 이미 「모윤숙 선생에게」 (1950.5) 등의 글에서 신라 연구의 중요성을 역설했다는 것이다. 박현수는 이 논문에서 서정주의 신라정신이 갖는 문학사적 의미를 제시한다. 첫째, 영통·영원주의를 핵심으로 하는 자생 미학을 탐색한 미학적 기획이라는 점이다. 둘째, 김범부, 최남선, 신채호 등 정신사적 네트워크로 연계하는 사상적 흐름을 구성한다는 점이다. 이 점 외에도 근대문학의 한계를 극복하는 미학을 제시했으며, 문협파를 중심으로 서정시 파급에 큰 영향을

詩는 두말 할 것도 없이 어떠한 旣成思想에의 便乘도 거부함과 동시에 어떠한 旣成韻律에의 便乘도 거부하는 데서만이 제 몸짓을 가질 수 있는――그러한 文學이다. 물론, 傳統的 土臺로서 시는 古體의 律呂를 디디고 서야 한다. 하나, 이 古體에 現生의 율동의 志向이 모조리 덮여버릴 정도로 시인이 무력해서는 안 된다. 지금 필요한 것은 前代나 亡靈의 몸이 아니라 現在의 「나」와 「우리」의 몸짓이기 때문이다.134)

서정주는 "詩의 韻律이란 바로 시의 몸짓"이라고 전제하면서, "시란 인생의 어떤 集中的인 포인트를 文字의 律動으로써 표현하는 사업"으로 정의한다. "朝鮮의 古歌나 民謠가 우리에게 전달하는 몸짓은 激烈이 아니라 일종의 緩漫이다. 거의 全部가 四四調나 三四 내지 三五로 흐르는 이 單調하고 청승맞은 운율은 이를테면 저 가야금의 진양調나 피리 소리와 같다." 우리는 "古詩와 單旋律에 대치할 만한 새로운 시의 운율을 開化以後의 詩壇이 산출한 일이 있느냐 하면 그것은 또한 심히 의문"이기에 반성해야 한다고 진단한다. 운율이 야기하는 율독미는 시의 묘미를 극대화하는 한 기법이다.

만일에 / 이 時間이 / 고요히 깜작이는 그대 속 눈섭이라면 // 저 느티나무 그늘에 / 숨어서 박힌 / 나는 한알맹이 紅玉이 되리. // 만일에 /

끼쳤다고 평가한다. 같은 글, 109~110쪽 참조.

134) 서정주, 「詩와 韻律」, 『서정주 문학 전집』 2, 326~327쪽. 가령 민병기는 서정주의 「문둥이」를 시조로 보아야 한다고 말한다. 서정주가 한국전쟁 이후 "서구 지향적인 세계에서 전통 지향적인 세계로 변"했으며, 이러한 변모 양상은 설화적 소재나 4음보의 전통 율격을 취한 것에서 발견할 수 있다고 역설한다. 그럼에도 이 작품을 시조가 아닌 시로 발표한 것은 "시조를 소멸하는 구시대의 장르로 경시한"(130쪽) 것이라고 비판한다. 민병기, 「한국의 자유시와 정형시의 관계」, 『한국시학연구』 4, 한국시학회, 2001 참조.

이 時間이 / 날카로히 부디치는 그대 두 손톱 끝 소리라면 // 나는 / 날 개 돋혀 내닷는 / 한개의 활살. // 그러나 / 이 時間이 / 내 砂漠과 山 사 이에 느린 / 그대의 함정이라면 // 나는 / 그저 咆哮하고 / 눈 감은 獅子. // 또 / 만일에 이 時間이 / 四十五分만큼식 쓰담던 / 그대 할아버지 텍 수염이라면 / 나는 그저 막걸리를 마시리.

—「古代的 時間」 전문

'고대적 시간'은 서정주가 형상화하는 신라가 역사적 시간이 아닌 구성된 신라정신을 바탕으로 한 무속과 자연의식 등이 한데 어우러 진 세계관임을 의미한다. 이때 그가 구성하는 전통이란 고대적 시·공에 근원을 두고 있는 것이면서 동시에 현대적인 것과의 길항을 해소하고 감각적인 방식으로 현대와 연속되는 것이어야 한다. 신라 정신에 함의된 시간의식은 찰나에 숨겨진 영원의 발견에서 가능하 다. 샤머니즘의 영통주의나 불교적인 윤회의식 등을 통해서 고대적 시간과 현대적 시간의 합일 내지는 공존의 가능성을 발견하는 작업 이다. 화자는 "만일에 / 이 時間이 / 고요히 깜작이는 그대 속 눈섭이 라면 // 저 느티나무 그늘에 / 숨어서 박힌 / 나는 한알맹이 紅玉이 되"겠으나, "이 時間이 / 내 砂漠과 山 사이에 느린 / 그대의 함정이라 면 // 나는 / 그저 咆哮하고 / 눈 감은 獅子"가 되겠다고 선언한다. 시 「부처님 오신 날」에서 "三千年前 / 자는 永遠을 불러 잠을 깨우고, / 거기 두루 電話를 架設하고 / 우리 宇宙에 비로소 / 작고 큰 온갖 通路를 마련하신 / 釋迦牟尼"라고 칭송한 것처럼 신라의 불교사상은 그대로 신라정신의 핵심적인 성격이다.

내 永遠은 / 물 빛 / 라일락의 / 빛과 香의 길이로라. // 가다 가단 / 후

미진 굴헝이 있어, / 소학교 때 내 女先生님의 / 키만큼한 굴헝이 있어, / 이뿐 女先生님의 키만큼한 굴헝이 있어, // 내려 가선 혼자 호젓이 앉아 / 이마에 솟은 땀도 들이는 / 물 빛 / 라일락의 / 빛과 香의 길이로라 / 내 永遠은.

—「내 永遠은」 전문

서정주는 "사람의 생명이란 것을 現生에만 국한해서 생각하는 것이 아니라 영원한 것으로서 생각하고, 또 아울러시 사람의 가치를 현실적 人間社會的 존재로서만 치중해 생각하는 것이 아니라 자연의 존재로서 많이 치중해 생각해 오는 습관을 가진 것은 신라에서는 最上代부터 있어 온 일이었"[135]기에 영원인이란 인간을 자연적 존재로 인식하는 것에서 시작되어야 한다고 역설한다. 서정주가 지향했던 시적 전통은 과거적인 것의 현재화에 있다.

일제가 그토록 빨리 패망할 줄 몰랐다는 말로 친일에 대한 변명을 대신하고, 광주학살의 주범인 권력자를 향해 아부를 떨었던 행적까지를 더해서 볼 때, 시인 서정주에게 영원한 것이란 어떤 의미일지 반문하게 된다. 새삼 그가 지향했던 "영원"이 모래성에 불과했음을 착목하게 된다. 자신이 꿈꾸는 "永遠은 / 물 빛 / 라일락의 / 빛과 香의 길이"라 천명했지만, 시인은 청명한 물빛과 그러한 모양새를 한 라일락의 밝고 환함, 그리고 그 안에 스며있는 향기까지를 더한 것이 자신이 추구하는 영원이라고 말한다. 추상적이고 관념적인 영원을 구체화했지만, 이것조차 실감을 갖추지 못하고 있다. 다만 "이뿐 女先生님의 키만큼한 굴헝이 있"고 거기에 "내려 가선 혼자 호젓이

---

135) 서정주, 「新羅의 永遠人」, 『서정주 문학 전집』 2, 315쪽.

앉아" 자신이 추구하는 영원을 소망한다. 이때 영원이란 과거적 기억을 현재화하는 시간의 영속성을 의미하며, 단절된 시간인 "소학교 때"와 지금의 나 사이의 간극을 메워줄 수 있는 것 역시 자신이 지향하는 영원성이라는 가치뿐임을 역설한다.

샤머니즘적 민족성을 통해 서구적인 단선적 시간개념을 전복하고 과거와 현재, 다시 삶과 죽음을 교란시킨다. 토속신앙인 샤머니즘과 불교 정신을 바탕으로 구성된 신라정신은 영원성의 구현을 지향한다. 현실의 부조리나 모순 따위를 독특한 정신성을 바탕으로 한 문학적 상상력으로 현실을 극복하겠다는 의지로 읽힌다. 이는 역사의 미학화 내지는 예술화에 골몰함으로써 자신의 과오를 회피하려는 비윤리적 태도라는 비판을 받기도 한다.

서정주의 시작(詩作)은 전후 시문학사에서 놓쳐서는 안 될 중요한 지점에 위치하며, 무엇보다 전후 전통주의 시를 계승한 시인들에게 그의 문학적 상상력은 거의 그대로 전승된다. '신라'라는 역사적 공간은 다분히 문학적 공간으로 재구성되는데, 이때 신라는 현실의 부조리를 말끔히 해소한 이상적 공간으로 표상된다. 고전적 시간을 통해 현재의 시간을 분절시키고, 완전성이 구현된 시적 공간을 만들어낸, 즉 그의 시적 감수성이 구성해내는 세계는 영원성이 구현된 절대적 공간이라 하겠다.

2) 신라정신과 전통기획

서정주의 시는 전통지향적 시풍이 가장 완성도 높은 시적 구조물로 구현된 결과라 할 수 있다. 전후의 폐허를 서정적 감수성으로 극복하고 있다는 인상을 그의 시적 변모를 통해서 독해할 수 있다.

가령 모더니즘적 시가 수록된 『화사집』의 지향성이 『귀촉도』나 『신라초』에서는 전통주의적 감수성으로 전혀 다른 외피를 입게 된다는 데서 이러한 점을 발견할 수 있다. 무엇보다 이러한 전통 구성하기가 가시화되는 지점은 서정주가 내세우는 신라정신에 있다.

> 어이 할꺼나 / 아―나는 사랑을 가졌어라 / 남 몰래 혼자서 사랑을 가졌어라! // 천지엔 이제 꽃닢이 지고 / 새로운 녹음이 다시 돋아나 / 또 한번 나―ㄹ 에워싸는데 // 못견디게 서러운 몸짓을 허며 / 붉은 꽃닢은 떨어져 나려 / 펄펄펄 펄펄펄 떨어져 나려 // 新羅 가시내의 숨결과 같은 / 新羅 가시내의 머리털 같은 / 풀밭에 바람속에 떨어져 나려 // 올해도 내앞에 흩날리는데 / 부르르 떨며 흩날리는데…… // 아―나는 사랑을 가졌어라 / 꾀꼬리처럼 울지도 못할 / 기찬 사랑을 혼자서 가졌어라
>
> ―「新綠」 전문

전쟁의 폐허에서 분투하는 역사의 새로운 시작, 그 열망이 자연의 섭리로 형상되고 있는 작품이다. "새로운 녹음"에 대한 사랑을 읊조린 이 작품은 비유적 수사로 "신라 가시내의 숨결"이나 "신라 가시내의 머리털"을 가져오는데, 이는 다시 일어서는 역사의 표본을 신라에서 찾고자 하는 의지로 읽힌다. "남 몰래 혼자서 사랑을 가졌"다는 고백을 통해 '신록'을 향한 애틋함과 환희를 짐작할 수 있다. 그러나 이 사랑이 행복하기만 한 것은 아니다. "못견디게 서러운 몸짓을 허며 / 붉은 꽃닢"이 낙화하는데, 이때 수사로 차용되는 '신라'가 의미하는 것은 역사로 잠든 시대에 대한 상실감과 아련한 회감 따위가 반영된 것이면서 동시에 복구의 기대감이기도 하다. "풀밭에 바람속에 떨어"지는 꽃잎을 통해 신록을 향한 사랑뿐만 아니라 이전 사랑

과의 이별까지를 동시에 헤아린다. 감정이란 늘상 양가적인 것이라 화자는 "꾀꼬리처럼 울지도 못할 / 기찬 사랑을 혼자서 가졌"다며 그 복합적인 정서를 표현한다.

서정주는 '신라'라는 표상을 발견한다. 주지하다시피 (통일)신라는 영토상 남과 북이 하나의 국권을 형성하기 이전의 고대적 공간으로, 현재의 남한에 해당하는 고대국가이다. 신라 표상은 민족적 동질성 회복을 꾀하고, '고대 신라를 계승하는 한국'이라는 정통성을 주장하는 근거를 마련하였다고 볼 수 있다. 이때 민족은 북한을 배제함으로써 구성되는 반쪽 국가에 대한 명명이기에, 전후 민족의 구현은 결국 배타적 국민국가를 건설하기 위함인 것이다. 식민지와 한국전쟁을 겪은 후 신라를 표상으로 삼은 까닭은 남과 북을 관통하는 민족적 상징이 아닌, 되레 그것을 보다 선명히 구획할 수 있는 표상을 발견함으로써 이질화하는 데 그 목적이 있음을 알 수 있다. 또한 통일신라처럼 분단된 조국을 통일하고자 하는 열망이기도 하다. 그렇기에 국민국가는 서구지향의 단절적인 이데올로기를 지향하면서, 과거지향의 민족 단일화의 기대가 반영된 것이다. 그가 신라(통일신라)를 보는 시선은 분단 상황으로 인한 민족단절에서 비롯되었으며, 이를 계기로 배제의 원리를 강화하고, 동시에 공포를 유발함으로써 포섭의 논리를 정당화하기에 이른다.

朕의 무덤은 푸른 嶺 위의 欲界 第二天. / 피 예 있으니, 피 예 있으니, 어쩔 수 없이 / 구름 엉기고, 비터잡는 데──그런 하늘 속. // 피 예 있으니, 피 예 있으니, / 너무들 인색치 말고 / 있는 사람은 病弱者한테 柴糧도 더러 노느고 / 홀어미 홀아비들도 더러 찾아 위로코, / 瞻星臺 위엔 瞻星臺 위엔 그중 실한 사내를 뇌라. // 살[肉體]의 일로써 살의 일로

써 미친 사내에게는 / 살 닿는 것 중 그중 빛나는 黃金 팔찌를 그 가슴
위에, / 그래도 그 어지러운 불이 다 스러지지 않거든 / 다스리는 노래
는 바다 넘어서 하늘 끝까지. // 하지만 사랑이거든 / 그것이 참말로 사
랑이거든 / 서라벌 千年의 知慧가 가꾼 國法의 불보다도 / 늘 항상 더
타고 있거라. // 朕의 무덤은 푸른 嶺 위의 欲界 第二天. / 피 예 있으니,
피 예 있으니, 어쩔 수 없이 / 구름 엉기고, 비 터잡는 데──그런 하늘
속. // 내 못 떠난다.

*善德女王은 志鬼라는 者의 女王에 對한 짝사랑을 위로해, 그 누워 자
는 데 가까이 가, 가슴에 그의 팔찌를 벗어 놓은 일이 있다.

―「善德女王의 말씀」 전문

이 시는 선덕여왕을 향한 천민 지귀의 짝사랑을 담은 설화를 차용
한 것으로, 불교적 관점에서 사후에 "욕계"에서 환생한다는 윤회의
식을 토대로 신라정신을 표출한 대표적인 작품이다. 그의 시는 역사
가 기록하지 못하는 민중들의 이력을 설화로 재구성함으로써 이들
의 유한적 삶에 영원성의 기운을 불어넣는 생명화 작업이기도 하다.
또한 그의 전통 인식이 역사적 층위에서 개인의 삶의 양상을 재구성
하는 것으로 나아간다는 사실을 간취할 수 있다. 서정주의 많은 작품
이 『삼국유사』 등의 문헌을 토대로 역사의 심미화를 시도한 결과이
며, 이때 서정주만의 감각적인 표현과 이를 육화(肉化)하는 기교적
묘미를 통해서 그만의 시적 관능을 형상한다.

선덕여왕은 백성에게 자신의 피를 기꺼이 내어놓는 헌신과 희생
의 강인한 모성, 즉 국모로서 구상될 뿐 아니라 사랑받는 여성으로
묘사된다. 여왕으로 분한 시적화자는 백성들에게 서로 "너무들 인색
치 말고 / 있는 사람은 病弱者한테 柴糧도 더러 노느고 / 홀어미 홀아

비들도 더러 찾아 위로코, / 瞻星臺 위엔 瞻星臺 위엔 그중 실한 사내를 노라"로 말한다. 무엇보다 지귀의 사랑에 대해 "살[肉體]의 일로써 살의 일로써 미친 사내에게는 / 살 닿는 것 중 그중 빛나는 黃金 팔찌를" 주고 "그래도 그 어지러운 불이 다 스러지지 않거든 / 다스리는 노래는 바다 넘어서 하늘 끝까지" 이르게 하라고 명한다. 그래도 지치지 않는 사랑이라면 "서라벌 千年의 知慧가 가꾼 國法의 불보다도 / 늘 항상 더 타고 있"으로라고 말한다. 이때 선덕여왕을 향한 지귀의 사랑의 절대화는, 신라정신의 영속성을 의미하는 것이기도 하다.

노래가 낫기는 그중 나아도 / 구름까지 갔다간 되돌아오고, / 네 발굽을 쳐 달려간 말은 / 바닷가에 가 멎어버렸다. / 활로 잡은 山돼지, 매[鷹]로 잡은 山새들에도 / 이제는 벌써 입맛을 잃었다. / 꽃아. 아침마다 開闢하는 꽃아. / 네가 좋기는 제일 좋아도, / 물낯바닥에 얼굴이나 비취는 / 헤엄도 모르는 아이와 같이 / 나는 네 닫힌 門에 기대 섰을 뿐이다. / 門 열어라 꽃아. 門 열어라 꽃아. / 벼락과 海溢만이 길일지라도 / 門 열어라 꽃아. 門 열어라 꽃아.
*娑蘇는 新羅始祖 朴赫居世의 어머니. 處女로 孕胎하여, 山으로 神仙修行을 간 일이 있는데, 이 글은 그 떠나기 전, 그의 집 꽃밭에서의 獨白.
—「꽃밭의 獨白: 娑蘇 斷章」 전문

『삼국유사』에 수록된 '사소 설화'를 차용하여 그 이야기를 생략하고 이를 시로 재구성함으로써 영원성에 대한 열망을 형상하고 있는 작품이다. 덧말에 밝히고 있는 것처럼 사소는 신라 시조인 박혁거세의 어머니다. 처녀로 잉태했다는 것과 신선수행을 떠난다는 것에서 비범함이 드러난다. 일반적이거나 정상적이라 평가되는 평범함을 지양한 이 두 가지 덕목으로 인해 그녀의 독백은 숭고함이나 신비한 아우라를 더한다.

14행으로 구성된 「꽃밭의 독백」은 "노래가 낫기는 그중 나아도 / 구름까지 갔다간 되돌아오고, / 네 발굽을 쳐 달려간 말은 / 바닷가에 가 멎어버렸다. / 활로 잡은 山돼지, 매[鷹]로 잡은 山새들에도 / 이제는 벌써 입맛을 잃었다"라는 전반부를 통해서 인간의 한계와 그 유한성에 대한 인식을 드러낸다. 구름까지 갔다가 되돌아오고 마는 절망은, 이상과 현실 간의 괴리를 단적으로 보여주고, 땅의 질서 혹은 현실의 질서에는 더 이상 흥미를 잃은 화자의 고통을 형상화한다.

이어지는 중반부의 "꽃아. 아침마다 開闢하는 꽃아. / 네가 좋기는 제일 좋아도, / 물낯바닥에 얼굴이나 비취는 / 헤엄도 모르는 아이와 같이 / 나는 네 닫힌 門에 기대 섰을 뿐이다"에 이르는 구절을 통해서 이러한 인간의 한계가 보다 첨예하게 표현된다. 아침마다 새롭게 피어나는 꽃은 그것 자체로 생성과 소멸을 반복하는 자연의 영원한 생명성을 상징한다. 또한 현실(속세)세계와 신선세계를 연결하는 매개가 되는 것이기도 하다. 그 닫힌 문을 열고 나가면 천상의 질서, 영원성의 세계로 나아갈 수 있을 것이라는 기대가 도사리고 있는 구절이다.

끝으로 "門 열어라 꽃아. 門 열어라 꽃아. / 벼락과 海溢만이 길일지라도 / 門 열어라 꽃아. 門 열어라 꽃아"로 이어지는 후반부는 사소의 염원을 직설적으로 표현하고 있다. 적극적인 행동을 보임으로써 이상을 실현하고자 분투하는 화자의 모습이 인상적이다. 주문과도 같은 반복 어구를 통해서 영원한 세계를 열망하는 사소의 주술적 기원이 드러나며, 그 길에 이르는 동안 자신이 감내해야 할 고난을 벼락이나 해일 따위로 형상화하고 있다. 전체 시상의 전개 역시 설화적 구조를 따르고 있다. "꽃밭"이라는 공간을 통해서 유한한 인간의 질서와 수행을 떠나려는 구도적 세계에 대한 갈망이 길항하고 있음을 보여준다. 더불어 꽃으로 상징되는 이상적 세계에 대한 사소의 지향성을 알 수 있다.

　*娑蘇의 매[鷹]는 娑蘇가 山에 간 지 이듬해의 가을날, 그 아버지에게 두번째의 편지를 그 발에 날라왔다. 이번 것은 새의 피가 아니라, 香풀의 진액을 이겨, 역시 손가락에 묻혀 적은 거였다. 피딱지의 두루마리는, 아직도, 집에서 가지고 간 그것이었다. —이것은 그 편지의 前半部 한 조각만 남은 것이다.

　　피가 잉잉거리던 病은 이제는 다 낳았읍니다. // 올 봄에 / 매[鷹]는, / 진갈매의 香水의 강물과 같은 / 한섬지기 남직한 이내[嵐]의 밭을 찾아내서 // 대여섯 달 가꾸어 지낸 오늘엔, / 홍싸리의 수풀마냥. 피는 서걱이다가 / 翡翠의 별빛 불들을 켜고, / 요즈막엔 다시 生金의 鑛脈을 하늘에 폅니다. // 아버지. / 아버지에게로도, / 내 어린 것 弗居內에게로도, 숨은 弗居內의 애비에게로도, / 또 먼 먼 즈믄해 뒤에 올 젊은 女人들에게로도, / 生金 鑛脈을 하늘에 폅니다.

　　　　　　　　　　　　　　　—「娑蘇 두번째의 편지 斷片」 전문

　「사소 두번째의 편지 단편」에서 화자인 사소의 "피가 잉잉거리던 病은"[136] 인간의 본질적인 한계를 넘어 영원성을 욕망함으로써 발

---

136) 이 시구를 임곤택은 "불내거(박혁거세) 아버지와의 야합에 관계"되었다고 보고 "서정주의 시에서 '피'는 그의 첫 시집 『화사집』에서부터 일관되게 이어져온 것으로, "피먹은 양 붉게 타오르는 고흔 입설"(「화사」), "피 흘리고 간 두러길에"(「麥夏」) 등, 『화사집』의

생했던 병이며, 동시에 고난을 이겨내고 스스로 영원성을 획득했음을 시사한다. "이내[嵐]의 밭"으로 상징되는 신성한 신선세계를 발견하고 이를 열심히 가꾸고 수행한 결과다. 그리하여 인간적 한계를 상징하던 "피"는 "翡翠의 별빛 불"로 승화되고 이것은 다시 "生金의 鑛脈을 하늘" 가득 펼칠 수 있을 만큼 신성한 영원성을 획득했음을 전한다. 인상적인 것은 영원성이란 하늘에 의해 저절로 주어지는 것이 아니라 스스로의 노력으로 얻어지는 주체적이고 능동적인 노력의 산물로 표현되고 있다는 점이다. 자신을 추방한 "아버지에게로도, / 내 어린 것 弗居內에게로도, 숨은 弗居內의 애비에게로도, / 또 먼 먼 즈믄해 뒤에 올 젊은 女人들에게로도, / 生金 鑛脈을 하늘에" 펼쳐 보이겠다는 구절을 통해서 사소의 배려를 엿볼 수 있으며, 동시에 영원성에의 열망을 전 민족적 차원으로 확장하고자 하는 시인의 시적 의도를 독해할 수 있다. 설화에 전해지는 바, 그 편지의 일부에 불과하다는 설정을 통해 독자의 궁금증을 유발하고, 이야기 전개의 긴장감을 증폭시킨다. 이는 서사를 구성하는 장치가 시적 매개체로 전이되는 찰나다.

서정주의 신라는 문학적으로 절대화된 시·공간이며, 설화의 차용을 통해서 시적 신비화 작업을 보다 미학적으로 성취하게 된다. 그렇지만 아무리 신라라는 역사의 층위를 가져왔다고 해도, 그가 만들어내는 문학적 신라는 다분히 관념적인 허구의 세계다. 이 점에서 서정주의 심미적 상상력은 문학적 전통을 만들어가기 위한 한 기법일 뿐이며, 그것 자체가 역사적 진실을 대변하는 것일 수는 없으며, 그

경우 열 편의 시('피빛' 포함)에 '피'라는 시어가 등장한다. 이들은 인간의 리비도적 욕망과 결부된 것"으로 평가한다. 이런 해석 층위에서 이 시 역시 "젊은 여성의 성적 욕망의 분출과 연결되어 있다"고 분석한다. 임곤택, 앞의 논문, 68쪽.

가 구성하는 전통 역시 기획된 제도의 산물일 수밖에 없다.

新羅聖代 昭聖代 / 阿達羅의 임금 때 / 해는 延烏의 아내 細烏의 베틀에 가 매달려서도 살았다. / 하늘에다 잉아를 이 女人이 먼저 걸어 놓았기 때문이다. / 그래 이 女人과 그 緋緞이 어딜 가며는, 해도 그리로 따라 다녔다. / 新羅人들은 이것을 모두 알고 있었기 때문에 / 어느날은 돌이 업고 日本으로 간 것을 쫓아가서 緋緞배만 찾아다가 놓았다.

—「해」 전문

일연의 『삼국유사』를 통해 전해지는 연오랑 세오녀 설화를 시적으로 재구성한 이 작품은 "新羅聖代"인 "阿達羅의 임금 때"를 배경으로 한다. 당시 "해는 延烏의 아내 細烏의 베틀에 가 매달려" 살았던 것이 문제의 발단이 된다. 세오와 "그 緋緞이 어딜 가며는, 해도 그리로 따라 다녔다"는 사실, "新羅人들은 이것을 모두 알고 있었"다는 것을 통해서 과거의 신화를 현재화하는 의도를 밝힌다. 이 시는 "어느날은 돌이 업고 日本으로 간 것을 쫓아가서 緋緞배만 찾아다가 놓았다"라는 사실적 진실로 끝난다. 그러나 이 설화가 말해주는 것처럼 이는 단순한 이야기에 그치지 않고, 문화가 전이·전승되는 과정을 시사하기도 한다. 가령, 가야의 철제기술과 직조기술이 일본으로 전승된 역사적 추이를 보여주는 것이기도 하다. 이러한 배경설화를 시화함으로써 신라(가야)문화의 우수성과 독자성을 강조하며, 이를 통해 서정주가 구성하고자 했던 신라정신의 맥락을 짐작할 수 있다. 신라적 상상력은 오늘의 현실을 초극할 수 있는 이상적 매개로서의 구실을 담당했던 것이다.

설화적 세계 인식은 전통을 삶과 괴리된 영역으로 인식하는 것이 아니라 삼라만상을 통해 구성된 시간 질서에 순응하는 것으로 이해한다. 근대의 원리에 상충되는 이러한 감각이야말로 폐허가 된 우리의 정신사, 그 우울과 불안을 해소할 수 있는 가능성이라 할 수 있다. 서정주는 민중의 삶에 특별한 의미부여를 하지 않는다. 성과 속, 그 양상을 그대로 보여줌으로써 우리 삶 자체를 설화화하는 것이다. 이 과정에서 일상적인 삶을 돌이켜보게 할 뿐이다. 서정주가 설화나 샤머니즘, 그리고 가담항설 등으로 현실 영역을 확장하는 까닭은, 비시(非詩)의 영역을 재창조함으로써 민중의 삶을 시적 발화하기 위함이다. 물론 설화의 줄거리를 나열하는 것에 그친다는 비판 역시 있을 수 있다. 하지만 시적 긴장은 언어적 압축이나 시상의 감각적 상상력에서만 발현되는 것이 아니라 새로운 발화법에서도 가능하다.

「붉은 바윗ㅅ가에 / 잡은 손의 암소 놓고, / 나ㄹ 아니 부끄리시면 / 꽃을 꺾어 드리리다」 // 이것은 어떤 신라의 늙은이가 / 젊은 여인네한테 건네인 수작이다. // (…중략…) // 자기의 흰 수염도 나이도 / 다아 잊어버렸던 것일까? // 물론 / 다아 잊어버렸었다. // 남의 아내인 것도 무엇도 / 다아 잊어버렸던 것일까? // 물론 / 다아 잊어버렸었다. // 꽃이 꽃을 보고 웃듯이 하는 / 그런 마음씨 밖엔, 아무것도 가진 것이 없었다. // (…중략…) // 꽃은 벼랑 위에 있거늘, / 그 높이마저 그만 잊어버렸던 것일까? / 물론 / 여간한 높낮이도 / 다아 잊어버렸었다. / 한없이 / 맑은 / 空氣가 / 요샛말로 하면—그 空氣가 / 그들의 입과 귀와 눈을 적시면서 / 그들의 말씀과 수작들을 적시면서 / 한없이 親한 것이 되어가는 것을 / 알고 또 느낄 수 있을 따름이었다.

—「老人獻花歌」 부분

이 시는 4구체 향가인 「헌화가」를 모티프로 하고 있으며, 『삼국유사』에 전해지는 대로 수로부인에 얽힌 배경설화 역시 고려하여 시적 발화의 방법으로 재배치한 것이다. 그렇기에 내용적 새로움보다는 그 의도에 대한 해석이 요구된다. 향가는 우리 문학양식 중 시조와 더불어 우리 민족만의 독자적인 시가양식이기에, 민족문화의 우수성을 토대로 민족 정체성을 확립하려는 의도가 내재해 있다고 보아도 무방하다. "정전은 문학의 장 내부에서 사회 구성원 개인을 단일화된 민족 혹은 균일한 국민으로 통합해내는 문학 제도의 하나로서, 정전화 작업은 문화 단위에서 이루어지는 국가 동원체제의 핵심 중 하나이다."[137] 정전이 갖는 고전으로서의 예술적 가치, 보편성 그리고 지속성은 문학 장을 보다 풍요롭게 한다. 더불어 헤게모니 집단의 자기 정당성을 위한 도구적 수단이 되기도 한다. 예컨대 역사재정비와 함께 기획된 신라정신의 재발견에서 목도할 수 있듯이 역사는 그것의 팩트만큼이나 기념비적 의미 맥락 역시 중요한 것이다. "신라정신과 그것의 현대화, 역사적인 것의 보편적인 것으로의 치환이라는 사상 자체가 특수성과 보편성이라는 차원을 아무리 동원해 봐야 대외적인 독립과 대내적인 지배를 분리하여 관철시키려는 지배의 논리에 지나지 않는다는 사실"[138]을 인식해야 한다.

알려진 대로 "「붉은 바윗가에 / 잡은 손의 암소 놓고, / 나를 아니 부끄리시면 / 꽃을 꺾어 드리리다.」"라는 짧은 향가를 시상에 원형 그대로 반복적으로 배치함으로써 헌화가가 안고 있는 미학적 성취를 강조한다. 늙은이와 젊고 아름다운 여인네 등 각각의 대상을 대비

---

137) 차원현, 「정전과 동원」, 한신대학교 인문학연구소 편, 앞의 책(2007), 311쪽.
138) 위의 글, 332쪽.

하고, 적극적으로 미를 추구해나가는 능동적인 미의식을 형상한다. 그러니 "이것은 어떤 신라의 늙은이가 / 젊은 여인네한테 건네인 수작"에 그치지 않고, 그 안에서 발견할 수 있는 노인의 당당함이나 적극성을 통해서 신라인들의 미의식이나 삶의 태도를 계승하자는 계몽적 의도 역시 있다고 독해할 수 있겠다. 무엇보다 둘 사이에 놓인 다양한 한계를 초월한 사랑을 통해, 사랑이라는 추상적 관념에 대한 순수의 절대화를 발견할 수 있다.

이처럼 미를 추구하는 마음은 "꽃이 꽃을 보고 웃듯이 하는 / 그런 마음씨"처럼 순수하다. 시 「新羅의 商品」에서 "솜"과 "쌀"은 "네 딸" 혹은 "네 아들"이 윤회하여 생성된 것이다. 더불어 "우리들의 노래"였던 신라의 삶을 오늘의 자리에서 발현함으로써, 꽃이나 노래를 영원성의 상징으로 삼았음을 알 수 있다. 가령 시 「石榴꽃」에서 "石榴꽃은 / 永遠으로 / 시집 가는 꽃"으로 형상화되는 것이 그러하다. 그러나 서정주의 신라는, 역사적 과거가 획득할 수 있는 구체적인 생활공간이 아니라 문학적으로 재구성된 신화화된 과거일 뿐이다. 전해수는 "서정주의 신라정신은 표면상으로 보면, 역사를 신비주의적 관점에서 재구성한 것에 불과한 것일 수 있다"고 전제하면서도, 이러한 서정주의 작업이 "전란의 공포와 불안심리를 극복하기 위한 간절한 욕구가 찾아낸 대안이었다는 점은 재평가되어야"[139) 한다고 지적한다.

서정주는 신라 표상을 통해 전통의 제도화를 시도한다. 그러나 궁극적으로 신라를 구성했던 그 정신세계에 대한 탐색이 아니라 완전성의 공간으로서의 고대를 구성하기 위해 상징적으로 재전유한

---

139) 전해수, 앞의 책, 66쪽.

것이라고 볼 수 있다. 현실적 토대에서 '영원'을 추구했던 신라인의 정신을 통해서 올바른 전통을 계승하자는 것이다. 이러한 신라가 사실적 역사 공간이 아니라 역사의 심미화에 지나지 않는다는 것은 그가 구성하는 설화적 인물을 통해서도 확인할 수 있다. 가령 선덕여왕에 대한 미화처럼 역사적 인물을 신화적 인물로 탈바꿈시키고 이를 절대화함으로써 환상을 구성하는 것이다. 선택된 기원으로서의 신라는 폐쇄적 전통 구현의 도구에 불과함에도 그것을 토대로 상실한—부재한다고 여겨진—주체성을 구성해 나갔던 것이다. 이처럼 서정주의 전통 담론은 신라정신을 기획하는 일로 구체화된다. 분단 조국에서 민족 정체성을 재확립하는 일은 민족문화를 구성하는 일로 구체화되며, 시적 상상력으로 확장되면서 창조적 개성을 구축하게 되었던 것이다.

3. 서정시의 감각과 설화적 상상력

'시론'은 일종의 주관의 객관화에 지나지 않는다. 고석규는 전쟁으로 인한 불안, 그 실존적 위기를 전통주의가 표상하는 보편적 질서를 통해 극복할 수 있다고 생각했다. 서정의 철학화나 서정주의의 지성화를 주장하면서 전통 서정시와 모더니즘 시의 종합을 모색한 것이다.[140] 서정시는 궁극적으로 미적거리와 시의 기법적 묘미로 구성된다. 시문학사에서 서정시는, 순수시와 같은 범주로 지칭되며 근본적으로 시의 미적 자율성을 추구하는 일련의 작품군을 의미한다. 서정

---

140) 고석규, 「모더니티에 관하여」, 『여백의 존재성』, 지평, 1990 참조.

주 역시 시의 미학적·정치적 순수성을 지향했다. 기본적으로 서정적 서정시는 주체와 객체의 거리가 없다. 서정적 자아의 회감을 통해 자아와 대상의 상호 융화가 이루어지는 것이다. 이러한 서정시의 동일화로 인해 독자들은 자주 실제작가와 화자를 일치시켜 독해한다. "좁은 의미에 있어서의 서정시는 일인칭 화자(대체로 이 화자는 서정적 자아로 파악된다)의 개별 발화를 통해 서정적 자아의 내면에 응축된 감정(고조된 정서)을 압축된 형식과 비유적인 언어로 표현하는 시를 가리킨다."141) 각 민족마다의 경험적 특수성이나 사고방식 등을 통해서 시적 형상화나 상징 등이 구성되는데, 서정주의 전통 인식 역시 이러한 층위에서 구상된다. '민족'이라는 집단의 특수성, 특히 공동체를 구성하는 민중의 생활세계를 재구성함으로써 과거와 현재의 조우를 갈망하며, 전통적 요소가 차용되는 것이다.

상당히 감각적이고 관능적인 서구시의 모습을 하고 있는 그의 초기시들도 우리 전통의 무속적이고 민중적인 속성과 결합하면서 그만의 새로운 감각의 서정시를 구성한다. 특히 '화사'를 통해서 아름다움과 징그러움을 동시에 지닌 '크다란 슬픔'을 간직한 인간의 숙명적인 양가성을 발견할 수 있다. 이는 전생애 동안 끊임없이 길항했던 서정주 자신의 정체성 문제, 즉 자아확립과 불안의 대립 양상을 표출한 것이기도 하다. 기존의 서정시 문법을 파괴하고, 서구적인 것과 토속적인 것의 결합을 통해서 자신만의 독특한 시 문법을 창안했다고 평가할 수 있다. "불가능한 서사시의 문제보다도 우리에게는 아직 서정시의 문제——우선 한 개의 민족 감정의 典範이나 종합해 보아야 하는 서정시의 문제를 풀어 내는 것이 急先務"142)라고 말한

---

141) 남기혁, 앞의 책(2003), 252쪽.

다. 서사시 역시 창작해야 할 바이지만 우선은 우리 민족의 서정을 완성하는 일이 먼저라는 것이다.

따서 먹으면 자는듯이 죽는다는 / 붉은 꽃밭새이 길이 있어 // 핫슈 먹은듯 취해 나자빠진 / 능구렁이같은 등어릿길로, / 님은 다라나며 나를 부르고…… // 强한 향기로 흐르는 코피 / 두손에 받으며 나는 쫓느니 // 밤처럼 고요한 끌른 대낮에 / 우리 둘이는 웬몸이 달어……

―「대낮」 전문

서정주는 「고대 그리스적 육체성」에서 첫 시집인 『花蛇集』에 실린 「花蛇」를 처녀작으로 뽑는다. 이 시 「대낮」은 「花蛇」와 함께 "1936년 여름 경남 합천 해인사"의 암자에서 쓴 것으로 회고하는데, "그때의 어느 날 밤 뱀은 아니지만 마침 열려 있는 창틈으로 날아든 조그만 박쥐 한 마리를 잡아 내 총각 살림용의 바늘로 벽에 꽂아 놓고 밤이 이슥하여 이 시를 썼"143)다고 기록하고 있다. 그는 자기 시의 육체성을 "최고로 정선된 사람에게서 신을 보는 바로 그 인신주의적 육신 현생(現生)의 중시"에서 비롯되었다고 밝힌다. 이는 르네상스의 휴머니즘뿐만 아니라 니체적 초인, 즉 영겁 회귀자를 욕망하는 영원주의와도 맥을 같이 한다고 볼 수 있다. 나아가 보들레르적 현실 참여적 감각 역시 더해진 것이다. 그 스스로 "보들레르야말로 참 골(骨)로는 현실을 겪고 산 시인"으로 추앙하면서, "이즈러지고 내던져진 육신

---

142) 서정주, 「敍事詩의 문제」, 『서정주 문학 전집』 2, 323쪽.

143) 서정주, 「고대 그리스적 육체성: 나의 처녀작을 말한다」, 조지훈·박목월·서정주·강우식, 앞의 책, 158~159쪽. 1965년(『世代』, 9월)에 발표된 이 평론을 통해서 그의 시적 흐름을 진단할 수 있다. 이 점에서 「대낮」을 재검토하는 것은 그의 초기시의 서정성과 이후의 서정성을 비교하는 데 필요한 작업이다.

들의 밑바닥에까지 자진해 놓여서 그렇게도 몸부림하는 그의 정신은 굉장히도 책임적인 것으로 느껴졌다"144)고 상찬한다. 이러한 영향관계를 토대로 서정주적인 육체성이 탄생했으며 이는 영원을 모색하는 방향으로 나아갔다는 사실을 유추할 수 있다.

시의 전체 분위기를 민속적이고 무속적인 관능의 감각이 장악하고 있다. "핫슈"(아편의 일종)에 취한 환각 상태의 육체는 불온하다. 그러나 불온하기에 더욱 매혹적인 것 또한 관능의 묘미다. 퇴폐적 공간인 "붉은 꽃밭" 사이에서 버섯이 벌어시고 있는 "능구렝이같은" 짓이 더욱 치명적인 것은 일탈적인 행위와 더불어 "대낮"이라는 시간 때문이다. 밤과 낮의 경계를 허무는, "밤처럼 고요한 끌른 대낮"은 육체적 욕망의 시간을 새롭게 구성한다. 육체의 은밀한 행위는 더 이상 밀실이 아닌 야생에서, 그것도 보란 듯 대낮에 행해지는 것이다. 은밀하지 않기에 더욱 야릇해지는 묘한 끌림을 이러한 시·공간의 설정으로 자극하는 것이다. 곧 이 시는, 일정한 행위에 부과된 시간과 공간을 해체함으로써 그 새로움을 보다 자극적으로 형상한다. 나아가 일반적인 윤리를 파기함으로써 음탕함의 일탈을 구성하고 있다. 이러한 심미적 감각은 상당히 서구적인 표현인 듯하지만, 야담류나 저잣거리에 돌아다니는 누구네 소문의 형태처럼 우리 민중들의 가담항설을 닮은 것이기도 하다. 말줄임표는 독자의 상상을 자극하여, 작가가 비워둔 혹은 숨겨둔 행위를 연상하게 하는데, 초기시에 말줄임표가 빈번하게 차용되는 것 역시 언어적 표현 너머의 상상을 자극하는 역할을 담당한다.

---

144) 위의 글, 160~161쪽.

원래 詩의 知性이 일반 理論 學問의 지성과 다른 점은, 일반 이론 학문이 純理的 槪念을 두뇌로써 선택하고 결합해 왔던 데 대해, 詩의 그것은, 머리에서만 머무는 것이 아니라 가슴의 감동을 거쳐 독자에게 감동을 줄 수 있는 것으로 전달한 데에 있다. 그러니, 詩는 지성을 주로 하는 경우라 하더라도 意味 理解만을 전하면 되는 것은 아니다. 포올 발레리가 純粹詩論에서 詩의 감동 전달을 강조해 말한 것도 西歐 유럽 詩의 그리이스 이래의 그런 전통적 관례를 머리에 두고 말하고 있는 것이다.145)

서정주는 머리로 하는 지성의 시와, 가슴으로 하는 시의 지성을 발레리의 시론을 들어 설명한다. 시는 감동의 언어로 표현되어야 한다는 것이 그의 순수시론이다. 생경한 사상이 그대로 노출된 사상 시가 아니라 시적 지성이 내포된 것이라야 한다. 서정주는 시는 상상의 산물이며, 이를 통해 독자와 소통한다고 보았으며, 이때 감수성의 발현 즉, 화자와 대상 간의 거리가 지워지고 감정적 동일화를 이끌어내는 특이성이 요구된다. 서정주는 서정시를 "感情만을 다루는 것이 아니라 知性으로써 이해함으로써 되는 思想의 표현"으로 정의한다. 감정과 지성 그리고 사상의 조화를 두루 갖추어야 참 서정시라는 것이다. 서정시를 창작하는 일은 그만큼 작가주의적이어야 한다는 말이기도 하다. 종래 서정시에 대한 개념적 규정 및 이해가 일본을 통해 소개된 것을 비판 없이 수용하면서 상당히 협의적으로 "感情을 말하는 시"로만 정의했던 것에 대해 문제를 제기하면서 보다 확장적인 개념 정립이 필요함을 역설한 것이다. 상상과 감동 사이에 요구되

---

145) 서정주, 「머리로 하는 시와 가슴으로 하는 시」, 앞의 책(1969), 269~270쪽.

는 것이 시의 지성인데, 여기서 지성이란 "知性이 빚어내는 바의 內容"이거나 "感情에 對한 牽制의 職能者"라 할 수 있다. 이때 시의 지성은 철학적이거나 과학적인 지성과는 달리, "感性과 有機的 聯關"을 통해서만 구성된다. 이러한 "知性의 參加란 情緖의 牽制된 高度性을 빚는 作用力"[146]이다. 이때 "感動된 知覺의 體驗을 讀者에게 잘 想像시킬 수 있는 藝術品"이 곧 시작품이다. 이는 시인이 상상력을 통해 독자와의 소통을 꾀하는 문학적 행위이며, 독자의 감동적 반응을 통해 이러한 소통은 완결된다는 것을 의미한다.

　내 마음 속 우리님의 고운 눈섭을 / 즈문밤의 꿈으로 맑게 씻어서 / 하늘에다 옴기어 심어 놨더니 / 동지 섣달 나르는 매서운 새가 / 그걸 알고 시늉하며 비끼어 가네

—「冬天」 전문

　이슬 먹음은 새빩안 동백 꽃이 / 바람도 없는 어두운 밤중 / 그 벼랑에서 떠러져 내리고 있읍니다 / 깊은 강물 우에 떠러져 내리고 있읍니다

—「三更」 전문

　서정주의 시 중에서도 걸작인 「동천」은 겨울 밤하늘을 묘사한 것이다. 시적 응시와 발견, 그리고 참신한 표현의 미학이 잘 녹아 있으며, 절정의 순간을 포착하는 것이 서정시에 가장 우선되는 것임을 시사하는 작품이기도 하다. 초승달과 새 한 마리, 그리고 이 풍경을 목격하는 화자의 시선이 고루 만나서 한 편의 서정시를 완성하고

---

146) 서정주, 「詩의 想像과 感動」, 『서정주 문학 전집』 2, 19~24쪽.

있다. 차가운 겨울밤의 이미지는 "맑게 씻"은 칠흑의 투명함으로 표현되며, 보름달에 비해 보잘 것 없다고 여겨지는 초승달은 "매서운 새"까지 "비끼어" 갈 정도로 절대적인 대상으로 설정되고 있다. 겨울밤과 초승달의 이미지는 맑도록 차가운 계절감을 잘 형상하는 조합이며, 더불어 초승달은 다시 "내 마음 속"에 머물 뿐 손에 잡히지 않는 "님의 고운 눈섭"으로 비유되면서 이질적인 새로움이 주는 시의 심미적 감각을 극대화한다. 겨우 5행의 단시로 이토록 깊은 질감을 표현한다는 점에서 우리는 시인으로서의 서정주의 역량을 새삼 느끼게 된다.

　조지훈의 시 「靜夜1」과 유사한 분위기를 연출하는 「三更」 역시 이러한 단시의 묘미를 잘 살리고 있다. "바람"조차 잠든 "어두운 밤 중"에 "이슬 먹음은" 동백꽃이 한 송이 "벼랑에서 떠러져 내리고 있"는 찰나의 포착이야말로 시인만이 할 수 있는 서정적 발견일 것이다. 나아가 동백꽃이 떨어져 내린 곳은 "깊은 강물"이 흘러가는 위다. 낙화하는 하강의 운동성은 깊은 강물 위에 떠 있는 상승의 상태에서 정지하게 된다. 이 묘한 긴장감이 삼경의 고요를 보다 극대화하고 있는 것이다. 서정주가 말하는 순수시란 바로 이러한 발견을 통해서 시작된다고 보아도 과언이 아닐 테다. 물론 고요를 응시하는 서정주의 시선 역시 절대적이지 않다. "이 고요 속에 / 눈물만 가지고 앉았던 이는 / 이 고요 다 보지 못하였네. // 이 고요 속에 / 이슥한 삼경의 시름 / 지니고 누었던이도 / 이 고요 다 보지는 못하였네."(「고요」) 바로 이러한 한계 덕분에 시는 늘 새로운 발견이 될 수 있다. 또 다른 작품에서도 "이 고요에 / 묻은 / 나의 손때를 // 누군가 / 소리 없이 / 씻어 헤우고 // 그 씻긴 자리 / 새로 / 벙그는 // 새벽 / 지샐 녘 / 난초 한 송이"(「四更」). 이 시를 통해서 우리는 시적 발견의 무한한 가능성을 신뢰하게 된다. 시·공간적 '고요'에 대한 천착은 흡사 시심의 궁극을 표현하고자 하는 열망과 닮았다.

　　오늘 제일 기쁜것은 古木나무에 푸르므레 봄빛이 드는거와, 걸어가는 발뿌리에 풀잎사귀들이 희한하게도 돋아나오는일이다. 또 두어살쯤되는 어린것들이 서투른 말을 배우고 이쿠는것과, 聖畵의 애기들과 같은 그런 눈으로 우리들을 빤히 쳐다보는일이다. 무심코 우리들을 쳐다보는일이다.

—「無題」 전문

　　서정주는 그의 시론에서 "고도한 情緖의 형성은 언제나 감정과 욕망에 대한 지성의 좋은 절제를 통해서만 가능하다"[147]고 역설한 바 있다. 또한 시의 언어조직에서 중요한 것은 "한 편의 大詩想 속의 여러 小詩想들을 그에 적중하는 말들에 맞춰서 담아 가지고 그걸 어떻게 효과적으로 조화 있게 배치해 짜 내느냐 하는"[148] 것이라고 말한다. 그는 "시를 하는 일을, 자기가 숨쉬고 생명 영위하기에 적합한 세계를 정신과 언어와 언어의 율동으로써 꾸미는 일"로 인식한다. 그렇기에 시를 공산주의에 복무하는 것으로 생산해서도 안 되며, 시인이라는 허울을 위한 도구로 전락해서도 안 된다는 것이 서정주의 생각이다. 그는 "순수성과 사상성을 스스로 내포하는 것"이 시인 것은 사실이지만 "모방과 타성"에 젖어서는 안 되며, "시의 세계란 독자에게 발견의 가능성을 주어"[149]야 한다고 강조한다.

---

147) 서정주, 앞의 책(1969), 272쪽.
148) 위의 책, 278쪽.
149) 조지훈·박목월·서정주·강우식, 앞의 책, 75~78쪽.

이 시는 시의 발상이 되는 찰나의 시선을 포착한다. 서정적 서정시의 묘미는 이러한 발견에 있으며, 그 참신함으로 감동을 유발한다. "古木나무에 푸르므레 봄빛이 드는" 생명 탄생의 순간을 발견하는 일과 "걸어가는 발뿌리에 풀잎사귀들이 희한하게도 돋아나"는 질긴 생명의 움직임을 목도하는 일이야말로 시인의 몫이다. 자연 만물의 이치를 훔쳐보고 그 정갈한 순수의 신비를 서정의 언어로 폭로하는 일이야말로 가장 기본적인 시인의 임무일 것이다. "詩人이란 이런따위 괴롬만을 恨歎하고 푸념하는 사람이 아니라 이런따위 괴로움에 다시 數千數萬倍의 人生本然의 괴로움을 合하여, 이걸 整理하고 美化하는 사람"150)이다. 다시 시선은 "두어살쯤되는 어린것들이 서투른 말을 배우고 이쿠는것과, 聖畫의 애기들과같은 그런 눈으로 우리들을 빤히 쳐다보는" 사람의 일로 돌아온다. 시인이 자연을 돌아보는 까닭은 이처럼 사람의 일상을 보다 향기롭게 하기 위함이다. 더불어 이 시에는 "무심코 우리들을 쳐다보는" 어린 것들의 소일처럼 그렇게 자연스럽게 욕심 없이 살았으면 하는 작은 깨달음도 놓여 있다.

서정주는 "詩人에게 먼저 가장 重要한 일은 이 이미지를 現實에서 鮮明히 받아들이는 일"이며, 이는 "世界가 가진 오만가지의 이미지들을 늘 豊盛하게 收穫해서 둘 必要는 있지만, 그렇다고 해서 이것 全部를 詩로 만들어 낼 能力은 거의 없"다고 말한다. 즉 시인의 역할은 시가 될 만한 소재를 취사선택하고 이를 이미지화하는 것이다. "물론 한 詩人이 假設定에 내는 典型이라는 것이 讀者의 同意 밑에 어엿한 典型으로서 首肯되는 수도 있고 안 되는 수도 있지만, 하여간

---

150) 서정주, 『시창작교실』, 인간사, 1956, 51쪽.

한 詩人으로서 詩 이미지의 選擇이란 이 典型에의 指向下에 이루어지는 것만은 事實이다." 전형을 지향하는 시인의 욕망이 투사된 것이 이미지 선택인 것이다. 이때 시적 전형을 구성하는 일은 역사적 영역에서도 탐구할 수 있는데, 서정주의 시작품에서는 신라 표상을 통한 전통의 창출이 그것이다. 또한 삼국유사 등에 수록된 이야기를 시적으로 재구성하는 일 역시 시적 전형을 구축하기 위한 대상의 이미지화 작업과 맥을 같이 한다.

가령 서정주는 "春香傳의 이미지들은 옛날 것이어서 現代에선 無效가 되어 버리는 것이 아니라, 아직도 韓國的 사랑의 한 典型으로" 이해한다. "이런 경우 우리는 이것을 現代에 맞추어 再表現할 義務가 있다"고 역설한다. 특히 "朴在森氏가 近年 「春香의 마음」이란 제목의 詩 探求를 보인 것은 當然하고도 賞讚할 만한 일"151)이라고 말하면서 춘향 표상의 예술적 가치를 강조한다. 이때 서정주의 춘향은 사랑이라는 보편적 주제에 입각하여 차용된 인물로, 고전 소재의 현대적 변용 가능성에 대한 치열한 고민은 서정주 시가 전통을 구성하는 방식에 대한 궁구의 하나다. 더불어 궁극적으로 주체성의 확립을 도모함으로써 문학적 국가주의를 실현하고자 했음을 독해할 수 있다. 고전은 "문학적 전통을 형성하는 실체다".152) "전통이 '고전'이라는 특권적인 예술적 가치가 생산되고 유지될 수 있는 조건인 동시에 고전 하나 하나가 "전통적 질서"를 구성한다는 것은, 예술적 행위가 전통과 상호작용하는 관계 속에 있음을 말해준다."153) 고전이 획득한 문학적 권위는 과거적인 것의 가치를 재발견함으로써 현재를 재

---

151) 서정주, 「詩의 影像」, 『서정주 문학 전집』 2, 28~30쪽.
152) 김준오, 앞의 책, 137쪽.
153) 차승기, 앞의 책, 182쪽.

편하고, 이를 통해 기계적 시간관념을 전복한다는 데 있다.

　香丹아 그넷줄을 밀어라 / 머언 바다로 / 배를 내어 밀듯이, / 香丹아 // 이 다수굿이 혼들리는 수양버들 나무와 / 벼갯모에 뇌이듯한 풀꽃 뎀이로부터, / 자잘한 나비새끼 꾀꼬리들로부터 / 아조 내어밀듯이, 香丹아 // 珊瑚도 섬도 없는 저 하눌로 / 나를 밀어 올려다오 / 彩色한 구름같이 나를 밀어 올려다오 / 이 울렁이는 가슴을 밀어 올려다오! // 西으로 가는 달 같이는 / 나는 아무래도 갈수가 없다. // 바람이 波濤를 밀어 올리듯이 / 그렇게 나를 밀어 올려다오 / 香丹아.

—「鞦韆詞: 春香의 말 壹」 전문

　신령님……. // 처음 내 마음은 / 수천만마리 / 노고지리 우는 날의 아지랑이 같었습니다 // 번쩍이는 비눌을 단 고기들이 헤염치는 / 초록의 강 물결 / 어우러저 날르는 애기 구름 같었습니다 // 신령님……. // 그러나 그의 모습으로 어느날 당신이 내게 오셨을때 / 나는 미친 회오리 바람이 되였습니다 / 쏟아져 네리는 벼랑의 폭포 / 쏟아져 네리는 쏘내기비가 되였습니다 // 그러나 신령님……. // 바닷물이 적은 여울을 마시듯이 / 당신은 다시 그를 데려가고 / 그 훠—ㄴ한 내 마음에 / 마지막 타는 저녁 노을을 두셨습니다. / 그리고는 또 기인 밤을 두셨습니다 // 신령님……. // 그리하여 또 한번 내위에 밝는 날 / 이제 / 산ㅅ골에 피어나는 도라지 꽃같은 / 내 마음의 빛갈은 당신의 사랑입니다

—「다시 밝은날에: 春香의 말 貳」 전문

　안녕히 계세요 / 도련님 // 지난 오월 단오ㅅ날, 처음 맞나든날 / 우리 둘이서 그늘밑에 서있든 / 그 무성하고 푸르든 나무같이 / 늘 안녕히 안

녕히 계세요 // 저승이 어딘지는 똑똑히 모르지만 / 춘향의 사랑보단 오히려 더 먼 / 딴 나라는 아마 아닐것입니다 // 천길 땅밑을 검은 물로 흐르거나 / 도솔천의 하늘을 구름으로 날드래도 / 그건 결국 도련님 곁 아니예요? // 더구나 그 구름이 쏘내기되야 퍼부을때 / 춘향은 틀림없 이 거기 있을거에요!

—「春香 遺文: 春香의 말 參」 전문

'춘향의 말 1, 2, 3'이라는 부제가 붙은 이 작품은 소재뿐 아니라 그 전개에 있어서도 연계된다. 먼저 「추천사」의 경우 그네를 통해 춘향이 처한 상황을 그리고 있다. 특히 시인이 화자로 나서서 청자인 춘향을 상정해 놓고 부르는 것이 아니라, "향단"을 청자로 놓고 허구 적 화자인 춘향의 어조를 빌어 시를 전개하고 있다. 덕분에 춘향의 정서를 보다 생생하게 전달할 수 있다. 즉 춘향과 향단의 소통을 통해서 사랑에 빠진 한 여성의 기다림이 현실적 한계로 겪게 되는 절망과 비애를 여성 청자와 화자를 통해서 발화함으로써 독자의 감 정적 동의를 극대화하게 된다. "香丹"의 조력으로 지상에서 천상으 로 상승하지만, 곧 현실적 한계에 직면하게 된다. 이때 그네는 춘향 의 처지를 보여주기에 적합한 소재다. 지상의 질서로부터 거리두기 를 함으로써 천상을 향해 날아오르지만, 곧 그넷줄의 구속을 실감하 게 되는 것이다. "西으로 가는 달 같이는 / 나는 아무래도 갈수가 없 다"는 절망이 바로 그러하다. 화자는 천상의 질서에 있는 불교적 초월적 공간인 서방정토를 열망하지만 끝내 그곳에 가닿을 수 없는 존재적 한계 때문에 좌절하게 된다. 춘향은 봉건적인 질서에서 자신 이 처한 계급적 한계로 빚어지는 불행을 적극적으로 타개해 나가는 인물이다. 그렇기에 이 시에서 춘향을 모티프로 차용함으로써 단순히 춘향을 형상화하는 것에 그치지 않고, 인간의 보편적 욕망과 숙명적 고뇌 등을 위무하는 역할을 하게 된다.

　다음으로 두 번째 춘향의 말에 해당하는 「다시 밝은날에」는 고백적 어조를 통해 재회를 소망하며, 기다림을 다짐하는 작품이다. "신령님"이라는 절대적 존재에 기원하는 구어체를 통해 시의 실감을 얻고 있으며, 이를 통해 자신의 사랑이 얼마나 절실한가를 효과적으로 표현하고 있다. 또한 현실세계에서는 궁극적으로 소통불가능한 상황을 절대자의 힘에 의지해 이루어지기를 기도하는 소통과 성취 욕망이 반영된 작품이다. 전체 시상은 사랑에 빠진 춘향의 심정변화를 "처음 내 마음은 / 수천만마리 / 노고지리 우는 날의 아지랑이 같"았다는 사랑이 시작된 시기의 고백에서부터, "그러나 그의 모습으로 어느날 당신이 내게 오셨을때 / 나는 미친 회오리 바람이 되"고 "쏟아져 네리는 벼랑의 폭포 / 쏟아져 네리는 쏘내기비가" 된 이별에 처한 자신의 심정, 그리고 다시 기다림의 의지로 재회를 소망하며 "그리하여 또 한번 내위에 밝는 날 / 이제 / 산ㅅ골에 피어나는 도라지 꽃같은 / 내 마음의 빛갈은 당신의 사랑"이라는 고백에 이르기까지 섬세하게 그려내고 있는 것이다.

　끝으로 '춘향의 말' 마지막에 해당하는 「春香 遺文」의 경우, 옥중 유언의 형식을 빌려 죽음상황을 초월한 사랑의 심사를 읊조리고 있다. 춘향이 예술적 소재로 오랫동안 사랑받는 까닭은, 사랑이라는 제재의 보편성뿐만 아니라 춘향이 갖고 있는 우리 민족의 특수성 덕분이다. 사랑과 한의 심사가 묘하게 중첩되어 있으며, 낭만적 사랑과 불교적 사상이 만나 시상을 구성한다. 이 덕분에 단순히 소재적 차원에서의 친숙함만이 아니라 다양한 시상을 통해 시적 예술성 역시 훌륭하게 구조화할 수 있다. 1연의 "안녕히 계세요 / 도련님"이라는 작별 인사는 3연을 통해 구체화된다. 또한 2연의 회상은 죽음을 예비하는 춘향의 상황, 그 사랑을 보다 견고하게 발화한다. "저승이 어딘지는 똑똑히 모르지만 / 춘향의 사랑보단 오히려 더 먼 / 딴 나라는 아마 아닐것"이라는 다짐에서 알 수 있듯이, 춘향의 사랑은 죽음 상황조차 초월하는 절대적인 것임을 강조한다. 죽어서 "천길 땅밑을 검은 물로 흐르거나 / 도솔천의 하늘을 구름으로 날"아야 하는 처지가 되어도 그것 역시 "결국 도련님 곁"이기에 죽음도 두렵지 않다는 상한 정신력이 드러난다. 어떤 상황에서도 "춘향은 틀림없이 거기 있을" 것이라는 의지를 피력함으로써 사랑의 절대성을 형상화하는 것이다. 나아가 이러한 초월적 사랑을 향한 의지가 공허하지 않은 까닭은 시 전반을 지배하는 불교적 세계관 덕분이다. 윤회사상에 입각했을 때 춘향은 죽음 그 다음, 언젠가 다시 도련님을 만날 수 있을 것임을 강력하게 믿고 있기 때문이다. 이러한 절대적인 믿음이야말로 사랑의 힘이 아니겠는가. 사상적 지향성은 유교질서 아래, 사랑에 수동적일 수밖에 없었던 여성주체를 적극적인 위치로 승격시킨다. 춘향은 억겁의 시·공을 순환하는 불교적 세계관에 입각한 존재로, 유한자적 숙명을 긍정적으로 체화하는 존재로 형상된다.

서정주와 그의 계승자(시적 영향 관계)를 잇는 가장 큰 공통점은 시적 소재에 있다. 예컨대 춘향이나 선덕여왕 등 설화적 여성주체들은 박재삼 등에 그대로 계승된다. 물론 서정주의 설화적 인물이 생체험적인 사실적 경험 층위를 배제한 것이라면,[154] 박재삼의 인물들은

---

154) 전술했듯이 서정주의 설화적 인물들은 『질마재 신화』에 이르러 민중의 영역으로 확장된다. 범인의 기록을 보편적 역사와의 대척 지점에 문학적으로 새롭게 구성한다는 점에서 서정주의 가장 큰 시사적 의미는 『질마재 신화』에서 찾아야 한다고 본다. 『질마재 신화』는 등단 이후 전후를 거치면서 전통을 구성하기 위해 분투했던 그의 시업(詩業)의 결정체라 할 만하다.

다시 경험적 주체와 연계된다는 점에서 그 현실인식에 있어 차이점을 드러낸다. 그리고 이 부분에서 박재삼의 시 작업이 단순히 서정주의 아류가 아닌 보다 진일보한 확장적 수용이라 평가받을 만한 대목이 된다고 여겨진다. 또한 서정주의 설화적 상상력에 이어 자연에 대한 인식 역시 전통주의 시의 경향성을 규정짓는 특징이다. 조지훈의 자연이 완전미를 구현한 절대 가치였던 것처럼 서정주의 자연 역시 현실적 고통으로부터 시적 화자를 온전히 보호할 수 있는 유일한 공간으로 형상된다. 즉 조지훈이 그랬던 것처럼 서정주의 자연 역시 유토피아적 이상향으로 신성시되는 것이다.

『삼국유사』와 같은 문헌이나 신라라는 표상 자체는 민족의 설화적 상상력을 구성하는 토대가 된다. 서정주의 시뿐만 아니라 박재삼의 시에서 치밀하게 차용된 춘향의 경우 이들 사이의 미학적 연관성뿐만 아니라 담론적 영향을 짐작케 한다. 춘향은 대표적인 고전적 인물로 문학 전반적으로 큰 관심을 받았다. 시적 설화를 구성하는 그의 작업이 민중의 삶의 자리에서 전통을 구상하는 일이며, 서정주 시의 중요한 미덕이자 매력임이 분명함에도 예술적 자율성이라는 대전제 앞에서는 판단을 중지하게 되는 것이다. 여러 평론에서 그가 주장했던 것처럼 시는 그것만으로 독자적인 것이어야 한다. 그러나 그가 보여줬던 정치적 행보는 시의 진실성이나 염결성에 의문을 품게 하는 것은 어쩔 도리가 없다. 이러한 서정주의 문학적 성취는 1950~60년대 이후 등단한 시인들에게 지대한 영향을 끼친다. 전후의 혼란을 극복하기 위한 정체성의 확립을 전통에서 찾고자 하는 일단의 움직임이 그러하다. 당대 한국적인 것의 생산은 세계적 보편에 부합하기 위한 국민국가 건설과 이를 견인할 문화적 동력을 생성하기 위한 분투로 독해할 수 있을 것이다.

제5장 박재삼 시의 전통 인식

1. 현실 순응과 내면으로의 침잠

박재삼(1933.4.10~1997.6.8)[155]의 시는 현란한 수사를 사용하지도,

---

155) 1953년 모윤숙의 추천으로(시조 「江물에서」) 『문예』지를 통해 등단했으며, 이후 1955년 『현대문학』을 통해 유치환(6월, 시조 「섭리(攝理)」)과 서정주(11월, 시 「정적(靜寂)」)에게 추천을 받으면서 본격적인 문단활동을 시작하게 된다. 박재삼은 타계하기까지 14권의 시집과 한 권의 시조집, 12권의 시선집 그리고 10여 권의 수필집을 상재한 바 있다. 그렇지만 그가 지향하던 문학관은 단선적이다. 민족적 동질성을 구성해야 한다는 강한 동기부여 때문인지 장르적으로 다양한 그의 문학작품들의 종착은 거개가 전통의 구현에 닿아 있다. 때문에 오랜 문단생활에도 불구하고 문학적 지향의 변화양상을 거의 찾아볼 수 없는 것이 사실이다. 편의상 그의 시적 이력을 초·중·후기로 나누기도 하지만 그 뚜렷한 변별의 잣대가 존재하는 것은 아니다. 물론 전통서정시의 감각을 미적 구조로 조탁한 흔적이 역력한 초기시에 비해 중·후기 시편들은 허무와 일상에 함몰되는 경향을 보인다. 하지만 큰 틀에서는 서정적 자아를 미적 장치를 통해 표출한다는 점에서 궁극적인 지향점은 일맥상통한 측면이 있다. 그 자신이 괄목할 만한 변화를 꾀하지 않았을 뿐만 아니라, 분명한 목적 아래 비교적 단일한 시작관(詩作觀)을 견지했기 때문에 '전통적 서정주의'를 표방하는 박재삼의 시편들을 시기적으로 구분하는 일은 무의미하다.

파격적인 실험시를 쓰거나, 다양한 변모를 시도하지도 않았다. 어쩌면 이러한 까닭에 "사람들에게 크게 주목받지 못했는지도 모"르지만, 오히려 "천분에서 우러나온 서정시를 처음부터 끝까지 일관되게 썼던 시인이라는 점에서 시적 개성을" 발견할 수 있다. "평범 속에 비범을 찾은 것", "오직 자기 자신의 육성에서 우러나오는 시에 충실했던 시인"으로 평가할 수 있을 것이다. 물론 "초기의 시적 언어의 공들임에서 후기 무기교의 기교로 나아간"156) 점에서 그에 대한 평가가 엇갈리기도 하지만, 분명한 것은 그가 보여주었던 담백한 시미(詩味)에 대해서만큼은 같은 생각일 것이다.

특히 첫 시집인 『춘향이 마음』(1962)157)은 박재삼의 전체 시집을 대표하는 수작들이 대거 실려 있기도 하거니와, 등단 이후 이 기간 동안 전통 구현에 천착한 일면이 도드라져 있다. 또한 시기적으로

---

156) 최동호, 『디지털 코드와 극서정시』, 서정시학, 2012, 227~228쪽.

157) 『춘향이 마음』은 전체 세 부분으로, 각 부분은 주제적 일관성을 유지하면서 구성되어 있다. '춘향이 마음'이라는 제목으로 구성된 첫째 장은 「수정가(水晶歌)」, 「바람 그림자를」, 「매미 울음에」, 「자연(自然)」, 「화상보(華想譜)」, 「녹음(綠陰)의 밤에」, 「포도(葡萄)」, 「한낮의 소나무에」, 「무봉천지(無縫天地)」 그리고 「대인사(待人詞)」가 있다. 이들 시편은 춘향이라는 인물을 구성하는 데 집중되어 있다. 그리고 둘째 장은, '남해안(南海岸)'으로 「봄바다에서」, 「밀물결 치마」, 「어지러운 혼(魂)」, 「광명(光明)」, 「밤 바다에서」, 「물먹은 돌밭 경치(景致)」, 「가난의 골목에서는」, 「눈물 속의 눈물」, 「무제(無題)」 그리고 「섬」이 있다. 1장이 춘향을 통해서 민족적 정서를 환기하는 것에 목적을 두고 있다면, 2장은 춘향이라는 인물을 보다 더 사실적으로 형상화하기 위해 '남평문씨 부인'이나 '누님'이 등장한다. 뿐만 아니라 개인의 가난을 역사화하는 매개로써의 흥부 등을 재구성함으로써 인물의 사실성을 강화한다. 또한 '바다'라는 공간의 다층적 양상을 구성해 나간다. 끝으로 세 번째 장은 '원한(怨恨)'이라는 제목 아래 「울음이 타는 가을강(江)」, 「남강(南崗)가에서」, 「흥부부부상(夫婦像)」, 「조국(祖國)사랑」, 「무제(無題)」, 「원한(怨恨)」, 「우리 마음」, 「한(恨)」, 「추억(追憶)에서」 그리고 「진달래꽃」이 있다. 이들 작품들은 박재삼이 천착했던 주제인 한을 형상화한다. 박재삼이 재구성하는 한이라는 것이 민족적 정서와 개인 사이의 융화 혹은 소통으로 이루어진다는 것을 이들 시편으로 확인할 수 있다. 궁극적으로 박재삼의 시가 지향하는 바는, '전통' 구성과 재현을 통해 민족적 공동체를 복원하는 것에 있다.

1950~60년대에 창작된 작품들이 주조를 이룸으로써 그 시대에 대한 시인의 인식과 형상화 방식을 검토할 수 있다. 즉 그의 문학적 가치라든가 인식의 저변이 가장 강렬하게 발산되는 것은 초기시다. 이 시기는 시작품의 문학적 완성도라든가, 민족 구현물로서의 문학의 역할 등에 가장 고심했던 시기인 반면 중·후기로 갈수록 인생에 대한 허무적 감각과 성찰 등 유한자적 인간 본성에 더 다가가는 일면을 볼 수 있다. 박재삼 후기시는 말년의 양식이 미학적 완결성을 이룰 수 없다는 것을 반증하는 작품들이 많다. 문학은, 말년에 이르러 완결되는 것이 아니라 여전히 시작되거나 방황하는 산물이라는 사실을 발견할 수 있다. 이를 바탕으로 초기시의 문학적·미학적 성취에 국한해서 연구가 집중되어 있는 것이 사실이다.

전후 맥락에서 박재삼 시에 드러나는 전통 구성 방식을 규명하는 것은 필요한 작업이다. 이는 기존 연구가 '전통'을 하나의 원형이나 한국적 총체성으로 설정하는 것과 달리 그것이 '만들어지는 것'임을 전제하는 데에서 출발한다. 박재삼은 그의 작품에 드러나는 서정적 전통이라는 수사로 인해 역사적 격동기인 전후의 외부에 놓인 듯 오해되기도 한다. 그러나 그의 생애사야말로 우리 민족의 고난과 무관하지 않으며, 역사와 개인의 상관관계에 대해 고찰할 수 있는 삶을 살았다. 박재삼의 작품은 완성도나 주제적 지향성도 중요하지만, 무엇보다 시대적 맥락과 함께 독해해야 한다. 즉 자기발언으로서의 서정 양식을 통해 문학성을 구축하고 나아가 인식적 지향성 역시 드러내고 있음을 고찰해야 한다. 박재삼이 추구했던 미적 완결성은 역사를 초월한 절대적 완전성을 욕망했던 전통주의의 궁극적 지향과 목적이 같다. 그의 시는 "50년대의 문학공간에 김소월, 서정주의 재래적인 정서에 접근하여 언어의 현실적인 생동감을 회복한 한국

전통 서정시의 처연한 절정이며, 모국어의 언어적 질감이 가장 눈부시게 제 살을 드러낸 문학사적 경험"158)이라고 감히 말할 수 있다. 그러나 이러한 평가에 비해 타계한 지 대략 16년이 흐른 그의 시에 대한 본격적인 연구 성과들은 미미한 편이다. 그나마 2000년대 들어서면서 전후 혹은 1950년대 문학연구와 함께 박재삼에 대한 연구 역시 활발해지고 있는 추세이다.159)

---

158) 이광호, 「恨과 지혜」(해설), 『울음이 타는 가을江』, 미래사, 1991, 147쪽.

159) 범박하게나마 그 연구 성과들을 분류하면, 형식적인 측면에서 이광호는 박재삼 초기시를 중심으로 어조를 형성하는 요소를 살피고, 운율을 분석함으로써 그 시적 효과에 대해 연구한다. 이는 박재삼 시를 텍스트로 삼은 최초의 학위논문일 뿐만 아니라 비교적 학문적 조명을 덜 받고 있던 박재삼에 대한 연구가 보다 본격화되어야 한다는 주장과 함께 그 이유를 제시하고 있다. 우선 해방이후 현대시사의 시인 연구의 필요성과 그 문학사에 대한 이해 가능성, 다음으로 이국적 풍토에 도취되어 있던 해방이후 시사에서 간과한 한국 전통서정시가 놓여 있는 자장을 고수했다는 점, 끝으로 박재삼 시의 양식적 측면에 대한 다양한 방법론적 고찰의 필요성이 그것이다. (이광호, 「박재삼 시 연구: 초기시의 어조와 운율 분석」, 고려대 석사논문, 1987.) 그리고 윤석진은 박재삼 시의 문체적 특성과 그 효과를 면밀히 연구(윤석진, 「박재삼 시의 문체 연구」, 전남대 석사논문, 2005)했으며, 이현정은 박재삼 시의 담화구조를 분석(「박재삼 시 연구: 담화구조를 중심으로」, 숙명여대 석사논문, 2000)하는 등 형식적 측면에서의 논의가 이루어지고 있다.
  주제적인 측면에서의 논의는, 한(恨)이라는 키워드에 집중되어 있다. 박재삼 시의 중심 주제를 한이나 슬픔의 정조로 보고 이에 대한 이해와 분석에 지면을 할애하는 경우가 그것이다. 먼저 고은은 일찍이 박재삼 시에 나타난 눈물은 인생무상에 대한 울음에 지나지 않으며, 이때 한은 시대적 현실을 반영하지 못하는 사적인 경험일 뿐이라고 지적한다. (고은, 「실내작가론(10): 박재삼편」, 『월간문학』, 1970.1.) 그리고 김설아는 박재삼 시에서의 한의 원인을 가난 체험이나 비극적 죽음인식 등으로 규명(김설아, 「박재삼 시 연구」, 숙명여대 석사논문, 1999)하는 등 주제적 연구는 비교적 활발하게 진행되고 있다.
  문체적 특이성을 독해하거나 한(恨)이나 슬픔의 정조를 분석하는 등의 연구와 더불어 전통성의 관점에서 전영주는 박재삼 등 1950년대 시에 나타난 전통주의의 특질에 대한 규명하며(전영주, 「1950년대 시의 전통성 연구」, 동국대 박사논문, 2000), 박유미도 이동주, 박재삼, 박용래 등 1950년대를 대표하는 전통서정 시인들을 대상으로 이들의 시에 나타나는 유기체적 세계관과 도道의 시학을 포착하고, 이러한 동양적 세계관을 통해서 1950년대라는 폐허가 된 황무지에서 동질성을 구하고 정체성을 회복할 수 있다고 논의한다. (박유미, 「1950년대 전통서정시 연구」, 성신여대 박사논문, 2002.) 황인원 역시 1950년대의 시를 대상텍스트로 삼고, 그 중에서 박재삼의 자연관과 그 안에 용해되어 있는 서정적 세계관을 포착하고 있다. (황인원, 「1950년대 시의 자연성 연구」, 성균관대 박사논문, 1998.) 또 홍성란은 박재삼 시에 나타나는 죽음이미지와 그 변모양상에 대해 논의하면서, 그 동안 초기시에 집중되어 있던 박재삼 시 연구에 대한 총체적 연구의 필요성을 타국에서의 식민지 체험과 뒤이은 전쟁 상황을 겪은 시인의 가난 체험은 단순히 개인적 차원의 문제로 한정지을 수 없는 사안이다. 역사적 비극이 개인의 생애 전체를 지배한 경우라 볼 수 있다. 그렇기에 전통 서정시인이라고 분류된다 하더라도, 단순히 그의 시를 현실도피적인 서정시라고 결론내릴 수는 없다. 서정 역시 하나의 이데올로기적 지향성을 내포한 개념이며, 해석에 따라 새로운 전위의 방식으로 읽힐 수도 있다. 박재삼의 작업은 선배 시인 서정주나 조지훈 등 일련의 전통 논사의 작업을 발전석으로 계승한 것이다. 이들의 작업은 완전히 다른 층위에 있으면서 동시에 닮은 구석이 있다. 불우한 현대사의 중심에서 자아를 형성했던 시인이 시대에 대한 비판의식 보다는 실존적 심미화 작업에 몰두했던 까닭은 무의식적인 체제 순응에 있는지도 모른다. 하지만 분명한 것은 기존의 가치가 붕괴된 전쟁 상황을 통과하면서 질서의 부재가 안긴 공포를 체감했을 터이다. 때문에 이들은 자신의 안전을 지켜줄 국가를 건설하고, 그 체제에 순응해야 한다는 당위성을 함양할 수밖에 없었을 것이다. 전후 상황에서 시의 서정성을 수호하는 일은 나름 가치가 있다. 서정은 하나의 태도며 지향성이다. 서정은 문학적 기법에 한정되지 않고, 현실적 대응 방식의 일종으로 발화하게 된다.

제기한다. (홍성란, 「박재삼 시 연구: 죽음 인식과 죽음 이미지의 변모양상을 중심으로」, 경기대 석사논문, 1998.) 그리고 김강제는 시간과 공간을 현상학적 층위, 구조적 층위, 그리고 사회 역사적 층위로 접근해서 박재삼 시의 본질적인 특징을 규명한다. (김강제, 「박재삼 시 연구」, 동아대 박사논문, 2000.) 끝으로 정영애는 박재삼 시에 나타난 상상력의 유형을 크게 현상학적 상상력, 신화적 상상력, 그리고 유기체적 상상력으로 분류해서 동일성의 시학인 전통서정의 가능성을 타진한다. (정영애, 「박재삼 시의 상상력 연구」, 조선대 박사논문, 2009.) 그러나 이러한 연구들은 초기시에 집중된 경향이 강하고 다른 시인과의 연계, 특히 전통서정이나 전후라는 공통의 층위에 놓여 있는 여타의 시인과의 비교연구가 많은 비중을 차지한다. 그렇기에 박재삼 문학 전반에 걸친 면밀한 분석과 이해가 요구되며, 전후를 보다 거시적으로 독해할 필요가 있다.

本誌는 本誌의 題號가 暗示하는 바와 같이 韓國의 現代文學을 建設하자는 것이 그 目標이며 使命이다. 그러나 本誌는 이 現代라는 概念을 瞬間的인 時流나 枝葉的인 尖端意識과는 嚴格히 區別할 것이다. 本誌는 現代라는 이 歷史上의 한 時間과 空間을 언제나 傳統의 主體性을 通해서만 理解하고 認識할 것이다. 即 過去는 언제나 새로이 解釋되어야 하며, 未來는 恒常 傳統의 結論임을 잊어버리지 않겠다는 것이 그것이다. 그러므로 아무리 빛난 文學的 遺産이라 할지라도 本誌는 아무 反省없이 이에 追從함을 操心할 것이며, 아무리 눈부신 새로운 文學的 傾向이라 할지라도 아무 批判없이 이에 盲從함을 警戒할 것이다.

이러한 『現代文學』의 편집노선은 다섯 가지 정도인데, ①은 韓國을 代表할 수 있는 文壇의 總體的인 表現誌가 되어야 한다는 點. ②는 文學上의 一傾向이나 或은 特定된 流派를 超越한 正統的인 位置를 嚴守해야 한다는 點. ③은 古典에 대한 正當한 繼承과 새로운 世界文學에 對한 正當한 吸收. ④는 文學的인 價値評價에 對한 嚴正한 態度. ⑤는 力量있는 新人의 養成이 그것이다.160)

박재삼의 문학적 성취는 많은 부분, 매체와 문단 권력 간의 상호성에 기반을 둔다. 고려대 중퇴라는 그의 학력이나 바둑 취미는 당대의 문인들과 교류할 수 있는 최소한의 배경이 되어주기도 했다. 무엇보다 변방의 가난한 시인에서 한국 시문학 장의 핵심 주자가 되기까지 문예지 『현대문학』161)의 공헌은 지대했다. 자신의 가난과 병마와의 싸움 같은 현실적 생활고를 어느 정도 해소할 수 있었던 것은 선배

---

160) 한국문인협회 편, 앞의 책, 180~181쪽 참조.
161) 『現代文學』은 1955년 1월호 창간된 이후 지금까지 발간되고 있는 순수문예지다.

시인들의 도움 덕분이라는 술회와 같이, 박재삼에게 『현대문학』은 시인으로서의 생명이자, 자신의 생계를 해결할 수 있는 직장이기도 했다. 박재삼은 서정주와 조지훈이 공고히 구축한 담론적 토대에서 자신의 시적 기량을 발휘했다고 볼 수 있다. 시인이 문단의 외부자에서 내부자로 포섭되는 과정은 자신만의 문학적 지향성을 형성할 수 있는 계기를 마련해 주었다. 전통성이나 순수서정이라는 수식어 자체가 시대적 고민으로부터 초연하다는 인상을 줌으로써 일단의 현실 회피에 대한 변명이 되어주기도 한다.

그러나 『현대문학』이 "한국의 현대문학을 건설"하는 것을 목표로 하고, 이때 "현대" 개념을 "전통의 주체성을 통해서만 이해하고 인식"해야 한다는 제한을 둔 것처럼, 전통서정시는 무정치성의 예술이 아니라 가장 정치적인 기획으로 구성되었음을 알 수 있다. 『현대문학』의 방향성은 전후 우리 문학사에서 순수문학이 지향했던 전통적인 것의 성격을 유추할 수 있게 한다. 그것은 우리만의 특수성을 확립함으로써 온전한 국가로서 세계무대에 서는 일이며, 동시에 세계적 보편성을 획득한 산물이어야 한다는 것이다. 오랜 식민지와 신탁, 그리고 한국전쟁 이후에 비로소 표면적으로 독립된 국가를 건설하기 위한 강력한 동인이 작동하게 된다. 전후 사회 제반요소의 성립은 자립을 위한 강렬한 열망의 결과라 할 수 있다. 특히 전후의 문학주의는 전통을 인식하고 구성하는 방식을 통해서 민족 주체성의 확립을 꾀한다. 『현대문학』은 이러한 시대적 요청을 적극적으로 수렴한 보수성을 띤다는 사실을 편집노선을 통해 알 수 있다.

"전통적으로 시는 '시인 자신이 화자가 될 뿐 그 외의 다른 어떤 것도 암시하지 않게 하는' 디에게시스(diegesis)적인 발화로 간주되"162) 었다. 그런 탓에 전통 서정시인들의 작품에서 현실을 포착하기란 쉽지 않으며, "다른 전통주의자들이 그렇듯이 박재삼의 시 속에도 '현실'이 없다"163)는 지적은 일반화되어 왔다. 그러나 시는 아무것도 발화하지 않으면서 동시에 모든 것을 발화하는 역설적인 장르이다. 작가를 떠난 개별 작품은 독자 개개인을 통해 매순간 새로운 해석 층위를 구성한다. 박재삼은 자신의 수필을 통해서 한국적인 전통을 수호하고 발전시켜야 한다는 입장을 강조하고 있으며, 이러한 시인의 의도를 반영하여 작품을 해석한다면 서정적 장치 속에 숨겨둔 현실의 면모를 충분히 포착할 수 있을 것이다. 서정화된 현실, 재구성된 현실이 그것이다. 전쟁이라는 특수한 상황 자체를 시적으로 형상화하기 위해서는 여러 가지 방법이 있겠지만, 생경한 구호로 직설적으로 표현하는 대신 서정이라는 장치 속에 함의하는 것이 보다 효과적인 시적 전략이라고 볼 수 있다. 현실을 조망하는 방식은 다양하다. 그리고 전통서정을 추구하는 것이야말로 어쩌면 가장 정치적인 시적 전략이라 할 수 있다.

흔히 서정이라고 하면, 삶의 실태와는 분리된 어떤 미적 자율성을 기대한다. 때문에 현실과 괴리된 순연성을 서정에 투영하는 경우가 종종 있다. 그러나 한국적 토양에서는 국민국가 건설을 위해 생성된 주체인 민중을 내세운 '민중적 서정시', 즉 삶과 밀착되어 있는 형태의 서정이 '주류'를 이룬다. 이런 까닭에 서정성을 단지, 미적 자율성을 추구하는 시적 경향이라고만 규정할 수 없다. 서정은 박재삼이 자신의 현실 인식을 보여주는 유일한 소통 방식이다. 내면으로 침잠하는 서정의 원리는 역사의 무게를 감당하는 주체의 고통을 충분히

---

162) 윤지영, 「김기림 초기작의 시선과 목소리」, 『한국문학논총』 52, 한국문학회, 2009.8, 272쪽.
163) 윤종영, 「1950년대 한국 시정신 연구」, 대전대 박사논문, 2005, 175쪽.

형상화하기 때문이다. 박재삼의 작업은 서정이자, 그것을 넘어서는 위치에 있다. '전통'을 구성하는 방식으로 서정을 확장하여 시대를 향해 발화하는 새로운 방법을 보여주는 것이다. 예컨대 전쟁 상황—전쟁의 상처가 남아 있는 한, 여전히 우리는 전쟁 상황에 속해 있다—에서 민족을 통합하려는 의지, 그리고 전통을 복구함으로써 주어를 회복하고자 하는 기대가 그것이다. 견고한 국민국가의 확립과 문화국가의 건설 욕망이 반영된 것이 서정을 통한 박재삼의 전통 구성 작업이다.

어제는 6·25 때 홀어미된 / 누님의 스란치마가 그냥 / 벽에 걸린 채 스르르 떨고 있어 / 「아! 내 祖國!」하고, // 오늘은 적적한 고궁 안 / 노란 은행잎 점점이 / 가을하늘 실바람에 떨고 있어 / 「아! 내 祖國!」한다. // 사람들아 사람들아, / 다 나 같을라, / 나는 내 祖國 사랑에 어찌 / 매양 눈물이 따르는지.

—「祖國 사랑」 전문

한 이십몇 년 전 사업(事業) 실패한 / 울아버지 상(相)을 하고 / 이 강산에 진달래꽃 피었다. // 목젖 떨어지는 곡(哭)은 남 부끄럽던가. / 죄 없는 가려운 살을 / 긁어버려 긁어버려 벌건 피를 / 내 콧물 흘린 소견으로 보던 것이나, / 시방 눈부신 햇살 속에 진달래꽃을 / 흐리게 멍청하게 보는 것이나. // 안 어기고 돌아오는 어지러운 봄을 두고 / 앞앞이 말 못하고 속속들이 병들어 / 울아버진 애터지고 / 진달래꽃 피던가. // 일본 동경 갔다가 / 못 살고선 돌아와 / 파버리지도 못한 민적(民籍)에 가슴 찢던 / 이 강산에 진달래꽃 피었다.

—「진달래꽃」 전문

전쟁은 개인의 기억을 균질화한다. 이때 기억의 균질화는 집단적 공포 상태에서 비롯된다. 인간 개개인의 성장기가 아닌, 역사의 고난과 투쟁이라는 거시사로 기록되거나 독해되기를 강제하는 탓이다. 개인은 민족 속으로 함몰되고, 개인사는 대문자 역사에 의해 은폐·포섭된다. 특히 반공 담론 안에서는 남들과 '다름'이 야기하는 폭력 상황을 본능적으로 감지하기 때문에 균질화된 역사의 일부로 자신의 기억을 봉합할 수밖에 없다. 일제 식민지 기억과 한국전쟁으로 인한 불안과 공포는 기억의 진실을 혼란시키고, 종래에는 만들어진 표상 아래 기억을 은폐하도록 종용한다. 전통 담론은 국가주의라는 토대에 개인과 사회를 재배치함으로써 배타적 국민 정치성을 강화할 수 있도록 조력하는 역할을 담당했던 것이다. 전통과 현대, 무한 모순의 궤도에 갇힌 이들 대립항은 역설적이게도 쌍방을 타자로 규정함으로써 보다 견고해지는 것이다.

박재삼은 현대사와 분리될 수 없는 삶을 살았음에도, 그의 시적 지향은 현실정치로부터 철저히 독립되어 있는 듯 보인다. 그렇지만 우리는 어렵지 않게 그의 작품에서 민족을 욕망하고 있는 시인과 조우할 수 있다. 식민지 시기인 1933년 일본에서 출생한 박재삼이 일본에 대해 품고 있던 피해의식은 다른 작가들 이상이었을 것이다. 그럼에도 그의 시에는 이러한 문제의식을 반영하는 작품이 부재한다. '가난'에 대한 일정한 수사는 이러한 개인적·역사적 경험에 뿌리를 두고 있다. 가령, 식민지 시기인 1920~30년대 출생하여 전후 등단한 시인군들을 이중언어현실을 체감한 작가군으로 분류한다면, 박재삼이 '전통'에 집착하는 이유 역시 이러한 이중언어 세대, 혹은 일본을 체험함으로써 체화한 피해의식과 일정한 연관성을 가질 것이다.164) 한글의 아름다움, 혹은 한국적 미의식에 집착하는 까닭 역시 이러한 관점에서 볼 수 있다. 예컨대 언어적 표현에 있어서 지나친 염결성을 가진다거나 슬프지만 아름다움이 함께 녹아 있는 한국적 정서를 한으로 치환하기 위해 고심한 흔적 역시 이러한 맥락에서 이해할 수 있다.

박재삼 시인이 서정 문법을 활용하여 표현하고자 하는 주제적 지향성 중 하나는 현실감각이며, 조국에 대한 무한 애정이다. 먼저 「조국사랑」은 이러한 시인의 지향점을 유추할 수 있는 작품이다. "6·25"로 표징되는 사건과 "조국", "홀어미" 등에서 드러나는 현실적 층위는 역사가 개인에 미친 영향 등을 시사한다. 전쟁은 물리적 종료만으로 종결될 수 없다. 우리는 "누님"처럼 전쟁이 남긴 상처, 죽음과 부재를 짊어지고 살아가야 하는 주체다. 어제는 찬란했던, 그러나 "오늘은 적적한 고궁"은 우리 역사의 서러움을 전달한다. "매양 눈물이 따르는" 역사를 이끌어 온 "사람들"끼리, 제 홀로 "떨"거나 가녀린 "실바람에 떨고 있"거나 같은 심정이다. "누님"은 전쟁을 겪은 우리이자 전쟁을 기억하는 우리다. 민족을 지탱하는 것은 "다 나 같을" 것 같은 동질감이다. 이때 "사람들아 사람들아"로 이어지는 반복적인 호명은 민족적 고난을 함께 해온 공동체에 대한 위무이며 동시에 강한 조국을 염원하는 다짐이다.

---

164) 이재봉은 국가(동일 언어집단)의 외부에 위치한 이들을 '틈새 인간'으로 명명한다. "언어는 제국과 식민지, 지배자와 피지배자, 주체와 타자 등"(392쪽)을 폭력적으로 구획한다. "말더듬이"라는 상징어는 억압적인 구조에서 이방인으로 살아야 했던 조선인의 처지를 대변한다. 특히 박재삼의 경우, 스스로는 자각하지 못했을 것이지만 자신의 부모 세대가 겪어야 했던 폭력상황이 어머니의 노래를 통해 암묵적으로 전해졌을 터이다. 식민지 조국에서도, 지배국에서도 살지 못하고, 이곳저곳을 쫓겨 다녀야 했던 설움이 "난민"으로서의 부정적 자의식을 형성하게 했음은 당연하다. 이러한 부정적 자의식은 삭임의 내면화로 형상화된다. 이재봉, 「틈새 인간의 말더듬이 존재론」, 『현대문학이론연구』 43, 현대문학이론학회, 2010 참조.

「진달래꽃」도 마찬가지다. 시간을 조금 더 거슬러 올라 일제 식민 치하를 살아내야 했던 민족의 비극을 박재삼의 개인사로 전달한다. "이 강산에" 핀 "진달래꽃"은 고된 역사를 견뎌온 "울아버지"의 모습이자 민족의 얼굴이다. 식민 상황은 "목젖 떨어지는 곡(哭)"으로도 해소되지 않는, "파버리지도 못"하도록 "민적(民籍)에"165) 짙게 남아 있는 시대적 설움이다. 먹고 살 일이 요원하여 "일본 동경"까지 갔지만 그곳에서도 "못 살고선 돌아와"야 했던 시인의 이주 경험이, 민족의 역사적 사건에서 촉발되었음을 드러내고 있는 작품이다. 민족이 구성되는 역사에 적층되어 있는 공통적 기억의 산출이라든가, 개인이 뿌리를 두고 있는 장소성, 즉 고향의 재구성은 국토의 형상화와 닿아 있다. 당대 문인들이 일종의 대안적 요소로 제시한 방언을 통한 문학 창작은 개인과 민족의 회복이라는 대명제를 수행하기 위한 모색에서 비롯되었다. 방언을 통해 재현된 고향은 다양한 차이와 갈등을 봉합하는 역할을 담당한다.

뉘라 알리, / 어느 가지에서는 연신 피고 / 어느 가지에서는 또한 지고들 하는 / 움직일 줄을 아는 내 마음 꽃나무는 / 내 얼굴에 가지 벋은 채 / 참말로 참말로 / 바람 때문에 / 햇살 때문에 / 못 이겨 그냥 그 / 웃어진다 울어진다 하겠네.

—「자연」 전문

---

165) 시조시인 박재두의 작품에서도 이와 흡사한 표현(민적)으로 주제의식을 다루고 있다. 이를 통해서 시대적 경험 층위의 유사성과 개성적 표현의 한계를 진단할 수 있다. 또한 박재두가 박재삼의 영향을 받았다는 점에서 세대를 거듭하여 전승되는 시적 영향을 독해할 수 있다. 조춘희, 「운초 시조의 실험성과 시적 주체 연구」, 부산대 석사논문, 2006 참조.

시인은 자연을 통해서 마음과 마음의 교통을 형상화한다. 자신의 울음도 웃음도 "바람"이나 "햇살" 때문인 것은 그것들이 "내 마음 꽃나무"의 심사를 헤아려 주는 탓이다. 자연물에 이입된 서정적 자아의 심리를 역으로 읽어냄으로써, 시인은 인간심사의 복합성을 드러낸다. 또한 "참말로 참말로"처럼 동일어구의 반복은 시적 진술에 대한 강한 신뢰를 도모한다. "어느 가지에서는 연신 피고 / 어느 가지에서는 또한 지고들 하는" 생성과 소멸의 동시성은 삶과 죽음의 연속성에 대한 수사이며, 섭리에 대한 수긍의 태도를 반영한다. "웃어진다"거나 "울어"지는 복합적인 감정의 동시성은 이러한 생성과 소멸의 순환에서 비롯되는 것이다. 한의 정서 역시 자연적 질서에 순응하며 살아간 친자연의 민족적 삶의 방식에서 유래했음을 짐작할 수 있다. 박재삼의 현실순응 논리는 많은 부분 자연질서에 순종하는 삶의 태도에서 비롯되었다. 그의 자연은 조지훈의 자연과 닮았으며, 조지훈이 제2의 자연이라 명명한 서정시 역시 그의 작품과 멀지 않다. 유기체적 자연관은 자연을 대하는 태도이기도 하지만, 무엇보다 삶을 응시하는 주체의 자의식이기도 하다.

주지하다시피 박재삼의 생애는 한국의 근·현대사와 맥을 같이 한다. 그럼에도 대다수의 작품들은 이에 대해 침묵하고 있다. 이 때문에 현실도피의 일환으로 전통서정성을 모색했다는 혐의로부터 자유로울 수 없었던 것도 사실이다. 그러나 비교적 덜 알려진 이러한 작품군들을 통해 알 수 있듯이, 자신이 경험했던 현대사를 서정적 방식으로 발화할 수 있는 방법적 모색이 어느 정도 이루어졌다고 할 수 있다. 박재삼의 시 작품은 가족적 생애사의 궁핍과 비루한 시대와의 응전이 낳은 결과물이다. 그렇기에 전통 구현을 위한 서정적 발화 장치인 시는, 공동체의 회복에 복무할 수밖에 없다.

박재삼의 현실순응은 심미적 전통 구현으로 적극적으로 표출된다. 생경한 구호를 드러내지 않았으며, 투쟁의 수사를 노출하지도 않았으나 민족 동질성을 구현하고 주체성을 확립하는 데에 복무했다. 역사적 상황을 받아들이고 이를 정신적 가치로 승화함으로써 민족정서를 형상화하기 위해 분투했던 것이다. 물론 많은 부분 자연과의 소통에 집착하는 등 내면으로 침잠하는 양상을 띤다. 박재삼 시의 한(恨)은 이러한 긴장 관계에서 생산된 시적 산물이다. 한이라는 독특한 심리상태는 이미 시대인식이나 역사감각이 투영된 것이다. 그렇기 때문에 한의 정서는 비극적 체험의 관념화이자 추상적 민족의식에 대한 형상화이기도 하다.

2. 한의 시학과 민중성

1) 민중적 삶과 한의 시학

한(恨)의 시학은 그것 자체로 박재삼의 전통 담론이자 시론이다. 이러한 시론은 박재삼의 시대감각이며 전통을 구성하는 근원적인 원리로 작동한다. 이때 한은 고전에서 비롯된 한국인만의 특수한 기질이 아니라 근대 이후 생산된 것이다. 박재삼이 한에 집중하여 의미를 재생산하려고 노력한 것은 역사적 주체로서 자신이 겪은 시련을 표출하고 이를 극복하기 위해서다. 부모세대로부터 이어진 일본에서의 차별과 멸시의 체화, 한국전쟁의 경험 등이 박재삼으로 하여금 한의 정서에 함몰하도록 했을 것이다. 그의 시에서 '생산된 恨'은 절망의 현실을 살아내는 슬픔에서 발현되는 삶의 의미를 포착하는 일이며, 이를 아름다운 가치로 구현하기 위해서 마련한 장치라고 볼 수 있다. 또한 한의 정서는 전후의 인식적 단절을 극복하기 위한 매개이기도 하다. 전후의 불안과 위기의식이 한이라는 추상적 정서를 한국적인 전통으로 치환함으로써 이를 극복할 수 있는 '삭임'의 계기를 마련했던 것이다.

박재삼에게 슬픔의 시학은 공동체적 한이나 개인적 사랑의 좌절로 구체화된다. 이러한 정서가 위안을 얻고 해소되는 것은 자연에 의해서다. 그의 전통 인식은 자연이나 사랑 등과 같은 근원적인 문제에 천착함으로써 구성된다. 시적 주제로서의 자연과 사랑은 유한자적 인간의 한계와 대비되는 영원성의 산물이다. 박재삼의 시 역시 기본적으로 친자연을 바탕으로 구성되었다. 조지훈이 응시한 제2의 자연으로서의 시세계를 박재삼의 작품에서도 발견할 수 있다. 무엇보다 박재삼 시에서 자연은 상상의 산물이 아니라 날것 그대로의 체험적 공간이자, 기억을 풀어놓는 구체적인 실감의 공간으로 생동하는 의미를 구성하게 된다.

시인에게 시를 쓰는 행위는 삶의 허무를 달래고 위안을 얻으며 살아감의 정당성을 스스로 규정짓는 일이다. 그러므로 전통적 서정성이나 정한(情恨)의 구현이라는 추상적인 관점에서 박재삼의 시를 이해하는 작업은 일정한 한계를 지닌다. 박재삼 스스로 자신의 수필을 통해서 드러내고 있는 인식의 한계이기도 하지만, 이러한 작업을 통해서 시인이 존재 의의를 획득한다는 점은 간과할 수 없다. 박재삼은 한(恨)과 눈물의 가치를 문학적으로 승화함으로써 개인적 서정, 나아가 민족적 기질을 발화한다. 그가 서정을 발화의 방식으로 차용하는 것은 단순히 김소월, 서정주 등을 계승한 일면이 아니라 한국적 정서를 표현하겠다는 자발적인 의지에서 출발한다고 볼 수 있다.

"한국적인 정한(情恨)의 세계를 나대로 슬픈 가락에 얹어서 노래한다는 것을 나는 나의 시작의 첫발로서 내디디기로 하였다"는 그의 고백에서 알 수 있듯이, 박재삼의 눈물은 근본적으로 아름다움—복합적인 의미맥락을 내포하고 있는 가치—을 지향한다. 물론 그의 지적처럼 "슬픈 것을 노래한 것이 아름다운 것을 노래한 것으로 되기 위해서는 그에 따르는 예술적인 형상능력"[166]이 필요하다. '예술적 형상능력'이 충분히 발휘될 때 비로소 슬픔은 완결된 문학적 정서로 재탄생하게 되는 것이다. 이러한 맥락에서 박재삼의 한은 정서적·감정적 차원에 그치는 주제의식이 아니라 그것을 시적 장치로 발화하는 형식 미학까지 아우르는 개념으로 이해하는 것이 옳다.

마음도 한자리 못 앉아 있는 마음일 때, / 친구의 서러운 사랑 이야기를 / 가을 햇볕으로나 동무삼아 따라가면, / 어느새 등성이에 이르러 눈물나고나. // 제삿날 큰집에 모이는 불빛도 불빛이지만, / 해질녘 울음이 타는 가을강을 보것네. // 저것 봐, 저것 봐, / 네보담도 내보담도 / 그 기쁜 첫사랑 산골 물소리가 사라지고 / 그 다음 사랑 끝에 생긴 울음까지 녹아나고 / 이제는 미칠 일 하나로 바다에 다 와 가는 / 소리죽은 가을강을 처음 보것네.

—「울음이 타는 가을강」 전문

감나무쯤 되랴. / 서러운 노을빛으로 익어가는 / 내 마음 사랑의 열매가 달린 나무는! // 이것이 제대로 벋을 데는 저승밖에 없는 것 같고

---

166) 박재삼, 「사족蛇足」, 『삶의 무늬는 아름답다』, 경남, 2006, 153~154쪽. 이하 '앞의 책(2006)' 또는 '위의 책(2006)'으로 표기된 것은 이 책을 인용한 것임.

/ 그것도 내 생각하던 사람의 등뒤로 벋어가서 / 그 사람의 머리 위에 서나 마지막으로 휘드려질까본데. // 그러나 그 사람이 / 그 사람의 안 마당에 심고 싶던 / 느껴운 열매가 될는지 몰라! / 새로 말하면 그 열매 빛깔이 / 전생(前生)의 내 전(全)설움이요 전(全)소망인 것을 / 알아내기는 알아낼는지 몰라! / 아니, 그 사람도 이 세상을 / 설움으로 살았던 지 어쨌던지 / 그것을 몰라, 그것을 몰라!

―「한(恨)」 전문

김정자가 논의한 것처럼 "한국인만이 가지고 있는 독특한 恨"[167] 이 있으며, "원한과 아픔과 절망의 감정들을 미학적 윤리적 승화장 치의 과정으로 여과시켜 밝음의 미적 정서로 승화시켜 놓은 작업까 지를 혼합해야 비로소 그 한의 참된 의미를" 발견할 수 있다. 즉 "주관을 객관화하며 슬픔을 객관화하며 체념할 수 있다는 것"이야말 로 한국인의 정신적 용기이다. 박재삼의 시에서처럼 "전생(前生)의 내 전(全)설움이요 전(全)소망"을 응시할 수 있는 것처럼 말이다. 진정 한국적인 한이란 "미적 장치나 윤리적 장치를 거쳐 곰삭고 웅숭깊은 서러움"이며 "한국인의 맥 속으로 끊임없이 이어 흐르는 한국인의 '멋'이요 '멋깔'이"라고 할 수 있다. 이것이야말로 "서구의 二元對立 논리로써 절대로 재단될 수 없는 우리들 정서"[168]이다. 그랬을 때 "사랑 끝에 생긴 울음"과 같이 복합적인 "서러운 사랑 이야기"의 정서를 한이라는 개념 외에 달리 표현할 방도가 없는 것이다. 그것은 온전히 울음이기만 한 것도 아니고 또한 온전한 절망도 아니기 때문

---

167) 김정자, 「'한'의 문체, 그 맥락의 오늘」, 『韓國女性小說研究』, 民知社, 1991, 343쪽.
168) 위의 글, 346~347쪽.

이다. "소리죽은 가을강"의 "해질녘 울음"으로 객관화되는 이별의 심사는 찬란하도록, 눈물 나도록 아름답기 때문이다. 즉 사랑하던 과거와 다시 사랑할 미래가 있다는 것을 알기 때문에 현재의 지독한 슬픔 역시 충분히 가치 있는 것이다.

두 시의 유사성은 "서러운" 심사를 바탕으로 한 복합적인 감정 상태와 "제삿날"이나 "저승"으로 표현되는 죽음의식 그리고 종결어구의 문체적 특이성을 토대로 한 언어감각에서 찾을 수 있다. 박재삼 시의 주제적 특이성은 문체적 특징과 조화되어 그만의 독특한 미의식을 완성한다. 이처럼 한의 정서는 주제적인 메시지의 전달에만 치중하는 것이 아니라 그 미적 형상화를 위한 구조적 장치에 대한 고민까지 포함한다. 강우식은 소위 전통시들은 정한의 세계를 즐겨 다루는데 "정통적인 서정시의 세계란 자기 감정의 노출"의 위험이 큰 탓에 "감정의 과잉 상태"에 빠지기 쉽다고 지적한다. 반면 박재삼은 "자기 체험적인 것을 추상보다는 구상적으로 다루고 있"으며 무엇보다 이것을 "객관화시킬 줄 아는 능력을 가졌다"고 평가한다. "가을강의 흐름을 친구의 서러운 사랑 이야기와 대비시켜보고 또 사랑 끝에 생긴 울음까지 다 녹아나서 흐르는, 그것도 그냥 흐르는 것이 아니라 소리 죽이며 흐르는 것으로 본 것은 한국의 서정시 중"[169] 으뜸이라고 평가한 바 있다. 박재삼의 시에는 "눈물과 탄식, 그리고 비애미"가 자주 등장하는데, 이러한 한의 심사는 "원한과 복수의 감정과는 거리가 멀다. 그것은 자체적으로 농밀해지고 심화되어 그윽한 비애"[170]다.

---

169) 조지훈·박목월·서정주·강우식, 앞의 책, 314쪽.
170) 최동호, 앞의 책, 230쪽.

어떤 사람은 문학을 왜 하느냐고 물어온다. …… 나로서는 하나 실감
적으로 말하는 것이 있다. 그것은 죽음 때문에 쓴다는 것이다. 우리가
죽고 나면 육신이 없어지고, 한 줄기 바람이나 한 줌의 흙으로 화한다
고 볼 때 그야말로 허무하기 짝이 없는 것이다. 그 허무를 철저히 알고
있기 때문에, 이 세상에 멸하지 않고 〈남아 갈 것〉을 염두에 두고 작품
을 쓰는 것171)

박재삼 시에서 삶과 죽음은 별개의 것이 아니다. 그것들은 서로
삶이 되었다가 죽음이 되기도 하지만, 일정한 경계를 초월할 수는
없다. 이는 죽음에 대한 시인의식의 반영이라고 볼 수 있다. 태생부
터 죽음과 그리 멀지 않았던 시인으로서는, 자신이 경험했던 타자의
죽음이 결국은 자신의 죽음과 무관하지 않음을 깨우쳤던 터이며,
이를 극복하고 실존하기 위해서는 죽음 자체를 삶 속에서 인정할
수밖에 없으리라는 것을 알았을 것이다. 그러나 죽음은 온전히 삶과
융화될 수 없는 단절의 감각이다. 인용문은 박재삼의 문학 행위 자체
가 죽음인식과 닿아 있음을 단적으로 보여주는 발언이며, 삶과 죽음
의 동시성에 대한 시인의 성찰을 독해할 수 있는 증좌다. 무엇보다
'죽음 때문에 쓴다'라는 자의식을 통해 그에게 시를 쓰는 행위는 '살
아 있음' 혹은 '살고 있음'의 감각 그 자체라는 사실을 발견할 수
있다.

한이란 곧 그리움이나 기다림이기도 하다. 특히 박재삼의 시에서
는 그리움의 감정에서 비롯되는 한의 형상화가 두루 눈에 띈다.172)

---

171) 박재삼, 『빛과 소리의 풀밭』, 고려원, 1978, 145~146쪽.
172) 천이두 역시 "박재삼의 한이 개인적인 그리움을 바탕으로 한 것이"라고 평가한 바 있다.
　　궁극적으로 한은 결핍에서 비롯되었다고 볼 때, 박재삼의 한은 경제적인 어려움을 겪으

240　전후 서정문학 연구

김준오의 평가처럼, "지속적 정서인 한을 방언과 토속적 이미지로 형상화한" 이 작품은 "느릿하고 부드러운 어조"가 인상적이며, 그런 점에서 "서정주의 어조에 닿아 있는 전통시"[173]이기도 하다. "내 마음 사랑의 열매가 달린 나무"가 "제대로 벋을 데"가 없다는 절망은 그리움이나 기다림의 끝이 이별임을 깨닫고 있음을 의미한다. 그럼에도 그리움을 버리지 못해 "설움으로 살"아내야 하는, 불화의 상황에서 한이 갖는 애절함은 배가 된다. 무엇보다 실현 불가능한 것에 대한 기대감의 증폭으로 인한 한의 발생은, 좌절의 연쇄가 아니라 희망의 연쇄에서 비롯된다. 절망적인 상황에서도 포기하지 않고 희망을 말함으로써 한의 심사 역시 극대화되지만, 이는 그러한 좌절 속에서도 주저앉지 않는 가능성의 긍정적인 정서이다. "저승밖에" 더 이상 나아갈 곳이 없다는 절망의 나락에서도 "마지막으로 휘드려"지거나 종래에는 제 소망이 성취될지도 "몰라!"라 하는 심사가 그러하다. 결국 한이란 절망의 산물이 아니라 무수한 심사의 갈등 속에서도 끝끝내 희망을 말하는 발화인 것이다. 이러한 한의 심사 역시 유동하는 역사를 살아내는 주체의 슬픔을 형상화하기 위해 만들어진 개념으로, 이제는 한국적 정서라는 이름으로 한국을 지탱하는 민족 구성원의 정체성의 하나로 인식된다.

한국적 한은 다의적인 의미를 구성하고 있어서 한마디로 정의하기 어렵다. 분명한 것은 "한국인의 '한'은 '원(願)'에 바탕을 둔다"[174]

면서 형성된 자의식과 깊이 관련될 수밖에 없는 것이다. 천이두, 『한의 구조 연구』, 문학과지성사, 1994, 46쪽.

173) 김준오, 앞의 책, 96쪽.

174) 천이두, 앞의 책, 40쪽. 이러한 한의 구복적 속성은 샤머니즘에 근거한다고 볼 수 있다. 샤머니즘을 토대로 공동체의 단결을 꾀하는 것이다(95쪽 참조). 천이두는 이 글에서 "좌절·상실을 당하여 상대방(誘因者)에 대하여 갖는 외향적 공격성(怨)이 한의 일차적 정서

는 점이다. 원망(怨)이 삭임의 과정을 통해 감정적으로 순화된 것이 한국적 한이다. 천이두가 적절히 지적했듯이 "한에 있어서의 원(怨)·탄(嘆) 이후에 오는 체념은 퇴영적·자폐적 허무주의에로 기울어질 개연성도 있으나, 오히려 체념의 철저화는 달관의 경지에로 나아가 자연과 인생의 근원적 무상(無常性)에 눈을 뜨는 계기"175)가 된다. 민중적 한은 억압 받으며 살아온 민중의 분노가 쌓여 형성된 것으로, 민중 혁명의 근거가 되기도 한다. 민중정서와 그들의 윤리적 가치관을 추동하는 역할을 하기 때문이다.

이처럼 역사적 비극을 개인적 차원으로 치환하여 표상하는 것이 한(恨)이다. 한 개인의 내면세계를 형성하는 요인은 다양하지만 어떤 식으로든 자신이 속한 사회적 환경의 영향을 받게 된다. 박재삼의 시에서 한을 주제화한 것은 크게는 역사와 개인의 관계에서 발생할 수 있는 괴리와 그 갈등을 추상화한 것이라고 할 수 있다. 그리고 무엇보다 슬픈 것이 아름답다는 그 나름의 미학이 형상화되는 방식이다. 때문에 한은 추상적인 정서에 대한 통칭이며 그 안에는 다양한 빛깔의 슬픔이 함의되어 있다. 그러니 그것은 절대적인 절망도 아니며 동시에 절대적인 희망도 될 수 없는 양가성을 띤다. 한국적 한의 형상화에 집중한 그가 지향한 문학적 이상, 곧 시적 지향성은 분명하다. "한국 민족으로 태어났고 한국어로 시를 쓰면서 한국적 민족정서를 담는다는 것"을 당연시 여기는 점이나, "소월

현상이요, 뒤이어 무력한 자아를 되돌아보고 스스로를 자책하고 한탄하는 내향적 공격성(嘆)이 이차적 정서 현상이라"(14~15쪽)고 진단하면서, 이러한 내·외향적 공격성을 두루 갖춘 것이 한국적인 한이라고 주장한다.

175) 위의 책, 23~24쪽. "한이란, 부정적·공격적 정서가 응어리진 상태, 즉 '맺힘'이거니와, 이 맺힘은 '풂'에 의하여 그 부정적·공격적 감성에서 해방되는바, 한국인은 '풂·풀이'의 지혜를"(82쪽) 갖추고 있다.

한 사람이 어찌 민족정서의 대광맥을 혼자서 다 캐어냈을까보냐. 캐어도 캐어도 끝이 없는 것"176)이 민족성 아니겠는가, 라는 반문에서 드러나는 것처럼 민족을 대변하는 시적 발화를 지향했다는 사실을 알 수 있다. 이처럼 박재삼은 서정시를 통해 민족 정체성을 구성하는 데 복무한다.

2) 고전적 인물과 시대의식

박재삼 시에서 설화적 상상력은 어제의 서사로 오늘의 서정을 재현할 수 있음을 증명한다. 연속성으로 유지되는 역사의 속성을 설화의 시적 재구성을 통해 보여주는 것이다. "문학에서 전통이 유익하게 되고 치명적인 것이 되지 않기 위해서는 다른 작품을 위한 출발점이 될 수 있어야 한다. 따라서 이 다른 작품은 그 형태와 내용면에서 약간 유사하더라도 상당한 새로움을 내포하고 있어야만 한다 (그러나 이 점 역시 중요한 동일 요소를 흐리게 해서는 안된다)"177)는 쉴즈의 지적은 정당하다. 소위 박재삼을 '전통적 서정주의'를 표방하는 시인이라고 정의할 때, 박재삼 개인의 독자적인 문학적 개성보

---

176) 박재삼, 앞의 책(2006), 113쪽. 서정에 드러난 시인의식이야말로 주체성의 발화라고 할 수 있다. 서정시는 주체의 고백을 토대로 한다는 점에서 시인의 생활감각을 살필 수 있는 수필문학의 연구를 통해서 어느 정도 재현이 가능해진다. 곧 시대 상황에 대한 시인의 응전 방식이 생애사를 통해서 노출되는 것처럼 작고한 문인의 경우 이를 포착할 수 있는 것은 시작(詩作)보다는 수필문학을 통해서 획득될 가능성이 크다. 박재삼의 수필문학은 그의 시론(詩論 / 時論 / 試論)을 짐작케 하는 매개가 될 수 있는 것이다. 수필 장르의 부흥은 1930년대 매체의 확산과 독자의 대중주의와 맥을 같이 한다. 임화 등이 수필 장르론에 대해 진지하게 재검토했던 까닭 역시 이러한 맥락에서 이해될 수 있다. 신문이나 잡지 등 매체의 확산은 흥미 위주의 읽을거리를 요구하는 대중적 욕구에 부합하여 비교적 쉽게 읽힐 수 있는 수필 문학의 성장을 가져왔던 것이다.

177) 에드워드 쉴즈, 김병서·신현준 옮김, 앞의 책, 66~67쪽.

다는 김소월에서 박목월, 서정주 등에 이르는 한국적 서정시의 계보 아래 두는 것이 사실이다. 가령 김소월에서 계승된 3음보에의 집착은 그의 시 전반에 영향을 끼치며, 민족적 양식으로서의 시조를 높게 평가하는 것 역시 그 율격적 전통성에 있다. 그리고 서정주가 구현하는 서사적 서정, 그 설화의 차용 역시 박재삼 초기시에 그대로 전승된다. 이런 점에서 박재삼의 시 작업은 전대 시인들의 성과를 창조적으로 계승했다는 사실을 뚜렷하게 보여준다고 하겠다. 그리고 그 스스로도 후배 시인들에게 상당한 시적 영향을 끼쳤다는 점에서 박재삼의 전통 서정성의 성과를 긍정적으로 평가할 수 있을 것이다.

박재삼이 설화적 상상력으로 표현하고자 하는 바, 곧 설화적 인물의 시적 차용은 '한의 민족적 기질화'를 시적으로 규명하기 위해서다. 그는 복합적인 정서인 한을 형상화함으로써 민족적 기질의 한 단면을 정의하려 하고, 이러한 작업을 통해서 한을 한국적 전통'성'의 하나로 표방한다. 이때 한의 형상은 구성된 민족과 함께 그 민족의 기질을 정의하려는 일단의 움직임으로 선언된, 즉 만들어진 것이다. 한의 원형적 형상을 만들고 이를 정체성으로 정의하는 것 역시 이러한 맥락에서다. 이때 정체성이란 구성된 것에 지나지 않는다고 한다면, 한의 정서 역시 창조적 구현물임을 알 수 있다. "각 개인의 정체성을 구성하는 요소들 사이에 항상 어떤 위계 질서가 존재한다면, 이 위계 질서는 시대의 상황에 따라 변하면서 한 개인의 행동을 근본적으로 변화시킨다."[178] 이처럼 전통 역시 공동체를 구성하기 위해 만들어진 것으로, 각 시대에 따라 혹은 개인에 따라 그 수용의

---

178) 아민 말루프, 박창호 옮김, 『사람 잡는 정체성』, 이론과실천, 2006, 23쪽.

정도에 차이가 있다. 설화라는 허구를 통해서 만들어 내는 현실은 보다 더 생산적인 방식으로 현실에 기여하는 바가 있다. 그것은 현실에 대한 믿음을 보다 견고하게 해 주며, 일단의 지시적 선언에 대한 독자의 거부감을 방어하는 기능을 하기도 한다. 무엇보다 비극적 현실에 대응할 수 있는 태도를 형성하도록 조력한다. 공동체의 서사인 설화의 인물을 통해 전통이 설 수 있는 '우리'라는 동질성을 확보하여 감정적 동일성을 이끌어내는 것이다.

'춘향'은 시대의 필요와 요청에 따라 어느 한 면만 부각되거나 선택되어 왔다. 일부종사의 정절을 고수하는 유교적 여성상으로서의 춘향이 전형적 인물이라면, 근대로 오면서 춘향의 분신들은 보다 다양해진다. 신여성에서 팔려가는 딸로서의 양공주 혹은 하녀라는 이름으로 가족을 위해 희생하는 딸로 재생산되었으며, 여배우의 이미지로까지 확대된다.179) 우리 문학사에서 '춘향'은 허구적 인물 이상의 가치를 함의하고 있다. 1940년대『문장』을 비롯하여 여러 문예지에서 춘향전 이본을 발견해서 수록하는 점 등을 통해서 춘향에 덧씌워진 민족적 상징성을 짐작할 수 있다. 박재삼은 다양하게 분화된 춘향 혹은 그 딸들을 목도했음에도, 금기된 사랑을 성취하기 위해 죽음도 불사하는 소위 원형(원형이라 규정된)인 '정절을 고수하는' 춘향으로 회귀한다. 그러나 당대의 신분제를 생각하면 춘향이 정절을 고수하는 것이야말로 저항의 형식을 띤다. 신분질서를 교란시키고 이를 통해 적극적으로 사랑을 쟁취하는 여성 주체야말로 유교에 반하는 인물인 것이다. 기생과 정절이라는 모순은 당대 질서에 대한 일침으로까지 독해된다. 설화적 인물의 다양한 변형태 중에서 익히

179) 백문임,『춘향의 딸들 한국 여성의 반쪽 자리 계보학』, 책세상, 2001 참조.

잘 알려진, 그리고 지극히 유교적 여성상이 되고자 한 춘향을 시적으로 재현한 셈이다. 기생 신분의 여성이 유교적 양반 질서로 편입코자한다는 점에서 자신이 처한 현실에 안주하지 않고 자신의 욕망을 쟁취하려는 여성상으로 보는 것이 옳다. 이는 박재삼이 시대적 변모과정을 겪은 춘향의 분신들 대신, 불안과 공포의 근대사를 경험하지않은 고래의 춘향을 호명하여 재해석하기를 희구한 탓이다. 또한패러디물이 갖는 대중성을 고려하여 춘향의 대표 이미지에 충실함으로써 자신이 재현하고자 의도한 맥락들을 구축하기 위함으로 평가할 수 있다.

집을 치면, 정화수(精華水) 잔잔한 위에 아침마다 새로 생기는 물방울의 선선한 우물 집이었을레. 또한 윤이 나는 마루의, 그 끝에 평상(平床)의, 갈앉은 뜨락의, 물냄새 창창한 그런 집이었을레. 서방님은 바람같단들 어느 때고 바람은 어려올 따름, 그 옆에 순순(順順)한 스러지는 물방울의 찬란한 춘향이 마음이 아니었을레. // 하루에 몇 번쯤 푸른산 언덕들을 눈 아래 보았을까나. 그러면 그때마다 일렁여오는 푸른그리움에 어울려, 흐느껴 물살짓는 어깨가 얼마쯤 하였을까나. 진실로, 우리가 받들 산신령(山神靈)은 그 어디 있을까마는, 산과 언덕들의 만리 같은 물살을 굽어보는, 춘향은 바람에 어울린 수정(水晶)빛 임자가아니었을까나.

―「수정가(水晶歌)」 전문

이 시에서 물로 형상화된 춘향은 기다리는 여성을 표상한다. "서방님은 바람 같단들 어느 때고 바람은 어"렵다는 유교적 질서를 체화한 춘향의 기다림을 그런 서방님 "옆에 순순한 스러지는 물방울의 찬란한" 마음으로 서정화한다. "일렁여오는 푸른 그리움" 때문에 눈물짓는 춘향의 정서를 기다림의 한으로 치환하는 것은 소위 한국적 정서라 치부되는 공통의 정서를 양산하기 위함일 터이다. 기나긴 그리움, 무사안녕을 기원하는 애달픔 등이 춘향의 복합적인 심리상태라고 한다면, 이러한 중층적인 정서는 "정화수"라는 매개를 통해서 효과적으로 전달된다. 정화수는 오래전부터 우리네 어머니들이 남편이나 자식 등의 안녕과 건강을 기원하고, 나아가 제 마음의 슬픔과 불안을 해소하기 위해서 새벽의 맑고 정한 첫물을 받아서 하늘에, "산신령"에 올리는 것을 의미한다. 이러한 수사들은 민족 구성원을 지탱시켜 온 민속적이고 민간적인 구복 행위를 전통질서로 구성하는 일에서 가능하다.

또한 그의 독특한 문체 역시 설화적 화법을 구현하는 데 큰 기여를 한다. 우리 말법을 잘 살린 종결어미의 율조는 '~하였을까나', '~것인가', '~포도라', '~우물집이었을레' 등과 같이 다양하다. 직설적이고 단정적인 어조를 피하고, 상대적으로 감성적인 미의식을 표현하기 위해 고심한 흔적이 역력하다. 한국적 여유와 넉넉함을 언어미학으로 표출한 것이다. "의도적인 언어 조탁이 전후 전통주의 시에서는 거의 나타나지 않는다"[180]는 진단과는 달리 박재삼 등이 보여준 시적 성취야말로 철저한 언어조탁에 의한 산물이라고 하겠다. 예컨대 박재삼이 서정주 시의 묘미를 말하면서 자연스러운 종결어미가 주는 서정미학을 높이 평가했던 것은, 철저한 말부림으로 시적 어미를 궁구했던 박재삼의 시적 노력을 예상케 한다.[181]

---

180) 남기혁, 앞의 책(2003), 50쪽.
181) 박재삼은 서정주 시의 어미 처리를 무기교의 기교라 극찬한다. 박재삼, 「서정주의 『無題』」, 조연현 외, 『徐廷柱 研究』, 동화예술선서, 1975, 317~321쪽 참조.

시인의 "나의 '사랑'에 대한 인식, 혹은 더 거창하게 말해서 우리 겨레가 가진 '사랑'에 대한 인식과 춘향의 그것이 만나" 탄생한 "「춘향이 마음」은 춘향에 가탁(假託)했다는 사실이 중요할 따름이지, 『춘향전』 자체의 재판은 아니라"[182]고 밝히고 있는 것처럼, 그가 구현하고자 하는 전통의 양상은 분명한 목적 아래 새롭게 창출된 산물이라 하겠다. 그렇기에 춘향은 서방님을 기다리는 인물이자, 가족을 위해 살아온 여성에 대한 보통명사이기도 하며, 동시에 자신의 욕망을 구현하는 적극적인 여성으로도 볼 수 있다. 기다리는 여성상의 재현을 통해서 민족 공동체 누구나 통감할 수 있는 '어머니─여성'에 대한 정서를 불러일으켜 동질성을 구현하려는 것이다. 춘향을 해석하는 중층성에도 불구하고 이것을 서사적 인물의 시적 다양화라는 측면에서 이해해야 한다.

전후의 상황에서 여전히 훼손되지 않은 것이 있다면 그것은 가히 '모성'─모성을 규정하는 것 자체가 여성주체를 가족 구조 내에 갇히게 한다는 비판에도 불구하고 모성은 한 존재의 육체적이고 정신적인 성장에 지대한 영향을 끼친다─이라고 할 수 있다. 전후, '주어'의 회복에서 우선적으로 필요했던 것은 '고아의식'을 극복하는 것이었기 때문에 이성 보다는 감성을 자극하는 공통의 인물을 창조하는 것이 필요했던 것이다. 때문에 (잠정적)어머니의 모습을 한 춘향의 다양한 분신을 호명하는 일은 민족을 재현하는 데 있어서 그 토대가 되는 작업이라 하겠다. 또한 "흐느껴 물살짓는 어깨가 얼마쯤 하였을까나" 등과 같이 표현되는 울음의 양상은 민족적 한의 감각적 형상화라고 할 수 있다. 슬픔을 아름답게 형상화하는 것은 박재삼 시인

---

182) 박재삼, 「自由와 拘束: 『春香傳』과 나의 「春香이 마음」」, 앞의 책(2006), 40쪽.

이 천착했던 시작(詩作)의 사명감의 하나이니.

　어지간히 구성진 노래 끝에도 눈물나지 않던 것이 문득 머언 들판을 서성이는 구름 그림자에 눈물져 올 줄이야. // 사람들아 사람들아, / 우리 마음 그림자는, 드디어 마음에도 등을 넘어 내려오는 눈물이 아니란 말가. // ─문득 이도령이 돌아오자, 참 가당찮은 세월을 밀어버리어, 천지에 넘치는 바람의 화안한 그림자를 춘향은 눈물 속에 아로새겨 보았을 줄이야.

─「바람 그림자를」 전문

　햇볕이 넘쳐나 절로 눈물나는 / 우리나라의 하늘을 닮은 / 우리 마음 이긴 하고 // 우리나라의 하늘에 뜬 구름과 같이 / 욕심없이 넉넉할 따름인 / 우리 마음이긴 하지만, // 임이여! / 우리 마음 어느 구석에서는 / 골목에 구름그림자 서성이거나 / 돌담에 볕 내려 아무렇지 않거나 한 것을 글쎄 / 사는 일로서 사는 일로서 / 많이는 잊어버리고 살고 있는 / 우리 마음일까.

─「우리 마음」 전문

　저저(底底)히 할 말을 뇌일락하면 오히려 사무침이 무너져 한정없이 멍멍한 거라요. 문득 때까치가 울어오거나 눈은 이미 장다리꽃밭에 홀려 있거나 한 거라요. 비 오는 날도, 구성진 생각을 앞질러 구성지게 울고 있는 빗소리라요. (…중략…) 변학도(卞學道)에게 퍼부을 말도 그때의 장독(杖毒)진 아픔의 살이, 쓰린 소리를 삐랑삐랑 내고 있던 거라요. 허구한 날 서방님 뜻 높을진저 바라면, 맑은 정신 속을 구름이 흐르고 있었고, 웃녘에 돌림병이 퍼져 서방님 살아 계시기를 빌었을 때에도 윗마을의 복사꽃이 웃으면서 뜻을 받아 말하고 있던 거라요. 그러니 우리가 만나 옛말 하고 오순도순 살 일이란 것도, 조촐한 비개인 하늘 밑에서 서로의 눈이 무지개선 서러운 산등성 같은 우리의 마음일 따름이라요.

—「무봉천지(無縫天地)」 부분

박재삼 시에서 발산하는 슬픔은 삶에 대한 성찰과 그 울림에서 비롯된다.[183] 그의 시에서 춘향이 그리워하는 대상이자 기다리는 대상은 "바람"으로 표현된다. 눈에 보이지 않고 손에 잡히지 않는 바람의 속성처럼 기다림 역시 기약 없는 것이라는 메타포가 아니겠는가. "경계가 해체됨으로써 공간은 고유의 높이"를 상실하여 "서로 다른 시간과 사건을 하나의 공간으로 끌어들임으로써 내면적 시간의 흐름을 가시화"[184]하게 되는 것처럼 그리움의 심사 역시 시공의 경계를 초월한 감각이다. 이때 기계적인 시·공간은 해체되고 비가시적인 내면의 그것이 새롭게 비 / 질서화되기에 이른다. 춘향은 사랑의 정서를 표상한다. 시인은 사랑이라는 복합적인 감정을 "마음 그림자"라고 표현한다. 사랑은 폐허의 전쟁상황을 종식시킬 수 있는 화해의 산물이다. 사랑을 성취하기 위해 오랜 기다림과 절망이 따르

---

183) 최동호 역시 이러한 관점에서 그의 시가 갖는 비애미에 대해 설명한 바 있다. 그는 "박재삼 시에서 드러나는 비애는 삶 자체에서 우러나오는 본질적인 감정이다. 그가 드러내주는 비애는 삶의 기본적인 구조를 내포하며 인생과 자연의 온갖 비밀을 담고 있는 근원적인 요소이다. 그는 비애의 감정으로 자연이나 세계를 심도 있게 그려냄으로써 한국적 비가의 한 전형이 될 수 있는 가능성을 보여 준다. 특히 시집 『춘향이 마음』(1962)은 『춘향전』을 소재로 하여 사랑과 한의 정서를 창조적으로 표현한 예이다. 이 시에서는 서술자의 목소리를 다채롭게 변화시키면서 춘향의 모습을 형상화하고 있어 고전의 현대적 변용에 관한 새로운 가능성을 열어 보이고 있다"고 평가한 바 있다. 최동호, 앞의 책, 231~232쪽.

184) 김성리, 「예술가의 삶의 형상화와 그 의미」, 『한국문학논총』 53, 한국문학회, 2009, 331쪽.

듯이 전쟁상황을 극복하는 데에도 그만큼의 인내가 필요하다. 그저 자연스럽게 "사는 일"의 하나로 받아들이기까지 무수한 감정의 변화를 인내해야 하는 것이다.

그럴 때가 있다. 정작 눈물이 흘러야 할 상황에서는 황망한 마음에 흐르지 않다가, 어느 순간 "문득" 전혀 다른 상황이나 대상을 통해서 비로소 눈물이 날 때가 있다. 그러한 심사를 시인은 "사람들아 사람들아"라는 호명을 통해서 동의를 얻어, 이것이 바로 "우리"의 공통된 "마음"이라고 말하고 싶은 것이다. 박재삼의 시에 자주 등장하는 "우리 마음"이라고 하는 것은 결국 공동체의 동질성을 양산함으로써 민족 주체성을 재확립하려는 의도라고 볼 수 있다. '우리'가 해체된 자리에서 공동체의 가능성을 정서적 차원에서 발견하고자 했던 것이다. 설화를 통해 재현하고자 한 것은 '마음', "우리나라의 하늘에 뜬" 공동체의 정서이다. 그는 전통을 달리 거창하게 생각하기 보다는 공통의 정서를 재구성하는 것, 그리하여 국가부재를 견뎌온 주체들의 슬픔을 위무하는 것에서 찾는다. 그가 본질적으로 지향했던 마음의 상태는 정형의 것이 아니다. 그것은 "햇볕에 넘쳐나"는 "눈물"이기도 하고 "골목에" "서성이"는 "구름그림자"이기도 하다. 분명한 것은 그 마음이라고 하는 것이 삶과 무관하지 않다는 것이다. 삶을 살아내는, 즉 현실을 인식하는 방편의 일종이다. 그늘의 형상으로 드러나는 복합적인 마음이라는 것은, 분명하고 선명한 태도로만 일관하여 살 수 없었던 격동의 시대를 살아내는 한 방식에 대한 메타포이다. 그러므로 시인의 의도는 "사는 일로서"의 마음의 문제를 해명하는 데 있다. 식민지를 지나온 부모의 삶, 그리고 다른 형태의 전쟁을 경험하게 되는 자신의 삶과 연계되어 있는 것으로, 시인이 허무를 이겨내고 실존할 수 있는 현실인식의 방편에 대해서 끊임없이 궁구하고 있었음을 의미하는 것이기도 하다. 시인에게 전통의 재현은 개인적 차원에서의 실존, 역사적 차원에서의 동질성의 구현을 목적으로 한다. 마음이라는 추상은 개인의 실존이나 정신세계, 국가의 확립과 민족의 견고화라는 대명제에 닿아 있다.

"문득 이도령이 돌아"왔음에도 눈물이 흐르는 까닭은 기다림의 "세월"을 한순간 "밀어버리"는 기쁨 때문이다. 박재삼의 눈물은 단순히 슬픔의 정서를 표현하기 위한 매개가 아니라, 슬픔과 기쁨 혹은 그 무엇으로도 명명될 수 없는 복합적인 정서에 대한 구체화이다. 바람이 대상이라고 한다면, "바람의 화안한 그림자"는 대상에 대한 무한 기다림이 일단의 종결상황임을 의미하며, 중층적인 정서에 대한 감각적인 표현이다. 궁극적으로 "구름"이나 "바람"은 형체가 없거나 그 실재적 상태를 가늠하기 어렵다. 그러나 "그림자"라고 하는 것은 형체의 부재이면서 동시에 형체 있음을 보다 선명하게 해주는 증거이다. "마음"도 그러하다. 주체 부재의 상황에서 주체가 존재함을 그늘의 이미지로 표상하고 있음을 알 수 있다.

「무봉천지」는 박재삼의 춘향이 사치, 신분 상승을 욕망하지 않는다는 사실을 보여주는 시다. 시인이 생각하기에 춘향이 갈구하던 것은 신분에 대한 갈망도 부에 대한 열망도 아닌, 단지 "서방님"을 "만나 옛말 하고 오순도순 살 일"일 따름이다. 그러나 그것을 위하여 "장독"의 고통도 견뎌야 하며, 긴긴날 "사무"치는 마음으로 "울"어야 한다. 이러한 기다림의 고통을 감내하는 춘향을 통해서 우리 살아가는 일이 "조촐한 비개인 하늘 밑에서 서로의 눈이 무지개선 서러운 산등성 같은 우리의 마음"처럼 마냥 맑기만 하지 않으며, 마냥 아름답기만 하지 않다는 것을 알게 된다. 박재삼은 자연에 투사된 마음을 통해서 보이지 않는 마음을 구체화하기 위해 노력했다. 이는 우리의 정신적 가치 즉, 조선적 가치의 복원을 희구했던 것과도 연결된다. 박재삼의 작품에서 춘향이 처한 상황은 해방이나 평화를 기다리는 조선민의 심정이 투영된 것이며, 무엇보다 전쟁상황이 온전히 종식되어 평범한 일상이 영위되기를 희구한 것으로 독해할 수 있다. 이처럼 박재삼 시의 전반적인 이미지는 밝음도 어둠도 아닌, 그늘로 표상될 수 있다. 그것은 언제든지 밝을 수도 어두울 수도 있으며, 동시에 밝음이면서 어둠일 수도 있다. 시인은 헤아리기 힘든 마음의 상태를 이렇게 그려나가고 있는 것이다.

　목이 휘인 채 꽃진 꽃대같이 조용히 춘향이는 잠이 들었다. 칼 위에는 눈물방울이 어룽져 꽃이파리의 겹쳐진 그것으로 보였다. 그렇다, 그것은 달밤일수록 영롱한 것이 오히려 아픈, 꽃이파리 꽃이파리, 꽃이파리들이 되어 떨고 있었다. // 참말이다. 춘향이 일편단심(一片丹心)을 생각해 보아라. 원(願)이라면, 꿈속엔 훌륭한 꽃동산이 온전히 제것이 되었을 그것이다. 그리고, 그것을 가꾸는 슬기 다음에는 마치 저 하늘의 달에나 비길 것인가, 한결같이 그 둘레를 거닐어 제자리 돌아오는 일이나 맘대로 하였을 그것이다. 아니라면, 그 많은 새벽마다를 사람치고 그렇게 같은 때를 잠깨일 수는 도무지 않는 일이란 말이다.
―「화상보(華想譜)」 전문

　형(形)틀에 매여 원통하던 일을 이승에서야 다 풀고 갔으련만 / 저승에 가 비로소 못 잊겠던가 / 춘향이 마음은 조롱조롱 살아 다시 열렸네. // 저것은 가냘피 아파 우는 소리였던 것을, / 저것은, 여럿이 구슬 맺힌 눈물이던 것을, / 못 견딜 만큼으로 휘드리었네. // 우리의 무릎을 고쳐, 무릎 고쳐 뼈마치는 소리에 우리의 귀는 스스로 놀라고, / 절로는

신물이 나, 신물나는 입맛에 가슴 떨리어, / 다만 우리는 혹시 형리(形
吏)의 손아픈 후예(後裔)일라…… // 그러나 아가야, 우리에게도 비치
는 것은 / 네 눈이 포도(葡萄)라, 살결 또한 포도(葡萄)라……

―「포도(葡萄)」 전문

옥에 갇혀 칼을 쓰고 있는 춘향은 마치 "목이 휘인 채 꽃진 꽃대"같
고, "일편단심"을 위하여 기꺼이 낙화하는 "꽃이파리"가 된다. 시인
은 이러한 춘향의 계보가 그것 자체로 빛나고 영광스럽다고 생각한
다. "영롱한 것이 오히려 아프"다는 진리, 이 역설적인 표현은 '슬픈
것이 가장 아름다운 것'이라는 자신의 믿음을 보여준다. "춘향이 일
편단심"은 기약 없는 기다림이면서 동시에 희망이기도 하다. "희망
상실은 기다리는 능력의 부재에서 온다"185)고 했을 때, 춘향의 기다
림이야말로 절망이 아닌 희망을 갈구하는 용기 있는 행동으로 볼
수 있다. 현실을 살아내는, 무엇보다 적극적인 태도의 발현인 셈이
다. 이런 점에서 신분이나 여성이라는 자신의 한계 상황을 적극적으
로 타개하려는 춘향의 형상을 구성함으로써 민족의 삶의 태도나 방
식의 하나를 제시한다고 평가할 수 있다.

슬픔이 잉태한 아름다운 꽃들은 "흐느낌으로 피"고 "흐느끼며"
진다. 슬픔은 아름다움을 낳으며, "소리내어 울고 있는 녹음"의 밤
"옥에 내린 달빛서린 하늘"을 마주한 춘향의 마음이 바로 그것, 지극
한 아름다움을 표상하는 것이다. 고문은 모질지만 옥 밖에 "당신이
서서 계신다면" "캄캄한 살 위에도 병 생기는 아픔"쯤은 견뎌낼 수
있으리라는 결단력 있는 마음이 춘향의 의지를 반영한다. "아프게

---

185) 아도르노·호르크하이머, 노명우 옮김, 앞의 책, 274쪽.

반짝"(「녹음(綠陰)의 밤」)이는 것, 이러한 춘향의 마음을 형상화함으로써 시인은 근대사의 아픔과 슬픔을 간직한 채 다시 일어서는 일이야말로 정말 아름다운 일이라고 역설하는 것인지도 모르겠다. 그렇기에 고통을 감내하고 수난을 극복하는 주체인 춘향을 민족의 표상으로 보아도 무방하다. 춘향의 형상은 여성주체에서 민족 주체로 확장된다. 그 외면적 형상이 여성주체의 그것이라면, 춘향이 처한 상황과 그 상황에 대처하는 춘향의 모습은 민족 주체가 취할 수 있는 하나의 포즈를 형상하는 것이기 때문이다.

비실존적인 인물의 추상적인 마음을 구체화하는 일은, 실존적 존재로서의 의미를 부여하기 위한 작업이라고 볼 수 있다. "춘향이 마음"이 "포도"로 열린다는 것은, 춘향이 감내한 고통을 포도나무가 열매를 맺기 위해 견뎌낸 고통으로 치환하는 수사 방식이다. 형틀의 고통보다 기다림에서 오는 고통이 더 컸을지도 모르는 춘향의 처지는, 여성/민족이 감내해 온 많은 고통의 하나를 극대화한 것이며, 시인은 이를 포도에 투영함으로써 춘향에 대한 상징적 재해석을 시도한다. 한의 맺힘과 삭임이 이승에서 완료되지 못하면 저승까지 이어지는데, 이러한 기질적 속성은 춘향에서 그치는 것이 아니라 우리 민족 대대로 이어지고 있음을, 우리는 "손아픈 후예"라는 사실을 시는 상기시킨다. 시인이 설화적 상상력을 통해 역사적 지속성을 시적 발화의 주제로 삼고 있다는 것을 이러한 표현에서 검증할 수 있다. "울음의 구슬 속에는, 문득 반짝이는 소나무가 한 그루 정확하게 서 있던 게 아닌가"(「한낮의 소나무에」)라는 구절에서처럼, 시인은 단순히 민족적 설움을 형상화하는 것에 그치지 않고, 좌절을 딛고 일어설 희망의 가능성을 타진하고 있음을 알 수 있다. 곧 민족적 슬픔의 극복을 모색하는 일이야말로 그의 시적 지향이라

할 수 있겠다.

　　흥부 부부가 박덩이를 사이하고 / 가르기 전에 건넨 웃음살을 헤아려 보라. / 금이 문제리, / 황금 벼이삭이 문제리, / 웃음의 물살이 반짝이며 정갈하던 / 그것이 확실히 문제다. // 없는 떡방아소리도 / 있는 듯이 들어 내고 / 손발 닳은 처지끼리 / 같이 웃어 비추던 거울면(面)들아. // 웃다가 서로 불쌍해 / 서로 구슬을 나누었으리. / 그러다 금시 / 절로 면(面)에 온 구슬까지를 서로 부끄리며 / 먼 물살이 가다가 소스라쳐 반짝이듯 / 서로 소스라쳐 / 본(本)웃음 물살을 지었다고 헤아려 보라, / 그것은 확실히 문제다.

—「흥부 부부상」 전문

　　골목골목이 바다를 향해 머리칼 같은 달빛을 빗어내고 있었다. 아니, 달이 바로 얼기빗이었었다. 흥부의 사립문을 통하여서도 골목을 빠져서 꿈꾸는 숨결들이 바다로 간다. 그 정도로 알거라. // 사람이 죽으면 물이 되고 안개가 되고 비가 되고 바다에나 가는 것이 아니것가. 우리의 골목 속의 사는 일 중에는 눈물 흘리는 일이 그야말로 많고도 옳은 일쯤 되리라. 그 눈물 흘리는 일을 저승같이 잊어버린 한밤중. 참말로 참말로 우리의 가난한 숨소리는 달이 하는 빗질에 빗어져, 눈물 고인 한 바다의 반짝임이다.

—「가난의 골목에서는」 전문

　　춘향이나 흥부 등은 우리 고전 속 인물이다. 그러나 그들은 허구적 인물에 그치지 않고 실감을 충분히 가질 정도로 한국인의 정서에 익숙한 존재들이다. 그렇기에 이들 인물을 차용하여 시적 정서를 구현하는 것은, 단지 전통을 고답적인 것에서 취하지 않고 "우리가 타고난 나라의 햇빛과 바람과 토양"처럼 자연스럽게 익숙해진 것에서 찾으려는 의도의 반영이다. "우리도 모르는 가운데 인식하게 된 특정 인물에 대한 혹은 특정 윤리에 대한 막연한 애정이나 애착이란 것도 전통"186)을 구성하는 방편으로 작용 가능한 것이다. 이들 시에서 바다는 민중의 삶이 영위되는 "골목"과 잇닿아 있다. 그리하여 바다는 삶과 죽음이 혼종된 공간이자, 다사다난한 삶의 감각을 품어 주는 공간이기도 하다. 곧 실존을 위한 위무의 공간인 것이다.

박재삼은 "나의 가난한 경력이 X대라고 한다면 흥부의 가난은 Y대의 그것이 되고, 이 두 가난이 만나는 지점, 거기에서 작품의 핵이 생기는 것이라고 믿는다"187)고 말한다. 이런 맥락에서 시인은 가난한 "우리의 골목 속의 사는 일 중에는 눈물 흘리는 일이 그야말로 많"아 "가난한 숨소리는 달이 하는 빗질에 빗겨져, 눈물 고인 한 바다의 반짝임", 즉 자연 외에는 위무해 주지 않는다 할지라도 "웃음의 물살이 반짝"이는 것처럼 절망이 아닌 희망을 말한다. 때문에 박재삼의 가난이나 흥부의 가난이 만나는 접합지점에는 "없는 떡방아소리도 / 있는 듯이 들"리는 "본(本)웃음 물살"이라는 긍정의 심사가 지배한다. "박덩이를 사이하고 / 가르기 전"의 기대와 설렘은 "금"이나 "황금 벼이삭"으로도 느낄 수 없는 행복일 것이다. 그리고 이러한 희망의 심정으로 오늘의 가난과 절망을 살아낸다면 내일은 보다 아름다울 거라는 기대 같은 것이 숨어 있다. 이는 전후의 불안을 말하는 방식이며 동시에 극복할 수 있다는 독려의 메시지이기도

---

186) 박재삼, 앞의 책(2006), 36~37쪽.
187) 위의 책, 40쪽.

하다.

　전술했듯이 웃음과 울음은 그 어느 것도 온전한 기쁨이나 슬픔의 감정이 아니라 동시적이고 복합적이다. 박재삼이 호출하는 설화적 인물 중 "흥부"는 가난에 대한 시인의 인식을 단적으로 시사한다. 즉 '춘향'을 통해 재현하는 것이 민족 주체들이 처한 역사적 상황이라면, '흥부'는 그 역사적 상황이 개인에게 미친 가난에 대해서다. 박재삼 본인의 삶이 습합된 것이기도 하며, 그 시대를 살아낸 '우리 모두'의 분신이기도 하다. 춘향이 구성하는 전통이 어머니−여성에 대한 동질성 확립과 이를 통해 민족 공동체의 정신적 통합을 꾀한다면, 흥부의 재구성은 폐허와 궁핍의 지형에서도 희망이 있음을 선언한다고 볼 수 있다. 여성주체로 형상화되는 고난의 역사나 민족의 표상을 춘향이라는 인물의 재구성을 통해서 수행한다면, 흥부는 그들의 삶의 모습을 보다 가까이에서 들여다 본 것이다.

3. 기억의 재구성과 시조 장르

1) 회귀적 시간의식과 추억의 공간

　박재삼이 전통을 만들어가는 방식은 한의 시학을 토대로 구성된다. 특히 회귀적 시간의식은 역사를 관망하는 시인의 자의식을 짐작케 한다. 기억이 재구성되어 새롭게 생산되기 위해서는 어떠한 메커니즘이 작동하게 되는데, T. S. 엘리엇의 표현을 빌린다면 개인의 '역사의식'이 그 메커니즘의 제1원리가 된다. 지배경험이 없는 피지배 국가의 국민이 되는 일은, 역사적 사건이나 경험을 개인의 삶에 수용함에 있어서 일정 부분 무관심을 가장(假裝)해야 하기에 한이라는 다소 추상적인 개념으로 명명하게 된다. 동일한 역사적 사건에 대한 경험이라 할지라도 개인마다 그 삶의 층위를 달리하기에 기억을 통해 생산해내는 서사 역시 다양할 수밖에 없다.[188]

박재삼의 시에서 가난했던 유년에 대한 기억은 개인사의 입장에서 자신의 실존을 위해 마련한 현재적 투쟁 흔적이다. 기억은 끊임없이 호출되어 오늘에 개입한다. 하비 케이에 의하면 "'기억(remembrance)'이란 비록 과거는 현재 존재하지 않지만, 과거야말로 우리가 행동하기 위해서 끌어내야 하는 결론들의 원천임을 인정하는"[189] 일이라고 정의한다. 박재삼의 기억은 이상화된 과거와 불화의 현재를 치환함으로써 자신의 실존을 위한 방식을 모색한다. 야스퍼스가 언급했던 '한계상황'을 기억의 치환으로 극복하는 것이다. 가난이 서정적 미학, 즉 아름다움의 극치로서의 슬픔의 미학으로 승화될 수 있었던 것도 기억되는 내용조차, 궁핍의 기억을 슬픔의 미학으로 이상화된 양상으로 치환함으로써 가능했다. 그러나 "기억은 회상하는 사람에 의한

---

188) 권혁웅은 서정시가 야기하는 정서에 따라 네 가지 유형으로 분류한다. "세계가 언어화되는 게 아니라, 언어가 세계화"되는 "안으로 접힌 주체"의 행복한 서정시(백석)와, 이와 반대로 김수영으로 대표되는 밖으로 열린 주체의 불행한 서정시가 있다. 그리고 박재삼의 경우처럼 정합적인 언어운용을 보여주는 전통적인 서정시와, 이상으로 대표되는 비정합적인 언어운용의 실험적인 서정시가 그것이다. 여기에서 고찰하는 서정시의 경우 세번째 유형에 해당한다. 그가 제시한 정합적 언어운용의 원칙은, 첫째 회귀적 언어의 대표적 특질인 반복이다. "반복을 통해, 서정시의 언어는 그 최초 주체로 돌아본다." 둘째 언어의 질감에 대한 배려와 셋째 시적 풍경이 곧 주체의 내면 풍경이 되는, 주체와 연계된 서경적 진술이다. 끝으로 회귀적인 시공간의 창출이다. 그에 의하면 고정된 주체는 유년, 사랑, 가족, 공동체 등 폐쇄적인 환경에 배치된다. 권혁웅, 앞의 책, 36~38쪽.

189) 하비 케이, 오인영 옮김, 『과거의 힘』, 삼인, 2005, 224쪽. 그는 마르쿠제의 말을 인용하면서, "망각이란…… 복종과 포기를 지속시키는 정신능력"(224쪽)이라고 정의한다. 때문에 이러한 "기억은 경험과 투쟁뿐만 아니라 희망 자체를 상기시킨다. 즉, 염원, 이상, 그리고 꿈까지도 상기시킨다"(226쪽)고 주장한다.

회상의 행동만이 아니다. 기억은 전통 속에 목적을 담아 남게 한다".190) 기억은 그것 자체로 이미 정치적이다. 의도적으로 선별된 기억, 혹은 허구적으로 구성된 기억은 일정한 목적을 지향한다. "기억이란 그것이 관련하고 있는 경험이 완결되어 과거지사가 되었을 때 비로소 생긴다"191) 의미에서 과거와 현재의 소통으로 가능하다고 할 것이다.

박재삼이 유년을 회상하는 방식은 설화적 상상력을 통해서 전통을 재현하는 것과 크게 다르지 않다. 다만 체험적 유년의 성격을 강조함으로써 사실성을 보다 더 강화했다고 보면 된다. 시간에 대한 레비나스의 해석은 주체와 타자와의 관계 자체에 주목한다.192) 박재삼이 작품을 통해서 형성하는 시간 역시, 춘향이나 홍부 등의 설화적 시간과 기억 속의 유년을 재구성하는 과거 시간의 현재화 등 다양한 시간적 층위에 있는 타자들과의 관계 속에 존재한다. 이때 타자들의 형상은 수난사를 통과한 민족적 주체이기도 하고 동시에 욕망실현의 좌절을 거듭한 시인 자신이기도 하다. 때문에 그의 시적 주체는 과거의 시간에 봉인된 채 오늘을 욕망하는 한(恨)적 존재로 명명되며, 이들 주체는 희망과 기대를 열망하는 미래적 존재이기도 하다.

대문자 역사(보편적 역사)는 승자의 집단적 기록물이라면, 소문자 역사(기록되지 못하고 구전되거나 사적 기록으로 전승되는 흔적)는 개인의 기억과 망각 작용을 통해 성취된다. 특히 문학작품은 작가의 현재적 욕망이 투영된 상태에서 재구성된 과거를 양산한 결과이다. 이때 기억은 다분히 의도적으로 재구성된 것이며, 이러한 까닭에 문학이

---

190) 에드워드 쉴즈, 김병서·신현순 옮김, 앞의 책, 218쪽.
191) 알라이다 아스만, 변학수·채연숙 옮김, 『기억의 공간』, 그린비, 2011, 9쪽.
192) 엠마누엘 레비나스, 강영안 옮김, 『시간과 타자』, 문예출판사, 1998, 29~50쪽 참조.

라는 것 자체가 일정 부분 회귀적 원리를 따른다. 문학이란 과거의 체험을 시적 기억화하는 작업이다. 그러므로 "역사적 기억은 공적이고 정당화된 기억으로 어떤 집단의 기억인 데 비하여, 문학적 기억은 개인적이고 공인되지 않은 내면적인 기억이나 상상으로 만들어져 있다"[193]고 할 수 있다. 기억이 과거형의 양식임에도 문학적 기억은 늘 가능성의 메시지를 지향하는 것은 이 때문이다. "역사기억·의식·상상력은 공적 경험과 사적 경험이 뒤섞여 있는 경험 전체에서 유래하여 매우 복잡하고 다중적으로 발전한다는 사실"[194]에서 문학적 기억의 속성을 유추할 수 있다. 그것은 한 개인의 상상력을 바탕으로 한 것이면서, 공동체적 담론을 서술하는 방식이기도 하다.

춘향은 다양하게 분화한다. 박재삼 시에서 춘향은 하나같이 기다리는 존재로 묘파되며, 이들은 분화되어 현대적이고 사실적인 인물인 남평문씨 부인이나 누님으로 새롭게 태어난다. 그러나 그녀 역시 이름이 없는데, 이름 없는 그녀들은 한국적 주체에 대한 보통명사가 되어 그/그녀들의 기억을 재구성하고, 이를 통해서 그/그녀들만의 공간을 만들어낸다.

1 화안한 꽃밭 같네, 참. / 눈이 부시어, 저것은 꽃핀 것가 꽃진 것가 여겼더니, 피는것 지는것을 같이한 그러한 꽃밭의 저것은 저승살이가 아닌것가 참. 실로 언짢달것가. 기쁘달것가. / 거기 정신없이 앉았는 섬을 보고 있으면, / 우리가 살았닥해도 그 많은 때는 죽은 사람과 산 사람이 숨소리를 나누고 있는 반짝이는 봄바다와도 같은 저승 어디쯤에

---

193) 변학수, 『문학적 기억의 탄생』, 열린책들, 2008, 16쪽.
194) 하비 케이, 오인영 옮김, 앞의 책, 108쪽.

호젓이 밀린 섬이 되어 있는 것이 아닌것가. // 2 우리가 소시(少時)적에, 우리까지를 사랑한 남평 문씨 부인은, 그러나 사랑하는 아무도 없어 한낮의 꽃밭 속에 치마를 쓰고 찬란한 목숨을 풀어헤쳤더란다. / 확실히 그때로부터였던가. 그 둘러썼던 비단치마를 새로 풀며 우리에게까지도 설레는 물결이라면 / 우리는 치마 안자락으로 코 훔쳐주던 때의 머언 향내 속으로 살달아 마음달아 젖는단것가. // 돛단배 두엇, 해동갑하여 그 참 흰나비 같네.

― 「봄바다에서」 전문

누님의 치맛살 곁에 앉아 / 누님의 슬픔을 나누지 못하는 심심한 때는, / 골목을 빠져나와 바닷가에 서자. // 비로소 가슴 울렁이고 / 눈에 눈물 어리어 / 차라리 저 달빛 받아 반짝이는 밤바다의 질정(質定)할 수 없는 / 괴로운 꽃비늘을 닮아야 하리. / 천하(天下)에 많은 할 말이, 천상(天上)의 많은 별들의 반짝임처럼 / 바다의 밤물결되어 찬란해야 하리. / 아니 아파야 아파야 하리. // 이윽고 누님은 섬이 떠있듯이 그렇게 잠들리. / 그때 나는 섬가에 부딧치는 물결처럼 누님의 치맛살에 얼굴을 묻고 / 가늘고 먼 울음을 울음을 / 울음 울리라.

― 「밤바다에서」 전문

설화적 인물은 기억이라는 매개를 통해서 현실적 인물로 재해석된다. 기억의 진위여부, 즉 이들이 허구적 인물이든 실재적 인물이든 그것은 중요하지 않다. 선별 가능한 기억은 선택과 망각의 정치성을 통해 유년의 공간을 만드는 것이다. 기억이라는 매개를 통해서 이미 실감을 획득하고 있기 때문이다. 시인은 춘향의 분신들인 남평 문씨 부인이나 누님을 문학적 기억의 공간으로 끌어옴으로써 시적 전통과 공동체적 주체를 구성한다. 또한 바다의 공간성과 슬픈 여성주체들, 그리고 이들을 지배하는 가난이라는 요소를 통해서 유년의 기억을 재구성한다.

"남평 문씨 부인"은 춘향의 분화를 단적으로 보여주는 인물이다. 시 「봄바다에서」는 현실감각을 더 짙게 새긴 인물의 등장으로 춘향이라는 설화적 인물에 대한 상상력이 설득력을 얻게 되었다는 점과, "소시적" 유년으로 거슬러 여성 화자를 불러오는 점, 그리고 '바다'라는 공간의 상정이 그러하다. "찬란한 목숨을 풀어헤"친 곳은 "꽃밭"으로 비유되고 있는 바다이다. "사랑하는 아무도 없어" 자살을 선택할 수밖에 없는 그 적막함과 대조적인 "화안한 꽃밭 같"은 바다, 길항관계일 것만 같은 두 요소가 합치되는 순간의 미학. 바로 그것이 박재삼이 포착하는 슬픔이자 아름다움이다. 바다는 죽음의 공간이며, 아름다운 유년의 꽃밭이기도 하다. 박재삼이 구성하는 기억의 상충작용으로 형상되는 바다는 한을 가진 주체의 복합적인 심사를 반영한다.

한국적 "정한이란 퇴영적·과거 지향적 정감이며, 여성적 감상이 기조를 이룬다". 이 점에서 여성인물들의 형상화는 "서민들의 생활 감정과 밀착된 기질적 표상"[195]인 한의 정서를 표출함으로써 그 감정적 동조를 쉽게 얻는다고 할 수 있다. '애이불비(哀而不悲)'와 '원이불노(怨而不怒)'의 절제된 감정을 시적으로 구체화하고자 고뇌한 것이 박재삼의 시다. 슬프지만 비참함으로 치닫지 않으며, 한없이 원망하지만 분노하지는 않는 중용의 경지야말로 박재삼이 구현하고자

---

195) 천이두, 앞의 책, 60쪽. 기본적으로 "한은 과거 지향적이다. 서사적이 아니라 서정적이다. 남성적이 아니라 여성적이"(62쪽)라고 볼 수 있다.

했던 시세계가 아니겠는가. 슬프지만 그 슬픔을 슬픔인 채로 드러내지 않고, 그것을 아름다움의 경지로까지 확장함으로써 시인만의 감각, 즉 심사의 동시성을 형상화하는 것이다. 박재삼의 시간의식은 죽음에 대한 인식에 닿아 있다. 그것은 곧 삶의 영역을 감각하는 방식이기도 하다. 그의 죽음의식이 비극에 머물지 않는 것은 "반짝이는 봄바다" 같은 삶이 있기 때문이다. 유한적 시간성에 대한 인식이 죽음을 수긍하는 데 일조한다는 사실을 간취할 수 있다.

박재삼은 「밤바다에서」를 "연애를 못한 패배적(敗北的) 심정"이 되어 "연애의 대상(代償) 행위"로 표출된 것이라고 밝힌 바 있다. "현실적으로 연애를 못한 대신 친자연에다 그 감정을 쏟"196)았다는 진술에서 사랑받지 못한 남평문씨 부인이나 누님은 박재삼 자신의 투영이기도 하다는 사실을 알 수 있다. 박재삼 시에서 여성은 사랑받지 못하는 존재로 표상되며, 자신의 고독과 아이에 대한 사랑을 복합적으로 지닌 인물이다. 그러나 이는 여성 주체의 삶을 비유하는 것에 그치지 않고 시인 자신의 정조를 시화한 것이기도 하다. "누님의 슬픔을 나누지 못하는 심심한 때는" 괜스레 "가슴 울렁이고 / 눈에 눈물 어"린다. 이때 시적 화자의 "울음"은 소통불가능성이 야기한 단절감에서 비롯되며, 바다는 유일하게 위안을 주는 대상이다. "가늘고 먼 울음"은 "천상의 많은 별"과 "천하"의 밤물결의 찬란함 속에 잦아들게 된다. 그러니 박재삼 시에서 자연은 단순히 대상에 그치지 않고 적극적인 극복의 공간으로 상정되는 것이다. 시인은 미처 애도하지 못한 죽음에 대한 기억으로 그것들을 계속 재생산해 낸다. 타인의 죽음은 끊임없이 자아의 삶에 영향을 끼치며 불안을 야기하고, 급기야 끝없

---

196) 박재삼, 「연애(戀愛)의 대상」, 앞의 책(2006), 105쪽.

는 애도 불가능성으로 귀결되고 만다. 이 때문에 박재삼의 시 전체가 허무주의에 빠져 있다고 보는 측면은 일정부분 타당하다.197)

　　죽은 남평 문씨 부인의 / 밀물결 치마의 사랑에 / 속절없이 묻어버리게 마련인 / 모래밭에 우리의 소꿉질인 것이다. // 우리의 어린날의 / 날샌 뒤의 그 부인의 / 한결로 새로웠던 사랑과 같이 / 조촐하고 닿을 길 없는 살냄새의 / 또다시 썰물진 모래밭에 // 우리는 마을을 완전히 비어버린 채 / 드디어는 무너질 궁전 같은 것이나 / 어여삐 지어 두고 / 눈물 고인 눈을 하고 있던 일이다.

─「밀물결 치마」 전문

　　박재삼의 유년기는 주로 1940년대로, 이 시기에 대한 문학적 기억은 남평 문씨 부인과 누님의 죽음에 닿아 있다. 죽음은 타인의 것으로 머물지 않고 나에게 전도되는 성질을 갖고 있다. 이러한 죽음은 전후 지형에서 황무지인 국가적 상황과도 상통한다. 시적화자에게 "남평 문씨 부인"의 "속절없"는 죽음은 더 이상 자신에게 사랑을 줄 대상이 없다는 상실과 허무에 빠지게 한다. 역설적이게도 부인 역시 사랑의 부재로 죽음을 선택했으며, 이러한 죽음의 전제가 되는 것이 사랑이라는 점에서 박재삼 시에서 사랑은 절대적 가치로 형상된다. "한결로 새로웠던" 남평문씨 부인의 사랑도 "썰물진 모래밭에" 덩그러니 남겨진 모래성처럼 위태롭다. 사랑은 불멸하는 가치이지만 유한적 존재에게 그것은 소멸의 영원 불가능성의 좌절을 안겨

---

197) 한명희는 박재삼의 시가 성찰적 허무주의의 산물이라고 논의하고 있다. 한명희, 「박재삼 시 연구」, 『한국시학연구』 15, 한국시학회, 2006 참조.

주는 것이기도 하다. "무너질 궁전"인 줄 알면서도 정성들여 "어여삐지"은 그것은 "속절없이 묻어버리"고 말겠지만, 화자는 덕분에 "소꿉질" 같은 삶을 배우게 된다.

박재삼의 시적 인물들은 자연적 공간에서 삶과 죽음, 생존과 실존에 관련된 모든 영역을 해결하고 이러한 과정에서 한은 "눈물 고인 눈"으로 표출·승화되기에 이른다. 한의 삭임은 문제의 해결이 아닌 주체가 문제 자체를 수긍함으로써 이루어진다는 점에서 존재는 한에 무력하다. 그럴 수밖에 없는 까닭 역시 유한자로서의 한계 때문이다. 전술했듯이 박재삼 "시의 바탕은 고향 삼천포의 바다이며 섬이고, 바다 위에 찬란히 부서지는 햇빛이고 달빛이며, 그 속에서 울고 웃고 살아가는 사람들"198)이다. 그러니 박재삼의 여인들은 절망의 시대를 살아낸 가난한 민중의 형상이라 보아도 무방하다. 전후는 집단을 구성하는 역사적 개인이 겪은 전쟁뿐 아니라 개별적 주체의 삶도 있었다. 그러나 전쟁은 이러한 무수한 주체의 삶을 흑백으로 처리한다는 것만으로도 비극이다.

그득한 바닷물, 바닷바람, 햇빛 별빛 밖에는. / 오히려 사는 일 끝에 묻은 어려운 먼지가 / 돌밭 위에 서성이다 하늘로 뜨는 걸 보았다. // (…중략…) // 별빛 함께 물빛 머금었을 때의 총총한 눈망울들이, / 혹은 햇빛 없은 맑고 밝은 이마들이, / 하늘이 상하게 아프다 아프다 하리라.

198) 정삼조, 『박재삼 시의 울림』, 경남, 2011, 35쪽. "박재삼은 1933년 동경에서 태어났으나, 어머니의 고향 삼천포에 정착하며 네 살 때부터 스물한 살 때까지 살았다. 박재삼의 시적 원천은 바로 삼천포의 자연풍광이다. 삼천포의 잔잔한 바다와 눈부신 햇살 그리고 나지막한 산등성이가 박재삼의 시적 상상력의 모태"라 할 수 있다. "햇살과 바람과 강물은 박재삼 시를 형성하는 삼대요소이다.……박재삼이 평생토록 노래한 햇빛과 바람과 강물이 바로 삼천포의 햇빛과 바람과 강물이다." 최동호, 앞의 책, 232쪽.

/ 아니, 내 마음 바닷가에도 비단 펼쳐져 있는 / 이와 같은 돌밭이, 꿈밭이, 무너지리 싶었다.

―「물먹은 돌밭 景致」 부분

한 십년 만에 남쪽 섬에도 눈이 내린 이튿날이다. 四方이 나를 지켜보는 듯 싶은 황홀한 푼수로는 꼭 십년 전의 그때의 그지없이 설레이던 것과 상당히 비슷하다. 하나 엄살도 없는 至嚴한 기운은 바다마저 잠잠히 눈부셔 오는데…… // 그렇다면, 한 십년 전의 이런 날에 흐르던 바람의 한 자락이, 또는 햇살의 묵은 것이, 또는 저 갈매기가, 이 근처 소리없이 죽고 있다가, 눈물 글썽여 되살아나는지는 어느 누가 알 것인가.

―「無題」 부분

박재삼의 유년 회상이 닿아 있는 곳은 고향이다. 이때 고향은 기억 장치를 통해 끊임없이 '오늘'에 작용한다. "'고향'은 사람들에게 시원의 시간을 체험한 장소=공간이며, 사람들은 자주 노스텔지어의 감정으로 뒤덮인 '고향'을 묘사한다."199) 고향의 공간은 장소애적이다. 주로 바다라는 장소성을 토대로 구성된다. 생애사적으로 그의 생물학적 고향은 도쿄이지만, 그것을 지우고(혹은 은폐나 외면의 방식으로 둔 채) 삼천포200)를 고향으로 표상하기 위한 지속적인 노력을 수행한

---

199) 나리타 류이치, 한일비교문화세미나 옮김, 『고향이라는 이야기』, 동국대학교 출판부, 2007, 16쪽.

200) 그의 외가이자 그가 한국으로 돌아와 유년을 보냈던 사천(구 삼천포)에서는 해마다 박재삼 문학제가 열린다. 2013년 16회를 맞는 박재삼 문학제는, 2008년 개관한 박재삼 문학관을 거점으로 보다 활발해졌다. 문학제의 기념비적 기억 행위가 지역 문화 및 자본과 결탁하여 새롭게 정치화되는 방식에 대한 검토가 필요하다. 문학관 건립이나 지속적인 문학제의 개최는 시인이 기억되는 방식과 지역 활성화라는 거시적 문맥에서 이해되어야 한다. 예술과 자본의 결탁, 혹은 지역자치의 독자적 운영 등 보다 다양한 층위에서 다층적

다. 도쿄에 대한 외면 역시 기억 작용과 연관된다. 박재삼에게 고향이란 생물학적 공간이 아닌 유년의 추억을 간직한 기억의 장소다. 고향의 기억은 일정 부분 아이덴티티와 관련되기 때문이다. "'고향'이 개인의 차원에서 이야기되는 동시에 공동성을 지니며 집단의 차원에서 이야기되"고, 나아가 "개인의 심정이나 감정, 혹은 아이덴티티와 결부되어 있으며, 또한 공동의 심정이나 아이덴티티와도 밀접하게 관련되어 있"는 것이다. 이러한 맥락에서 시인이 고향을 시적 발화의 대상으로 삼는 행위에서 개인과 역사의 공동성을 발견하게 된다. 예컨대 "'고향'에 관한 공통의 기억, 즉 집합적 기억이 '고향'이라는 공감의 공동체를 만들어내며 공동성을 지탱시킨다. 게다가 공동성의 차원에서 '고향'은 개인의 '고향'에 기초한 관계성이나 서사의 총체이면서 개인의 '고향'에 대한 감정을 규제한다".201) 고향이라는 구성된 공간에 대한 회상은 그것의 부재와 상실을 발화하는 것이기도 하다. 이는 회귀할 기원의 장소가 뿌리 뽑힌 현실에서 존재가 처한 불안을 표상한다. 또한 시인이 주어 상실의 시·공간에서 자신의 정체성을 구성하기 위해 철저하게 배제와 포섭의 논리로 만들어 낸 것이기도 하다. "노스탤지어는 '도시적인 것'='고향적인 것'이라는 복합적 아이덴티티에 시간의 요소를 끌어들여 '현재'를 '과거'와 동일시하고, 현재에 대한 부정적인 감정이 과거에 대한 긍정적인 감정을 낳는 것이라고 파악할 수 있"202)다. 이러한 심사는 시간을

<hr />

으로 검토해볼 문제이기 때문이다. 이러한 사업은 문학적 가치를 단순 상업화한다는 측면에서 여전히 많은 숙제를 남기고 있음에도 잊힌 문학인에 대한 관심을 촉구함으로써 문학사를 보다 풍성하게 구성할 수 있다는 측면에서 분명 필요한, 매력적인 작업이다.

201) 나리타 류이치, 한일비교문화세미나 옮김, 앞의 책, 17~18쪽.
202) 위의 책, 241쪽.

역행하는 박재삼의 시적 감각 전반에 작용한다.

시인은 바다를 유한자로서의 인간을 수용해 주는 최후의 장소라 믿는다. "장소는 집단적 망각의 단계를 넘어 기억을 확인하고 보존할 수 있는 곳이다."203) 가난과 죽음, 그리고 바다로 이어지는 연상은 우리 역사에 대한 상징적 도식으로도 읽힌다. 바다는 그것만으로도 역사를 표상하는 공간이다. 가령 '현해탄' 등이 보여주듯이 그것은 국가 부재의 상태를 표상한다. 박재삼의 '바다'가 중층적으로 이해되어야 하는 이유 역시, 국가부재의 상황에서 이주민으로 살아야 했던 유랑하는 가족사와 한국으로 돌아와 정착하면서 고향이 갖는 이중성에서 발견된다. 즉 바다는 뿌리 뽑힘의 역사적 표상이자 그것을 치유해준 장소애적 공간이다.

"어느 小小한 잘못으로 쫓겨난 / 하늘이 없던, 어린날 흘렸던, / 내 눈물의 복판을, / 저승서나 하던 짓인가, / 무지개 빛을 긋던 눈부신 갈매기야"(「눈물 속의 눈물」)처럼 시인은 아직 십대인 채로 바다가 펼쳐진 유년의 시간을 비상하고 있다. 조선에서 살지 못하고 일본에 정착해야 했던, 그러나 그곳에서조차 제대로 된 삶을 얻지 못하고 다시 조선으로 돌아와야 했던 유랑의 흔적이 바다에 고스란히 있다. "바닷가에 살면 / 좋으나 궂으나간에 / 바다를 보고 받들어 살아야 한다."(「추억에서·45」)

이러한 시인의 유년 혹은 유년을 만드는 기억은 바다에 닿아 있다. 그것은 그가 고향을 구성하는 일과도 같다. 고은은 박재삼에게 삼천포는 "대학을 갈 수 없는 가난과 일단 징집 적령기의 회피 때문에 그에게 처음으로 현실적인 사회가"204) 되었다고 분석한다. 시적 화

---

203) 알라이다 아스만, 변학수·채연숙 옮김, 앞의 책, 24쪽.

자가 오늘을 "사는 일 끝에 묻은 어려운 먼지"를 털어내는 일은 자신의 "마음 바닷가에" 아직 그대로인 듯한 "꿈밭"을 서성이면서 이뤄진다. 그러면 바다는 그때의 "지엄한 기운"이 되살아나 오늘의 설렘으로 "눈부셔 오는" 것이다. "한 십년 전의" 그날도 오늘인 듯 "눈물 글썽여 되살"릴 수 있는 힘이 우리의 유년에 있다. 무엇보다 정착할 수 없었던 유랑의 상처를 치유할 수 있는 공간 역시 바다다. 어른이 되어서도 유년을 재구성하는 것은 아직 순수한 그 시간을, 혹은 흘러간 것에 대한 이상화를 통해 과거를 새롭게 구성하기 위한 특정 시간으로 조명하기 때문이다. "한 십년 전의 이런 날에 흐르던 바람의 한 자락이, 또는 햇살의 묵은 것이, 또는 저 갈매기가, 이 근처 소리없이 죽고 있다가, 눈물 글썽여 되살아나는" 찰나의 감상과 마주한 존재의 심정이 뭉클하게 다가온다. 십년 전의 화자와 오늘의 화자가 조우할 수 있는 것은 자연 그대로인 공간 덕분이다. 이러한 시간의 회귀의식은 화자가 주체를 발견하고 스스로 너그러워지는 과정이라 보아도 좋다. 춘향이나 흥부가 민족적 동질성을 위한 공통 감각이 되어준다면, 박재삼의 유년은 자신만의 고전이 되어 자신의 오늘을 지탱할 수 있도록 조력한다. 이처럼 박재삼이 유년을 응시하는 것은 그가 과거를 통해 오늘을 만들어가고자 하는 시적 전통을 구성하는 방식과 닮았다.

우리 마음을 비추는 / 한낮은 뒷숲에서 매미가 우네. // 그 소리도 가지가지의 매미 울음. / 머언 어린날은 구름을 보아 마음대로 꽃이 되기

---

204) 고은, 앞의 책, 468쪽. 고은은 이 글에서 박재삼이 정헌주의 도움으로 부산, 서울에서 정착하는 과정과 조연현, 김상옥 등의 조력으로 문단에 나오는 일과정을 비교적 상세하게 서술하고 있다.

도 하고 잎이 되기도 하고 친한 이웃아이 얼굴이 되기도 하던 것을. // 오늘은 귀를 뜨고 마음을 뜨고, 아, 임의 말소리, 미더운 발소리, 또는 대님 푸는 소리로까지 어여삐 기뻐 그려낼 수 있는 / 명명(明明)한 명명(明明)한 매미가 우네.

—「매미 울음에」 전문

진주 장터 생어물전에는 / 바닷밑이 깔리는 해다진 어스름을, // 울엄매의 장사 끝에 남은 고기 몇 마리의 / 빛 발(發)하는 눈깔들이 속절없이 / 은전(銀錢)만큼 손 안 닿는 한(恨)이던가 / 울엄매야 울엄매. // 별밭은 또 그리 멀리 / 우리 오누이의 머리 맞댄 골방 안 되어 / 손 시리게 떨던가 손 시리게 떨던가. // 진주 남강 맑다 해도 / 오명 가명 / 신새벽이나 밤빛에 보는 것을, / 울엄매의 마음은 어떠했을꼬. / 달빛 받은 옹기전의 옹기들같이 / 말없이 글썽이고 반짝이던 것인가.

—「추억에서」 전문

'춘향이 마음'이라는 부제 아래 「매미 울음에」를 이해할 때 시적화자는 춘향으로 한정된다. 그러나 그러한 문맥으로부터 자유롭다면 화자는 유년을 회상하는 다른 주체로 확장된다. 달리 표현하면 춘향과 시적화자의 조우를 발견할 수 있다. 이를 통해 박재삼이 궁극적으로 지향하는 바는 고전적 인물의 현재화와 전통을 통한 오늘에의 발화이다. 시를 통해 전통적인 것을 만들어가는 것이 그것이다. "매미 울음"은 과거와 현재의 길항과 단절의 시간성을 연계하는 역할을 한다. "머언 어린날"에 대한 그리움과 기억들은 "오늘"에 이르러 새롭게 의미를 획득한다. 박재삼의 한을 여성적인 삶에서 찾는 이유가 여기에 있다. 그것은 어머니의 삶이면서 동시에 여성의 형상으로 상징된 조국의 현실이기도 하다. "매미 울음"이 여러 모양의 구름으로 전이되어 종래에는 춘향(우리)의 마음으로 형상되어, "명명한" 울림의 깊은 슬픔으로 표출된다. 과거는 소멸되지 않고 끊임없이 현재에 끼어들기를 시도하는데, 박재삼이 보고 있는 전통 역시 그러하다. 만들어진 전통의 형상처럼 유년 역시 "구름을 보아 마음대로 꽃이 되기도 하고 잎이 되기도 하고 친한 이웃아이 얼굴이 되기도 하"는 것처럼 과거적 시간은 오늘의 자리에서 "어여삐 기삐 그려낼 수 있는" 시간인 것이다. 이러한 감각으로 시간을 역행함으로써 시인은 오늘의 리얼리티를 구성한다.

우리는 누구나 누군가의 절절한 희생으로 존재한다는 사실을, 박재삼은 어머니를 통해 발화한다. 가난해서 약도 써 보지 못하고 아들이 죽자 어머니는 "없으면 문둥이보다 더 서럽다"[205]며 생어물 노점을 시작한다. 그는 어머니가 겪었을 고생이 자신의 "시에 있는 한恨의 정감을 키워" 주었다고 여긴다. 자신에게 어머니는 "종교 이상이라고 믿는"[206] 시인은 어머니로 대변되는 가난과 슬픔에서 자신의 한의 정서가 비롯된다고 회고한다. 그런 측면에서 그의 시적 행위는 한의 문학적 승화이자 치유의 일환으로 볼 수 있다. 그렇기 때문에 그의 작품은 이러한 통증의 산물이다. 유년의 기억이 전통성을 구성하는 방식은, 리얼리티를 강조함으로써 '만들어낸 기억'의 허구를 사실성으로 재구성하고, 이로써 서정에의 신뢰를 확보하게 된다. 시 속에 부재한 리얼리티로서의 현실을 기억이라는 장치로 재현하는 것이다. 물론 이는 생체험의 그것이라기보다 기억과 망각의 작용을

---

205) 박재삼, 「나의 어머니」, 앞의 책(2006), 107쪽.
206) 박재삼, 「한의 표상」, 위의 책(2006), 177쪽.

통해 선별된 것이라는 점에서 지나친 이상화나 미학화가 불가피하다. 그리고 이러한 한계는 만들어지는 속성으로부터 자유로울 수 없는 '전통적인 것'이 범하는 오류이기도 하다.

"담론을 의도적인 언술행위라고 한다면, 담론주체의 의도성은 텍스트의 의미구조에서뿐만 아니라 통사구조나 어휘의 층위에서도 드러"207)난다. "어스름"의 시간은 하루가 빛을 잃는 시간이자 가장 아름답게 어둠을 끌어오는 시간이기도 하다. 해질녘의 이 시간이야말로 중층적인 의미를 생산하며, 박재삼이 표현하는 슬픔의 아름다움을 가장 잘 대변해 준다. 박재삼의 기억의 공간은 그 자체로 자연이다. 가난했던 유년을 회상하는 슬픈 일은 아름다운 풍경과 대조를 이루면서 더욱 간절해진다. "바닷밑이 깔리는 해다진 어스름"은 아름답기에 더욱 처연한 "한"으로 형상화된다. "손 시리게 떨"면서 "말없이 글썽이고 반짝이던" 남매와 "속절없이" 상해가는 생어물을 보고 있는 어머니의 조급함이 애잔하게 가슴을 울린다. "울엄매야 울엄매"라는 호명행위는 스스로에 대한 위로이자 슬픔을 극대화시키는 역할을 하며, 어머니의 삶과 가난했던 자신의 삶 전체를 끌어안는 효과를 갖는다. 박재삼 시에서는 이러한 반복적 호명이 자주 나타나는데 이는 자신이 시에서 재현하는 주제적·정서적 지향들에 대한 동의를 구하기 위함이다. 시인이 구성하는 시·공간으로 독자를 흡입할 수 있는 계기를 제공하는 것이다. "문학은 민족이나 사회의 단위로서가 아니라 한 사람 한 사람 살아 있는 한 인간의 개인을 읽는 것이"며, "그래서 그것이 전체의 공감으로 확산되는 것이"208)기 때

---

207) 김동근, 앞의 책, 68쪽.

208) 이어령, 「전후 문학과 '우상'의 파괴」, 강진호·이상갑·채호석 편, 앞의 책, 88쪽.

문이다.

　서정주는 해방 후의 훌륭한 시적 성취로 박재삼의 작업을 든다. "朴在森에 대해서 徐廷柱亞流다 운운하는 사람도 往往 있는 것을 보지만, 그건 詩의 눈이 거의 없는 사람의 소리"라고 전제한 후, "詩人으로서의 自己값을 첫째 아주 높이 치부하고 있는 것이 보기에 미더"우며, "여늬 詩人에게 흔히 있기 쉬운 각종의 虛榮, 假態를 免한 듯이 보이는 點도 미"덥다고 말한다. 또한 "內容과 병행하는 詩의 形式의 上昇이라는 것"과 "人間生活의 眞實의 第一親友이려 하는 言語를 가지려" 하는 것 역시 훌륭하다고 평가한다. 이것이 가능한 것은 "哲學的 意味로서가 아니라 詩文家의 傳統에서 그것을 하는――늘 잘 깨 있는 知慧가 그에게 있기 때문이"209)라고 말한다.

　이와 같은 상찬에도 불구하고, "새는 죽을 때 목소리가 아름답다고 했는데, 아직 죽을 때가 멀었는지 아름다운 목소리에서도 나는 멀었다는 자책감"210)에서 알 수 있듯이, 박재삼은 끊임없이 시상에 골몰했으며, 시 앞에 겸손했다. 덕분에 한국적인 정서를 발현하고, 추억에 봉인되어 있는 과거적 시간을 현재화하는 데에 성공한다. 뿐만 아니라 그는 시적 감수성을 효과적으로 전달할 수 있는 언어에 집중하면서 누구보다도 자연스러운 언어감촉으로 시상을 구성한다. 박재삼의 이러한 노력은 우리 민족이 미학적 감각을 놓치지 않게 하는 데 일조했다. 박재삼 시의 가장 큰 매력은 시적 진실성에 있다. 애초에 권위의식 없이, 민중적 삶의 각도에서 생의 아름다움을 포착한다는 점에서 그의 시적 진실성은 곧 삶 자체를 일컫는다.

---

209) 한국문인협회 편, 앞의 책, 41쪽. 서정주는 이 글에서 박재삼과 김남조의 작업을, 해방 후의 시적 성취로 꼽고 있다.
210) 박재삼, 「시인의 말: 추억에서」, 『박재삼 시전집』, 경남, 2007, 279쪽.

2) 시조 장르와 민족시학

시조 장르는 1926년 국민문학파에 의한 시조부흥운동과 1930년대 고전연구, 그리고 전후(戰後) 전통의 재구성 움직임과 함께 그 활성화를 시도해 왔다. '개인'(다양성)의 존립이 국가(민족 / 전통)라는 거대 담론에 포섭되기 시작한 이들 시기는 국가적 위기상황으로 민족 정체성의 재확립과 우리 문학의 고유성 형성이 절실했던 때였다. '현대시조'라는 이름으로 재생산된 시조 장르가 정치적인 수단으로써 기능하게 된 것은 이러한 태생에서 비롯된다고 볼 수 있다. 최남선 등의 국민문학파에 의해서 '전통'이라는 수식어를 부여받고 새롭게 태어난 당시의 시조는 문학적 완성도를 지향하기 보다는 '시조는 조선의 것'이라는 일종의 상징적인 질서를 구현하기에 급급했다. 곧 현대시조는 문학성보다 조선적인 것의 생산이라는 담론적 층위에 집중했다. 그럼에도 현대시조에 대한 연구는 담론적 층위가 아니라 문학적 표현 장치에 대한 연구에 집중되어 있는 현실이다. 이 묘한 아이러니 속에서 오늘의 시조가 존립하고 있다.211)

전후 다시 수행된 시조의 가치생산 역시 전후의 상황에서 민족적 동질성을 양산하는 방식의 하나로 차용되었다. 국가 부재 혹은 위기로 인한 불안의식은 견고한 국가 만들기에 지나칠 정도로 집착하게 된다. 전통은 만들어진 것에 불과하며, 민족 역시 상상의 산물에 지나지 않는다는 지적은 있어 왔다. '주어 없는 비극'212)의 시대에 상상

---

211) 임종찬은 현대시조의 각 장은 월의 구조를 갖춰야 하며, 이는 다시 응결성과 응집성을 토대로 습합되어야 한다고 논의한 바 있다. 현대시조가 그 형식적 율격을 해체하는 데에 급급한 현실을 비판적으로 검토하면서 시조의 형식미학적 본질을 고수할 때 시조의 존립이 가능하다고 주장한다. 이에 대해서는 임종찬의 『현대시조탐색』(국학자료원, 2004)과 『古時調의 本質』(국학자료원, 2006) 등 참조.

된 주어로 동질성을 회복하고 과거를 재생산하는 일은 일정 부분 유효했을지도 모르나, 여타의 사정이 바뀐 현대에 동일한 담론을 거론하는 일은 한계가 있다. 문학 장르가 문학으로서의 기능보다 상징적 가치의 생산을 우선시했을 때 그것의 문학성 자체를 의심받을 수밖에 없기 때문이다. 즉 시조는 전통과 민족이라는 상상된 산물에 기대어 있으며, 이로 인해 문학 장르로서 구현해야 했던 미적 가치의 추구보다는 상징적 질서를 확립하는 데 집중했던 것이다.

"'상상의 공동체'는 특정한 시기에 사람들의 경험을 통해서 구성되고 의미가 부여된 역사적 공동체"213)를 일컫는다고 할 때, 근대 이후 국가 / 민족의 탄생이 그러하다. 근대 이후 탄생한 '민족'은 동일 언어 사용자를 전제하고 동일한 정신을 강제한다. 동일성 구현을 통해, 배제와 포섭의 동시적·모순적 관계망을 형성하고 그 이데올로기에 복무하기 위한 문학적 장르의 필요성에 적극적으로 대응한 것이 시조 장르였다. 그러나 애초부터 '국문학'으로서의 시조는 없었다. 시조는 시조였을 뿐 그것이 국문학으로서 기능하기 시작한 것은 민족이 형성되고 난 이후의 일이다. 전통 장르라고 하는 권위로부터 탈피하지 않는 한 시조는 현재형의 양식이 될 수 없다. 시조 양식이 고루하다는 편견은 바로 이러한 층위에서 비롯된다. 굳이 시조를 전통적 장르라고 칭하지 않더라도 그 정형성 안에는 조선 사대부들의 가락이 숨어 있다. 그러나 그 가락만 가지고 그것을 전통적 장르라고 한다면 더 이상 현재적 의미를 획득할 수 없을 뿐만 아니라 미래적 가능성도 말할 수 없다.

---

212) 이어령, 「주어 없는 비극」, 남원진 엮음, 앞의 책 참조.
213) 베네딕트 앤더슨, 윤형숙 옮김, 『상상의 공동체』, 나남출판, 2002, 264쪽.

벤야민은 전승된 문화란 궁극적으로 현재를 사는 사람들의 삶에 유용한 지침을 주는 한에서만 의미가 있다고 지적한 바 있다. 현재와 무관한 전통은 더 이상 의미가 없다. 일정한 역사적 문맥 안에서 부여된 가치평가 덕분에 전통이 창안되었다면, 그 가치평가가 유효한 한에서만 그것이 전통으로 작동할 수 있는 것이다. 불변의 역사가 없듯이, 전통 역시 역사와 함께 유동한다. 시대와 함께 변용하는 것만이 전통이 될 수 있기에 전통이라는 허울만 가지고 영원히 전통이라는 권위를 누리겠다는 것은 억지다. 현대시조는 현대국어를 감각적으로 사용함으로써 현대와 현대인들의 생활을 시적으로 형상화해야 한다.

'한국적인 것'에 대한 냉철한 회의를 바탕으로 "창출된 전통"214) 즉 특수성·차이성의 문화로서 시조를 확립해야 한다. 이때 시조는 중심장르를 지향하는 것이 아니라, 다양한 장르의 혼종성 아래 '정형시'라는 자신의 자리를 지켜야 한다. 중심은 그 영역을 주변에까지 확장하려고 하고, 주변은 중심으로 진입하려고 끊임없이 움직이는데, 이것이 문화적 자장이며 균형을 이루기 위한 구심력이고 원심력이다. 자유시와 이러한 유연한 균형을 유지하는 일이야말로 정형시로서의 시조가 점할 수 있는 가능성이다. 박재삼이 발표한 시조작품은 시에 비해 수적으로 열세한 것이 사실이나,215) 시조에 대한 그의

---

214) 홍기삼, 「한국문학 전통과 현대적 계승」, 『한국문학연구』 20집, 동국대학교 한국문학연구소, 1998, 272쪽 재인용.

215) 조지훈은 박재삼의 시조 작업을 "젊은 세대의 새로운 계승자로 독보의 위치"로 승격시킨다. 더불어 "시조시(時調詩) 운동이 다시 일어나길 바"라면서, "시조는 이름 그대로 시대적 조격(調格)이어야 한다고 주장한다. 전통적 형식에 시대적 조격, 이것만으로도 그 내용은 자재(自在)한 일관성이 있다"고 전제하면서, "민족시(民族詩)의 한 형식으로서의 현대시는 시조의 장구한 생성(生成)의 율조(律調)를 받아들여 그것을 일종 변형으로 새로운 형식을 만들 수 있는 데 반해서 시조는 현대시와의 한계를 무너뜨림에 제한이

애정만큼은 스승인 초정 김상옥의 시조집 『초적』을 필사할 만큼 각별했다. 그럼에도 박재삼에 대한 연구는 시에 집중되어 있는 형편이다. 위기·불안의식이 전통을 차용하는 방식 아래 박재삼의 시조를 살펴보고, 그가 시조 장르에 가졌던 인식의 한계와 가능성을 점검할 필요가 있다.

시조의 형식은 고정되어 있는 것 같지만, 자수 가감의 자유가 한편으로 주어져 있기 때문에, 케케묵지 않고 새 물결을 항시 대어오고 있는 것으로 보인다. 이 사실에서 나는 언제나 시조에는 새로운 시대에 맞는 가락으로서 자유분방한 흐름을 느끼고 있다. 그러나 기본형을 고수한다는 원칙은 지켜야 한다고 믿는다. 여기에서 나는 구속과 함께 자유를 맛본다.216)

박재삼의 창작활동은 자기 방어적이고 소극적이었다. 이 때문에 박재삼의 시조가 여전히 역사와 민족이라는 개념에 복무하고 있는 한계가 있으나, 연애라고 하는 개인적 감정을 시조를 통해서 표현하고자 했다는 점은 시사적이다. 다만 그가 작품활동을 했던 전후적 감수성이 갖는 한계로 인해 '개인'의 개성 보다는 '민족' 보편성이 두드러지는 것 역시 간과할 수 없으며, 시인은 시조문학을 아꼈으면서도 시에 비해서 그 작품수가 현격히 적은 이유는 시조가 어렵기 때문이라고 술회한 바 있다.

있으니 시조의 너무 완전한 현대적 변형은 현대시의 영역이요, 시조로서의 의의가 상실된다는 점" 등을 경계할 것을 당부한다. 조지훈, 『문학론』(전집 3), 261쪽, 270~271쪽.
216) 박재삼, 「시조의 기본율」, 앞의 책(2006), 155쪽.

떠날 임시臨時에서는 / 울먹이며 흐르더라, / 기러기 날개 밑이 / 비어나는 정든 나라, / 강물을 차마 질러서 / 갈 수 없는 마음이여. // 지내 보면 흥부동네 / 가난키야 했지만, / 발톱에 묻은 흙이 / 바람에 떨어질까, / 공중에 지는 그 눈물 / 수繡실 뜸뜸 놓다가. // 밀물로 산그늘이 / 밀려 오는 해질 녘을, / 사람은 언제부터 / 돌에 한恨을 새겼던가, / 구만리九萬里 끝없는 하늘 / 날갯짓이 아롱져.

—「떠나는 기러기」²¹⁷⁾ 전문

난장진 피바다 속에 / 눈 뜨고 목숨 지운 이 / 사四백년 흐른 오늘도 / 목이 마른 하늘가에서 / 이승을 바라는 곳에 / 은하銀河로 보일 수도水道여.

—「남해유수시(南海流水詩)」 부분

세간 흩어져서 / 재로 남는 백성들은 / 의기義妓 버선발 뜨듯 / 추녀 끝 돌아나가듯 / 하 높은 가을 하늘 밑 / 그림자만 서성여. // 시방 가랑 잎은 / 한두 잎 발치에 지고 / 저무는 기운 속에 / 대숲은 푸르며 있고 / 이 사이 소리도 없는 / 물은 역시 흐른다.

—「촉석루지(矗石樓趾)에서」 부분

「떠나는 기러기」는 한국전쟁 당시 "임시"수도였던 부산을 떠나며 그 감회를 적은 것이다. "가난"한 "흥부동네"였으나 "정든" 공간이었던 그곳을 떠나며 흘리는 "눈물"을 통해서 휴전이 되고 서울을 되찾

---

217) 제9시집인 『내 사랑은』의 경우 등단 후부터 창작한 시조 작품을 엮어서 1985년에 간행되었다. 여기에 실린 작품들은 1950년대부터 1980년대에 이르는 긴 시간을 두고 창작·발표된 것들이다. 여기에서는 1950~60년대 발표된 것들만을 대상 텍스트로 한다.

은 기쁨보다 전쟁의 슬픔에서 비롯되는 짙은 허무의식을 읽어낼 수 있다. 전쟁은 인간에 대한 무한한 신뢰와 동질성을 무너뜨리고, 도덕과 윤리 등 사회를 구축하는 가치체계를 전복시킨다. 이로 인해 전쟁 상황을 겪은 존재는 끝을 알 수 없는 절망 속으로 침잠하게 된다. 시인은 이러한 고통스러운 전쟁의 기억을 떠올리면서 "사람은 언제부터 / 돌에 한을 새겼던가"라고 탄식한다. 민족사와 가난에서 비롯된 한은 어떤 형태로든지 박재삼의 삶 전체를 지배한다. 영속성을 지닌 돌, 그 불변의 형상을 통해서 고정불변의 현실에 대해 진술하는 것이다. 우리는 이러한 시인의 탄식을 통해서 눈물이라는 단어에 응축되어 있는 슬픔의 정서를 느낄 수 있다. 전술한 것처럼 박재삼은 '눈물'의 서정시학을 통해서 스스로를 치유하고 시대적 단절을 극복하고자 했음을 이 시를 통해서도 알 수 있다.

박재삼의 시조에서 "오늘"은 "사백년" 전과 단절적인 시대가 아니다. 그는 "내 슬픔보다 먼저 있는, 그리고 내 슬픔을 대신하고 있는 것 같은 자연(바다)"[218]을 통해서 기계적인 시간관을 극복한다. 내 슬픔보다 먼저 있다는 것은, 개인의 슬픔이 역사적 맥락과 무관하지 않음을 보이는 것이기도 하다. '오늘'과 '어제' 그리고 '내일'의 연속이 단절이라는 개념으로는 성립될 수 없듯이, 시인이 자연을 바라보는 시선 또한 공시성을 넘어 통시적으로 확장될 수 있는 것이다. 이를 통해서 개인적 가난에서 비롯되던 한의 정서가 민족적 수난사로 확장될 수 있는 근거를 마련할 수 있다. 한 개인의 현재적 삶은, 그가 속해 있는 공동체의 기억(과거의 경험, 곧 역사적 사건)으로부터 자유로울 수 없다. 근본적으로 공적 기억이란 사회적 소통을 전제로

---

218) 박재삼, 「눈물 나는 일」, 앞의 책(2006), 11쪽.

하기 때문에 사회성이 배제된 기억이란 존재하지 않으며, 존재한다 할지라도 그것은 기억이 아니다. 이런 점에서 박재삼에게 자신의 개인적 슬픔은 민족적 기억으로 치환되어 공동체의 정체성을 형성하는 하나의 수단으로 기능하게 된다.

박재삼의 시가 개인적인 가난에서 오는 슬픔을 공동체적 감각으로 확장해서 미적으로 형상화하는 데 주력했다면, 그의 시조는 역사적인 맥락 아래 놓여 있는 민족적 슬픔을 형상화하는 데 집중한다. 어머니로 표상되는 개인적 가난과 거기에서 비롯되는 한의 정서가 조국이라고 하는 공동체적 자장으로 변모하는 것이 그 양상이다. 박재삼의 시에서 남강은 가난에서 비롯되는 어머니의 고생, 그 한의 공간으로 형상되어 있다. 그런데 시조에서 남강은 임진왜란의 기억과 한국전쟁의 흔적을 되짚는 역사적인 공간으로 나아간다. 개인적 가난에서 비롯되었던 슬픔이 민족적 수난사가 개인에게 미친 슬픔으로 치환되는 것이다. 박재삼이 「촉석루지(矗石樓趾)에서」를 창작했던 1956년에는 한국전쟁으로 인해 촉석루가 불타고 없었다. 그럼에도 박재삼은 "재로 남는 백성들"의 "그림자만 서성"이고 있는 그 상흔의 공간에서 희망을 말한다. "대숲은 푸르며" "물은 역시 흐른다"는 영구성을 통해, 허무의식에 침잠했던 전후의 심사를 극복하고 일어설 수 있는 에너지를 구상하는 것이다. "'슬픔'의 역사 위에서 슬픔이 주는 아름다움과 멋을 우리는 다시 발견해야 하며 그것을 키워나가야 한다. 우리가 아무리 창의적인 힘을 발휘한다고 하더라도 우리는 결코 조상이 물려준 문화유산의 바탕 위에서 다시 우리의 것을 발현할 수밖에 없다."[219] 바로 이 점이 그가 슬픔의 미학을

---

219) 박재삼, 『아름다운 삶의 무늬』, 어문각, 1986, 189쪽.

창출하는 까닭이다. 박재삼의 전통지향성은 결국, 슬픔을 들추어내서 그것을 극복하는 방식과 닿아 있다. 그러고 보면 박재삼이 말하는 한은 단순히 슬픔의 정서가 아니라 그것을 극복하는 아름다움까지 더해진 복합적인 정서다.

떨어진 꽃잎처럼 / 흘려 보낸 세월이라 / 어느 탐스런 여왕女王도 / 그리움이 멀어지면 / 저절로 눈물 괴어라 / 아롱아롱 빛나라. // 오늘, 이 가슴 환히 / 하늘로 트였는데 / 종달새 노래 아닌 / 무언지 들려올 듯 / 나 혼자 알고 느껴라 / 서라벌徐羅伐의 그 소리.

—「금관(金冠)」 전문

자하문紫霞門 아래 서서 / 눈으로 날아보다 / 신라新羅는 고운 나라 / 하늘마저 보드랍고 / 천년千年을 누린 무지개 / 하마 설 것 같아라.

—「다보탑(多寶塔)」 부분

박재삼이 호명하는 "신라"는 그것 자체로 절대적인 아름다움의 상징이다. 박재삼은 한국의 현대사가 슬픔의 역사였다면 신라는 영광의 역사라고 생각한다. 금관을 보며 "서라벌의" 역사를 상상하고, "어느 탐스런 여왕"의 슬픈 사연을 듣는다. 시공을 초월한 가상적 소통은 민족이라는 속성으로 가능하다. "신라는 고운 나라"인 까닭은 통일대업을 달성했기 때문만은 아니다. 다보탑과 같은 뛰어난 문화를 생산했기 때문이다. 오랜 시간의 간극에도 오늘의 하늘은 "천년을 누린 무지개"로 시공을 연결한다. 시인은 "가장 슬픈 것을 노래한 것이 가장 아름다운 것을 노래한 것"[220]이라는 그의 믿음 때문에 영광된 역사보다는 암울했던 역사에 더 깊은 애정을 보인다.

"한국적인 것은 아름답다. 아름다운 것은 슬픈 것이다. 따라서 한국적인 것은 슬픈 것이다"[221]는 시인의 선언은 유효한 것처럼 보이나 의문을 남긴다. 과연 한국적인 것은 슬픈 것인가? 이러한 논리가 성립될 수 있는 것은 그가 겪었던 가난과 눈물의 개인사와 민족사 때문이다. 사람마다 경험치가 다른 상황에서 한국적인 것은 슬프다는 식으로 일반화할 수 없다. 아민 말루프의 말처럼 "정체성이란 우선 상징에 관한 문제이며 또한 외양의 문제"[222]이다. 단일하고 고정된 정체성이 아니라 고유한 다양성으로 이루어진 정체성이어야 한다. 그렇기에 박재삼이 말하는 슬픈 것으로서의 한국적인 것은 고정된 가치가 아니라 유동적인 가치여야 한다. 물론 박재삼 개인의 가치관에 있어서는 그것이 고정된 실체로 작용했던 것이 사실이다. 전후 담론적 층위에서 서정주가 '신라정신'을 창안했듯이, 박재삼은 자신의 방식으로 자신이 체험한 가난을 해석하고 그 극복방안을 마련할 필요를 느꼈을 터이다. 시인의 말처럼 "슬픔과 아픔이 아름다움으로 환치換置되지 않으면 시로서는 멋진 작품이 되지 못한다. 이런 점이 시의 한 비밀이 되는 것은 아닐까".[223] 그렇기에 전통서정에 기대어 민족적 한에 이러한 슬픔을 치환했던 것은 그에게 맞는 창작원리를 발견했다고 할 수 있겠다.

"박재삼의 시에서 이승과 저승의 구분은 사실 기표적 차원의 구분 외에는 어떠한 의미도 지니지 않는다"[224]는 지적은 적절하다. 박재

---

220) 박재삼, 「이별, 그 아픔의 승화」, 앞의 책(2006), 80쪽.

221) 박재삼, 「아름다운 우리 것」, 위의 책(2006), 204쪽.

222) 아민 말루프, 박창호 옮김, 앞의 책, 146쪽.

223) 박재삼, 「이별, 그 아픔의 승화」, 앞의 책(2006), 81쪽.

224) 여태천, 「박재삼의 시와 서정의 문법」, 박재삼기념사업회, 『박재삼 시연구』, 경남, 2009, 220쪽.

삶의 존재들은 늘 이승이기도 하고 저승이기도 한 공간에 놓여 있다. 그것을 가능하게 하는 장치가 바로 기억이다. 박재삼 시조의 아름다움은 기억으로부터 호출된 것들에 대한 명명법에서 시작되며, 이러한 기억행위를 통해 시인이 성취하고자 하는 것은 아름다움의 극치에 이르는 것이다. 결국 추억은 상상력에 의해 미래 어느 지점에서 다시 만들어지는 개인의 허구사라고 할 수 있다. 기억을 통해서 정치적으로 재구성된 경험의 파편들로 시인은 자신이 담론화하고 싶은 것들을 문학적으로 승화시키고 있는 것이다.

박재삼 시조의 주제적 지향성이 민족적 수난이나 죽음의식 등에 그치지 않고 사랑이나 연애에 대한 은근한 갈망에 닿아 있다는 것은 인상적이다. 그리움과 사랑을 뜻하는 연애(戀愛). 박재삼을 말할 때 눈물이나 한 등 슬픔의 요소들을 언급하는 경우가 많아서, '연애'라는 단어는 그와 어울리지 않는다고 여길 수도 있다. 그런데 그의 수필을 읽다 보면 '연애'에 대한 술회를 언급한 부분이 적지 않으며, 그의 시나 시조에서도 은근미를 살린 연애시를 발견하는 일은 어렵지 않다.

한빛 황토黃土재 바라 / 종일 그대 기다리다. / 타는 내 얼굴 / 여울 아래 가라앉는, / 가야금 저무는 가락, / 그도 떨고 있고나. // 몸으로, 사내 장부가 / 몸으로 우는 밤은, / 부연 들기름불이 / 지지지 지지지 않고, / 달빛도 사립을 빠진 / 시름 갈래 만萬갈래. // 여울 바닥에는 / 잠 안 자는 조약돌을 / 날 새면 하나 건져 / 햇볕에 비쳐 주리라. / 가다간 볼에도 대어 / 눈물 적셔 주리라.

—「내 사랑은」 전문

시인은 수필에서 "나는 혼자만 사춘기적인 그리움에 젖어서였으리라, 그 앞을 걸어오는데, 발이 어디에 떨어지는지 모르게 떨리는 걸음, 비틀거리는 걸음으로 지나왔던 것이다.… 이것은 나의 십대 때의 한없는 수줍음과 부끄러움이었을 것이고, 또 어쩌면 십대 소녀들에 대한 더할 나위 없는 그리움을 품고 있었던 탓이었으리라고 짚어본다".225) 가난과 내성적인 성격 탓에 위축되어 있던 사춘기 남학생이 느꼈을 연애라는 감정은 그것만으로도 부끄럽고 설렌 것이었으리라.

그러나 역설적이게도 유년의 이러한 사랑의 심사는 화자가 처한 현실 상황을 부각시키고 스스로 수치심에 빠져들게 한다. 가난한 생활과 연애를 불협화음처럼 여긴 시인은 이러한 감정을 자연에로 돌린다. 사랑에 대한 박재삼의 소극적인 접근은 "연애를 하는 것도 부끄러운데 지게를 진 사람이 그것을 한다는 것은 더욱 안 되리라고 생각했었다"는 고백처럼 가난에서 비롯되었다. 연애의 심사에 대한 발칙한 상상이야말로 시인의 고백처럼 "하다 못해 바다에서 일어나는 온갖 것을 그 연애감정 그것으로 보고 있었"226)음을 증명해 준다. 박재삼이 사랑을 사유하는 방식은 더욱더 내면으로 침잠하여 자연과의 소통을 추동했다. 박재삼의 자연은 현실에서 좌절된 욕망이 투영된 공간인 동시에 그가 추구했던 미적 완결성이 구현된 아름다움의 이상화가 실현된 상징적 공간이다. 곧 자연 공간은 가난한 현실을 극복하는 도피처이자 위안의 대상이다. 소통 불가능한 단절의 현실이나 결핍은 자연의 아름다움을 발견하는 행위를 통해서 어느

---

225) 박재삼, 「눈물·情感·기타」, 앞의 책(2006), 62쪽.
226) 박재삼, 「연애의 대상」, 위의 책(2006), 102~103쪽.

정도 해소된다. 박재삼이 묘사한 눈부신 자연 풍광이야말로 역설적이게도 쓸쓸하고 고독한, 좌절된 사랑의 산물인 셈이다.

시조 「내 사랑은」은 박재삼의 대표적인 연애시로 알려져 있다. 특히 "사내 장부가 / 몸으로 우는 밤"이라는 상황적 진술만으로도 그 애틋함을 느낄 수 있으며, "잠 안 자는 조약돌"에 투영되어 있는 서정적 자아의 간절한 사랑의 심사 역시 읽을 수 있다. "'사랑 그 자체'는 어디서나 이루어진다 하더라도 '사랑이 사유되는 방식'은 역사적으로 변화되어 왔다."[227] 또한 그 사유 방식에 따라 사랑이 갖는 의미도 상이하다. "고운 임 얼굴에는 / 내 사랑도 쓰여 있"는데 그것이 "슬프고 기쁜"(「어느 골짜기에서」) 까닭은 사랑의 방식이 서로 다른 데서 연유한다. 박재삼의 사랑시조들은 고백적인 어조로 한결같이 동일성을 전제로 하는 서정시로 구성되었다. 이처럼 그의 시조는 현실적 결핍을 해소하기 위한 시적 장치의 일환으로 자연과 서정적 자아의 동일화가 완벽하게 구현되고 있다. 그러나 박재삼에게 연애감정은, 시상의 전개에서는 "땅에선 오직 기쁜 / 사랑"(「삼위일체三位一體」)이라 할지라도 현실에서는 그 심사가 "눈물 적셔 주"는 행위처럼 소극적으로 드러난다는 점에서 트라우마로 남아 있다.

박재삼 타계 이후 그의 시에 대한 논의가 지속적으로 진행되었지만, 초기시에 집중된 경향이 강하고 다른 시인과의 연계, 특히 전통서정이나 1950년대라는 공통의 층위에 놓여 있는 여타의 시인과의 비교연구가 많은 비중을 차지한다. 전통서정시를 논의하는 데 있어 박재삼 일인이 획득하는 의미맥락에 대한 해명 없이는 이 연관관계 혹은 연계고리는 취약할 수밖에 없다. 그는 '전통'의 구성적 재현과

---

227) 김지영, 『연애라는 표상』, 소명출판, 2007, 4쪽.

'서정성'의 구현에 대해 끊임없이 고민했으며 그 흔적이 시와 시조, 그리고 수필 등에 남아 있다. 또한 그의 관심영역은 다양한 스펙트럼을 보여주며,228) 이를 통해서 그가 만들어가고자 했던 전통이 고립된 편견의 산물이 아님을 확인할 수 있다. 예컨대 『집은 장미로 가득하리라』229) 등과 같은 시선집을 통해서 박재삼이 영미시나 프랑스 및 독일시 등에도 관심이 있었음을 알 수 있다. 그렇기에 박재삼이 작품을 통해 구현하고자 하는 전통이란, 변증법적인 지양의 과정이라 볼 수 있다. 전통은 고정된 개념이 아니라 시대·문화적 맥락을 통해 끊임없이 재편될 수 있는 산물이며, 이러한 관점에서 그는 시대적 요청에 걸맞은 전통서정시를 창작하고자 했다.

박재삼이 보여준 시간감각과 장소애는 그것 자체로 이미 그의 지향성을 대변해 준다. 먼저 시간감각은 유년의 시간, 곧 흘러간 과거를 재구성함으로써 오늘을 살아내려는 의식의 일단을 반영한다. 나아가 바다라는 장소성은 중층적인 의미를 형성한다. 박재삼 시의 전통주의는, 이러한 시간의식을 통해 이해할 수 있다. 지나간 것은 모두 아름답다는 심미주의적 관점에서 그가 재구성하는 과거는 완전체의 형상을 하고 있으며, 오늘의 불화를 해소할 조화의 공간으로 이해된다. 또한 개인사와 민족사가 한데 어우러져 경계를 지운 바다역시, 상처를 응시하는 시인만의 방식을 보여준다.

박재삼이 지향하는 "문학은, 아니 시는 늘 새로"운 것이며, 때문에

---

228) 박재삼은 '요석자'라는 필명으로 바둑관전평을 써서 생계를 해결한다. 그는 가난한 가장으로서 가족의 생계를 책임져야 했기에 유난히 잡문을 많이 쓴 작가였다. 바둑을 잘 두었던 탓에 박국수(朴國手)로 통했다고 하니, 잡문을 쓰는 일이 힘겹지만은 않았을 듯하다. 무엇보다 바둑이라는 선비적 취미 생활로 당대 문사들과의 친목을 다지는 데에도 큰 도움이 되었을 것이다.

229) 프랑시스 잠 외, 박재삼 엮음, 『집은 장미로 가득하리라』, 현대세계명시선, 고려원, 1979.

"시란 언제나 당대의 '살아 있는 말'이 매체가 되어야지, '죽어 있는 말'을 새삼스럽게 끄집어내는 작위는 부당하"[230]다. 그러니 박재삼이 재현하는 전통은 새로움의 가능성이 있는 것, 즉 오늘을 살아가는 우리에게 유의미한 지점들을 보일 수 있는 것이다. "우리의 것에 대한 혹은 우리의 문학 유산에 대한 애정이나 애착은 있어야 하겠지만, 그것이 곧 근시안이 되어 가치의식을 완전히 접어두고 맹목적으로 고전이라 내세우는 투의 우(愚)를 범해서는 안"[231] 된다. 이때 박재삼이 말하는 고전이란 세대를 거듭하여 전승된 시간성뿐만 아니라 문학적 가치를 아울러 갖춘 작품을 의미한다.

박재삼의 시 정신을 한마디로 표현한다면 단연 '한'이라 할 수 있다. 가장 시적인 방법으로 자신이 처한 개인사적 가난을 승화하고, 가족사 전체를 지배했던 민족의 수난을 현실감 있는 미적 구성물로 빚어냈던 것이다. 이처럼 조지훈, 서정주에서 박재삼에 이르는 계보는 전후 전통지향적 시의 특성을 여실히 보여준다. 이들의 작업은 김소월의 시적 상상력을 계승한 것이면서 동시에 능동적인 민족시의 구성이라 할 수 있을 것이다. 물론 전통은 현대성(모더니티)과의 끊임없는 길항에 의해 낡은 사유의 대명사로 치부되기 일쑤였다. 그러나 전통과 현대가 갖는 보다 다양한 의미망에 대해 깊이 있는 고찰이 요구된다. 한국적인 고유성은 새로운 기원을 창출하는 일이며, 현재적 시간 속에서 과거적 연속성을 탐색하는 일이기도 하다. 그렇기에 전통을 구성하는 일은 과거 지향적이며, 동시에 현재적 기원을 모색함으로써 위기상황을 극복하고자 하는 열망이다. 1930

---

230) 박재삼, 「自由와 拘束: 『春香傳』과 나의 「春香이 마음」」, 앞의 책(2006), 38~39쪽.
231) 위의 글, 35쪽.

년대가 그랬듯이 전후 전통 담론의 모색 역시 전쟁과 분단이라는 소용돌이에서 돌파구를 찾고자 했던 염원이 반영된 것이다.

박재삼 개인의 일대기가 다층적인 해석의 여지를 내포하고 있는 한국의 역사적 '사건들' 위에서 영위되었음을 감안한다면, 그의 시문학을 해석함에 있어서 역사감각을 배제할 수 없다. 박재삼이 작품을 통해서 '보여주기'를 하는 기억은 순수한 생체험으로서의 사실일 수 없다. 그것은 개인이 현재를 살아내기 위해 재구성한 형태로서의 기억으로 다분히 정치적인 성격을 보유한다. 개인의 기억은 일정 부분 국민으로서의 집단적 역사와 접합해 재구성·재생산된 산물이다. 국가라는 상상의 공동체의 국민으로서 체험할 수밖에 없는 역사적 공재성(共在性) 위에서도 분자적 개인마다 그 삶의 층위와 기억의 범주가 다른 것은 이 때문이다. 이런 점에서 박재삼 시를 이해함에 있어서도 역사적 감각과 개인의 기억이라는 상호성 아래 검토해야 하는 것이다. 단절과 지속이라는 역사의 속성은 기억의 망각과 선택 작용과 멀지 않다. 이때 전통은 다양성의 분자적 역사를 통합하고, 동질성을 구현하는 정신의 근간으로서의 역할을 수행해 왔다. 한민족이라는 허구적 단일성 아래, 그것을 부인하는 순간 타자로 배제될 것이라는 위협을 숨긴 채, 전통 담론은 부인할 수 없는 우리의 정체성의 하나로 자리매김하였다. 정체성은 단일한 조건으로 규정될 수 없다. 그것은 다층적인 요소를 통해 구성되는 것으로 항시 가변적인 성향을 갖는다. 때문에 한민족의 고정적 정체성이란 있을 수 없으며 유동적인 구성요소들만 존재할 뿐이다. 낡은 것으로서의 전통이 아닌 현재를 재편하고 미래를 구성할 수 있는 가능성의 요소로서의 전통이 확립되어야 한다.

제3부 전후 현대시조의 현실인식

제6장 이호우 시조의 정신과 저항적 시대인식

제7장 이영도 시조의 정서와 비판적 역사의식

전후 정국은 국가재건과 반공담론을 위시한 분단의 정치학이 사회 전분야에 작용하던 시기였다. 당대의 국가담론과 전후 문학의 연관성은 많은 논자들에 의해 고찰된 바 있다. 예컨대 신라의 발견이나 민족 담론의 재구성 등은 반공논리를 강화하는 데 복무했으며, 그 연장선에서 전통의 재구성 역시 기획되었다. "해방과 6·25 이후, 문학의 외연이 '세계와 현대'로 설정된 이후에도 시조는 '민족과 전통'이라는 가치에 묶여 있었다."[1] 이 때문에 현대문학에서 시조는 전통이나 민족담론 논의에서 호명되는 반면, 현대성이나 세계적 보편성의 추구라는 발전적이고 진보적인 담론에서는 배제되어 왔다. 전후 현실은 전승해야 할 전통적 가치가 전무한 폐허로 인식되면서 부정의식과 상실의 감각이 지배하였다. 재건을 욕망하는 움직임, 예컨대 '국가 / 국민 만들기'는 반쪽 민족의 국가화를 위해 다른 반쪽에 대한 배제를 강화한다. 이는 한국 사회를 작동하는 핵심 이념이 되어

---

1) 임곤택, 「1950년대 현대시조론 연구」, 『한국시학연구』 40호, 한국시학회, 2014, 207쪽. 이 논문에서 임곤택은 월하 이태극의 시조론을 통해서 1950년대 시조론을 궁구하고 있다. 전후 문단의 과제가 세계문학과 현대문학의 지향과 구성에 있었던 반면, 시조의 경우 전통성이나 민족성에 갇힘으로써 현대시로 탐구될 기회를 잃게 되었다. 이에 이태극이 '시조는 시'라는 관점에서 시조문학의 자율성과 창조를 지향했던 의의를 규명하고 있다.

반공주의와 자본주의의 절대화로 나아간다.

흔히 전후 문학은 휴전 직후부터 1960년대 이후 발표된 작품을
포괄한다.[2] 이 시기 문학은 한국전쟁을 겪은 작가적 경험과 아울러
전후 분단정국의 불안과 혼란을 극복하기 위한 내·외적 노력의 일환
이기도 하다. 전후 개념은 "일본의 용어를 무비판적으로 전용함으로
써" "'한국전쟁'이 갖는 독자적인 성격과 의미를 제대로 파악하지
못한다는 점, 그리고, 용어가 전제하고 있는 '전쟁'이라는 사건으로
인해, 전후의 문학을 지나치게 '한국전쟁'을 매개로만 읽게 되는"[3]
한계를 내재한다. 이러한 비판에도 이 시기 문학은 '전쟁'이라는 표
상으로부터 자유로울 수 없다. 다만 한 시인의 시세계를 구성하는
다층적 요소에 대한 개방적 인식을 토대로 접근한다면 이러한 한계
를 어느 정도 극복할 수 있을 것이다.

전후 문학에 대한 탐구는 한국적 특수성에 대한 이해로부터 시작
되어야 한다. 전후의 위기의식을 극복하기 위한 문학적 운동의 일환
으로 '현대성'의 본질에 대한 고찰이 필요하다. 전승주는 "'현대성(現
代性)'에 대한 인식 및 세계문학(世界文學)과의 동시성(同時性) 확보라
는 과제는 필연적으로 '전통'에 대해 인식하도록 만들었다"[4]고 지적
한다. 현대시조의 '현대성'은 시대적 변모양상에 따른 시조의 대응

---

2) 전후 기간을 인위적으로 한정할 수는 없다. 그럼에도 연구의 편의를 위해 1960년대까지
   구획하는 까닭은 내재화된 전쟁 체험의 극복과 분단국가 건설이라는 과제를 핵심적으로
   수행한 시기이기 때문이다. 그러나 휴전 상황인 현재 역시 전후라고 보는 것이 옳다.
   전후 감각은 분단국가에 살고 있는 오늘의 우리가 실감해야 하는 현실이다.

3) 한수영, 「두 개의 전쟁, 하나의 인식」, 『민족문학사연구』 46, 민족문학사학회·민족문학사
   연구회, 2011, 290쪽.

4) 전승주, 「1950년대 批評에서의 '現代性' 인식」, 『어문연구』 30, 한국어문교육연구회, 2002,
   181쪽. 전승주 역시 "전통론(傳統論)을 촉발시킨 보다 직접적이고도 근본적인 이유는
   압도적인 서구문화의 유입 속에서 제기된 주체성에 대한 점검이라"고 지적한다.

방식에서 비롯된다. 이는 시조의 장르적 특수성과 더불어 오늘의 시조를 구성하는 데 중요한 요소가 된다. 또한 현대시조의 정치성은 전후 감각에 빚지고 있는 측면이 있다. 예컨대 양반의 전유물에서 출발한 시조문학의 원류·생성에 의해 북한에서는 철저하게 배제되었다.[5] 이로 인해 상대적으로 한국에서는 우리 문학과 민족의 정체성 혹은 그 역사를 증거하는 양식으로 고착되었다. 이는 근대기 국민문학파에서 민족의 서정양식으로 '현대시조'의 재확립을 추구했던 문단정치의 연장선이기도 하다.

전후 전통의 구성과 정치학은 지배담론과 헤게모니 집단의 기억과 망각에 의해 선별·기획된다. 전후의 일상이란 전쟁과 가난 등 국가의 안녕과 닿아 있기에 폐허와 부재를 체화한 당대의 주체들은 고향과 조국을 상실한 짙은 절망에 빠진다. 이런 상황에서 가족과 마을 공동체 역시 분열과 변형을 거듭하게 되고 배제와 단절을 경험함으로써 붕괴되고 만다. 전후적 감각은 식민지와 해방기 그리고 한국전쟁의 체험이 체화된 정신사적 혼란을 동반한다. 그렇기에 전후 창작된 시편들을 온전히 이해하기 위해서는 당대 개인이 위치한 복합적인 좌표를 인식해야 한다.

이호우와 이영도의 시조는 이러한 토대에서 구성된 산물이다. 이들은 남매 시인으로 전후 시조단에서 독특한 위치를 점한다. 이들을

---

5) 예컨대 박미영의 논의처럼 북한에서 "발굴된 창작시조의 작품 수는 빈약하다. 모두 11편 40수로, 분단 후 60여년의 세월로 보면 창작이 거의 이뤄지지 않았다고 볼 수 있다. 발표시기가 1960년대 이전과 1990년 이후로 뚜렷한 경향성을 노정하며, 게재지 또한 『조선문학』으로 한정된다. 이들이 발표되는 시기와 주제를 살펴보면 1960년 이전으로는 1957, 58년에 집중되며 남북의 문제와 평양 전후 복구를 다룬다. 분단 초기에는 김일성 교시에 의해 시조가 이념적, 미학적으로 배척되었으나 고전문학의 집성과 민족적 특성을 강조하는 시기에 발표된 것이다". 박미영, 「북한에서의 창작 시조 전개와 의의」, 『한국시가연구』 33, 한국시가학회, 2012, 293~294쪽.

함께 논의하는 까닭은, 당대 시조단을 대표하는 인물이자 서로에게 끼친 영향관계 때문이다. 이들의 시조작품을 분석함으로써 전후를 사유하는 시조의 정신을 엿볼 수 있을 것이다. 물론 이들 시조의 특성을 전체 시조로 환원할 수는 없지만 현대시조는 현실과 괴리되어 있다는 오해와 편견을 불식시키는 데 기여할 수 있으리라 기대한다.

이에 3부에서는 국가담론과 문학의 구성이라는 측면에서 당대 시조문학의 현실인식 양상을 고찰하는 데 목적을 둔다. 특히 전후를 이해하는 시조 장르의 특이성을 개별 텍스트를 통해 고찰함으로써 시조문학의 현실인식 양상을 범박하게나마 분석할 수 있을 것이다. 이를 통해 시대사에 적극적으로 대응했던 현대시조의 면모와 전후 지식인의 책무를 다시금 진단할 수 있을 것이다.

제6장 이호우 시조의 정신과 저항적 시대인식[6]

　　이호우(1912~1970)는 1936년 동아일보 신춘문예에 시조 「영춘송」
이 당선작 없는 가작으로, 『문장』(1940. 6·7합호, 가람 이병기 선자[7])지
에 시조 「달밤」이 당선되면서 본격적인 활동을 시작한다. 그는 1949
년 남로당 관련 사건으로 군법회의에 회부되어 사형을 선도 받았으
나, 이후(1950년) 당시 대통령 비서실장이었던 시인 김광섭의 도움으
로 무죄 석방된다. 한국전쟁이 발발하자 육군종군작가단(1951.5.26)

---

6) 여기에서 인용한 이호우 시조는 2012년 출간된 이호우시조전집인 『삼불야』(민병도 엮음,
　목언예원, 2012)에 실린 표기를 따른다. 이호우는 두 권의 시조집인 『이호우시조집』(영웅
　출판사, 1955)과 『휴화산』(중앙출판공사, 1968)을 남겼다.

7) 가람 이병기는 『문장』지 시조 심사를 맡으면서 많은 시조시인을 등단시켰다. 이들 당선자
　들의 작품은 『문장』지가 지향한 고전부흥과 상고주의 취향, 곧 전통지향적인 서정시조의
　면모를 고스란히 드러낸다. 예컨대 이호우 외에도 가람에 의해 등단한 김상옥의 시조
　「봉선화」(1939.10), 조남령의 「향수」(1939.12)와 「봄」(1940.5), 장응두의 「한야보」(1940.4)
　그리고 김영기의 「바람」(1940.12) 등이 이러한 특성을 드러내는 작품군이다. 『문장』을
　통해 등단한 시조작가의 작품들을 비교 검토하거나 『문장』의 매체적 특이성과 선자인
　가람의 취향과의 연관성 아래에서 연구하는 작업은 다음으로 미룬다.

을 결성하는 등 전쟁상황에 적극적으로 응전했으나, 시조 「바람벌」 (1955)이 반공법에 저촉되어 고초를 겪는다. 또 1958년 KNA기 납북 사건에 대한 매일신문 사설로 인해 필화사건을 겪는 등 생애 내내 근·현대사의 소용돌이에 휘말리게 된다.8) 이러한 이호우의 시대인 식과 적극적인 사회참여는 그의 시조 작품에 고스란히 표출된다.

이호우 시조에 대한 선행 연구는 크게 작품 자체에 집중한 것과 현실과의 관계에서 그 응전의 산물로 고찰한 것으로 분류할 수 있다. 전자의 경우, 시조의 내용 및 주제에 집중해 고찰하거나9) 시조장르의 형식적 특성 아래 논의한 것10) 그리고 그의 문학관을 탐색하거나11) 시조론을 고찰한 연구가 있다.12) 이들 연구는 논의의 긴밀성을 토대 로 이호우 시조에 대한 해석지평을 확장하였다. 그러나 전후라는 복합적인 현실장에서의 이호우의 시의식에 대한 고찰은 부족하다.

다음으로 후자에 속하는 선행연구로는, 기존 연구가 현실문제나

---

8) 민병도·문무학 편저, 「이호우 연보」, 『이호우시조전집』, 그루, 1992, 219~220쪽 참조.

9) 유성호는 정경교융의 방법론과 준열한 시정신, 그리고 의지의 가열성 등으로 이호우 시조를 고찰하고 있다. 유성호, 「이호우 시조의 방법과 위상」, 『한국시학연구』 36, 한국시 학회, 2013 참조.

10) 김진희는 이호우의 시조에는 고시조 형태의 유지와 변이 양상이 두루 고찰되며, 그의 시조에 나타나는 특성인 과음절 마디의 사용이나 반행 형태의 전도 현상 등의 원인은 현대시조의 내용적 특성 곧 주제적 다양성에서 찾을 수 있다고 보았다. 김진희, 「현대시 조의 율격 변이 양상과 그 의미」, 『洌上古典研究』 39, 열상고전연구회, 2014, 304쪽 참조.

11) 염창권은 이호우를 "시조라는 보편적 질서와 개성이라는 개인적 질서 사이에 끊임없이 충돌하고, 이를 극복하고자 집요하게 노력했던" 시인이라고 평가한다. 염창권, 「이호우 시조연구」, 『청람어문교육』 4, 청람어문학회, 1991, 400쪽.

12) 문무학은 그가 남긴 여섯 편의 글을 통해서 그의 시조론을 시조본질론과 시조운동론으로 분류하여 고찰하였다. (문무학이 검토하는 이호우의 시조론을 엿볼 수 있는 텍스트는 다음의 여섯 편이다. 이호우, 「시조의 본질」, 『죽순』 3, 죽순동인, 1946.12; 이호우·윤계현, 『고금명시조정해』, 문성당, 1954; 이호우, 『이호우 시조집 후기』, 영웅출판사, 1955; 이호 우, 「겨레의 혼이 담긴 샘」(1965, 발표지 미상), 『시조문학』, 1982년 봄 재수록; 이호우, 「민족시가로서의 시조」, 『효성여대학보』, 1968.11; 이호우, 『휴화산 후기』, 중앙출판공사, 1968.) 문무학, 「이호우 시조론 연구」, 『향토문학연구』 12, 향토문학연구회, 2009 참조.

현실인식과는 별개로 진행되었음을 지적하며, 그가 현실세계에 부정적인 인식을 갖게 된 원인 및 양상을 검토한 경우와[13] 자연시의 생명사상과 사회역사시로의 전환이라는 두 측면으로 분류하여 논의한 경우,[14] 끝으로 매체와의 연관성 아래 이호우 시조의 가치와 의미를 고찰한 것이 있다.[15] 이러한 선행연구는 전자에 비해 다층적 측면에서 이호우의 시정신과 현실인식 양상을 고찰한다는 점에서 주목할 만하다. 그러나 해방기와 전후적 상황에서의 이호우의 시 경향을 단순화시킨 측면이 있다. 이호우의 시조는 전통서정을 체화한 시편과 저항적 현실인식이 드러나는 시편이 거의 동시적으로 창작된다. 때문에 이를 포괄하여 그의 시의식을 고찰해야 한다.

1955년 출간된 『이호우시조집』에 실린 70여 편의 시조는 한국전쟁 전인 해방기에 창작된 작품들이다. 그렇기에 이호우 시조를 통해 고찰할 수 있는 전후 시조의 현실인식 양상은 정확하게 말해 해방공간에서 1960년대에 이르는 시대인식이라고 볼 수 있다. 식민지를 겪은 공포의 감각이 해방의 기쁨으로 치환되기도 전에 동족 간의 전쟁으로 인한 불안과 불신이 야기된다. 때문에 이호우 시조는 시대사적 사건과 무관할 수 없다. 시대에 예민하게 반응함으로써 구성되는 역사적 개인의 감각을 이호우의 시조를 통해서 탐색할 수 있을 것이다. 이에 선행연구를 비판적으로 수용함으로써 이호우 시조의

---

13) 정대호, 「이호우 시조에 나타난 비극성의 고찰」, 『어문학』 77, 한국어문학회, 2002 참조.
14) 최승호, 「이호우 시조에 나타난 생명의 미학」, 『우리말글』 14, 우리말글학회, 1996 참조.
15) 『죽순』(대구 경북 지역 중심으로 활동한 〈죽순시인구락부〉에서 발간한 문예지로, 1946년 5월에 창간되어 1949년 7월에 종간)지는 이호우와 이영도 시조의 시발점이다. 박용찬은 『죽순』(1946.12)지에 발표된 이호우의 「시조의 본질」을 분석한 바 있으며, 이호우 시조의 변모 양상이나 특성을 작품이 발표된 매체와의 연관성 아래 논의하였다. 박용찬, 「해방기의 시조담론과 시조문학교재의 양상」, 『시조학논총』 29, 한국시조학회, 2008 참조; 박용찬, 「이호우 시조의 변모와 매체」, 『시조학논총』 32, 한국시조학회, 2010 참조.

전후적 특성을 고찰하고자 한다. 즉 전후 전통서정 시조의 면모에서 드러나는 시정신과 저항적 언어를 통해 형성되는 현실인식 양상을 구체적으로 탐구하고자 한다.

1. 전통서정 시편과 시정신

전술했듯이 전후 문학에 대한 논의는 "전후 현실의 인식 체계라고 할 수 있는 '국민 만들기'의 동일시 담론의 문제"16)와 연관된다. 전후 담론은 국가가 지향하는 이데올로기의 재현과 재건된 국가에 걸맞은 국민의 호명으로 철저히 기획된 산물이다. "국가는 균질적인 국민 창출을 위해 환상의 공동성을 만들며 집단 정체성을 형성해 나간다. 담론을 통해 동일자를 구성하고 이질적인 타자를 배제하고 부정하면서, 근대적 의미의 '국민'을 만든"17) 것이다. 그렇기에 이 시기 문학에서 '전통'의 지향이란 국가 재건에 복무하는 성격을 드러낼 수밖에 없다. 민족의 역사와 문화를 강화함으로써 국가 정체성을 공고히 하고 나아가 주체적인 독립국가로서의 면모를 구성하려고 했던 것이다. 이러한 과정에서 문화로 표방되는 정신사는 근대 국가를 형성하는 데 절대적인 역할을 담당하게 된다. 민족주의를 지향했던 시인들의 시편이 전통서정의 미의식과 율격을 드러내는 데 집중했던 것도 이러한 연유에서 촉발되었음을 착목할 수 있다.

시조장르에서 서정성은 사상과 감정 그리고 정서를 표현하는 작

---

16) 김영범, 「전후담론과 주체구성 양상」, 『한어문교육』 22, 한국언어문학교육학회, 2010, 260쪽.
17) 위의 논문, 262쪽.

동방식이다. 예컨대 현대시조의 경우 간결한 형식에 걸맞은 언어표현의 절제를 통해서 시적 미학을 창출한다. 이때 서정은 형식 전반을 지배하게 된다. 이호우 시조에서 서정적 시편들은 감정의 발로이자 동시에 그것에 함몰되지 않고 민족과 국가를 염려하는 사상적 의지의 일환이다. 무엇보다 그의 강렬한 시정신은 민족과 조국을 향한 충정으로 이어진다. 시조의 서정미학을 극대화하거나 자연에 투영되는 시정신은 결국 자기 정체성과 주체성을 확립하는 일방식으로 작동하는 것이다. 또한 서정적 시편은 이호우 시조의 예술성, 그 문학적 가치를 배가시킴으로써 시조가 생경한 구호로 경도되는 것을 경계하는 데도 일조한다.

낙동강洛東江 빈 나루에 달빛이 푸릅니다 / 무엔지 그리운 밤 지향 없이 가고파서 / 흐르는 금빛 노을에 배를 맡겨 봅니다 // 낯익은 풍경風景이되 달아래 고쳐보니 / 돌아올 기약 없는 먼 길이나 떠나온듯 / 뒤지는 들과 산山들이 돌아 돌아 뵙니다 // 아득히 그림속에 정화淨化된 초가집들 / 할머니 조웅전趙雄傳에 잠들던 그날밤도 / 할버진 율律 지으시고 달이 밝았더니다 // 미움도 더러움도 아름다운 사랑으로 / 온 세상 뛰는 숨결 한 갈래로 맑습니다 / 차라리 외로울망정 이 밤 더디 새소서

—「달밤」 전문

풍경 묘사와 감정 표출이 서로 긴장을 이루면서 구성된 이 작품은 이호우 시조 중에서도 걸작으로 꼽힌다. 현실과 추억을 오가는 시간의 이동과 혼재를 통해서 현재의 화자가 처한 상황과 그 심리적 고독을 짐작할 수 있다. "빈 나루"의 적막함은 푸른 달빛과 어둠에 잠식될

수록 애처롭게 검붉어지는 마지막 노을로 심화되고, 그 풍경 속에서 기억은 "돌아 돌아" 그리움을 끌어온다. 궁극에 달한 그리움이 끄집어낸 "미움도 더러움도" 없던 시절에 대한 아득한 회상은 화자가 불화의 오늘을 살아낼 수 있는 힘이 된다. 특히 마지막 수를 통해 화자가 달밤에 느끼는 정서가 외부로 확장되고 이를 통해 스스로 그 시간을 온전히 수긍하게 됨을 알 수 있다.

이호우의 시조정신은 조부의 영향이자, 동시에 아버지를 극복하기 위한 강한 의지의 산물이다. 이 작품에는 이호우의 정신사를 결정하는 가정환경적 영향을 짐작할 수 있는 시구가 있다. "할머니 조웅전趙雄傳에 잠들던 그날밤도 / 할버진 율律 지으시고 달이 밝았더니다"[18]의 구절을 통해서 조부가 끼친 영향이 절대적이었음을 알 수 있다. 이호우는 유교적 질서와 선비적 고고함, 그리고 시대 참여를 종용하는 지도자적 면모 등을 형성하는 데 조부의 영향을 받았다. 현대사로 이어지는 그의 투쟁과 저항이 외롭게만 보이지 않는 것 역시 이러한 정신사적 풍요로움 덕분이라고 할 수 있다. "차라리 외로울망정 이 밤 더디 새소서"라는 희구를 통해서 절망을 응시하고 이를 적극적으로 타개해 나가고자 하는 시인의 의지가 드러난다. 이처럼 「달밤」은 시대현실을 직시하는 지사적 정신, 그 의지가 서정적 감각 특히 시조의 율격을 만나 정제되어 표출된 시편으로 이호우의 전체 시조를 운용하는 시정신을 조망할 수 있을 뿐만 아니라 그의

---

18) 조두섭은 이 구절을 분석하면서 특정 아우라에 집중한다. 그에 따르면 "중요한 것은 이호우 시조에서 아우라가 함축하고 있는 의미이다. 이것은 할아버지 율 지으시던 달 밝은 밤의 '律'과 '달'의 상징성에 있다. '달'은 시간의 질서와 시절의 운해 이법을 상징한다. '율'은 생래적인 호흡의 단위로 육체적 질서이자 한시의 창작 질서이다". 조두섭, 「이호우 시조의 서정성, 비동일화의 역동성」, 『인문과학연구』 20, 대구대인문과학예술문화연구소, 1999, 53~54쪽.

서정적 감수성까지 엿볼 수 있는 작품이다.

얼마나 아름다운 젊음의 숨결이기 / 이 강산江山 이다지도 푸르고 다사오리 / 새하얀 옷자락들이 나래인양 가벼워라 // (…중략…) // 임이 아마 보냈으리 저 하늘 종달새를 / 노래만 전해주고 기약은 말이없다 / 이 봄도 진달래처럼 홀로 붉다 지오리까 // 원수 없는 몸이 도리어 외로워라 / 미움도 사랑처럼 쏟아볼길 있는것을 / 즐겨얄 봄이요 시절을 두견같이 우닌다

—「봄」 부분

홀로 가는길은 도리어 밤길이 좋아 / 다만 별빛을 밟으며 걷는 길만은 / 오로지 나의 얼굴로 갈 수 있는 길일레 // 밤은 고향처럼 미덥고 너그럽다 / 삶도 죽음도 은밀히 고아지고 / 어딘가 날 바래 하는이 있음직만 하여라 // 끝내 젊었던 넋의 참아 못감는 눈들인양 / 자칫 꺼질듯 꺼질듯 가슴 조이는 별빛 / 이 밤도 다정히 하늘은 잠못들어 하는구나 // 올배미 한마리 우지않는 산山은 무겁다 / 물소리 더불어 길은 돌아지고 / 바람만 앞서락 뒤서락 나를 함께 하도다

—「밤길」 전문

이호우 시조에서 봄은 희망과 시작의 메타포이자 동시에 여전히 해소되지 않은 절망을 부각한다. 시인은 "이 봄도 진달래처럼 홀로 붉다 지오리까 // 원수 없는 몸이 도리어 외로워라 / 미움도 사랑처럼 쏟아볼길 있는것을 / 즐겨얄 봄이요 시절을 두견같이" 울고 있다. 찬란하게 눈부신 봄의 자연과 대조적인 화자의 심사를 통해서 시대의 슬픔이 극대화된다. "태양太陽을 잃은 하늘은 푸를수록 더욱 서러"(「태

양太陽을 잃은 해바라기」)운 것처럼, 봄은 태양이 사라진 하늘 아래 왔다. 또한 봄의 이미지는 "꽃이 피네 한 잎 한 잎 / 한 하늘이 열리"(「개화開花」)는 미래에의 기대이자 현실을 직시하고 이를 극복하려는 삶에의 의지이기도 하다.

이호우 시조에 빈번하게 등장하는 밤의 이미지 역시 복합적인 의미로 읽힌다. 암흑 같은 현실에 대한 메타포이자, 현실을 투시하는 눈이 되어 내일을 기획하는 데 기여한다. 때문에 그의 시조에서 밤은 절망보다 희망의 수사에 해당한다. "홀로 가는길은 도리어 밤길이 좋"은 까닭은 "오로지" 자신의 의지대로 "별빛을 밟으며" 나아갈 수 있기 때문이다. 또한 밤의 어둠 안에서는 "삶도 죽음도 은밀히 고아"질 수 있기에 시대의 불화와 고통을 위무할 수 있으며, "밤은 고향처럼 미덥고 너그"러운 덕분에 일시적이나마 화자가 시대현실과 화해할 수 있다. 나아가 서정적 율격과 전통적 미의식을 통해서 "끝내 젊었던 넋의 참아 못감는 눈들"을 추모하고, "올배미 한마리"조차 마음껏 울지 못하는 조국의 비극을 개탄하는 이호우의 시대인식이 표출된다. 오로지 "바람만 앞서락 뒤서락 나를 함께" 할지라도 끝끝내 혼자서라도 꿋꿋이 제 길을 가겠노라는 의지의 산물인 것이다.

"이미 한 여인女人을 잊어도 보았으매 / 일찍 여러 벗들을 보내기도 하였으매 / 이제 내 원수로 더불어 울수조차 있"(「길」)다고 말하는 이호우에게 고향은 특별한 수사를 띤다. 이는 표면적 의미로서의 고향이기도 하고 동시에 공동체로서의 삶의 형상이기도 하다. 고향은 "개인의 차원에서 이야기되는 동시에 공동성을 지니며 집단의 차원에서 이야기되는 것"[19]이다. 이호우 개인의 삶은 끊임없이 민족

---

19) 나리타 류이치, 한일비교문화세미나 옮김, 앞의 책, 17쪽.

의 역사적 소용돌이에 휘말렸기에 고향이란 수많은 고난의 끝에서 끝끝내 회복하고 싶은 마지막 보루라고 할 수 있다. "살구꽃 핀 마을은 어디나 고향같다"(「살구꽃 핀 마을」)라는 구절에서 식민지와 전쟁 상황 이전의 평화로웠던 고향의 한때를 회상하고 그날을 재현 및 복원하고 싶은 시인의 열망이 드러난다. 고향으로 표상되는 이상적 사회의 지향은 전쟁과 폭력이 없는 사회건설의 열망이기도 하고, 고독과 단절의 시대 진정한 소통이 가능한 공동체의 지향 그 존재론적 갈증의 표출이기도 하다. 또한 고향을 잃은 존재에게 "어느 집 어느 마을도 고향인양"(「귀로歸路」) 여기라는 말에서 파괴된 고향의 이미지는 분열과 단절의 현실 그 자체임을 암시한다.

> 여기 한 사람이 / 이제야 잠 들었도다 // 뼈에 저리도록 / 인생人生을 울었나니 // 누구도 이러니 저러니 / 아예 말하지 말라.
>
> ─「묘비명(墓碑銘)」 전문

인생 내내 한순간도 쉽지 않았을 그에게 죽음에의 예의는 간절했으리라. 수많은 죽음을 목도했고, 삶을 유지하기 위한 전쟁 같은 시간을 견뎠으리라. 그런 그에게 "삶이란 애달픈 소모消耗"(「영위營爲Ⅱ」)이자 "〈시시포스〉의 바윗돌"처럼 "刑罰"(「그네」)이었을 것이다. 그런 삶을 건너 맞이할 죽음은, 그것 자체로 숭고한 것이어야 한다. "이제야 잠" 든 "한 사람"의 전생애를 대신 "울"어주는 까닭은 죽음 앞에 어떤 왈가왈부도 허용하지 않겠다는 의미, 즉 죽음의 숭고함을 지킴으로써 그가 분투했을 삶에 경외를 표하는 것이다. "산山도 들도 저자도 헤매"(「나를 찾아」)었던 지난날의 전쟁 같았던 삶은, 이제는 죽음을 향해 내달리고 있다. 그런 시인에게 죽음을 예비하는 일은 삶의 마디를 살피는 일에 닿아 있다. "내 시조時調는 나의 염불"(「염불念佛」)이라는 고백처럼 시인은 시작(詩作)으로 불화를 견딜 수 있었다. 곧 문학은 시인이 절망의 시대에 자신의 삶과 화해하는 방편이었던 것이다.

이처럼 이호우 시조의 전통서정성은 자연 소재와 삶의 현장을 조화롭게 응시하고 무엇보다 준엄한 자기성찰과 시대정신을 통해서 구현된다. 소위 말하는 서정의 비저항적이고 순응적인 속성은 재고되어야 한다. "역사 사회 민족 현실에 대한 이호우의 가열찬 생명의지는 에네르기의 외향적인 발산이다."[20] 그렇기에 서정이야말로 가장 섬세한 방식으로 시대의식을 표출하는 것이라 할 수 있다. 조두섭의 논의처럼 "일반적으로 이호우 시조의 특징을 자연과 사회라는 소재의 차이로 전·후기 시조를 구별하는데, 이는 현상적인 파악에 그친 것으로 그의 전·후기 시조의 본질을 해명하기에는 미흡하다".[21] 때문에 연속성 아래 이호우 시조의 가치를 검토해야 한다. 전통서정시조의 지향은 사회현실에 격노하고 이에 적극적으로 대응하는 저항적 시편들로 이어진다. 이러한 서로 다른 경향의 시조는 정서와 사상의 중층성으로 한 작가에게 동시적으로 표출된다.

2. 저항의 언어와 현실인식

이호우는 냉철한 사회 비판과 투철한 역사의식을 보여준다. 그는

---

20) 최승호, 앞의 논문, 575쪽.
21) 조두섭, 앞의 논문, 51쪽.

식민지 조국에 태어나 국가부재를 겪었으며, 민족이 처한 역사적 상황에 대항한 증조부와 조부의 사상은 그에게 지대한 영향을 끼쳤다. 또한 아버지의 친일과 외도로 인한 반항과 부정의식은 시대현실에 대한 보다 예민한 저항의식으로 표출되었다.[22] 수난의 민족사, 일제의 폭압, 세계사의 이데올로기 대립으로 인한 동족상잔의 이념 전쟁 그리고 국가건설과 국민양성을 기도하는 배타적 반공담론 등의 역사적 현실은 이호우의 비판·저항정신을 강화하는 데 일조했다. 시인은 폭력과 부조리에 대항함으로써 민족의 내일을 걱정하는 지사적 면모를 갖추었으며, 폐허의식과 상실감을 극복하기 위한 재건과 회복을 갈망했다.

이호우가 형상화하는 역사적 사건은 크게 세 가지다. 첫째 해방기의 감각으로, 식민지 공포와 해방의 기쁨이 점철된 해방기의 혼란은 이후 전후적 감각과 시대정신을 구성하는 데 직접적인 토대가 된다. 둘째 한국전쟁과 분단의 정치학이다. 해방의 기쁨도 잠시 더 큰 절망의 나락으로 떨어지게 되며 그의 적극적인 현실비판 의식이 고조되는 시기이다. 마지막으로 전후 국가건설기이다. 이 시기에 대한 비판적 시편들은 전후의 절망뿐 아니라 현실의 부조리를 향한 폭로 등으로 이어진다. 이호우 시조의 본령은 "관념의 세계가 아니라 언제나 현실의 세계"[23]에 있다는 평가처럼, 그는 역사적 사건에 적극적으로

---

22) 정대호 역시 그가 현실세계에 부정적인 인식을 갖게 된 원인으로 식민지를 겪은 유년의 경험과 분단된 조국에서의 삶, 그리고 과거와 전통을 부정하는 사회사를 꼽으며, 을사조약의 충격으로 대운암 암자로 들어간 증조부와 의명학당을 세워 농촌 사회에 신학문을 전파한 조부, 그리고 일제시대에 지방 군수 등 관직을 맡아 친일적 행보를 보인 아버지의 삶 등이 중층적으로 작용해 아버지를 부정함으로써 시대에 대한 저항적 의식이 형성되었다고 분석한 바 있다. 정대호, 「이호우 시조에 나타난 비극성의 고찰」, 『어문학』 77, 한국어문학회, 2002, 397~401쪽 참조.

23) 위의 논문, 417쪽.

응전했다.

> 벽에 옮아지는 가느다란 햇볕을 지켜 / 오늘도 진 종일 시간을 징험 타가 / 불현듯 하늘이 보고파 발도둠을 하였다 // 아직도 짐승이 다 되 지 못했는가 / (…중략…) / 어머님 날 생각 하시고 그 얼마나 우시랴 // 날 새면 저물기를 저물면은 또 새기를 / 다만 바램이란 셋끼의 끼니 뿐이 / 목숨이 진정 목숨이 욕되기도 하여라
>
> ─「영어(囹圄)(二)」 부분

먼저 이호우는 해방기의 정치적 혼란에 고초를 겪은 바 있다. 1949 년 남로당 도간부라는 모략으로 투옥되어 사형을 언도 받았으나, 다행히 시인 김광섭의 진언으로 무죄 석방된다. 해방기의 정치학, 그 이념 대립과 갈등은 한국전쟁의 씨앗이 된다. 물론 국제 냉전 이데올로기의 연장이자 무엇보다 국내에 그 불씨가 심어진 식민지 와 해방기의 이념적 분열이 이를 야기했다고 볼 수 있다. 특히 해방 기는 식민지의 폭압과 해방의 기쁨, 그리고 국가 재건의지가 점철된 복합적인 시기이자, 전쟁 발발로 인해 이러한 기대가 일순간 허물어 지는 또 다른 절망에 함몰되는 시기이기도 하다. 오로지 "셋끼의 끼니"를 바랄 뿐 실존적 삶이 불가능한 감옥 생활 중에도 끝끝내 "짐승이 다 되지 못"하고, 무엇보다 "날 생각하시고" 슬퍼할 "어머 님"에 대한 죄송함이 밀려와 "목숨이 욕되"게 느껴지는 것이다. 어쩌 면 짐승처럼 생존에만 갇힌 삶에도 시대정신을 관철할 수 있었던 것 역시 이러한 절망적 상황이 야기한 간절한 의지의 산물일 것이다.

> 그 눈물 고인 눈으로 순아 보질 말라 / 미움이 사랑을 앞선 이 각박한

거리에서 / 꽃같이 살아 보자고 아아 살아 보자고 // 욕辱이 조상祖上
에 이르러도 깨다를줄 모르는 무리 / 차라리 남이었다면, 피를 이은 겨
레여 / 오히려 돌아앉지 않은 강산江山이 눈물겹다 // 벗아 너 마자 미
치고 외로 선 바람벌에 / 찢어진 꿈의 기폭旗幅인양 날리는 옷자락 /
더불어 미쳐보지 못함이 내 도리어 설구나 // 단 하나인 목숨과 목숨
바쳤음도 남았음도 / 오직 조국祖國의 밝음을 기약함에 아니던가 / 일
찍이 믿음아래 가신이는 복福되기도 했어라

―「바람벌」 전문

　빼앗겨 쫓기던 그날은 하그리 간절턴 이 땅 / 꿈에서도 입술이 뜨겁
던 조국祖國의 이름이었다 / 얼마나 푸른 목숨들이 지기조차 했던가.
// 강산江山이 돌아와 이십년二十年 상잔相殘의 피만 비리고 / 그 원수
는 차라리 풀어도 너와 난 멀어만 가는 / 아아 이 배리背理의 단층斷層
을 퍼덕이는 저 기旗빨. // (…중략…) // 또 다시 새해는 온다고 닭들이
울었나보네 / 해바라기 해바라기처럼 언제나 버릇된 기다림 / 오히려
절망絶望조차 못하는 눈물겨운 소망이여.

―「또 다시 새해는 오는가」 부분

　다음으로 이호우는 시조 「바람벌」로 1955년 국가보안법 위반으로
투옥되어 고초를 겪었다. 이데올로기 대립은 민족의 분열과 분할,
그리고 수많은 이산가족을 양산했으며, 이로 인해 또 다른 비극이
추동되었다. 식민지와 해방이 야기한 절망과 희망의 시대사는 분단
상황으로 더 큰 절망의 나락으로 떨어지게 된 것이다. 무엇보다 민족
을 말하는 것만으로도 범죄가 되어 버린 세상에서 어떤 희망을 열망
하기란 어렵다. 분단의 비극을 말하는 것이 불법인, 단절과 배제의

논리가 합법이 된 사회에서, 힘들게 쟁취한 자유는 허울에 그치고 만다. 이러한 상황에서 시인의 절규는 간절하지만, 더 이상 시인이 갈구하는 '조국'은 없다. 모순과 부조리의 정국에서 전후 문단은 불안과 공포를 극복하고 주체성을 확립하는 데 집중한다. 최성실의 지적처럼 "냉전 체제의 분단국가에서 정부에게 문화란 자유롭고 민주적인 국민의 자율성이 아닌 대중의 교화와 전시, 전선의 선전도구였다".[24] 때문에 당대 정부에 의해 주도된 민족과 전통의 문화적 재구성과 발견은 그 정치적 의도로 인해 비판의 대상이 되기도 한다. 그럼에도 불구하고 전후 모색된 전통담론은 분단된 국가의 새로운 정체성을 구성하는 데 기여했으며, 세계국가의 일원으로서 도약할 수 있는 계기를 마련했다. 또한 이호우 시조의 저항성과 현실비판 정신은 종래 시조 장르 혹은 전통적인 것은 권력에 부합하거나 현실에 순응한다는 편견을 불식시키기에 충분하다.

한국전쟁은 해방의 기쁨과 민족단결에 대한 갈망을 일순간에 물거품으로 만들고 만다. 우리땅을 "빼앗겨 쫓기던 그날은 하그리 간절턴 이 땅 / 꿈에서도 입술이 뜨겁던 조국祖國"인데 "얼마나 푸른 목숨들"을 바쳐 쟁취한 해방인데 다시 분단을 맞이하게 된 것이다. 시인은 "미움이 사랑을 앞"서 버린 이 땅에서 "오히려 돌아앉지 않은 강산江山이 눈물"겨우며, "상잔相殘의 피"에 서로 "원수"가 되어 버린 "이 배리의 단층"에서 "절망조차" 할 수 없는 비애를 느낀다. 한국전쟁의 비극과 분단상황을 타개해야 한다는 이러한 개탄은 이호우 시편에서 적극적으로 표명되는 현실인식이다. 삼팔선의 벽, 그 단절 앞에 "차라리

---

24) 최성실, 「1950년대 한국 전후 문학비평과 문화담론」, 『아시아문화연구』 17, 아시아문화연구소, 2009, 105쪽.

절망絶望을 배"(「금」25))우겠노라는 탄식, "이 가을도 조상祖上 앞에 / 한 자리 못 하는 형제"(「추석秋夕: 언제나 가셔지려나 삼팔선三八線 벽壁은」)의 비극, "고향도 고향 아니고 / 조국祖國이 멀어간 날"(「상실喪失」)의 상실감도 이겨내야 하는 까닭은, 시인이 분단된 조국의 상황, "이 날을 견딤은 // 언젠가 있을 그날을 믿"(「휴화산休火山」)기 때문이다. 이호우에게 현실을 타개할 투쟁과 승리에의 염원은 그만큼 간절했던 것으로 보인다.

"기旗빨! 너는 힘이었다 일체一切를 밀고 앞장을 섰다 / 오직 승리勝利의 믿음에 항시 넌 높이만 날렸다." 그리고 그 의지가 컸던 만큼 절망도 컸을 것이다. "때묻지 않은 목숨들이 비로소 받들은 기旗빨"(「기旗빨」)의 형상은 이러한 의지의 표명이자 동시에 투쟁 속에 죽어간 목숨들의 피눈물이기도 하다. "슬픔도 죄罪이런가 울수조차 없는 터전 / 지구地球를 번쩍 쳐들어 던져 버리고 싶다"(「이단異端의 노래」)는 절망과 좌절의 심사는, "차라리 의젓이 앉아 바위처럼 늙"(「이끼」)겠다는 의지로 심화된다. 이처럼 현실에 대한 적극적인 대응과 발화는 이호우 시조만의 특이성이자 가능성이다. 장성규는 전후 문학이 "한국전쟁의 참상을 형상화"하는 것에 집중해 전쟁의 "비극성과 전후 현실의 피폐함을 부각"시켰는데 이는 "역으로 전후 공고화되던 분단 체제에 대한 객관적인 인식과 형상화의 과제를 간과"26)한 것이라고 지적한다. 이호우 시조는 전쟁의 비극과 더불어 이로 인해 야기된 다양한 문제에 대해 예민하게 분석하고 있다는 점에서 유의미하다.

---

25) 「바위 앞에서」와 제목은 상이하지만, 본문 내용은 동일한 작품이다.

26) 장성규, 「리얼리즘 문학의 연속성과 전후문학의 재인식」, 『우리문학연구』27, 우리문학회, 2009, 279쪽.

『一九六六年 一월 一二일. 중앙일보 越南現地報道. 〈베트콩〉과 최전
방에서 싸우는 사병들은 하루에 일불一弗. 청룡부대 K 하사가 〈캄란〉
에 상륙한지 사흘만에 죽었다. 부대 재무관은 고향으로 돌아가는 K
하사의 유해 위에 삼불三弗을 올려 놓고 눈물을 뿌렸다. 사흘 복무했으
니 三弗이 나왔던 것이다.』// 무슨 업연業緣이기 / 먼 남의 골육전骨肉
戰을 // 생때같은 목숨값에 / 아아 던져진 삼불三弗 군표軍票여 // 그래
도 조국祖國의 하늘이 고와 / 그 못감고 갔을 눈.

—「삼불야(三不也)」 전문

방향 감각方向 感覺을 잃고 / 헤매다간 숨지는 거북 // 끝내 깨일 리
없는 / 알을 품는 갈매기들 // 자꾸만 그 〈비키니〉 섬이 / 겹쳐 뵈는 산
하山河여.

—「비키니 섬」 전문

끝으로 국가건설기에 자행된 폭력상황에 대한 폭로와 비판이 드
러나는 시편이다. 「삼불야」는 베트남파병에 대한 비판적 어조가 드
러나는 작품이다. 한국전쟁과 마찬가지로 베트남전쟁 역시 냉전체
제 제국주의 강대국의 대리전이다. 신문기사의 인용과 시조 형식이
더해짐으로써 인권이 형해화된 세태에 대한 시인의 날카로운 비판
정신이 보다 선명해진다. "「바람벌」의 세속적 격정이나 「三不也」의
서사적 눈물까지 밖으로 비치거나 흐르지 않게 자신을 매몰차게 다
스리는 자기관리 주체의 극기"27)를 엿볼 수 있다. 시인은 "무슨 업연
業緣이기 / 먼 남의 골육전骨肉戰"까지 끌려가 "생때같은 목숨"을 버려

---

27) 조두섭, 앞의 논문, 64쪽.

야 했는지 탄식한다. "하루에 일불—弗"씩 겨우 "삼불三弗"인 목숨값, "조국祖國"을 위해 내놓은 푸른 목숨에 절망한다. 그야말로 전후 국가는 어린 목숨을 팔아 세운 피비린내 나는 자본 왕국인 것이다.

이러한 현실인식은 핵무기 개발과 그 실험을 비판하는 시편으로 이어진다. 「비키니 섬」은 그 섬에서 자행된 핵무기 실험에 대한 비판이자, 전쟁상황을 타개하고 평화를 기원하는 시인의 의지가 반영된 작품이다. "서로 죽임을 앞서려 / 뿌리는 방사능진放射能塵 // 두어도 백년百年을 채 못할 / 네나 내가 아닌가."(「청우聽雨: 1961년 가을, 미소원폭실험경쟁美蘇原爆實驗競爭에 즈음해서」) 그럼에도 눈앞의 이익을 위해 전쟁을 불사하는 인간의 어리석음에 시인은 절망한다. 전쟁은 여전히 종식되지 않았으며, 전쟁이 야기하는 비극을 채 깨닫지 못하는 인류에 대한 질타인 양 조국의 "산하"에 "자꾸만 그 〈비키니〉 섬이 / 겹쳐" 보인다.

> 남향南向 따스한 뜰에 꽃이랑 과일 심어두고 / 강江섶 풀밭에 오리도 길르면서 / 오로지 너로만 한 폭幅 그림같이 살자오 // (…중략…) // 넓은 하늘아래 목숨은 푸른 것이오 / 가슴에 이끼를 가꾸긴 피가 진하지 않으오 / 사랑이 해처럼 밝은곳 임이여 나와 가자오
>
> ─「**임이여 나와 가자오**」 **부분**

시대 현실에 대한 이호우의 이러한 비판의식과 지사적인 면모는 절망의 언어로 종결되지 않는다. "남향"에 "뜰"이 있는 자연과 벗한 집에서 "오로지 너로만 한 폭幅 그림같이 살"고 싶다는 회구처럼, 긴 갈등과 절망을 건너 "사랑이 해처럼 밝은곳"으로 가고 싶다는 의지를 표출한다. 즉 "가난한 세월 다 잊고 나비처럼 살"(「적은 기원新

願)겠다는 삶에의 또 다른 희망과 의지의 밑거름이자, "임이 오는가 보오 새날이 오는가 보오"(「새벽」)에서 드러나는 기대에 찬 감탄에 이르는 것이다. 이러한 시편들은 상당히 계몽적이면서도 간절한 어조를 띠는데, 이는 국가부재 상황에서 새날에 대한 기대와 열망에서 촉발된다. 이민호는 전후 현대시의 특질을 상실과 회복이라고 진단한 바 있다. 그의 지적처럼 "전후 현대시가 반복적으로 재현하는 기표는 주체의 분열과 공포, 유토피아적 욕망"의 재현에 있기 때문에 "전후의 주체는 '욕망하는 주체'이다".28) 이호우 시조에 드러나는 전후감각과 현실비판 정신 역시 이러한 맥락에서 이해될 수 있다. 곧 그의 시조는 국가 부재와 이념 대립이 야기하는 폭력 상황에서 지식인이 자신의 의지를 표방하고 이를 지켜나가기 위해 분투하는 절망과 희망의 수사로 구성되었다.

이처럼 이호우 시편을 통해서 시조형식으로도 충분히 현실비판 의식을 표출할 수 있음을 알 수 있다. 대개 시인들의 시조작품이 사대부적 정신사와 취미를 계승하는 데 골몰했다면, 이호우는 전통적 미의식의 형상화에 그치지 않고 당대를 날카롭게 비판하는 저항적 현실인식을 보여주고 있는 것이다.

---

28) 이민호, 「전후 현대시에 나타난 정치적 무의식과 기호적 주체 연구」, 『기호학연구』 40, 한국기호학회, 2014, 233쪽.

제7장 이영도 시조의 정서와 비판적 역사의식[29]

이 장에서는 정운 이영도(1916~1976) 시조의 현실인식 양상에 초점을 맞추어 고찰하고자 한다. 무엇보다 전후 상황에서 시조란 한 개인의 고독과 사회적 불안을 해소하는 데 일정 부분 기여했다는 가정하에 그 현실인식과 저항 양상을 독해할 수 있을 것이다. 이영도는 1916년에 태어나 1976년 작고하기까지 근현대사의 굴곡에서 일생을 보낸, 당대 대표 시인이다. 또한 남매이자 문학적 지우였던 이호우의 영향으로 현실모순과 불합리를 폭로하는 작품을 발표하기도 한다. 이에 이영도 시조의 현실인식 양상을 검토하는 일은, 근현대사

---

29) 여기에서 인용한 시조 작품은 2006년 민병도가 엮은 이영도 시조전집인 『보리고개』(목언예원, 2006)에서 가져왔다. 1954년 출간된 『靑苧集』의 경우 온전히 전후적 감각으로만 이루어져 있다고 보기 어려우나(이 시기 작품은 결혼으로 헤어진 가족에 대한 그리움과 자기 고독이 주조를 이루며, 한국전쟁을 겪으면서 경험한 피난 등 민족상잔의 고통이 표출된 작품군도 있다.) 식민지와 해방기와의 역사적 연속성을 고려해야 한다는 측면에서 『오누이 시조집: 석류』(중앙출판공사, 1968)와 『언약』(중앙출판공사, 1976 유고시집)의 작품도 대상텍스트로 삼는다.

를 살아낸 여성 주체의 삶을 재구성하는 것이자 당대 문학인의 시정신을 엿볼 수 있는 작업이다.

이영도 시조에 대한 선행연구는 범박하게나마 여성시인으로서의 맥락과 전체 시조작품을 대상으로 복합적으로 고찰한 것으로 분류할 수 있다. 전자의 경우, 이영도와 황진이 시조의 유사성과 상이성을 고찰하거나30) 에코페미니즘 관점에서 이영도 시조의 생명성을 분석한 경우,31) 그리고 이영도 시조의 소재 선택과 시어 분석을 통해 시조의 미학적 가치를 탐색하거나 여성시인의 계보 안에서 논의한 것 등이 있다.32) 이러한 작업은 여성시인으로서의 이영도의 위상을 재확인하는 데 기여하지만, 그의 작품을 미적 아름다움과 감정적 소모에 국한해서 해석하는 등 일정한 한계를 띤다.

후자의 경우, 이영도 시조의 정신사에 대한 탐구나33) 시조 전반에 대해 고찰한 경우이다.34) 이러한 논의들은 기왕의 이영도 연구가 그리움의 정조나 청마와의 스캔들에 지나치게 집중되었던 것을 비판하면서 이영도와 그의 작품 자체에 대한 밀도 있는 연구를 진행했

---

30) 이영지, 「이영도 시조와 황진이 시조의 유사성과 상이성」, 『새국어교육』 46, 한국국어교육학회, 1990 참조.

31) 이경영, 「이영도 시조의 생명성 연구」, 경기대 석사논문, 2011 참조.

32) 이숙례, 「이영도 시조 연구」, 『어문학교육』 24, 한국어문교육학회, 2002; 이숙례, 「이영도 시조의 특성 연구」, 『어문학교육』 28, 한국어문교육학회, 2004; 이숙례, 「한국 여성시조의 변모양상 연구」, 동의대 박사논문, 2007 참조.

33) 유지화는 이영도를 시대적 격랑기를 체화함으로써 시대정신을 표출했으며, 유교적 가치관 및 한국적 정체성의 함양, 그리고 그리움의 시인이자 시조의 현대화에 힘쓴 작가로 평가한다. 유지화, 「이영도 시조 연구」, 『시조학논총』 42, 한국시조학회, 2015; 조동화는 선행연구의 한계를 비판하면서 이영도 시조의 사상적 양상을 면밀히 분석한다. 조동화, 「이영도 시조, 그 사상의 발자취」, 『향토문학연구』 12, 향토문학연구회, 2009 참조.

34) 오승희, 「현대시조의 공간연구」, 동아대 박사논문, 1991; 신미경, 「이영도 시조의 주제별 분석」, 『청람어문교육』 2, 청람어문학회, 1989; 임종찬, 「의미연결에서 본 정운 이영도 시조 연구」, 『시조학논총』 28, 한국시조학회, 2008 참조.

다는 점에서 유의미하다. 그러나 그의 시적 정서와 현실인식 및 시의
식을 제대로 묘파하지 못한다는 점에서 재고의 여지가 있다. 이영도
에 대한 논의는 그의 숭고한 작가정신이나 현실인식 양상에 초점을
맞출 필요가 있다. 물론 청마와의 애절한 사랑과 이별은 그의 시적
그리움을 강화했으며 오빠인 이호우의 영향은 정신적 성숙에 기여
한 바 크다. 그럼에도 기존 논의들이 이영도 시조의 깊이와 그 시정
신을 충분히 고찰하지 못했다는 점에서 이에 대한 비판적 인식이
요구된다.

1. 가족주의와 그리움의 정서

알려진 것처럼 이영도는 1945년 『죽순』(12월호)지에 「제야」를 발
표하면서 작품활동을 시작했으며, 1954년 첫 시조집인 『청저집』을
발간하였다. 때문에 그의 작품에는 해방기의 시대감각과 전후적 현
실인식이 고루 드러난다. 뿐만 아니라 실존적 존재로서의 삶에의
분투나 그 서정적 정서 역시 그의 시세계를 구성하는 요소가 된다.
여타의 서정 양식과 마찬가지로 시조문학 역시 서정성을 기본 속성
으로 한다. 그렇기에 시조 전면에 드러나는 정서를 포착하는 것은
중요하다. 슈타이거에 의하면, 서정이란 세계와 자아 사이의 구별이
사라지고 하나가 되는 혼융이다.35) 이영도 시조에 드러난 이러한
혼융은 그리움의 정서로 표상된다. 시적 주제로서의 그리움의 정서
는 여성시인들에게서 주로 발견된다. 그러나 이들 작품과 이영도

---

35) 에밀 슈타이거, 오현일·이유영 옮김, 앞의 책, 18쪽 참조.

시조의 변별은 명확하다. 예컨대 이영도 시조의 경우 그리움의 정서에 함몰되지 않고 시대를 조망하고 적극적인 비판정신을 표출하는 시편들을 겸하기 때문에 소극적이고 신파적인 어조에 갇힌 여느 여성 작가들의 한계를 극복한다.

식민과 전쟁은 극한의 불안과 공포를 야기했으며, 전후에도 이러한 상황은 지속된다. 당대 이영도는 부재하는 혹은 무력한 조국의 구성원으로서의 자의식을 구축했으며, 여성주체로서의 이중고를 겪어야 했다. 이런 까닭에 그의 시조는 크게 개인적 존재로서의 자의식이 형상화된 작품과 민족/국가의 일원으로서의 책무가 표출되는 작품으로 나뉜다. 중요한 것은 이런 두 경향의 작품군이 궁극적으로는 동일한 경험 층위에서 촉발되었다는 사실이다.

"전쟁은 모든 관계를 깨뜨리고 전후의 현실은 말 그대로 '무사회적 상황'이다."[36] 그렇기에 견고한 가족 공동체에 대한 갈망과 그리움은 당대의 불안을 극복하기 위한 나름의 분투라고 볼 수 있다. 즉 "가족의 복원이 곧 해체된 사회의 회복"[37]을 열망하는 것이다. "가족은 현실적으로 불가능한 구원을 가능하게 해줄 보상적 영역이 된다."[38] 국가부재를 겪고 오랜 국권 탈취상태와 전쟁을 겪은 이영도에게 가족을 향한 그리움은 강고한 국가에 대한 열망의 반영이기도 하다. 또한 그는 국민인 가족을 살뜰히 키워내는 것은 여성으로서의 직무라고 여겼다.

부녀(婦女) 삼종(三從)의 도를 / 진리인양 당부하여 // 알지도 못한

---

36) 권명아, 『가족이야기는 어떻게 만들어지는가』, 책세상, 2000, 32쪽.
37) 이민호, 앞의 논문, 252~253쪽.
38) 권명아, 앞의 책, 33쪽.

곳에 / 신행길 날 보내신 // 청기와 / 늙은 대문도 / 두견같이 그립네.

―「향수」 전문

아이는 글을 읽고 / 나는 수를 놓고 // 심지 돋우고 / 이마를 맞대이면 // 어둠도 / 고운 애정에 / 삼가한 듯 둘렸다.

―「단란」 전문

비록 소채일망정 / 간 맞춰 끓여놓고 // 끼니 챙기며 / 더불어 앉은 가족 // 서로가 / 권하다 보면 / 적은 것도 남느니. // 갈수록 내 조국은 / 어두운 소식인데 / 안기는 어린 것 / 티 없는 눈빛이여! // 석간을 밀쳐버리고 / 그를 안아 얼른다.

―「석간을 보며」 전문

전후 "여성문학은 기본적으로 부르주아 여성작가 중심이었다. 그들은 정치적 보수주의를 체화하고 있었고, 가부장제의 검열하는 시선을 스스로의 내면에 간직하고 있었다".[39] 이러한 지적은 이영도 시조에 나타나는 가족주의를 잘 설명해 준다. "가족의 복원이란 전체주의 전쟁으로 인해 총체적으로 파탄된 관계의 복원을 의미한다. 여기서 가족의 복원이란 깨어진 전체에 대한 복원 열망과 동일한 의미이다. 따라서 가족은 개인의 관계의 단위가 아니라 전체를 상상하는 주된 표상으로 작동한다."[40] 한국 사회에서, 특히 식민지와 해방기 그리고 한국전쟁을 지나 분단국가 수립기에 가족은 사회적 불

---

39) 박정애, 「전후 여성 작가의 창작 환경과 창작 행위에 관한 자의식 연구」, 『아시아여성연구』 41, 아세아여성문제연구소, 2002, 218쪽.

40) 권명아, 앞의 책, 59쪽.

안과 공포를 치유할 수 있는 유일한 위안과 연대의 집단이었다. 때문에 이영도 시조에 자주 등장하는 어머니의 모습이나 존재를 향한 그리움의 정서는 당대의 불안과 공포를 극복하기 위한 일환으로 진단할 수 있다.

이영도에게 대표적인 그리움의 대상은 어머니이다. "청기와 / 늙은 대문"으로 표상되는 고향 / 어머니, 곧 가족은 결혼 생활 내내 그에게 절대적인 그리움이자 귀환을 희구하는 대상이 된다. 또한 "애모"(「언약」)는 보호받던 안락한 시절에 대한 수사이기도 하다. "아이는 글을 읽고 / 나는 수를 놓"는 단란함, 그 "애정"어린 풍경은 중의적으로 읽힌다. 그것은 어린시절 화자와 어머니의 경험이자 동시에 어머니가 된 현재 화자와 딸의 모습이기도 하다. 그의 여성관은 유교의 영향으로 상당히 보수적이었던 것으로 보인다. 아랑각에서 "목숨을 바꾼 절개"(「아랑각」)를 예찬하거나 "부녀(婦女) 삼종(三從)의 도를 / 진리인양 당부하"시던 어머니의 가르침에서도 드러난다. 어머니의 품을 떠나 "신행길"을 나선 이후 이영도에게 어머니로 대표되는 출가 이전의 가족은 절대화된다. 이는 흡사 전쟁과 침탈이 없는 강한 국가를 열망하는 것과도 닿아 있다. 이상적 가족에 대한 희구는 국가의 절대화로 확장되는 것이다.

이영도의 시조는 고독과 그리움의 정서로 점철되어 있다. 그것은 가족을 향한 그리움이자 성취하지 못한 사랑에 대한 그리움이기도 하다. 무엇보다 이를 심화시키는 것은 홀로된 처지이다. 결혼으로 인한 가족과의 이별과 일찍 사별한 남편 등은 이영도가 고독한 생활을 할 수밖에 없었던 상황을 야기한다. 향수 역시 이러한 고독의 심사로 인해 극대화된다. "아가야 너는 보는가 / 꽃등 같은 동자(瞳子)를 열고" "고향들을 찾는 소리"(「아가야 너는 보는가」)나 "외로 앓는 몸이 // 한 마리 / 짐승보다도 / 의지할 데 없는" 처지, 그 "지친 마음엔 / 등이 도로 외롭다"(「환일惡日」). 그렇기에 이영도에게 고향은 부재와 상실의 공간이다. 또한 이상화된 고향은 시인이 추구하는 유토피아적 공간을 의미하는데, 전쟁과 분열 속에서 피폐해진 고향은 파괴된 유토피아 곧 상실과 혼돈을 겪는 국가와 동일시된다. 소박하나마 서로 "끼니 챙기며 / 더불어 앉은 가족"이 있다면 "갈수록" "어두운 소식"뿐인 "내 조국"의 안녕도 언젠가 회복할 수 있을 것이라는 기대가 그렇다.

> 너는 가지에 앉아 / 짐승같이 울부짖고 // 이 한 밤 내 마음은 / 외딴 산지긴데 // 가실 수 / 없는 명일래 / 자리잡은 그리움.
>
> —「바람1」 전문

> 그대 그리움이 / 고요히 젖는 이 밤 // 한결 외로움도 / 보배냥 오붓하고 // 실실이 / 푸는 그 사연 / 장지 밖에 듣는다.
>
> —「비」 전문

> 어루만지듯 / 당신 / 숨결 / 이마에 다사하면 // 내 사랑은 아지랑이 / 춘삼월 아지랑이 // 장다리 / 노오란 텃밭에 // 나비 / 나비 / 나비 / 나비
>
> —「아지랑이」 전문

이들 작품은 이영도 시조의 정수라고 할 수 있다. 그는 후기로 갈수록 단수시조의 형식미학을 절대화했고 그 시행배열을 새롭게 함으로써 시적 발화의 묘미를 극대화하였다. 시대적 모순과 사회현실에 대한 비판적 목소리를 드러낸 작품들에서 남성적 어조를 엿볼

수 있다면, 목가적이고 이상적인 삶의 공간에 대한 기다림과 사랑에의 설렘은 이영도 시조의 미학을 극대화시킨다고 볼 수 있다. "아무도 올 이 없어도 / 무엔지 그리운 밤"에 "울어대는 개구리"의 "애끓는 / 그 소리"(「개구리」)에서 고독과 그리움에 몸부림치는 화자를 볼 수 있다. "나의 그리움은 / 오직 푸르고 깊은 것"(「바위」)이라는 시인의 고백에서 절정으로 치닫는 강렬한 그리움의 정서를 느낄 수 있다. "다스려도 다스려도 / 못 여밀 가슴 속을 // 알 알 익은 고독"(「석류」)이나 "항시 먼 그리움에 / 길 든"(「코스모스」) 시인의 심사, "생각을 멀리하면 / 잊을 수도 있다는데 // 고된 살음에 / 잊었는가 하다가도 // 가다가 / 월컥 한 가슴 / 밀고드는"(「그리움」) 것이 그리움이다. 이영도의 시조를 황진이의 현현으로 보는 까닭이 여기에 있다.

"그대 그리움이 / 고요히 젖는" 밤, "내 마음은 / 외딴 산지"기가 된 것처럼 고독하지만, 그러한 "외로움"조차 "내 사랑"인 당신 덕분에 "보배냥 오붓하"다. 청마를 향한 사랑 혹은 그리움의 정서가 잘 그려진 「아지랑이」의 마지막 구는 흡사 나비가 날아다니는 듯 시행 배열의 변이를 꾀하였다. 이와 같은 형식적 새로움은 현대시조 시인들의 다양한 형식실험의 길라잡이가 되었다고 볼 수 있다. 단수시조의 간결함의 미학은 언어의 긴장에서 비롯된다. 대상을 향한 그리움의 심사가 봄밤의 비로 화자를 적실 때, 그 한없이 그립고 아련한 순간에도 화자는 새로운 생명이 피어날 희망을 말한다. 덕분에 이영도 시조의 한의 정서 혹은 아득한 그리움의 정서는 슬픔인 채로 존재하는 법이 없다. 스스로 극복함으로써 새로운 삶에의 기대, 그 자양이 되는 것이다.

이영도는 "인간살이의 애증(愛憎)에 마음 시달릴 때 이같이 붓을 들어 종이와 씨름하는 작업이 아니었던들 어찌 내 정감이 오늘을 부지"했겠는가, 라고 술회한다. 그에게 시조짓는 업은 "통곡도 다 못할 세월 속에서 나의 시조는 내 목숨의 기도"[41]였던 것이다. 그만큼 시조짓기는 그가 스스로를 다잡는 방편으로, 무엇보다 실존을 위해 절실한 일이었던 것이다. 이영도의 삶과 시조에서 종교가 상당한 역할을 담당하는 것 역시 이 때문이다. 그의 일생과 시조의 추이는 종교적 귀의와 일정부분 연결되는 지점이 있다. 유교적·불교적 심사가 조부와 가문의 환경적 영향이라면, 기독교로의 귀의는 고된 삶을 스스로 이겨내기 위한 후천적인 자기선택의 결과라 볼 수 있다.[42] 그만큼 삶에의 위안과 구원을 갈구했으며, 이러한 바람은 회상을 통해 가족을 복원하거나 사랑하는 대상을 그리워하는 정서로 표출되었던 것이다.

2. 비판적 역사의식과 현실감각

전술했다시피 이영도는 일제 식민지와 해방, 그리고 분단상황과 한국전쟁을 두루 겪었으며, 1960~70년대 현대사를 목도했다. 이러

---

41) 이영도, 「오누이 시조집 후기」, 『보리고개』, 목언예원, 2006, 183쪽.

42) 이영도의 사상적 변모 양상은 크게 유교주의적 교양과 불교적 세계관에서 기독교적인 구원의 정신으로 나아간다. 이러한 사상적 변모는 단절적이지 않고 그의 생애 동안 중첩된다. 이에 대해 조동화는 이영도의 사상적 양상을 크게 세 가지로 나누어 고찰한다. 첫째, 조부의 가르침 등 양반 가문에서 태어나 유교주의적 교양을 함양했다. 이러한 유교주의는 민족애나 조국애로도 연계된다. 둘째, 불교적 세계관이다. 한국인의 정신사에서 유교와 불교는 첨예하게 연관되어 있다. 남편 사후 불교에 의탁해 심신을 다스린 것은 사상적 변모가 아니라 심화라 볼 수 있다. 마지막으로 기독교적 정신인 구원에 대한 믿음이다. 그는 폐질환이 심해지면서 기독교에 귀의한다. 이러한 사상적 양상은 서로 배타적이지 않고, 이영도의 가치관과 시작관을 구성하는 데 조화롭게 기여한다. 조동화, 앞의 논문, 67~78쪽 참조.

한 생애사와 그의 작품을 통해서 한 개인의 삶의 굴곡이 국가의 역사적 상황 및 안녕과 무관하지 않다는 것을 알 수 있다. 그가 겪은 역사적 파고는 그의 현실 고발의식을 강화했으며, 이는 이호우와 마찬가지로 가정 환경의 영향이기도 하며 오빠인 이호우의 영향이기도 하다. 그렇기에 이영도 시조는 여성적 화자로서의 경험 층위와 더불어 그에게 영향을 끼친 다양한 요소를 고려하여 고찰해야 한다.

내 청춘시절의 꿈은 적치(敵治)의 암흑 속에서 어떻게 하면 조국을 건져낼 수 있으며, 우리 말, 우리의 글, 우리의 문화, 우리의 역사, 우리의 모든 얼과 정신을 찾아 보존할 수 있겠는가 하는 오직 그 우국(憂國)과 연관되는 일념뿐이었다. 배우는 것도, 건강도, 꿈고, 목숨마저도 조국과 민족을 더불어 있어야 하는 것인 줄로만 여겨왔던 것이다.[43]

"우리"라는 가치 혹은 동질성을 강탈당했기에 그것을 회복하는 것은 당대를 살았던 이들에게 일종의 책무였으리라. 이영도는 한 개인의 안녕, 그 생존과 실존의 모든 것이 "조국과 민족"의 운명과 연관된다고 여겼다. 그렇기에 그의 시조세계는 다양한 관계와 영향의 산물이자 한 개인의 독자적 개성을 동시에 지닌다. 부재와 폐허의 시대사는 깊은 상실을 야기했으며, 이영도의 시작(詩作)은 이러한 상실과 불안을 극복하기 위한 자구책으로 볼 수 있다.

어디로 쫓기는가 빗발치는 총알 속을 / 정든 고향과 인연 피멍처럼 애석하며 / 추풍(秋風)에 가랑잎 지듯 설레이는 겨레들 // 먼 낙조 속에

---

43) 이영도, 『인생의 길목에서』, 자유문학사, 1986, 119~120쪽.

저무는 이 강산은 / 연해 터져 나는 포연(砲煙)에 진동하고 / 엎드린 작은 마을들 붙일 곳이 없구나

—「避難 길에서」 전문

사흘 안 끓여도 / 솥이 하마 녹슬었나 // 보리 누름 철은 / 해도 어이 이리 긴고 // 감꽃만 / 줍던 아이가 / 몰래 솥을 열어보네.

—「보리 고개」 44) 전문

한국전쟁으로 인한 피난 경험은 일순간에 생활의 안정과 안녕을 파괴하고 식민지 시기와는 또 다른 절망을 야기한다. 이념에 의한 동족상잔은 더 깊은 불신상황을 만들고 "분노"를 해야 할지 "슬"퍼 해야 할지 모르는 복합적인 심리적 혼란을 촉발한다. "갈라선 겨레의 금(線) 위로"(「제야(除夜)」) 당대의 절망과 침묵만이 서려 있다. "조국과 사랑을랑 / 다 버리고"(「하늘: 피난길에서」) 떠나는 피난길, "조국의 솟은 분노 저 타는 화염(火焰) 속을" 내달리는 "이 강토(疆土) 이 슬픔 위에 보람 없는 내 목숨"(「안타까움」) 하나 보존하겠다고 떠나는 그 길, "라(癩)를 앓"는 조국의 실상은 암담하다. 그 긴 세월의 고비마다 시인은 "목숨의 애환"(「갈대」)을 절감했으리라. "어디로 쫓기는가 빗발치는 총알 속", 그 "포연(砲煙)에" 갇힌 피난길에서 "정든 고향과" "먼 낙조 속에 저무는 이 강산", 겨레와 민족이 겪는 참담한 실상과 마주한다. 이토록 암담한 역사 위에 "있는 듯 / 없는 듯 엎드린 / 가냘

---

44) 『죽순』 3집(1946.12)에는 「맥령」이라는 제목으로 발표된 두 수 작품이다. 둘째 수는 다음과 같다. "쉰 길 강물보다도 한 끼니가 어려워라 / 고국을 찾아온 겨레 몸 둘 곳이 없단 말이 / 오늘도 밥 얻는 무리 속에서 새얼굴이 보인다."(강조는 인용자) 이영도, 『보리고개』(민병도 엮음), 목언예원, 2006, 114쪽 재인용.

픈 생존"(「영위(營爲): 화전민에 부쳐」), 파리목숨보다 못한 민중의 삶이 놓인다. 이러한 실상을 살아낸 시인 역시 생존을 위한 사투의 시간으로 점철된 생을 살았으리라.

불신이 야기하는 부정의식은 생존조차 위협하는 극한의 가난으로 더욱 극대화된다. 식민에서 전쟁으로 이어지는 참혹한 시절, 사시사철이 "보리 누름 철"이다. "감꽃만 / 줍던 아이"의 퀭한 눈빛에서 우리 민중의 절망을 본다. 민중의 끼니, 고작 한 끼니의 문제조차 해결하기 어려웠던 시국에 대한 탄식에서 역사와 민족이라는 거대담론의 허울과 조우한다. 역설적이게도 그렇기에 더욱 국가의 재건을 열망할 수밖에 없다. "한 장 치욕"의 "역사"에 "너희 젊은 목숨"(「피아골」)이 기꺼이 희생을 선택할 수밖에 없었던 것 역시 내 가족과 내 국가를 일으켜 세워야 했기 때문이다. 자의 반 타의 반으로 강제된 희생 덕분에 오늘의 안녕이 있다. 이영도가 비판적인 시대인식을 토대로 목소리를 높이면서도 끝끝내 국가의 재건을 욕망할 수밖에 없었던 것은 이러한 절망의 경험에서 촉발된 것이다.

눈이 부시네 저기 / 난만히 멧등마다 // 그 날 쓰러져 간 / 젊음 같은 꽃사태가 // 맺혔던 / 한이 터지듯 / 여울 여울 붉었네. // 그렇듯 너희는 지고 / 욕처럼 남은 목숨 // 지친 가슴 위엔 / 하늘이 무거운데 // 연련히 꿈도 설워라 / 물이 드는 이 산하.

—「진달래: 다시 4·19날에」 전문

눈에 포탄을 박고 머리는 맷자국에 찢겨 / 남루히 버림받은 조국의 어린 넋이 / 그 모습 슬픈 호소인양 겨레 옆에 보였도다. // 행악이 사직(社稷)을 흔들어도 말 없이 견뎌온 백성 / 가슴 가슴 터지는 분노 천동하는 우뢰인데 / 돌아갈 하늘도 없는가 피도 푸른 목숨이여! // 너는 차라리 의(義)의 제단에 애띤 속죄양 / 자국자국 피맺힌 역사의 깃발 위에 / 그 이름 뜨거운 숨결일레 퍼득이는 창천(蒼天)에….

—「애가(哀歌): 고 김주열 군에게」 전문

이들 시조는 현대사를 조망하는 비판적 역사의식의 산물이다. 4·19로 희생된 넋을 기리며 민주주의의 회복을 기원하는 작품이다. 독재를 자행하고 민주주의를 왜곡하는 현대사는 한국전쟁과 분단을 겪으면서도 국가와 민족을 재건하고 회복하려고 했던 열망에 대한 배신이었다. "그 날 쓰러져 간 / 젊음" 그 아직 어린 목숨들이 지켜내려고 했던 민주주의는 무엇인가. 시인은 "눈에 포탄을 박고 머리는 맷자국에 찢"긴 채로 잔인하게 "버림받은 조국의 어린 넋" 앞에 "욕처럼" "목숨"을 부지하고 있는 자신이 부끄럽다. 이때 "불구되고 훼손된 몸(기표)은 살아있음의 기쁨보다는 살아남은 자의 슬픔과 심하게 훼손된 몸에 대한 절망이 결합된 채 무의미한 실존 그 자체만을 확인시켜주는 것으로 환원(기의)"[45]된다. "자국자국 피맺힌 역사의 깃발 위에" 더 잔혹한 희생을 더하는 현대사는 끝끝내 시인과 화해하지 못한다. 시인은 차마 아까운 목숨을 바친 "슬픈 호소", 그 "가슴 터지는 분노 천동하는 우뢰"에도 미동조차 하지 않는 독재를 향한 날카로운 비판과 절망의 수사를 표출한다.

이영도의 현실비판 시조는 이호우의 시조만큼이나 직접적인 어조를 띤다. 또한 여성적 어조의 서정적 시조와 달리 강렬하고 의지적인

---

45) 남진숙, 「한국 전후시에 나타난 몸에 대한 표상과 그 의미」, 『한국문학이론과 비평』 48, 한국문학이론과비평학회, 2010, 78쪽.

남성적 어조를 띤다. 폭력이 난무한 현대사의 수많은 사건, 그 현장에 이영도의 삶과 그의 시조가 있다. 4·19와 5·16은 식민지와 한국전쟁, 그리고 분단을 겪은 세대가 힘겹게 성취한 희망을 깡그리 부순 절망과 배반의 사건이다. "푸르게 / 눈매를 태우며, 너희 / 지켜 선 하얀 천계(天啓)"(「천계(天啓): 사월탑 앞에서」) 앞에 서거나 "사월의 이거리에 서면 / 내 귀는 소용도는 해일(海溢)"(「광화문 네거리에서」)이 인다. "겨레와 더불어 푸르를 / 이 증언의 언덕 위에 // 감감히 하늘을 덮어 / 쌓이는 꽃잎, 꽃잎"(「낙화」)의 희생이 있었기에 오늘의 안녕도 있다는 추모시들에서 현대사에 직접적으로 반응하는 이영도의 면모를 볼 수 있다. 현대시조가 여전히 기득권의 양식이라거나 현실을 조망하지 못한 채 시대착오적 관념을 토대로 과거를 답습하고 재현하는 데 급급하다는 비판은 재고되어야 한다. 특히 이영도의 시조 작품을 통해서 알 수 있듯이 시조문학 역시 시대 비판적인 목소리를 드높여 왔다. 또한 비판적 어조를 띤 이영도의 시편들은 종래 심사표출에 급급했던 여성작가들의 한계를 극복했다고 평가할 수 있다.

너는 내 목숨의 불씨 / 여밀수록 맺히는 아픔 // 연련히 타는 정은 / 연등(燃燈)으로 밝혀 들고 // 점점이 / 봄을 흔들며 / 이 강산을 사루는가 // 가꾸는 손길 없어도 / 내 가슴은 너의 옥토(沃土) // 세월이 어두울수록 / 밝혀 뜨는 언약이여 // 한 무덕 칠성이 내리듯 / 아, 투명히도 아리는 희구(希求) // 애증도 차마 못지울 / 인연의 짙은 혈맥(血脈) // 대답 없는 이름만이 / 낭자히 떨어진 고개 // 석문 밖 / 북녘 하늘을 / 꽃샘만이 설렌다.

—「진달래」 전문

계절도 넋 잃은 산하 / 봄기별은 감감하고 // 구둘 시린 밤을 / 풍지마저 떨고 있다 // 목마른 / 고비를 넘어 / 등이 타는 조국이여. // (…중략…) // 그 날, 젊음마저 던진 / 막막한 일월에도 // 절망을 버텨오던 / 너와 나 서럽던 의지 // 돌이킬 / 하늘은 없는가 / 이 동통(疼痛)의 뒤안길은…

—「입춘」부분

이영도에게 조국은 절대적 이상과 같다. 아픈 아이를 보살피듯, 조국은 늘 위태롭기에 간절하고 절실한 대상이다. '조국에 부치는 시'라는 부제가 붙은 시조 「진달래」는 조국을 향한 전언의 문체로 구성되어 있다. 시인은 "동통(疼痛)의 뒤안길"에서 조국의 암울했던 역사에도 다시 일어설 새로운 희망을 전한다. "너는 내 목숨의 불씨"이기에, "세월이 어두울수록 / 밝혀 뜨는 언약"으로 우리는 서로를 지켜낸다. 국가를 세우기 위해 부단히 희생했으며, 국가로부터 철저한 배신을 당한 후에도 "이 강산을" 지켜내기 위해서 "투명히도 아리는 희구(希求)"를 나누어 품고 "애증도 차마 못지울 / 인연의 짙은 혈맥(血脈)"을 껴안는 것이다. 어쩌면 국가는 개인을 배반함으로써 지탱되는 속성을 띠었는지도 모른다. "계절도 넋 잃은 산하"에 "봄기별은 감감"해도 차마 "조국"를 배신할 수는 없다는 고독, 이 땅의 우리는 그러한 숙명을 타고 났는지도 모르겠다. "절망을 버텨오던 / 너와 나 서럽던 의지"를 독재 정국은 배반했지만, 이영도의 '나와 우리'는 끝끝내 그런 국가를 버리지 못했다. 아마도 그 덕분에 시인의 비판적 어조는 한층 더 치열해질 수 있었을 것이다. 어쩌면 이영도의 시편은 이상적 국가의 모습을 구축하기 위한 몸부림으로 읽히기도 하는 것은 이 때문이다.

그러나 이영도가 추구하는 이상적 공간으로서의 조국의 이미지는 실현 불가능한 대상에 그치고 만다. 이는 식민지와 한국전쟁, 그리고 분단 조국의 실상을 온몸으로 겪었을 뿐만 아니라, 국가 정당성과 정체성을 구성하기 위해서 분단국가가 추구한 반공이데올로기 등 정치 이데올로기가 행사한 폭력에 대항함으로써 발생한 3·15의거나 4·19혁명 그리고 5·16군사정변 등 사회정치적 현상에서 기인한다. 조국은 복원해야 할 절대적 대상이지만 현대사의 다양한 사건들은 이러한 열망을 배반했던 것이다.

갈무리하자면, 이영도 시조가 획득한 가치는 여성으로서 감내한 근·현대사의 고통을 정제하여 표출한 그리움의 정서에 있다. 이는 여성시인의 계보를 계승한다는 측면에서도 고유한 의미가 있으나, 여기에 그치지 않고 시대를 고민하는 비판적 어조를 가감 없이 표출 했다는 점에서 그가 시조사에 기여한 바는 가히 독보적이다. 그는 여성적 어조와 남성적 어조를 넘나들면서 그 주제폭을 확장했으며, 시행발화 등 형식적 새로움도 꾀했던 것이다.

3. 갈무리: 현대시조의 전후의식

이상으로 살펴본 것처럼, 이호우와 이영도의 시조를 고찰하는 것 만으로 전후 현대시조의 현실인식 양상을 진단하는 데는 한계가 있다. 그럼에도 이들의 작업은 격동하는 근·현대사와 분투한 성과라는 점에서 현대시조는 기득권의 산물이라고 여기는 편견을 불식시키는 데 기여한다. 이들 작품에서 엿볼 수 있는 것처럼 현대시조 장르 역시 전후적 감각과 현실비판적 어조를 겸하고 있는 것이다.

먼저 이호우의 작품은 첫째, 전통적 서정의 감각을 형상화하는 작품군을 토대로 그의 시정신을 표출하고 있다. 이들 작품을 통해서 현대시조의 서정적 묘미와 시인의 자의식을 탐구할 수 있다. 둘째, 강한 저항의 언어로 표출되는 현실인식과 비판의식이다. 이호우는 역사적 사건에 적극적으로 참여했으며 그때마다 날카로운 비판을 아끼지 않았다. 그의 저항적인 현실인식에서 전후 상황을 조망하고 부조리를 타개하려는 지사적인 면모를 탐지할 수 있다.

다음으로 이영도의 작품은 첫째, 가족담론을 체화한 그리움의 정서를 표출하는 데 있다. 이는 소위 전통적인 여성시인의 속성을 계승한 것이자 동시에 그 한계를 극복한 지점을 보여준다. 또한 이상적 가족을 그리워하는 이러한 행위는 국가를 재건하려는 열망으로 이어진다. 둘째, 전후적 현실감각과 더불어 비판적 역사의식이 형상화된 시편들이다. 이영도는 강한 어조로 근·현대사, 특히 전후를 기점으로 한 역사적 사건에 적극적으로 대응한다.

이들 남매 시인의 시조가 획득한 문학사적 의의는 시적 자율성과 시의 사회적 책무를 두루 갖추었다는 데 있다. 오늘의 시조는 고시조가 함몰되었던 한계를 극복한 지 오래다. 현대시조는 더 이상 기득권의 장르도 아니며 그 주제적 스펙트럼도 다양하다. 무엇보다 민족과 국가라는 거대담론을 향한 쓴소리를 기꺼이 표출하고 있으며, 그 문학적 완성도 역시 높다. 이호우와 이영도의 작품은 해방기에 대한 인식과 더불어 구성된 전후적 감각을 토대로 현대사까지 투시하고 있다. 그렇기에 이들의 작품을 고찰한 본 논의를 통해서 전후 현대시조가 담당한 책무와 그 가능성을 가늠할 수 있을 것이다.

이러한 이호우와 이영도의 시조는 서로 닮은 듯 다르다. 현실에 대한 비판의식을 토대로 격동의 근·현대사를 응시했다는 점에서 이들의 작품은 동일한 좌표에 위치한다. 또한 이들 시조의 형식적 특징은 간결한 단수시조를 지향한다는 데 있다. 그 시행배열에 있어서도 주로 3연 6행을 준수하고 있다. 그러나 이들의 단수시조를 비교해 보면 각자의 특이성이 드러난다. 예컨대 이호우의 경우 정서의 표출뿐만 아니라 선비적 기질이 드러나는 소재를 취하여 이를 주제화했다는 점에서 사상적 측면 역시 두드러진다면, 이영도는 주로 사랑이나 기다림 등의 정서 표출에 집중하고 있다. 종래 이들 남매 시인의 작품을 영향관계에 놓고 유사점을 고찰하는 데 집중했다면 이러한 단수시조를 통해서 그 차이를 발견할 수 있을 것이다. 이들 작품을 면밀하게 비교 검토하는 일은 다음 과제로 남겨 둔다.

제4부 전후 서정문학의 책무

제8장 전후적 감각과 서정문학의 책무

제8장 전후적 감각과 서정문학의 책무

1. 국민국가 건설과 반공의 정치학

전후 서정문학의 전통 인식은 민족 주체성을 확립하려는 열망에서 비롯되었다. 큰 맥락에서 살펴보면 전통을 탐색하는 일은 국가만들기라는 대명제를 보다 견고하게 떠받치는 역할을 하며, 세계적 보편성과 문학적 동일성을 욕망하는 작업이기도 하다. 때문에 전후 전통담론은 민족적 특수성과 서구적 보편성을 동시에 획득하고자 하는 시적 전략의 일종이다. 전통을 만들기 위한 민족 담론의 미학화는 미적 전유의 한계를 보이면서 동시에 문학적 상상력의 확장을 조력한다. 역사적 기록을 문학의 소재로 취하면서 사실 그대로의 전승이 아닌 미적 장치를 통해 재해석된 시적 역사를 구성하게 된다. 이러한 역사의 심미화는 많은 모순이 있음에도 문학 장을 보다 풍성하게 한다는 점에는 이견이 없을 것이다.

전술했듯이 전후 전통의 재구성이 필요했던 지형은 너무도 명확하다. 한국전쟁이 낳은 분단 상황을 극복하기 위해서는 북한이 표상으로 삼은 조선을 타자화하고, 남한만의 단독 역사를 창출해야 했다. 종래 동일한 역사적 카테고리에 속해 있던 민족이 이질적인 이데올로기로 분할됨으로써 역사에 대한 기억은 이념적인 잣대로 취사선택 혹은 변형·조작되기에 이르며, 그 탓에 망각이 정치화된다. "정치란 특정한 경험들의 영역을 구성하는 것이다."[1] 전후 구성된 전통이 배제적 원리를 내재할 수밖에 없는 이유가 근본적으로는 이러한 분단 상황에 있다. 기억이란 과거의 현재화를 목적으로 선별된다는 점에서 정치적이다. "하나의 사건(역사)을 특정한 방향으로 기억한다는 것은 곧 사건(역사)의 의미를 특정한 방향으로 계열화시키는 것"[2]이다. 이때 집단기억은 한 사회가 구성원의 개인기억을 삭제하고, 그 자리에 집단이 공유할 기억을 재구성하여 대문자 역사를 집성하는 과정에서 담론으로 체계화된다. 집단기억은 구성되는 것이고 이는 역사의 향방, 그 이데올로기가 지향하는 바에 따른다. 한국전쟁에 대한 기술 역시 마찬가지다. 분단 상황에서 남북은 한국전쟁에 대한 기억을 토대로 정권의 당위성과 민족 분단의 책임 전가를 시도한다. 남한은 반공담론을 토대로 소련과 북한의 일방적인 침략으로 민족이 도탄에 빠졌다고 기술했으며, 북한 역시 이승만과 미제로부터 남한을 해방시켜야 한다고 주장한다. 이러한 집단기억은 진위여부를 떠나 내부와 외부를 철저하게 구획하게 된다. 전후 상황에서 전통을 구성하는 일은 이러한 기억하기의 타당성을 부여하는 작업이기

---

1) 자크 랑시에르, 유재홍 옮김, 『문학과 정치』, 인간사랑, 2009, 10쪽.
2) 서동수, 앞의 책, 241쪽.

도 하다. 전통은 민족 공동체에서 국가 공동체로 전환되는 과정에서 자생적인 속성에서 벗어나 만들어지는 생성의 산물이 된다.

광복과 함께 한국 역사에 적극적으로 개입하게 된 미국과 소련의 신탁통치는 이 땅에서 전개될 비극의 현대사를 알리는 경종이었다. 식민지의 흔적을 지우고 부강한 나라를 건설해야 한다는 열망은 남북이 공통으로 떠안은 과제였다. 공산주의에 경도된 북한이 강한 군사력을 기반으로 한 독재정권의 확립을 추진하면서 김일성에 대한 신격화를 체계화시켜 나갔던 것처럼, 남한은 일본 제국주의를 제압한 미국(美國)을 이상적 국가의 양태로 인식함으로써 자본주의 체제를 본격화해 나갔던 것이다. 이 때문에 남한만의 정체성을 확립하는 일은 무엇보다 중요했으며, 보편 속 특수성을 구축하는 일을 구체화해 나가야 했다. 국민국가 건설에 대한 한국의 강한 욕망은 미국과의 동질성 확보를 지향할 수밖에 없었고, 이를 위해 전통은 새로운 목적의식으로 중무장한 채 재구성되어야 했다. 세계사적 냉전체제는 이질적인 국가를 동질화시키는 반면 한 민족 구성원을 이질화시키기에 이른다. 단일국가 건설이 좌절된 1940년대 후반은 한국사에서 오랫동안 침묵의 역사였다. 전후, 1950~60년대 그토록 열정적으로 세계사로의 편입을 욕망했던 까닭 중 하나는 분명 이러한 좌절을 극복하기 위함이었을 것이다. 한민족이라는 자부심은 휴전선을 따라 분절되어 버렸으며, 더 이상 하나의 민족을 희망할 수조차 없게 되었다. 남한과 북한, 북한과 남한의 단일성을 욕망하는 것 자체가 이미 범죄가 되어 버린 탓이다. 때문에 우리의 1950~60년대는 내부적 타자를 공고히 함으로써 보편성을 획득한 국가, 세계사적 질서에 부합하는 국가를 건설하고자 분투했던 시기였다고 할 수 있다. 한민족이라는 상징적 '우리'는 해체되고 다시 '우리들만의 이념'

으로 '우리'를 제도화하기 시작한 시점인 것이다. 물론 이러한 작업은 해방 직후 이념대립 속에서 수행된 남북 이질화의 연장선이다. 그러니 보편적 질서에의 동일화 욕망은 일종의 강박으로 한국사회를 지배하게 된 것이다. 지금까지도 남북한 할 것 없이 사상문제에 민감한 것은 서로의 이질화를 강화함으로써 각자의 체제에서 욕망하는 보편에 부합하기 위함이다. 그것이 허물어졌을 때 어느 한 체제는 종식되어야 하기 때문이다.

이때 타자의 상정은 내부 분열에서 비롯된다. 분단 이후 민족은 더 이상 핏줄로 구분되는 것이 아니라 그가 속해 있는 집단의 사상성을 근거로 구획된다. 그러니 이미 기존의 민족적 개념은 불구의 형태로, 자신의 논리에 맞게 변형된 것에 지나지 않게 되었다. 후진성혹은 변방성이 끼친 민족적 열등감은 민족에 대한 부정과 재규정의 과정을 수반하게 된다. 이러한 작업은 부정의 역사를 재배치하는 일에서 시작된다. 만들어진 역사, 그 반쪽짜리 족보를 들고 세계사적흐름에 뛰어든 한국은, 가장 먼저 보편성에 부합하는 한국적 특수성을 발견하기 위해 분투한다. 남한에서 근대 국민국가의 형성은 우선적으로 1910년에서 1945년에 이르는 식민지의 흔적을 말끔히 삭제하고, 조선 부흥기나 (통일)신라의 형상을 전통이라는 이름으로 복구하는 것으로 시작된다. 이승만 정권에 이어 박정희 정권이 한국 전통문화의 계승, 신라에 대한 예찬과 미화에 그토록 열심이었던 까닭역시 견고한 국가를 건설함으로써 정권의 정당성을 구성하기 위함이었던 것이다.

더불어 북한이라는 타자를 명시하고 철저한 반공 교육을 실시하게 된다. 북한 괴뢰[3]로부터 남한을 지켜내는 것이야말로 전후적 상황에서 이 땅의 지식인들에게 요구된 책무였다. 때문에 북한과의 차별화를 도모할 수 있는 문화의 발견 혹은 생산이 필요했으며, 이것을 남한만의 정통성을 발화하기 위한 수단으로 차용하기 위해 끊임없이 노력했다. 이러한 맥락에서 전통의 탐구는 남한만의 정체성을 구성하기 위한 모색의 일환이었으며, 동시에 문화적 독자성과 그 우수성을 토대로 세계 속에 존립하는 국가를 건설하기 위한 노력이었다고 진단할 수 있다. 1948년 남한만의 단독정부 수립은 '반공'을 모토로 한 파국의 현대사를 예견한다. 자유당 정권의 독재가 장기화될 수 있었던 것도 반공의 정치화 때문이라고 할 수 있다. 민족 단위의 유기적 역사를 단절하고, 민족 내부를 해체함으로써 새로운 구성원들만의 국가를 만들어 가기 시작한다. 이때 새로운 국민의 기본 요건은 당연히 반공주의자여야 한다는 점이다. 반공담론은 48년 국가보안법의 제정과 함께 더욱 견고해진다. 자유주의, 민주주의 등은 결국 법치주의를 일컫기 때문에, 법으로 유·무죄를 구획하는 일은 내부자와 외부자를 경계 짓는 것이기도 하다. 법안 마련으로 사상에 따른 내부적 단절은 가속되고 배타성을 강화한 남한만의 민족이 상상되기 시작한다. 이러한 맥락에서 구성된 새로운 국민은 반공주의자를 의미하며, 반공은 국가의 내·외부를 구분 짓는 철저한 경계가 된다. 그렇기에 한국 사회에서 반공 이데올로기는 양날의 검으로, 남한 단독정부의 정당성이면서 동시에 남한 국민을 통제하는 정치적 수단이 되었다.

반공담론의 관점에서 문학 향유자는 순수를 지향해야 한다. 문학

---

3) "괴뢰란 주인의 명령대로 움직이는 꼭두각시 인형(puppet)으로, 말하자면 이들 텍스트는 '민족'을 '배반'하고 주저 없이 소련의 '끄나풀'이 된 공산주의자들의 모습을 반복해서 묘사함으로써 이들을 철저하게 민족적 타자의 차원에서 구성"한다. 장세진, 앞의 논문, 59쪽.

의 층위에서 수식되는 '순수'란 작가의 반공사상 함양을 의미하는 것이기 때문이다. 전후 민족을 국민으로 재구성하는 과정에서 문학적 휴머니즘이 명명된다. 이때의 휴머니즘은 전쟁상황을 치유하고자 하는 이성적 노력 곧 일종의 문학담론적 성과다. 민족을 해체하고 국민을 구성하는 책무는 반공 담론과 함께 보다 폭력적인 양상으로 드러난다. 국가 이데올로기를 강화하고 이에 부응할 국민을 양성하는 일에 일조하지 않는 문학은 그 존재 자체가 부인될 수밖에 없는 상황에 직면하게 되었다. 그러니 전후 문학은 철저히 우익적이거나 심미적 미학성에로 함몰되어야 했다. 가령 문단 헤게모니를 장악했던 전통서정시의 일군에 대한 평가가 오늘에 와 구설수를 면하지 못하는 까닭 역시 문단사를 작동한 국가적 질서의 경직성과 이에 부합했던 그들의 정치적 행보에 있는 것이다. 반공이라는 강력한 과제는 남한만의 국가 정체성을 구성하도록 했고, 이때 생산된 서정이란 국가질서에 부합하는 민족적 이상화에 지나지 않는다는 비난을 받게 되었다. 이처럼 전통 논쟁 자체가 국가건설을 위한 새로운 문학 주체의 모색이라는 점에서 시적 순수성에도 불구하고 끊임없이 비판받았던 것이다.

전후 "민족주의는 곧 애국심으로 치환되고 반공이데올로기의 필연성으로 환원"[4]된다. 특히 "위로부터의 민족주의를 강조하는 것은 민족을 합일적으로 만들어 내부통합의 체제를 유지하기 위한 것이다. 따라서 여기에서의 민족이란 통합 대상으로서의 민족이다. 민족의 통합성, 일체성을 강조하는 민족주의 이데올로기는 계급·계층

---

4) 전승주, 「1960~70년대 문학비평 담론 속의 '민족(주의)' 이념의 두 양상」, 한신대학교 인문학연구소, 앞의 책, 177쪽.

간의 대립·갈등에서 헤게모니를 장악하기 위한 지배계급의 이데올로기로 작용"5)하게 되는 것이다. 그렇기에 "1950년대 말부터 계속된 전통에 관한 논의는, 전통의 우월성을 강조하여 새로운 사회와 국가 건설의 과제를 달성하고자 했던 지배담론의 동력으로서 또 한편으로는 '세계적 동시성'의 추구라는 근대화 논리에 대한 저항담론으로서의 양가적인 성격을" 띤다. 이는 "전통의 계승과 복원이라는 이름 하에 전통 문제를 민속 차원으로 격하시킨 지배담론과 민중적 형식으로서의 전통을 재발견하고 창조하고자 했던 저항 담론 간의 헤게모니 쟁탈전이 이데올로기적 차원에서 전개되었다고 할 수 있다".6) 이처럼 근대적 상상력의 결과물로서의 민족은 통합이나 재구성을 위한 담론적 실천 과정과 보편적 개인의 자유 등을 억압하는 기제가 되기도 한다.

한국전쟁 이후 한반도는 남북으로 분단된 채 각각의 국가를 건설해야 했기에 기존의 민족을 해체하고 새로운 민족을 만들어야 했다. 이는 동시에 민족 내부에 대한 부정을 수반하기에 그 전제부터 모순적이게 된다. 새로운 민족은 반공의 정치학을 수용하는 주체에 국한되었기 때문이다. 분열된 민족의 반쪽을 적으로 간주하는 담론을 생성하면서 본질적으로 남북은 모순을 내재한 국가가 될 수밖에 없었다. 그렇기에 내부적 타자라는 경계를 견고하게 하기 위해서 도입된 반공이데올로기는 공포의 대상이 된다. 그것은 이해가 필요한 것이 아니라 일방적인 고수만 요구되었다는 점에서, 이후 동백림 사건이나 국가보안법에 의한 사상 사건 등 현대사의 수많은 비극이

---

5) 위의 글, 181쪽.
6) 위의 글, 197~198쪽.

예비되었다고 할 수 있겠다. 식민 담론과의 결별, 그 철저한 단절을 욕망했지만 해방 후, 그리고 분단 후 문단은 이에 실패했다. 엄중한 자기반성을 통해 친일행각을 고백하고, 다시 나가고자 했으나 친일을 은폐할 수 있는 반공 논리가 득세했던 것이다. 반공국가를 건설한 반공국민의 양성은, 이를 제도적으로 훈육할 반공문학의 생산을 종용하기에 이른다. 그러니 전후 문학은 반공기획의 산물이라 할 수 있다.

무엇보다 전후 전통의 모색은 상상된 반쪽 민족을 이상적인 공동체로 기획하는 과정에서 발명된 형태라고 볼 수 있다. 근대 문학사에서 전통의 발견은 국민-되기의 상상적 욕망과 관련 있다. 우선 식민지 시기에는 중일전쟁과 대동아전쟁 이후 서구극복 패러다임의 일환으로 제시된 대동아공영권 논리 아래 황국 국민으로의 습합이다. 그리고 한국전쟁 이후 민족의 분열과 반공의 기치 속에서 균질화된 국민의 양성이 그것이다. 물론 강제적이냐 자발적이냐의 문제가 깔려 있지만 근본적으로는 동일시의 논리가 작동했던 것이다. 이후 이승만 독재정권의 붕괴를 가져온 4·19혁명은 문학적 자율성, 곧 자유주의 문학을 추구하고자 하는 열망을 잉태한다. 5·16군사쿠데타에 걸었던 지식인들의 기대가 절망으로 바뀌면서 당대의 예술적 자율성은 서로 다른 방식으로 표출된다. 가령 배타적 민족주의가 구성되어 표면적으로는 문학의 현대성을 강조하지만 결국 국수적 전통론으로 환원된다. 이 때문에 문학사에서 전통지향적이라는 말은 배타적 성격으로 독해되는 등 부정적인 평가를 받기도 했다. 이처럼 이 시대 문학담론의 구성은 국가 체제에 대한 동조이거나 저항의 의미를 띠었다. 그럼에도 오늘에 이르러 꾸준히 그 영역을 지키고 있는 전통서정시는 예술적 자율성이라는 맥락에서 주시할 가치가 있다.

　서정문학의 대표적인 특성인 고백은 국가를 지탱하는 국민 만들기에 일조한다. 가라타니 고진은 "고백이라는 형식 또는 고백이라는 제도가 고백해야 할 내면 또는 '진정한 자기'라는 것을 만들어낸"[7]다고 말한 바 있다. 고백은 그 행위 자체가 아니라 고백이라는 제도 자체가 야기하는 내면의 문제를 가져오기 때문이다. 단순한 고해성사의 차원에서의 고백이 아니라 그것이 하나의 제도로 자리매김하면서 일종의 진실을 만들어내는 것이다. 만들어진 진실은 다른 한편으로 진실의 무화를 추동하게 되고, 실상 '다른 내면'의 공간을 형성하게 된다. 진실의 고백은 항상 다른 진실의 가능성을 폭로하거나 은폐하는 정치적 발설일 수밖에 없다. 고백의 형식을 띤 문학작품의 경우, 그것은 지극히 작가의 자기 표현에 충실한 듯 보이지만 이는 동시에 실상의 작가와는 현저히 다른 세계를 형성하기도 한다. 때문에 작가인 '나'와 작품 속의 '나'를 동일화할 수 있는 근거는 그 무엇도 남지 않는다. 고백적 양식이야말로 가장 허구적인 상상적 진실을 생산하는 방식이며, 이때 개인적 서정 양식에서 말하는 고백은 공동체적인 진실을 추동하는 역할을 담당하게 되는 것이다. 고진의 주장처럼 "항상 패배자만 고백하며 지배자는 고백하지 않는가. 그것은 고백이 왜곡된 또 하나의 권력의지이기 때문이다. 고백은 결코 참회가 아니다. 고백은 나약해 보이는 몸짓 속에서 〈주체〉로서 존재할 것, 즉 지배할 것을 목표로 하고 있다".[8] 그렇기에 고백은 약자가 약자이기를 그치고 사회 속에서 스스로 발화하는 행위다.

---

7) 가라타니 고진, 박유하 옮김, 『일본 근대문학의 기원』, 민음사, 1997, 104쪽.
8) 위의 책, 116쪽.

이런 측면에서 본다면 서정이라는 고백적 양식은 결코 무정치성의 개인적 순수를 표지하는 것이 아니다. 서정이라는 무기로 시대와 응전하거나 때로는 살아남기 위해 결탁하기도 하는 이념적 지향성의 산물인 것이다. 특히 전후 전통서정시라는 이름으로 차용된 고백의 양식으로서의 시는 보다 확장된 새로운 관점에서 이해될 필요가 있다. 고백에 함의된 혁명이나 전복적 사유에 집중해야 하는 것이다. 이처럼 고백은 현실을 살아내는 한 방식이라 했을 때, 서정 양식이야말로 문학과 사회의 긴장관계를 함의한 미학적 혁명의 산물이라 하겠다. 서정이라는 미적 장치는 전통이 지향하는 고착적이고 보수적인 이데올로기 지향성을 은폐하는 데 유용하다. 특히 한국적 서정을 구성하기 위한 전후 시단의 노력은 국가의 재건이나 민족의 결집과 무관하지 않다. 이러한 맥락에서 조지훈의 서정은 한국적 미의식을 모태로 한 지사적이고 선비적인 정신이 투영된 산물이다. 반면 서정주의 서정은 민중 중심의 역사를 만듦으로써 국가의 거대 담론을 문학적 실천으로 보여주는 국가주의자의 면모를 발견할 수 있다. 박재삼의 경우는 스스로 서민의 일원이었던 생애적 조건으로 인해 온몸으로 체화된 민중적 삶의 양상이 고스란히 서정화되어 표출된 형태다. 끝으로 이호우와 이영도는 비판적·전략적으로 시조장르를 차용함으로써 시조문학의 한계를 극복하려 분투했으며, 더불어 냉철한 시대비판과 현실인식을 서정으로 형상하였다.

2. 문학적 자율성과 시적 책무

전후 서정문학의 전통 담론은 문학의 예술적 자율성 문제와 시대와의 응전 방식에 대해 고민하게 한다. 이어령의 지적처럼 "일제는 많은 것을 **빼앗아** 갔지만 가장 중요한 것은 바로 문학을 문학으로서 읽는 재미와 아름다움마저도 **빼앗아** 갔"9)다는 점이다. 전후 서정시는 시적인 아름다움을 창조해 가는 과정이라고 할 수 있다. 이때 자연스럽게 습합되는 것이 문학의 정치적 속성이다. 랑시에르에 따르면, "문학의 정치는 작가의 정치가 아니다. 그것은 작가가 자신이 사는 시대에서 정치적 또는 사회적 투쟁을 몸소 실천하는 참여를 의미하지 않는다. 그렇다고 작가가 저술을 통해 사회구조, 정치적 운동들, 또는 다양한 정체성들을 표상하는 방식을 의미하는 것도 아니다. "문학의 정치"라는 표현은 문학이 그 자체로 정치행위를 수행하는 것을 함축한다".10)

국민 만들기를 위한 국가적 차원의 노력은 교육에서 출발한다. 국어, 국문학이라는 호명은 우리 문학사에서 언어와 고전이 갖는 의미를 확연하게 보여준다. 그것은 '국어국문학회'(1952)의 창립과도 궤를 같이 한다. 대학을 중심으로 균질적 기억을 구성하고 이를 토대로 개인사마저 민족사로 제도화하는 작업이 그것이다. 국가 만들기는 단순히 현대 정치에 부합하는 나라 만들기가 아니라 북한이라는 타자를 외부화시킴으로써 철저한 배타성을 내장한 채 세계적 보편으로 뛰어드는 것을 의미한다. 이러한 논리가 강화될 수밖에 없었던

---

9) 이어령, 「전후 문학과 '우상'의 파괴」, 강진호·이상갑·채호석 편, 앞의 책, 89쪽. 이어령의 지적은 빼아픈 현대사를 통과한 우리 민족의 비극을 잘 진단한 것이다. "분단의 가장 큰 비극 가운데 하나는 문학을 이데올로기화해서 문학의 자율성을 빼앗아버린 데 있지요. 문학의 자유로운 표현이나 주제를 하나의 이데올로기와 몇 개의 절대 언어로 묶어놓은 것이 누구입니까. 식민지 상황과 마찬가지로 분단 상황은 문학이 문학으로서 존재하는 자율성을 막아놓고 오직 이데올로기의 한 통로에만 출입구를 열어놓았던 것이지요."(90쪽)

10) 자크 랑시에르, 유재홍 옮김, 앞의 책, 9쪽.

것은 전세계적 냉전체제의 축소판으로서 존재했던 한반도의 지정학적 위치와도 무관하지 않다. 그러니 배타적 '우리'의 탄생은 공적 기억의 제도화를 구성하기 위한 사적 기억 지우기에서 비롯된다고 해도 과언이 아니다. 때문에 전후 문학적 자율성은 일정 부분 한계를 내장하게 된다.

韓國詩人協會는 一九五七年 二月에 創立結成되었다. 詩人 相互間의 琢磨와 같은 길에 從事하는 同志的 愛情을 敦厚히 하고, 共同의 權益을 擁護함을 目的으로 創立된 詩人協會는 그 發起趣旨에서 다음과 같은 세가지 점을 標榜하였다. / 첫째, 우리나라에는 代表的인 詩團體가 있어 본 적이 없으니, 이러한 詩人의 모임을 우리는 지금이라도 만들어야 한다는 點이다. 이 機會에 詩人의 團體를 만들면 詩人만이라도 大同團結할 수가 있는 것이다. / 둘째, 文藝團體의 分科別 再編成의 機運을 促進하여야 한다는 點이다. 詩人協會는 이러한 方向에 對한 先鞭을 치자는 것이다. / 세째, 文化團體運動의 純化를 企圖하여 먼저 그 運營의 民主化를 志向하고, 不必要한 派爭의 防止를 講究해야 한다는 點이다.11)

한국시인협회는 "동지적 애정"과 "공동의 권익을 수호"하기 위해 시인 단체를 조직한다고 밝힌다. 이들이 표방하는 취지는 "대표적인 시단체"의 필요성과 함께, "문예단체의 분과별 재편성"을 요구하며, "운영의 민주화를 지향하고, 불필요한 파쟁의 방지를 강구"해야 한다고 주장한다. 이처럼 문학 단체가 지향하는 목적과 취지만 보아도 문학 자체가 정치적 산물일 수밖에 없음을 알 수 있다. 김동리의

11) 한국문인협회 편, 앞의 책, 152~153쪽.

말처럼, 이후 "韓國文學家協會는 大韓民國正式政府의 樹立과 함께 이루어졌다". 이는 그의 진단처럼 단순히 시기적 동시성을 말하는 것이 아니라 그들이 지향하는 "精神的 내지 역사적 성격"12)에서도 찾을 수 있다. 한 나라의 정부가 수립되고, 이에 동조하는 문학가 집단이 형성되는 현상은 문학적 자율성의 추구에 있어서는 한계를 갖게 한다. 그가 밝히고 있듯이, 전쟁 이후 한국문단은 정부 산하에 속하게 되면서 국가담론으로부터 자유로울 수 없게 되었던 것이다.

전통은 문화 전반에서 계승할 만한 가치를 찾아내는 작업을 통해 성취된다. 이때 가치란 민족을 대표하는 역사적 주체의 헤게모니로 판별되는 주관적이고 정치적인 평가를 기준으로 한다. 전통은 끊임 없이 지양되는 산물이기에 과거적인 것을 답습하는 것이 아니라 늘 새로움을 내재한 양식이다. 전통은 만들어진 것이지만 재전유될 수 있는 가능성, 즉 시간적 항구성을 통해 '권위적 자명성'을 획득한 경우에 가능하다. 그렇기 때문에 전통으로 차용된 문학 장르 혹은 전통성이나 서정성이라는 개념 자체가 가진 연속성이 분명 존재한 다. 1930년대 전통 구성이 근대성이라는 정치적 좌표에서 구축된 것이라면, 전후 전통은 국가 건설을 통한 세계적 보편 질서에의 편입 을 욕망하는 성격을 띤다. 전통 개념은 새로운 시대의 맥락에 따라 적절하게 절합(articulation)13)되어야 한다. 절합은 독자적인 각 요소

---

12) 김동리, 「韓國文學家協會」, 『解放文學 20年』, 정음사, 1966, 145쪽.

13) 절합은 접합(接合) 또는 분절화(分節化)로 번역되기도 한다. "각 요소와 구조들은 일방적 인 규정 관계나 환원 관계로 결합되어 있는 것이 아니라 상대적인 독자성을 전제로 전체의 구조 속에 분절되어 있다는 것이 알튀세르의 생각이다. 따라서 이러한 접합을 통해 이루어진 전체의 구조에는 특권화된 중심, 다른 부분들을 항상 지배하는 절대적인 중심은 없다. 하지만 전체를 구성하는 각 부분들이 균등한 것은 아니다. 그 부분들은 각기 나름의 구조를 지니며 그 자신의 고유한 시간과 발전의 리듬을 갖고 있다. 그래서 이들 중에는 다른 부분들보다 상대적으로 영향력과 침투력이 우월한 영역이나 요소,

들이 통합적 질서를 구성하는 독특한 연결형식을 말한다. 생성에 유동적으로 대응할 때 전통의 권위에 대한 신뢰가 마련될 것이다. 전통과 근대는 각각 특수한 역사적 맥락 속에 성립하지만, 끊임없이 새로움을 갈망하는 전복의 체계라는 점에서 절합 지점을 구성하고 있다. 중층 결정의 구조적 인과성으로 본 논의를 도식화하면, 전체 구조로서의 전후 서정, 국지적 구조로서의 조지훈, 서정주, 박재삼, 이호우, 이영도 등이 전개한 각각의 담론, 그리고 이를 구성하는 개별적 요소들로 구성된다.

전후 전통 서정시인들의 작업은 개별적이면서 부분을 통한 전체로 구성된다. 개별작가들의 작품은 독자적인 특이성을 갖춘 나름의 질서이면서 전통 서정을 구성하는 전체 원리에 포섭된다. 이들의 변별 지점은 첫째, 현실인식과 이에 대응하는 방식의 차이에 있다. 궁극적으로 서정이란 작가의 세계관 및 가치관을 토대로 구성된다는 점에서 개별 주체에 따라 상이한 좌표에 서게 된다. 조지훈의 경우 서슴지 않고 직언을 하는 등 선비적인 지식인의 태도로 전쟁시와 독재에 항거하는 현실참여적 어조를 보인다. 서정주는 반공을 모토로 한 순수시학을 통해 국가의 구성원으로서의 시인의 자의식을 보여준다. 그리고 박재삼은 현실 순응적 태도와 내면적 자연 공간으로 침잠하는 양상을 보인다.

둘째, 시적 전통성을 구성하는 이데올로기적 차이에 있다. 물론 이러한 갈래는 당대 상황에 대한 인식에서 비롯된다는 점에서 공통성의 층위에 있지만, 이를 시적으로 발화하는 구성적 방식에는 차이를 보인다. 조지훈이 지조론이라는 정신적 경지를 중시한다면, 서정

즉 지배적인 부분이 있을 수 있다." 문성원, 『철학의 시추』, 백의, 1999, 77쪽.

주는 국가 담론에 충실한 관점에서 신라표상을 제시한다. 박재삼은 이들 작가들이 구성한 담론에 무심한 듯하면서도 시작을 통해 경험적 민중성을 구현한다. 이때 박재삼은 개별 주체로서의 경험적 자아와 민족 구성원으로서의 역사적 존재의 경계를 지우고, 이 두 가지 자의식을 시적으로 융합한 결과를 보여준다. 이들이 서로 통합되는 지점은, '전후'라는 맥락과 이 시기 지식인에게 부여된 책무에서 발견할 수 있다. 우선 주체성의 확립이라는 민족적이고 국가적인 과제를 문학적으로 수행하는 일에서 이들은 동일선상에 위치한다. 궁극적으로 시적 전통의 구현은 한국적 시학, 곧 전후 국민국가를 견고히 하는 보편적 시학을 구성하기 위한 움직임이다. 이들 시인의 작업은 동일 장에서 동일한 목적을 수행하기 위한 다양한 방법적 모색이었던 것이다.

셋째, '전통'의 구현을 방법론으로 차용했다는 점에 있다. 비판적 자각 없이 자연과 순수, 그리고 서정과 전통을 동일한 맥락으로 이해하고, 이들의 대립항으로 사회주의 문학을 놓는다는 점에서 유사하다. 또한 전통과 근대의 길항으로 모더니티적 사유를 배척한다는 점에서도 통하는 지점이 있다. 이때 전통을 구성해 나가는 심미적 차이가 각 시인만의 시적 개성을 가능하게 하는 것이다. 전후 서정문학에 있어 전통이란 작가의 치열한 고민의 흔적이다. 현실에 대응하는 문화적 태도를 설정하는 일이며, 동시에 삶을 구성해나가는 방식의 문제이다. 전후 전통주의 시의 중요한 지점은 그 계층의식에서 발견된다. 국민문학파나 문장파와 같은 이전의 전통주의 시와 달리 전후 전통주의 시의 경우 민중성과 연계된다. 가령 이병기 등이 선비의식이나 사대부 생활에 입각한 엘리트적 고전을 복원하여 구성하고자 시도했다면, 전후의 경우 서정주, 박재삼과 같이 '춘향' 등 설화의 차용에서 보여주는 인유는 민중적 삶의 충위에서 민족정신을 발견하고자 하는 시도였다. 이 지점에서 조지훈과 서정주, 그리고 박재삼의 작업이 갖는 변별점이 발견된다. 조지훈의 경우 선비정신의 구현 등 자연에 대한 풍류적 태도와 유기체적 시론에서 볼 때 이전의 전통주의 시가 지향했던 사대부적 엘리트 감각과 맥을 같이 하는 부분이 있다. 그러나 서정주, 박재삼의 경우 민중적 삶의 슬픔 따위를 재구성함으로써 보다 대중적인 전통을 구현한다. 그러나 이러한 변별점은 조지훈의 적극적인 현실참여적 시편에 와서 극복된다. 엘리트적 미의식에 함몰되지 않고, 시대의 운명을 책임지는 지식인의 책무를 스스로 짊어지는 조지훈의 행보는 문학이 스스로 정치적일 수 있다는 평가를 가능하게 한다.

남기혁이 규정한 것처럼 전후 전통주의 시는 이전 세대의 전통시와 몇 가지 측면에서 변화양상을 보인다.[14] 첫째, 1920~30년대 전통주의 시와 달리 이념적 편향성을 탈피하고 예술적 순수성을 지향한다. 이 덕분에 시의 미학적 요소나 그 장르의식에 보다 예각화된 시선을 가질 수 있게 되었다. 가령 시조의 차용 문제를 보자. 단순히 과거 장르의 부활을 통해 형식적인 전통 계승을 욕망하는 데 그치지 않고, 이에 대한 현대적 심미화가 본격화되었느냐의 여부를 통해 두 시대 전통성의 차이를 알 수 있다. 장르 자체가 구성하고 있는 문맥에 집중했던 것이 문장파의 작업이었다면, 전후 서정문학에서는 예술적인 관점에서 주관적 미의식을 구축해 나갔던 것이다. 물론 이때의 순수란 미적 구조의 완결성뿐만 아니라 반공담론에 대한 사

---

14) 남기혁은 다섯 가지 정도로 식민지시기의 전통주의 시와 전후 전통주의 시를 비교하고 있다. 필요에 의해 이를 통합하거나 비판적으로 수용해서 세 가지 정도로 재정리하겠다. 남기혁, 앞의 책(2001), 49~52쪽 참조.

상적 결백을 의미한다. 앞에서 살펴보았듯이 이호우의 시조에서 이 점을 착목할 수 있다. 시조 장르를 통해 현실의 부조리를 폭로하고 나아가 자신의 사상적 결백을 증명했던 것이다.

둘째 언어감각으로, 한국어에 대한 인식의 차이를 통해 시적 감각의 변화상을 검토할 수 있다. 소위 문장파의 작품들은 여전히 의고투의 외피를 벗지 못하고 있다. 그도 그럴 것이 한자 문화권에서 교육받은 세대가 일본어가 국어인 시대를 살아내야 했던 탓에 한글의 미학성이나 능숙한 말부림을 겸비하고 있지 않았던 것이다. 이중언어 세대였던 이들이 해방과 동시에 당위성을 앞세워 한글의 언어미를 발견하는 데 주력했던 것은 주체성 확립의 차원에서도 필요했던 바다. 이는 그 시대가 당대 지식인들에게 요구한 책무 중 하나라 하겠다. 우리말이 갖고 있는 감각적 아름다움을 발견하기 위하여 끊임없이 노력하고 이를 통해 현대적인 시적 표현이 가능해졌기 때문이다. 또한 언어야말로 단기간의 학습으로 온전히 수정될 수 없는 것이라고 했을 때, 오랜 시간 일본어와 한자에 노출되어 있었던 세대에게 한글 글쓰기는 부단한 노력으로 성취 가능한 것이었다.

셋째, 시적 주체의 대상인식 문제이다. 전통주의 시에서 자연은 핵심 소재이다. 시적 구현물로서의 '자연'은 문장파의 그것과 전후 전통주의자들의 그것이 크게 차이나지 않는다. 무엇보다 개별 작품의 성취물로는 충분히 비교 가능하겠지만 세대를 통째로 분류할 만큼의 객관성은 불가능하다. 대신 표현의 한계가 있었던 식민지 시기에는 자연에 국한될 수밖에 없었던 대상 설정이 전후에 와서는 보다 다양한 층위로 확장될 수 있었기에 그 주제적 지향성 역시 서정과 이성의 상호작용을 충분히 발현할 수 있는 것으로 변모할 수 있었다.

전후 상황에서 이들 시인이 놓인 공통적 층위는 시적 발화를 통해 민족정서를 구현하는 것과 반공 이데올로기의 산물로 순수시를 이해한다는 데 있다. 이들에게 시 / 시조는 민족 공동체의 역사에 축적된 정서와 그 사상의 표출이다. 무엇보다 민족의 공통적 정서를 한에서 찾고 있으며, 순수시에서 "순수는 무사상(無思想)의 것이 아니라 시를 예속시키는 사상이 아니고 순화(純化)된 사상"15)을 지향한다는 정치성을 인식하고 있다. 서정이란 잘 꾸민 미적 구조와 언어미학으로 구성되는 것이기도 하지만, 동시에 정체성 등의 존재적 감각을 새롭게 발견하는 데서 발현되는 것이기도 하다.

기본적으로 모든 서정문학은 문학성을 구축해야 한다. 이를 등한시한다면 그것을 굳이 시라는 범주에 포섭하지 않아도 될 것이다. 시 역시 여타의 문학양식과 마찬가지로 체험적 현실인 민중의 삶에서 촉발되어야 한다. 그러나 단순히 현실에 대한 혁명을 추구하는 생경한 구호에 그친다면 문학이랄 수 없으며, 시라는 미학적 장치의 기본적인 정체성을 존중하는 한에서 삶의 진실을 담아야 하는 것이다. 식민지와 한국전쟁의 잔혹성, 그리고 4·19혁명의 당위성을 고발하는 것도 중요하지만,16) 그것이 기본적으로 시적 미학을 통해 구성되지 않는다면 굳이 시로 표현되어야 할 필요는 없다. 극단적으로 말해 서정의 가치는 시적인 것을 구성하는 내용과 형식의 미학에서 발현되는 것이기 때문이다.17)

---

15) 조지훈, 「해방시단의 과제」, 『문학론』(전집 3), 224쪽.

16) 이남호는 1950년대 초 우리 문학의 전선문학화에 대해 비판한다. "전쟁상황은 우리 문학사의 파행적 전개, 그 불구의 변증법적 발전마저 억압"했다는 것이다. 전선문학화는 "우리 문학사의 흐름을 결정적으로 약화시켰"으며, "좌익문학을 비롯하여 역사와 현실에 관심을 두는 문학의 극단적 빈곤을 초래"했다는 이유에서다. 이러한 측면에서 전통서정시가 구성한 시적 자율성의 확보는 중요한 의미를 갖는다. 이남호, 「1950년대와 전후세대 시인들의 성격」, 송하춘·이남호 편, 『1950년대의 시인들』, 나남출판, 1994, 11쪽.

17) 이러한 맥락에서 문학연구는 개별 작가에 대한 작품 연구를 토대로 다층적으로 구성되어

전통은 과거에의 회귀나 탐색이 아니라 문학의 '지금'과 내일의 가능성을 진단하기 위해 필요하다. 필연적으로 전통주의에 대한 평가는 논자의 역사의식에서 비롯된다. "특수한 생활세계에서 보편성이 부상하는 순간"[18] 가치의 충돌은 불가피하며 보편적 질서에 부합하기 위해 타자의 논리에 길들여지게 된다. 역설적이게도 전통의 가능성은 문학적 보편성을 획득할 때 발현된다. 문학의 항구성이 가능하기 위해서는 그것의 보편성이 획득되어야 하기 때문이다. 서정주가 신라정신을 그토록 외쳤던 까닭도, 조지훈이 민족정신과 문학적 지향성을 구체화하고자 했던 지난한 작업도 결국은 공백의 역사를, 단절의 민족성을 새롭게 구성하기 위함이었다. 이들 선자의 작업은 후배 세대인 박재삼에 와서 보다 완결된 미적 구조물로 탄생하게 된다. '전통' 창안이라는 동일 과제에서 시작된 이들의 작업은 조력과 대립 혹은 비판적 수용을 거듭하면서 문학사의 한 장을 구성하였던 것이다.

더불어 3부에서는 이호우와 이영도의 작품을 통해서 전후 현대시조의 현실인식 양상을 고찰하였는데, 이들의 작업을 통해서 시조라는 문학적 도구 역시 저항적이고 비판적인 시대인식과 역사의식을 표출하는 데 부족함이 없다는 사실을 확인할 수 있었다. 전후 현대시조라는 문학적 장치는 단순히 전통적 시가장르를 계승한다는 데에 자족하지 않는다. 시조문학은 전통 장르라는 수식 너머의 새로운 정체성을 구성하는 데 일익을 담당했던 것이다. 시조에 대한 편견을

야 한다. 절대화된 대문자 문학사에 대한 문제제기는 좋은 작품을 생산했음에도 여러 가지 이유로 조명되지 않은 작가에 대한 꾸준한 연구를 통해 이루어져야 한다. 그런 측면에서 최근 몇 년간 지역자치의 일환으로 상업적·문화적으로 시행되고 있는 문학관 건립은 소외된 비주류 문학인의 발굴에 시발점이 되고 있다고 평가할 수 있다.

18) 슬라보예 지젝, 정일권·김희진·이현우 옮김, 『폭력이란 무엇인가』, 난장이, 2011, 213쪽.

불식하기 위해서는 현대시조의 자취를 진단하는 일이 선행되어야 할 것이다. 이러한 반성적 고찰을 통해서 시조문학의 새로운 좌표를 구성할 때 오늘의 문학으로 정위할 수 있을 것이다.

이처럼 이 책의 논의에서 전통은 절대적 원형이 아니라 만들어지는 것임을 조지훈, 서정주 그리고 박재삼의 작업을 통해 확인할 수 있었으며, 아울러 이호우와 이영도의 문학적 성취에서 전위적 가치를 추구하는 시조문학의 의의를 간취할 수 있었다. 시문학사를 이해함에 있어서 시적 전통을 구성하기 위한 서정주의 미적 작업과 조지훈의 정신적 산물, 그리고 민족사의 고난을 주체의 입장에서 예술적으로 승화하고자 한 박재삼만으로는 절름발이 문학사일 뿐이다. 마찬가지로 이호우와 이영도가 구축한 전후 현대시조의 역량 역시 현대시조의 총체라고 볼 수 없다. 그렇기에 이들이 구성해 나가고자 애썼던 전통은, 현대를 살아내는 일방식일 뿐 절대적인 해답일 수 없다. 당연하게도 이들의 전통론은 그 대응 관계에 있는 모더니티를 부각시키는 의도치 않은 역할도 수행했지만, 문학 창작과 일정한 이데올로기적 지향성을 욕망하는 정치적 담론의 한계를 시사하기도 한다. 지금—여기의 자리를 끊임없이 의심하는 일이 모더니티적 사유라고 한다면 일련의 전통주의자들이 지향했던 바는, 오늘의 자리를 보다 견고하게 만들기 위한 덧바르기 작업이었다는 점에서 아쉬운 측면이 있다.

그러나 기본적으로 전통 탐구는 주체의 자리를 확립하려는 움직임이기에 분열과 해체의 시대를 살아내는 오늘에 와서는 그 정치적 쓰임을 떠나 긍정적인 가능성을 생산할 수 있으리라 믿는다. 국경 없는 세계사의 시대이지만 은폐된 배타성은 보다 견고한 벽을 쌓고 있다. "'문학의 정치'라는 표현은 문학이 시간들과 공간들, 말과 소음,

가시적인 것과 비가시적인 것 등의 구획 안에 문학으로서 개입하는 것을 의미한다. 문학의 정치는 실천들, 가시성 형태들, 하나 또는 여러 공동 세계를 구획하는 말의 양태들 간의 관계 속에 개입한다."19) 때문에 가시적으로는 식민과 다른 이름으로 타자를 포섭하겠지만 종국에는 개별 국가의 국민성은 지워지게 된다. 세계사를 구성하는 수많은 민족들의 이질성을 삭제하고 그 자리에 가장 힘 있는 제1 국가의 논리를 강제하게 되는 것이다. 교묘한 신식민의 상황이라 할 수 있는 작금에 와서, 배타적 민족성이 아닌 주체 확립을 위한 도구적 민족성이 요청되는 바다. 이때 도구적 민족성이란 국가와 국민의 안녕 및 그 문화적 독자성을 유지하기 위한 최소한의 요소라고 해 두자. 이때 문학은, 보다 개방적 위치에서 오늘의 담론을 구성해 나가야 하며, 선자들이 고민했던 시적 전통 역시 논의의 한 축이 되어야 할 것이다. 다양성이 인정받을수록 문화는 성장하게 된다. 그것은 보다 나은 단계로의 도약이 아니라 자발적인 힘에 의한 전위적 진보다. 문화는 그 우수함의 정도를 평가할 수 있는 것이 아니라 개별 문화의 특수성을 통해서 보편을 욕망하는 긴장상태를 유지해야 한다.

3. 에필로그: 전후 감수성과 태도로서의 서정

이 책에서는 식민지와 한국전쟁, 그리고 독재로 이어지는 역사의 소용돌이 속에서 서정문학의 역할은 무엇이며, 시적 담론은 어떻게

---

19) 자크 랑시에르, 유재홍 옮김, 앞의 책, 12쪽.

형성되는가에 대한 물음에서 출발하였다. 시적 발화는 공동체가 겪은 역사적 현실과 개인의 경험이 어떤 방식으로 표출되는가에 따라 다양하게 구성된다. 이런 점에서 서정문학은 시인이 하나의 태도를 발현하는 도구다. 때문에 시인이란 그 존재 자체가 이미 시대에 응전하는 하나의 태도라 할 수 있다. 시의 미적 자율성을 추구하는 것 역시 이러한 태도가 반영된 것이라 볼 수 있다. 세계를 어떤 방식으로 재현할 것인가는 시인의 사상적 지향성이나 예술적 상상력에 따라 상이하게 표출되기 때문이다.

특히 전후는 전쟁으로 인한 불신과 우울, 그리고 불안이나 공포 따위가 점철된 시기였다. 전통서정시는 전후 시문학사를 구성하는 키워드 중 하나로, 시대와 존재에 대한 고민의 흔적이다. 그렇기에 그것 자체가 이미 세계와 길항하면서 조화를 갈망하는 시적 태도의 일종이라 하겠다. 더구나 민족 정체성을 획득하기 위해 특수로서의 보편을 열망한다는 점에서 이러한 태도가 일정한 운동성을 구성하고 있음을 고찰할 수 있다. 그러나 전통과 서정이 결합된 이 수사에 대한 비판적 점검 없이 문학사가 기술됨으로써 '서정시' 자체를 낡고 고루하며 보수적인 양식으로 접근하는 일면이 있다. 또한 전통담론의 개념이나 그 형성에 대한 면밀한 검토 없이 일종의 수사로 차용하는 데 그쳐 그 발생 장에 대한 충분한 진단이 미흡한 실정이다.

담론이란 일종의 지향성을 목적으로 한다는 점에서 이데올로기적이며, 의식을 결정짓는 구조이자 메시지 자체이다. 전통은 전후 상황에서 형성된 담론체계의 하나다. 이는 강한 국가를 건설하는 일과 지향점을 같이 하면서, 반공을 대타항으로 상정하게 된다. 그렇기에 전통 담론은 과거적 유산을 현재화하는 복원에 그치지 않고, 이를 토대로 현재를 구성해 나가기 위해 복무하게 되는 것이다. 특히 시문학에서 전통 담론은 우리 문학의 자율성을 확보하고, 순수문학을 중심으로 사회주의 문학에 대한 일종의 반공문학의 성격을 형성하게 된다. 즉 전후 문단에서 전통은 모더니티에 대항하는 순수문학의 정당성이자, 반공을 구현하는 문학적 시도였던 것이다.

전체 논의를 통해 시문학사에서 전통담론이 형성된 과정을 검토하였다. 시 전반에 있어서 전통의 문제를 진단하고, 서정시와 결합함으로써 형성되는 전통서정시의 특성을 도출했다. 그리고 전후 전통 담론이 전개된 추이를 좇고, 그 계승과 단절의 논리를 분석하였다. 동일한 장(場)에서 이들이 보여준 상이한 응전 방식을 진단하는 일은 전통이 함의한 다양한 문맥을 검토하는 일이기도 하다. 조지훈은 민족주의자의 입장에서 전통 계승론적 입장을 취했으며, 서정주는 국가주의자로서 반공의 정치학을 토대로 전통 계승론을 전개한다. 그리고 박재삼의 경우, 문화적이고 민중적인 공동체의 연속성을 열망하는 관점에서 전통을 계승하였다.

부르디외의 '문화자본'을 통해 이들 시인의 전통인식의 특이성을 살펴보면, 서로 다른 경험 층위 및 지위에 처해 있었기에 이들이 향유할 수 있었던 문화자본 역시 상당한 차이를 보인다. 서정주와 조지훈이 엘리트 계층에 속하는 지식인이거나 이미 문단 기득권을 획득한 부류였다고 한다면, 박재삼은 그의 전 생애가 서민의 그것이었기에 궁극적으로 문화자본을 획득하기에는 어려움이 컸다. 이러한 간극이 이들 사이의 전통인식의 차이점을 양산하게 되었다고 보아도 무방할 것이다. 그러니 조지훈이나 서정주 등이 엘리트의식에 일정 부분 갇혀 있었다면, 박재삼은 그가 처한 환경으로 인해 보다 다양한 스펙트럼을 형상할 수 있었다. 특히 그의 가족사적 체험은 묘하게 한국 근대사와 오버－랩 되어 그만이 표현할 수 있는 슬픔의 미학을 구성하게 되었던 것이다.

이처럼 전후 시문학에 있어서 전통이 어떻게 구성되었는가를 개별 작가를 통해 살펴보았다. 먼저 전후적 상황에 대한 현실 인식과 주체구성에 있어서 조지훈은 직언을 통해 적극적인 현실 개입을 보이는 등 저항하는 지식인의 면모를 보였다. 반면 서정주는 국가주의 이데올로기에 동조하면서 반공의 시학으로서의 순수시를 주장한다. 무엇보다 서정주는 친일의 흔적을 지우기 위해 스스로 반성의 주체가 되어 반공 담론으로서의 문학적 실천을 전통서정시를 구성하면서 성취하게 된다. 박재삼의 경우는, 전통문화를 계승·발전시킴으로써 민족적이고 민중적인 가치를 지향하지만, 현실 순응적이고 내향적인 응전 태도로 일관한다. 다음으로 전통담론의 이데올로기적 지향성과 시적 구성에 있어서 조지훈은 지조론을 토대로 한 민족정서의 강화를 주장한다. 그리고 서정주는 신라정신으로 표상되는 영원의 세계로서의 상상적 전통을 기획함으로써 시적 전통을 구성하는 데 있어서 가장 적극적인 면모를 보인다. 박재삼은 체화된 민중성을 바탕으로 한의 시학을 구현하는 데 천착한다. 끝으로 시의 공간과 서정의 원리에서 조지훈은 우주적 질서이자 시의 원리로서의 자연 시학을 통해서 제2의 자연으로서의 서정시를 창작했음을 밝혔다. 서정주는 순수시의 서정적 감각을 토대로 시의 질서를 발견하고, '춘향'의 시적 변용을 꾀한다. 박재삼의 경우는 회귀적 시간의식을 토대로 유년의 기억을 재구성하고, 민족시학으로서 시조 장르의 차용을 보인다.

아울러 이호우와 이영도의 작업을 통해서 전후 현대시조의 현실 인식 양상을 고찰하였다. 흔히들 현대시조를 시조라는 장르적 전통성에 함몰된 고루하고 편협한 서정 양식으로 오해한다. 물론 이러한 편견을 양산한 것 역시 시조문단이라는 데는 이견이 없을 것이다. 그럼에도 오늘의 시조는 혁신하고 있다. 이때 이호우와 이영도의 시적 성취가 시사하는 바가 있는 것이다.

전후라는 역사적 특수성을 이해하고, 사회와 문학의 영향관계에서 문학적 자율성과 문학인의 책무를 검토했다. 남북으로 분단된 상황에서 배타적 국민국가를 건설해야 하는 과업을 실행하기 위해서 강력한 반공 이데올로기가 작동하게 된다. 이러한 정치적 현실을 바탕으로 조지훈, 서정주 그리고 박재삼이 각각 전통 담론을 구성하는 지점을 검토할 수 있었다. 이들은 전후의 불안과 공포를 극복하고, 민족 주체성을 확립하기 위한 시적 응전을 시도한다. 이처럼 시적 담론을 구성하는 주체와 이데올로기, 그리고 언어적 속성이라는 제 요소를 활용하여, 전후 조지훈과 서정주, 박재삼의 전통 담론을 분석했다. 이들은 각자 개성 있는 문학적 성과를 획득했을 뿐만 아니라, 문학사적인 맥락에서도 공동의 담론을 생산해 냈다. 또한 서정시의 원리에 따라 시적 전통을 구성하는 접점에 있으면서도, 그 현실인식과 이데올로기적 지향성의 차이로 인해 전혀 다른 좌표에 존재하기도 한다. 이러한 절합(articulation)의 형식체계로 전후 서정시의 전통 담론이 구성되었던 것이다.

전후 전통 서정시인들의 작업은 개별적이면서 부분을 통한 전체로 구성된다. 개별작가들의 작품은 독자적인 특이성을 갖춘 나름의 질서이면서 전통 서정을 구성하는 전체 원리에 포섭된다. 이들이 서로 통합되는 지점은, '전후'라는 맥락과 이 시기 지식인에게 부여된 책무에서 발견할 수 있다. 우선 주체성의 확립이라는 민족적이고 국가적인 과제를 문학적으로 수행한다는 점이 그렇다. 둘째, '전통'의 구현을 방법론으로 차용했다는 점이다. 비판적 자각 없이 자연과 순수, 그리고 서정과 전통을 동일한 맥락으로 이해하고, 이들의 대립 항으로 사회주의 문학을 놓는다는 점에서 유사하다. 또한 전통과 근대의 길항으로 모더니티적 사유를 배척한다는 점에서도 통한다.

반면 이들의 독자성은 첫째, 현실인식과 이에 대응하는 방식의 차이에 있다. 궁극적으로 서정이란 작가의 세계관 및 가치관을 토대로 구성된다는 점에서 개별 주체에 따라 상이한 좌표에 서게 된다. 둘째, 시적 전통성을 구성하는 이데올로기적 차이에 있다. 물론 이러한 갈래는 당대 상황에 대한 인식에서 비롯된다는 점에서 공통성의 층위에 있지만, 이를 시적으로 발화하는 구성적 방식에는 차이를 보인다. 조지훈이 민족주의적 관점에서 지조와 같은 정신적 경지를 중시한다면, 서정주는 국가주의 담론에 충실한 신라표상을 제시한다. 박재삼은 한(恨)의 시학을 중심으로 생활세계에 집중하여 경험적 시작(詩作)을 함으로써 민중성을 구현한다. 이때 박재삼은 개별 주체로서의 경험적 자아와 민족 구성원으로서의 역사적 존재의 경계를 지우고, 이 두 가지 자의식을 시적으로 융합한 결과를 보여준다.

본질적으로 모든 시는 서정에서 출발해야 한다. 전통시가 아니라 전통서정시라 명명되는 것부터 서정에는 민족정서 혹은 공동체 정신이 함의되었다고 볼 수 있다. 문학, 특히 시를 이해하는 데 있어 지나치게 많은 수식이 필요해진 시대다. 시는 그것 자체로, 서정인 채로 받아들여져야 한다. 이 책에서는 전후 문학 장에서 전통이 구성되는 사례를 조지훈, 서정주 그리고 박재삼의 텍스트를 통해 고찰하였다. 이러한 작업은 대문자(보편적) 문학사의 필요성과 한계를 인식함으로써 개별 작가의 작품에 대한 연구가 보다 치밀하게 진행되어야 한다는 과제를 남긴다. 아울러 전후 전통 담론의 전과 후를 역사적 연속성으로 파악하고, 이를 통해 전체 시문학사를 조망하는 작업

또한 남겨둔다.

더불어 그간 전후적 맥락에서 충분히 검토되지 못한 시조문학의 응전을 이호우와 이영도의 시적 성취를 통해서 고찰하였다. 이들의 작업은 시조 장르에 대한 편견과 오해를 불식시키기에 충분하며, 정치적 혼란과 반공 이데올로기가 득세했던 현대사의 부조리를 폭로·비판함으로써 시조문학의 또 다른 가능성을 제시했다고 평가할 수 있다. 이러한 현대시조에 대한 탐구가 현대문학 연구 장에서 보다 활발하게 수행되어야 할 것이다.

참고문헌

1. 기초 자료

민병도·문무학 편저, 『이호우시조전집』, 그루, 1992.

박재삼, 『춘향이 마음』, 신구문화사, 1962.

_____, 『빛과 소리의 풀밭』, 고려원, 1978.

_____, 『내 사랑은』, 영언문화사, 1985.

_____, 『아름다운 삶의 무늬』, 어문각, 1986.

_____, 『박재삼 시전집』 1, 민음사, 1998.

_____, 『내 사랑은』, 태학사, 2006.

_____, 『삶의 무늬는 아름답다』, 경남, 2006.

_____, 『박재삼 시전집』, 경남, 2007.

서정주, 『서정주시선』, 정음사, 1956.

_____, 『신라초』, 정음사, 1960.

_____, 『시문학개론』, 정음사, 1961.

_____, 『동천』, 민중서관, 1968.

_____, 『서정주 문학 전집』 1~5, 일지사, 1972.

_____, 『시문학원론』, 정음사, 1972.

_____, 『미당 시전집』 1~3, 민음사, 1994.

이영도, 『靑苧集』, 문예사, 1954.

_____, 『석류』, 중앙출판공사, 1968.

_____, 『언약』, 중앙출판공사, 1976.

_____, 『보리고개』, 민병도 엮음, 목언예원, 2006.

이호우, 『이호우시조집』, 영웅출판사, 1955.

_____, 『휴화산』, 중앙출판공사, 1968.

_____, 『삼불야』, 민병도 엮음, 목언예원, 2012.

조지훈, 『청록집』, 을유문화사, 1946.

_____, 『풀잎단장』, 창조사, 1952.

_____, 『조지훈 시선』, 정음사, 1956.

_____, 『역사 앞에서』, 신구문화사, 1959.

_____, 『여운』, 일조각, 1964.

_____, 『조지훈 전집』 1~9, 나남출판, 1996.

조지훈·박두진·서정주, 『시창작론』 선문사, 1955.

2. 논문

강경화, 「1950년대의 비평인식과 실현화 연구」, 성균관대 박사논문, 1998.

고봉준, 「서정시 이론의 성찰과 모색」, 『한국시학연구』 20, 한국시학회, 2007.

고 은, 「실내작가론(10): 박재삼편」, 『월간문학』, 1970.1.

고현철, 「서술시의 소통구조 연구」, 『한국문학논총』 21, 한국문학회, 1997.

_____, 「동양의 탈근대적 주체 모색과 양가성」, 『한국문학논총』 24, 한국문학회, 1999.

_____, 「한국 현대 서술시의 서술방식 연구」, 『인문논총』 55, 부산대학교,

2000.

_____, 「서정주『질마재 신화(神話)』의 장르 패러디 연구」,『현대문학의 연구』 31, 한국문학연구학회, 2007.

김강제, 「박재삼 시 연구」, 동아대 박사논문, 2000.

김동식, 「한국문학 개념 규정의 역사적 변천에 관하여」,『한국현대문학연구』 30, 한국현대문학회, 2010.

김문주, 「한국 현대시의 풍경과 전통」, 고려대 박사논문, 2005.

김설아, 「박재삼 시 연구」, 숙명여대 석사논문, 1999.

김성리, 「예술가의 삶의 형상화와 그 의미」,『한국문학논총』 53, 한국문학회, 2009.12.

김영범, 「전후담론과 주체구성 양상」,『한어문교육』 22, 한국언어문학교육학회, 2010.

김윤성, 「六·二五와 文壇」,『해방문학 20년』, 정음사, 1966.

김은경, 「한국 근대시에 나타난 한의 미학 연구」, 건국대 석사논문, 2001.

김은석, 「1950년대 전통 서정시 연구」, 동국대 석사논문, 2008.

김종호, 「현대시의 원형심상 연구: 박재삼, 박용래, 천상병의 시세계를 중심으로」, 강원대 박사논문, 2006.

김주현, 「박재삼 시 연구」, 경희대 석사논문, 2002.

김주현, 「1960년대 소설의 전통 인식 연구」, 중앙대 박사논문, 2006.

김진희, 「현대시조의 율격 변이 양상과 그 의미」,『洌上古典研究』 39, 열상고전연구회, 2014.

김팔봉 외 6인, 「한국문학의 현재와 장래」,『사상계』, 1955.2.

남기혁, 「서정주의 동양 인식과 친일의 논리」,『국제어문』 37, 국제어문학회, 2006.

_____, 「서정주의 '신라정신'론에 대한 재론」,『한국문화』 54, 서울대 규장각

한국학연구원, 2011.

남진숙, 「한국 전후시에 나타난 몸에 대한 표상과 그 의미」, 『한국문학이론과
　　　비평』 48, 한국문학이론과비평학회, 2010.

문무학, 「이호우 시조론 연구」, 『향토문학연구』 12, 향토문학연구회, 2009.

민병기, 「청록파시의 혈연성」, 『어문논집』 23, 안암어문학회, 1982.

_____, 「1950년대의 시와 6.25」, 『어문논집』 32, 안암어문학회, 1993.

_____, 「한국의 자유시와 정형시의 관계」, 『한국시학연구』 4, 한국시학회,
　　　2001.

박미영, 「북한에서의 창작 시조 전개와 의의」, 『한국시가연구』 33, 한국시가
　　　학회, 2012.

박연희, 「서정주 시론 연구」, 『한국문학이론과 비평』 37, 한국문학이론과 비
　　　평학회, 2007.

_____, 「한국 현대시의 형성과 자유주의 시학」, 동국대 박사논문, 2011.

박용찬, 「해방기의 시조담론과 시조문학교재의 양상」, 『시조학논총』 29, 한
　　　국시조학회, 2008.

_____, 「이호우 시조의 변모와 매체」, 『시조학논총』 32, 한국시조학회, 2010.

박유미, 「1950년대 전통서정시 연구」, 성신여대 박사논문, 2002.

박용철, 「후기」, 『시문학』 창간호, 1930.3.

박정선, 「민족국가의 시쓰기와 탈식민의 수사학」, 『민족문학사연구』 38, 민
　　　족문학사학회, 2008.

박정애, 「전후 여성 작가의 창작 환경과 창작 행위에 관한 자의식 연구」, 『아
　　　시아여성연구』 41, 아세아여성문제연구소, 2002.

박진희, 「박재삼 시에 나타난 사랑의 구현양상 연구」, 대전대 석사논문, 2008.

박현수, 「서정주와 미학적 기획으로서의 신라정신」, 『한국근대문학연구』 14,
　　　한국근대문학회, 2006.

박훈하, 「전통과 근대의 간극과 님의 부재 시학」, 『국어국문학지』 32, 문창어
　　　문학회, 1995.

_____, 「1950년대 소설담론의 주체형식 연구」, 부산대 박사논문, 1997.

_____, 「문학적 기록으로서의 1950년대 '부산'과 기억의 현상학」, 『한국문학
　　　논총』 40, 한국문학회, 2005.

서정주, 「신라인의 지성」, 『현대문학』, 1958.1.

신미경, 「이영도 시조의 주제별 분석」, 『청람어문교육』 2, 청람어문학회, 1989.

신상초, 「자유주의의 종연」, 『사상계』, 1955.2.

여지선, 「1950년대 시의 전통성 연구」, 건국대 석사논문, 1997.

_____, 「한국 근대시에 나타난 전통론과 전통 수용 양상 연구」, 건국대 박사
　　　논문, 2004.

여태천, 「박재삼의 시와 서정의 문법」, 박재삼기념사업회, 『박재삼 시연구』,
　　　경남, 2009.

_____, 「1930년대 조선어의 위상과 현대시의 형성과정」, 『한국시학연구』
　　　27, 한국시학회, 2010.

염창권, 「이호우시조연구」, 『청람어문교육』 4, 청람어문학회, 1991.

오승희, 「현대시조의 공간연구」, 동아대 박사논문, 1991.

오정국, 「한국 현대시의 설화수용양상 연구」, 중앙대 박사논문, 2002.

오정석, 「박재삼 시 연구: 세계인식의 변모 양상을 중심으로」, 경희대 석사논
　　　문, 1998.

유성호, 「이호우 시조의 방법과 위상」, 『한국시학연구』 36, 한국시학회, 2013.

유지화, 「이영도 시조 연구」, 『시조학논총』 42, 한국시조학회, 2015.

윤석진, 「박재삼 시의 문체 연구」, 전남대 석사논문, 2005.

윤종영, 「1950년대 한국 시정신 연구」, 대전대 박사논문, 2005.

윤지영, 「김기림 초기작의 시선과 목소리」, 『한국문학논총』 52, 한국문학회,

2009.8.

이경영, 「이영도 시조의 생명성 연구」, 경기대 석사논문, 2011.

이경철, 「한국 순수시의 서정성 연구」, 동국대 박사논문, 2007.

이광호, 「박재삼 시 연구: 초기시의 어조와 운율 분석」, 고려대 석사논문, 1987.

＿＿＿, 「恨과 지혜」, 『울음이 타는 가을江』 해설, 미래사, 1991.

이명희, 「한국 현대시에 나타난 신화적 상상력 연구: 서정주, 박재삼, 김춘수, 전봉건을 중심으로」, 건국대 박사논문, 2002.

이민호, 「전후 현대시에 나타난 정치적 무의식과 기호적 주체 연구」, 『기호학 연구』 40, 한국기호학회, 2014,.

이봉래, 「신세대론: 작가를 중심으로 한 시론」, 『문학예술』, 1956.4.

＿＿＿, 「전통의 정체」, 『문학예술』, 1956.8.

이봉범, 「잡지『문예』의 성격과 위상」, 『상허학보』 17집, 상허학회, 2006.

이상숙, 「박재삼 시의 이미지 연구: 초기 시에 나타난 〈물〉을 중심으로」, 고려대 석사논문, 1993.

＿＿＿, 「우리 시의 한자어와 그 운용의 미학」, 『현대문학이론연구』 16호, 현대문학이론학회, 2001.

이성교, 「1950년대 〈현대문학〉 출신들과 명동 풍경」, 『문단유사』, 월간문학 출판부, 2002.

이숙례, 「이영도 시조 연구」, 『어문학교육』 24, 한국어문교육학회, 2002.

＿＿＿, 「이영도 시조의 특성 연구」, 『어문학교육』 28, 한국어문교육학회, 2004.

＿＿＿, 「한국 여성시조의 변모양상 연구」, 동의대 박사논문, 2007.

이어령, 「우상의 파괴: 문학적 혁명기를 위하여」, 『한국일보』, 1956.5.6.

＿＿＿, 「화전민 지대」, 『경향신문』, 1957.1.11~12.

＿＿＿, 「현대의 악마: 오늘의 문학과 그 근거」, 『신군상』, 1958.1.

_____, 「주어 없는 비극」, 『조선일보』, 1958.2.10~11.

이영지, 「이영도 시조와 황진이 시조의 유사성과 상이성」, 『새국어교육』 46, 한국국어교육학회, 1990.

이재봉, 「근대적 '시간' 관념과 문학의 존재방식」, 『한국문학논총』 37, 한국문학회, 2004.

_____, 「근대의 지식체계와 문학의 위치」, 『한국문학논총』 52, 한국문학회, 2009.

_____, 「틈새 인간의 말더듬이 존재론」, 『현대문학이론연구』 43, 현대문학이론학회, 2010.

이현정, 「박재삼 시 연구: 담화구조를 중심으로」, 숙명여대 석사논문, 2000.

임곤택, 「조지훈 시 연구」, 고려대 석사논문, 2006.

_____, 「한국 현대시에 나타난 전통의 미학적 수용 양상 연구」, 고려대 박사논문, 2011.

_____, 「1950년대 현대시조론 연구」, 『한국시학연구』 40호, 한국시학회, 2014.

임종찬, 「의미연결에서 본 정운 이영도 시조 연구」, 『시조학논총』 28, 한국시조학회, 2008.

장세진, 「상상된 아메리카와 1950년대 한국 문학의 자기 표상」, 연세대 박사논문, 2007.

장성규, 「리얼리즘 문학의 연속성과 전후문학의 재인식」, 『우리문학연구』 27, 우리문학회, 2009.

전승주, 「1950년대 批評에서의 '現代性' 인식」, 『어문연구』 30, 한국어문교육연구회, 2002.

전영주, 「1950년대 시의 전통성 연구」, 동국대 박사논문, 2000.

정대호, 「이호우 시조에 나타난 비극성의 고찰」, 『어문학』 77, 한국어문학회, 2002.

정병욱, 「고전과 현대문학의 제과제」, 『자유문학』, 1956.12.

_____, 「우리 문학의 전통과 인습」, 『사상계』, 1958.10.

정영애, 「박재삼 시의 상상력 연구」, 조선대 박사논문, 2009.

정영진, 「1950년대 시문학의 '지성' 담론 연구」, 건국대박사논문, 2012.

정지용, 「시선후」, 『문장』, 1940.2.

조동화, 「이영도 시조, 그 사상의 발자취」, 『향토문학연구』 12, 향토문학연구
　　　회, 2009.

조두섭, 「이호우 시조의 서정성, 비동일화의 역동성」, 『인문과학연구』 20, 대
　　　구대인문과학예술문화연구소, 1999.

조연현, 「민족적 특성과 인류적 보편성」, 『문학예술』, 1957.8.

조윤제, 「현대문학의 전통론」, 『자유문학』, 1958.5.

_____, 「고전문학과 현대문학」, 『문예』, 1953.2.

조지훈, 「약력과 느낌두셋」, 『문장』, 1940.3.

_____, 「서창집: 역일시론」, 『동아일보』, 1940.7.9.

조춘희, 「운초 시조의 실험성과 시적 주체 연구」, 부산대 석사논문, 2006.

차승기, 「동양적인 것, 조선적인 것, 그리고 『문장』」, 『한국근대문학연구』 21,
　　　한국근대문학회, 2010.

차혜영, 「'조선학'과 식민지 근대의 '지'의 제도: 『문장』을 중심으로」, 『국어
　　　국문학』 140호, 2005.

최일수, 「우리문학의 현대적 방향」, 『자유문학』, 1956.12.

_____, 「문학상의 세대의식」, 『지성』, 1958.

최성실, 「1950년대 한국 전후 문학비평과 문화담론」, 『아시아문화연구』 17,
　　　아시아문화연구소, 2009.

최승호, 「이호우 시조에 나타난 생명의 미학」, 『우리말글』 14, 우리말글학회,
　　　1996.

최진송, 「1950년대 전후 한국 현대시의 전개 양상」, 동아대 박사논문, 1994.

최호빈, 「김영랑 시의 서정성 연구」, 『어문논집』 64, 민족어문학회, 2011.

하재연, 「1930년대 조선문학 담론과 조선어 시의 지형」, 고려대 박사논문, 2007.

한교석, 「전통과 문학」, 『사상계』, 1955.7.

한명희, 「박재삼 시 연구」, 『한국시학연구』 15, 한국시학회, 2006.

한수영, 「두 개의 전쟁, 하나의 인식」, 『민족문학사연구』 46, 민족문학사학회·민족문학사연구회, 2011.

홍기삼, 「한국문학 전통과 현대적 계승」, 『한국문학연구』 20집, 동국대학교 한국문학연구소, 1998.

황인원, 「1950년대 시의 자연성 연구」, 성균관대 박사논문, 1998.

홍성란, 「박재삼 시 연구: 죽음 인식과 죽음 이미지의 변모양상을 중심으로」, 경기대 석사논문, 1998.

3. 단행본

고석규, 『여백의 존재성』, 지평, 1990.

고 은, 『1950년대』, 향연, 2005.

곽종원, 「朝鮮靑年文學家協會」, 『해방문학 20년』, 정음사, 1966.

권명아, 『가족이야기는 어떻게 만들어지는가』, 책세상, 2000.

권혁웅, 『시적언어의 기하학』, 새미, 2001.

강진호·이상갑·채호석 편, 『증언으로서의 문학사』, 깊은샘, 2003.

김건우, 『사상계와 1950년대 문학』, 소명출판, 2003.

김동근, 『서정시의 기호와 담론』, 국학자료원, 2001.

김수이, 『서정은 진화한다』, 창비, 2006.

김예림, 『문학 속의 파시즘』, 삼인, 2001.

김용직, 『한국시와 시단의 형성 전개사』, 푸른사상, 2009.

김윤식, 『1950년대 문학연구』, 예하, 1991.

_____, 『한국현대문학비평사론』, 서울대학교 출판부, 2000.

김정자, 『韓國女性小說研究』, 民知社, 1991.

김준오, 『현대시와 장르비평』, 문학과지성사, 2009.

김종길, 「한국시에 있어서의 비극적 황홀」, 『진실과 언어』, 일지사, 1974.

김지영, 『연애라는 표상』, 소명출판, 2007.

김현자, 『현대시의 서정과 수사』, 민음사, 2009.

남기혁, 『한국 현대시의 비판적 연구』, 월인, 2001.

_____, 『20세기 한국시의 사적 조명』, 태학사, 2003.

남원진 엮음, 『1950년대 비평의 이해 I 』, 역락, 2001.

서동수, 『한국전쟁기 문학담론과 반공프로젝트』, 소명출판, 2012.

문성원, 『철학의 시추』, 백의, 1999.

문학과비평연구회, 『한국 문학권력의 계보』, 한국출판마케팅연구소, 2004.

백문임, 『춘향의 딸들 한국 여성의 반쪽 자리 계보학』, 책세상, 2001.

변학수, 『문학적 기억의 탄생』, 열린책들, 2008.

서정주, 『韓國의 現代詩』, 일지사, 1969.

송기한, 『한국전후시의 시간의식』, 태학사, 1996.

신형철, 「문제는 서정이 아니다」, 『몰락의 에티카』, 문학동네, 2008.

이영도, 『인생의 길목에서』, 자유문학사, 1986.

임종찬, 『현대시조탐색』, 국학자료원, 2004.

_____, 『古時調의 本質』, 국학자료원, 2006.

전해수, 『1950년대 시와 전통주의』, 역락, 2006.

정삼조, 『박재삼 시의 울림』, 경남, 2011.

조정민, 『만들어진 점령서사』, 산지니, 2009.

조지훈·박목월·서정주·강우식, 『시창작법』, 예지각, 1990.

천이두, 『한의 구조 연구』, 문학과지성사, 1994.

최동호, 『디지털 코드와 극서정시』, 서정시학, 2012.

최승호, 『서정시의 이데올로기와 수사학』, 국학자료원, 2002.

최예열 엮음, 『1950년대 전후문학비평 자료』 1, 월인, 2005.

최현식, 『서정주 시의 근대와 반근대』, 소명출판, 2003.

하상일, 『서정의 미래와 비평의 윤리』, 실천문학사, 2007.

허윤회, 『한국의 현대시와 시론』, 소명출판, 2008.

한국문인협회 편, 『解放文學 20年』, 정음사, 1966.

한수영, 「1950년대 문학의 재인식」, 『문학과 현실의 변증법』, 새미, 1997.

_____, 『한국현대 비평의 이념과 성격』, 국학자료원, 2000.

한신대학교 인문학연구소 편, 『1960~70년대 한국문학과 지배: 저항 이념의
        헤게모니』, 역락, 2007.

현택수, 『문화와 권력』, 나남출판, 1998.

황호덕, 『근대 네이션과 그 표상들』, 소명출판, 2005.

4. 번역서 및 외국 서적

가라타니 고진, 박유하 옮김, 『일본 근대문학의 기원』, 민음사, 1997.

강상중, 송태욱 옮김, 『살아야 하는 이유』, 사계절, 2012.

나리타 류이치, 한일비교문화세미나 옮김, 『고향이라는 이야기』, 동국대학교
        출판부, 2007.

니시카와 나가오, 윤해동·방기헌 옮김, 『국민을 그만두는 방법』, 역사비평사,
        2009.

디이터 람핑, 장영태 옮김, 『서정시: 이론과 역사』, 문학과지성사, 1994.

리처드 커니, 이지영 옮김, 『이방인, 신, 괴물』, 개마고원, 2004.

베네딕트 앤더슨, 윤형숙 옮김, 『상상의 공동체』, 나남출판, 2002.

사라 밀즈, 김부용 옮김, 『담론』, 인간사랑, 2001.

슬라보예 지젝, 정일권·김희진·이현우 옮김, 『폭력이란 무엇인가』, 난장이,
　　　2011.

아도르노·호르크하이머, 노명우 옮김, 『계몽의 변증법』, 살림, 2005.

아민 말루프, 박창호 옮김, 『사람 잡는 정체성』, 이론과실천, 2006.

알라이다 아스만, 변학수·채연숙 옮김, 『기억의 공간』, 그린비, 2011.

앤터니 이스톱, 박인기 옮김, 『시와 담론』, 지식산업사, 1994.

에드워드 쉴즈, 김병서·신현순 옮김, 『전통』, 민음사, 1992.

에밀 슈타이거, 이유영·오현일 옮김, 『시학의 근본개념』, 삼중당, 1978.

에릭 홉스봄 외, 박지향·장문석 옮김, 『만들어진 전통』, 휴머니스트, 2004.

에밀 슈타이거, 오현일·이유영 옮김, 『시학의 근본 개념』, 삼중당, 1978.

S. 채트먼, 한용환 옮김, 『이야기와 담론』, 푸른사상, 2012.

엠마누엘 레비나스, 강영안 옮김, 『시간과 타자』, 문예출판사, 1998.

자크 랑시에르, 양창렬 옮김, 『정치적인 것의 가장자리에서』, 길, 2008.

＿＿＿＿＿＿＿, 유재홍 옮김, 『문학과 정치』, 인간사랑, 2009.

존 라이크만, 김재인 옮김, 『들뢰즈 커넥션』, 현실문화연구, 2005.

테리 이글턴, 여홍상 옮김, 『이데올로기 개론』, 한신문화사, 1995.

T. S. 엘리엇, 이창배 옮김, 『T. S. 엘리엇 문학비평』, 동국대학교 출판부, 1999.

프랑시스 잠 외, 박재삼 엮음, 『집은 장미로 가득하리라』, 현대세계명시선,
　　　고려원, 1979.

하비 케이, 오인영 옮김, 『과거의 힘』, 삼인, 2005.

지은이 조춘희

창원대학교와 부산대학교에서 수학했으며, 현재 부산대학교에 출강하고 있다. 2010년『경남신문』 신춘문예, 2014년『시조시학』신인평론으로 등단하여, 창작과 비평을 겸하고 있다. 시집으로는 『간신히, 시간이 흘렀다』, 『살아있다는 농담』이 있으며, 평론집『봉인된 서정의 시간』을 간행한 바 있다. 주변부, 이방인 등 소외된 것에 관심을 기울이고 있으며, 주요 연구논문으로는 「고령화 사회의 도래와 노년시 연구」, 「탈북난민과 증언으로서의 서정」, 「현대시조에 나타난 할머니 양상 연구」 등이 있다.

민족문화 학술총서 72

전후 서정문학 연구

© 조춘희, 2019

1판 1쇄 인쇄_2019년 07월 20일
1판 1쇄 발행_2019년 07월 30일

지은이_조춘희
펴낸이_양정섭

펴낸곳_도서출판 경진
　　　　등록_제2010-000004호
　　　　이메일_mykyungjin@daum.net
　　　　사업장주소_서울특별시 금천구 시흥대로 57길(시흥동) 영광빌딩 203호
　　　　전화_070-7550-7776　팩스_02-806-7282

값 20,000원
ISBN 978-89-5996-326-3 93810